BUNKER 11

Martin Woitke

ISBN: 978-1489521088
ISBN-13: 1489521089

In Erinnerung an die weltweit ungezählten Toten von Kernwaffenunfällen

1 - ОДИН

Über Brandenburg, 12. März 1990, 20.15 Uhr

Als die TU-95 nach links kippte, um eine 180 Grad Wende einzuleiten, dröhnten die vier 15.000 PS starken Triebwerke noch einmal auf. Die Maschine gewann in einer weiten Kurve schnell an Höhe. Im abendlichen Licht konnte Sergej aus dem Cockpitfenster einen letzten Blick auf die Positionslichter des Flughafens werfen. Der Kommandant der TU-95 verspürte eine leise Wehmut, war doch der Flughafen Templin in den letzten Monaten zu seiner Heimat geworden. Wenn ein geheimer Ort in einem fremden Land überhaupt zur Heimat eines Russen werden konnte. Neben der Start- und Landebahn des Flughafens erstreckten sich unter ihm unendliche Reihen von alten und neuen Gebäuden. Die gut getarnten Raketenstellungen am Rande der Rollfelder waren von hier oben kaum auszumachen. Auch die Munitionsbunker und Splitterschutzstellungen für die MiG-Jagdstaffel der 16. Luftarmee waren gut getarnt. Schon im zweiten Weltkrieg hatte die deutsche Wehrmacht diesen Flughafen genutzt. Unter der Regie der Roten Armee erreichte der

Stützpunkt in den 60ern dann ein gigantisches Ausmaß. Heute waren auf dem riesigen Areal immer noch mehr als 6.000 russische Soldaten stationiert. Genaue Zahlen wurden geheim gehalten. Daneben wirkte das kleine Dorf Groß Dölln mit seinen 300 deutschen Bewohnern wie eine winzige Ansiedlung.

In diesem Augenblick tauchte das letzte Licht der Sonne die brandenburgische Landschaft in ein tiefes Rot. Sergej fühlte Erleichterung, aber auch Vorfreude. Alles war nach Plan verlaufen. Sie waren pünktlich und ohne Verzögerung gestartet. Sergej freute sich auf den Flug in seine alte Heimat, die nun vor ihm im Osten lag. Er blickte nach vorn hinaus in die nahende Dämmerung. Weiter rechts und 60 Kilometer südlich von hier lag Berlin. Wenn sie höher stiegen, würden sie das Lichtermeer der Stadt bald erkennen. Sie würden dann nach Norden drehen und diesen Kurs bis zur Ostsee beibehalten. Von dort würde es über die See nach Nordosten gehen, mit dem Ziel Murmansk. Der Höhenmesser zeigte 10.000 Fuß an, und die Tupolew stieg weiter.

Die TU-95 war ein strategischer Bomber. Die Tragflächen mit einer Neigung von 35 Grad und die leistungsstarken Doppel-Propeller-Triebwerke ermöglichten Steigleistungen, die denen der meisten düsengetriebenen amerikanischen Bomber überlegen waren. Die TU-95 war also ein richtiges Prachtstück. Sergej war stolz darauf, sie fliegen zu dürfen. Der Tower gab ihm ein paar letzte Instruktionen für die Durchquerung des deutschen Luftraums und wünschte einen guten Flug. Die Jungs am Boden machten Scherze. Sergej sollte prüfen, ob nicht ein Kasten mit deutschem Bier im Frachtraum liegen geblieben war. Wenn ja, sollte er den in Murmansk ordentlich verzollen oder vorher aussaufen. Ein nettes Abschiedsgeschenk. Sergej lachte und wünschte seinen Kameraden, dass sie ebenso bald nach Hause kämen wie er. Auch der Copilot bemerkte, dass sein Kommandant guter Laune war. Diese TU-95 würde nicht nach Groß Dölln zurückkommen. Auch ihre beiden Piloten und die weiteren sechs Männer der Besatzung nicht. Ihre Zeit in Deutschland war vorbei. Das galt nicht nur für die Männer in diesem Flugzeug, das galt für die ganze russische Armee auf deutschem Boden. Glasnost, Perestroika und Gorbatschow sei Dank.

Der Copilot machte ein Zeichen, dass Sergej seine Sauerstoffmaske aufsetzen sollte. Auch die Männer im Raum hinter dem Cockpit griffen zu ihren Masken. Das war Vorschrift. Bis zu einer Höhe von 25.000 Fuß war es problemlos möglich, ohne Atemmaske zu fliegen. Sie würden jedoch schon in wenigen Minuten auf 32.000 Fuß steigen. Noch einmal prüfte Sergej alle Anzeigen. Alles schien in bester Ordnung. Es würde ein ruhiger Flug werden. Das Wetter war bestens. Die TU-95 hatte ihre normale Reisegeschwindigkeit von 710 km/h erreicht. In drei Stunden und 45 Minuten würden sie in Murmansk sein. Noch ein letzter Blick auf die Ladeanzeige: Alles stand auf grün. Die Ladung war dreifach gesichert. Das war wichtig, denn auf die Ladung kam es an bei diesem Flug. Im Innern der Tupolew lagen vier atomare Sprengköpfe fest verzurrt. Bei diesem Gedanken schauderte es Sergej. Diese Sprengköpfe waren die Monster des Kalten Krieges gewesen. Jeder einzelne wog 500 Kilogramm und hatte eine Sprengkraft, die mit 500 Kilotonnen TNT der sechsunddreißigfachen Zerstörungskraft der Hiroshima-Bombe entsprach. Die Sprengköpfe hätten London oder Paris gegolten und die Metropolen innerhalb von 20 Minuten erreichen können. Was für ein Horror, dachte Sergej. Dieses irrsinnige Bedrohungspotential wurde nun nicht mehr gebraucht. Er wusste nicht, ob diese Sprengköpfe noch einsatzfähig waren, aber eines war ihm klar: Vor Abzug der Roten Armee aus Deutschland sollten diese unauffällig verschwinden. Sein Flug stand daher unter besonderer Geheimhaltung. Nur er und einige Eingeweihte kannten die Details. Die anderen Besatzungsmitglieder wussten nicht, was genau sich im Laderaum ihres Bombers verbarg.

Über der Küste in nunmehr 32.000 Fuß Höhe leitete Sergej eine Rechtskurve von etwa 30 Grad ein und hielt dabei direkt auf Murmansk zu. Unter ihnen lag das spiegelglatte Meer. Sie würden einen Großteil der Strecke über Wasser fliegen. Die Sonne war links hinter ihnen untergegangen. Der Rest des nordischen Lichts beleuchtete die immer leerer werdende Erdkugel vor ihnen. Aus dieser Höhe waren die Lichter der wenigen Dörfer und Städtchen nur noch als kleine Punkte auszumachen. Die ersten Sterne waren zu sehen. Der Mann am Radar meldete Sergej einige Militärmaschinen in ihrem

Umkreis. Dies war jedoch nichts Ungewöhnliches, denn die Luftwaffe der Bundeswehr flog häufig Tiefflugmanöver über der Ostsee.

Schon bald flogen sie weit draußen auf See und steuerten südlich an der schwedischen Insel Gotland vorbei. Die Flugüberwachung aus Riga übernahm. Sergej hörte, wie der Funker mit der Bodenstation sprach. Plötzlich spürte er, wie der Copilot ihn an der Schulter berührte. Er signalisierte, Sergej solle seinen Kopfhörer abnehmen. Als er es tat, hörte er das Geräusch. Einer der Turboprops hatte Probleme und brachte keine volle Leistung. Ein erfahrener Pilot hörte das sofort. Sergej blickte auf die Anzeigen für Öldruck und Treibstoff. Daran lag es nicht. Dennoch hörte sich Motor 4 so an, als würde er jeden Augenblick seinen Dienst versagen.

»Neustart von Nummer 4«, sagte Sergej und schaltete Motor 4 ab. Ein solcher Ausfall war kein ernstes Problem. Die TU-95 konnte sogar mit nur einem Motor noch fliegen. Sergej schaltete die Propeller des Motors in Segelstellung, so dass der Fahrtwind die Doppel-Rotoren zum Drehen brachte. Dann drückte er auf die Zündung. Nichts. Der Motor sprang nicht wieder an. Sergej versuchte es noch einmal: vergebens.

Wieder schaute er auf die Anzeige. Konnte es sein, dass sie falsch anzeigte? Denn eigentlich gab es nur eine Erklärung.

»Fehlender Treibstoff?« Diese Frage galt dem Copiloten. Der hatte die Aufgabe, sich vor jedem Flug davon zu überzeugen, dass genug Treibstoff getankt wurde. Anzeige hin oder her, am Ende war es ein altes Gesetz der Fliegerei, dass der Pilot den Treibstoffstand vor dem Abflug persönlich prüfte. Der Copilot schwieg, was Sergej als Eingeständnis deutete. Da gab es ein weiteres Geräusch. Motor 3 machte jetzt auch Schwierigkeiten. Das Gesicht des Copiloten wurde schlagartig blass.

»Schalte auf Reserve«, rief er ohne Zögern und legte über Kopfhöhe einen Schalter um. Beide Piloten lauschten gespannt auf die Motorengeräusche. Es sollte sich bei der Zuschaltung der Reserve etwas ändern. Zumindest, wenn wenigstens noch ein paar Tropfen Sprit im Tank waren. Es änderte sich jedoch nichts. Das Geräusch blieb. Im Gegenteil: Auch Motor 2 fing an zu stottern. Sergej wollte in diesem Augenblick nicht darüber nachdenken, warum die Anzeigen weiterhin so taten, als hätten sie einen vollen Tank.

»Notruf abgeben, Ausweichflughafen bestimmen«, sprach er ins Kehlkopfmikrofon, worauf der Funker einen Notruf mit Positionsangabe durchgab. Sergej dachte nach. Er blickte auf den Höhenmesser: 32.000 Fuß. Geschwindigkeit 710 km/h. Ohne Treibstoff würde er in einen Sinkflug gehen müssen. »Gotland hat einen kleinen Sportflugplatz, 112 Kilometer, Kurs 291 Grad, Riga 290 Kilometer, Kurs 43 Grad«, meldete sich der Navigator. Motor 3 war gerade dabei, sich endgültig zu verabschieden. Sergej überlegte nicht lange und steuerte die TU-95 in einer sanften Rechtskurve auf 43 Grad. Er hatte keine Lust, seinen 245 Tonnen schweren Bomber auf einer Piste für Sportflieger zu landen. Mit ein wenig Glück würden sie Riga im Gleitflug erreichen. Die Treibstoffanzeige wies noch immer unsinnige 100 Prozent aus, als auch der letzte Motor seinen Dienst versagte.

Plötzlich war es ungewöhnlich still an Bord. Nur die Luftströmung an der Bordwand war noch zu hören. Jetzt war es wichtig, so wenig Höhe wie möglich zu verlieren. Sergej stellte alle vier Propeller auf Segelstellung, damit sie die hohe Geschwindigkeit beibehielten und schneller vorankamen.

Nach 10 Minuten im Sinkflug waren sie erst auf 25.000 Fuß abgesunken. Das war gut. Es würde funktionieren, dachte Sergej. Sie würden Riga auf diese Weise erreichen. Gerade ging er in Gedanken das Manöver zur Landung im Gleitflug nochmals durch, als er plötzlich einen lauten Knall vernahm. Alle hatten die Explosion deutlich gehört. Sie kam aus dem Laderaum. Hatten sich die Sprengköpfe aus der Verankerung gelöst?

Da merkte er, wie die TU-95 nach unten sackte. Er musste sofort gegensteuern. Es gelang ihm, die Maschine wieder in den Gleitflug zu bringen, doch brauchte er all seine Kraft dafür. Ein Blick auf die Druckmesser der Hydraulik sagte ihm: da stimmte etwas nicht. Der Copilot hantierte schon an den Reglern.

»Druckabfall in der Hydraulik auf 10 Prozent. Schalte um auf Ersatzsystem«, sagte er. In diesem Augenblick neigte sich die Nase der TU-95 wieder ein Stück nach unten.

»Halt die Nase hoch!«, rief der Copilot. Er versuchte weiter, den Druck in der Hydraulik zu erhöhen.

»Geht nicht«, rief Sergej zurück, während er mit aller Kraft die Lenksäule an sich drückte. Er wollte die Höhe halten, doch ohne Druck in der Hydraulik war es unmöglich, diesen Vogel zu fliegen. Dafür war er einfach zu schwer.

»Ersatzsystem bringt keinen Effekt, versuche hecklastige Trimmung«, hörte er den Copiloten.

Sergej war geschockt. Die falsche Anzeige, die Explosion aus dem Laderaum. Das konnte kein Zufall sein. Da hatte jemand ganze Arbeit geleistet. Jemand, der wusste, wie man die Hydraulik im rechten Augenblick lahm legte.

»20.000 Fuß. Wir sinken zu schnell.«

In diesem Augenblick ahnte Sergej, dass sie zu Wasser gehen würden. Er versuchte, etwas Seitenruder zu geben und musste sich eingestehen, dass er das Flugzeug nicht mal mehr in eine Kurve bringen, geschweige denn eine Landung vornehmen konnte. Riga konnten sie abschreiben. Er dachte kurz über einen Notabwurf nach. Sollte er versuchen, die Sprengköpfe abzuwerfen? Aber wozu? Sie würden so oder so in der Ostsee versinken. Die Ostsee war flach. Man würde sie problemlos orten und bergen können. Sie sollten besser sehen, hier lebend raus zu kommen.

»Sinken weiter, 15.000 Fuß, Trimmung ist auf Maximum, reicht nicht aus. Wir schmieren ab!«

Die Stimme des Copiloten klang ruhig, und doch vernahm Sergej das blanke Entsetzen darin. Die Nase des Flugzeugs hatte sich weiter gesenkt. Der Wind rüttelte an der Maschine. Sie waren viel zu schnell.

»Gehe auf Handsteuerung.«

Sergej hatte eine Idee. Er zog mit aller Gewalt die Lenksäule an sich und hoffe, dass er, wenn die Hydraulik völlig ausgeschaltet war, das Höhenruder wieder bewegen konnte. Der Copilot half ihm dabei. Mit aller Kraft. Aber es tat sich nichts. Das Höhenruder ließ sich keinen Zentimeter bewegen. Sie stürzten weiter auf die Wasseroberfläche zu.

»9.000 Fuß, sinken weiter«, hörte Sergej den Copiloten.

»Fallschirme anlegen. Westen prüfen. Zum Ausstieg bereithalten«, kommandierte Sergej. In den hinteren Teil des Flugzeugs kam Bewegung. Keiner der Männer sagte ein Wort. Zu hören war nur das ansteigende Sausen und Heulen des Windes. Immer weiter kippte die Maschine nach vorn in den Sturzflug.

»7.000 Fuß«, meldete der Copilot angespannt. Die Geschwindigkeit nahm zu, die ganze Maschine fing an zu vibrieren. Sergej versuchte, die Bremsklappen auszufahren, was bei dieser Geschwindigkeit jedoch selbst mit Hydraulik nicht mehr gelingen konnte.

»Ausstieg bei 5.000 Fuß«, befahl Sergej. Er hörte, wie hinter ihm der Notausstieg geöffnet wurde und ein gewaltiger Luftzug durch das Cockpit wehte. Als er sich umdrehte, blickte er in die vor Entsetzen geweiteten Augen des Navigators.

»6.000 Fuß«, hörte er den Copiloten. Der Funkingenieur und der Radartechniker mussten sich aneinander festhalten, so heftig wurden sie durchgeschüttelt. Sie hatten ihre Schwimmwesten und Fallschirme schon angelegt.

»5.000 Fuß«, meldete der Copilot.

»Auf was wartet ihr?«, schrie Sergej. »Raus!«

Noch immer drückte er die Lenksäule an sich, obwohl er wusste, dass es sinnlos war. Er würde die Maschine nicht mehr abfangen können. Die Nase der TU-95 senkte sich weiter. Einer nach dem anderen ließ sich aus der offenen Luke in die dunkle See fallen. Sergej konnte nicht sehen, ob sich die Fallschirme öffneten. Das würde knapp werden, dachte er. Da spürte er die Hand des Copiloten auf seiner Schulter. Der schrie, doch der Lärm der rauschenden Luftmassen überdeckte alles. Der Copilot hatte sich schon abgeschnallt und machte sich auf den Weg nach hinten. Die Nase des Bombers neigte sich inzwischen in einem Winkel von 60 Grad der Erde entgegen, so dass er sich zur Luke kämpfen musste. Es erklang ein lautes Heulen. Sergej schnallte sich nun auch ab und riss das Kehlkopfmikrofon von sich. Er zwängte sich aus dem Pilotensitz. Mit einem letzten Blick ins Cockpit sah er die Nadel des Höhenmessers immer schneller drehen. Die Maschine kippte dabei weiter und weiter in den Sturzflug. Über sich sah er noch den Copiloten, wie der aus der Luke verschwand. Es dauerte noch lange Sekunden, bis Sergej die letzten Meter zur offenen Luke schaffte. Dort angekommen meinte er, das Wasser schon riechen zu können. Sergej suchte die Reißleine seines Fallschirms und fand sie nicht.

»Verdammt«, schrie er. Verzweifelt tastete er noch an seinem Fallschirm herum, als die TU-95 mit über 900 km/h auf der Wasseroberfläche aufschlug und Sergej mit in die Tiefe riss.

****

Am 15. März 1990 bemerkten amerikanische Luftaufklärer auffallend viele Schiffe der russischen Flotte zwischen Gotland und Estland. Die Anzahl, aber vor allem die Art der Schiffe ließ vermuten, dass man dort auf der Suche war. Die Aufklärungsflugzeuge konnten modernste Bergungsschiffe und sogar Tauchboote identifizieren. Doch was genau dort zu bergen war, blieb rätselhaft. Sicher war nur: der Aufwand dieser Suchaktion war enorm und dauerte über Wochen und Monate an. Mit dieser Ausrüstung hätte man in derselben Zeit womöglich sogar die *Titanic* vom Meeresboden bergen können. Besorgt nahmen die Amerikaner über ihre Botschaft in Moskau Kontakt zu den Russen auf.

Zu diesem Zeitpunkt ahnten die Amerikaner bereits, dass ein Flugzeug der strategischen Bombertruppe in die Ostsee gestürzt war. Die enorme Ausdauer bei der Suche der Russen ließ die Amerikaner vermuten, dass man hier nach mehr als einem Flugzeugwrack tauchte. Dass dabei Kernwaffen im Spiel waren, lag auf der Hand. Die Russen kamen nicht umhin einzuräumen, dass sich in ihrem verunglückten Bomber vier atomare Sprengköpfe befunden hatten. Sie sagten den Amerikanern, dass glücklicherweise alle Sprengköpfe geborgen werden konnten, so dass keine Gefahr zu befürchten sei.

Erst Jahre später erfuhr das amerikanische CIA aus einem bei der Marine abgehörten Telefongespräch, dass bei der damaligen Suche aber nicht alle, sondern nur drei Sprengköpfe gefunden worden waren. Eine Wasserstoffbombe mit der sechsunddreißigfachen Sprengkraft der Bombe von Hiroshima blieb seitdem im sandigen Grund der Ostsee verschollen.

2 - ΔΒΑ

Auf der Straße nach Eberswalde, 6. November 2001, 7.34 Uhr

Hannes Keppler fuhr schneller als erlaubt die leere Landstraße von Eberswalde nördlich des Finowkanals entlang nach Westen. Die kahlen und farblosen Bäume rasten links und rechts vorbei. Es stürmte, und die Wolken sausten nur so über den Himmel. Immer neue Regenschwaden schlugen gegen die Frontscheibe. Die Sonne würde wahrscheinlich den ganzen Tag über ihr Licht hinter den dunklen Wolkenfetzen verbergen. An diesem Morgen war der Oberkommissar tief in Gedanken versunken. Er übersah das Stoppschild an der Zerpenschleuse, bog nach rechts auf die L100 und raste weiter nach Norden. Beim Blick in den Rückspiegel sah er in sein Gesicht: glanzlose Augen, kantige Züge, übernächtigt und unrasiert. Seine zerzausten Haare waren für seinen Geschmack viel zu lang. Er nahm sich vor, noch in dieser Woche zum Frisör zu gehen. Hätte er doch einen Tag Urlaub genommen. Oder sich wenigstens krankschreiben lassen. Hannes fühlte sich alt und verbraucht. Wie ein Mensch in einer leeren Hülle, angreifbar und energielos. Frederike hatte ihn letzte Woche rausgeworfen. Er konnte bis heute nicht fassen, wie es soweit kommen konnte. Sie würden sich nur immer wieder streiten, und da hatte Frederike ausnahmsweise Recht. Das würden sie mit Sicherheit. Hannes hatte eine Stinkwut und war gleichzeitig so verletzt, dass er sich zu allem fähig fühlte. Er schlief seit Tagen nur noch wenig. Und wenn, dann in der alten Gartenlaube, die sie früher gemeinsam im Sommer genutzt hatten. Dort gab es keine Heizung, und in der Nacht war es schon empfindlich kalt. Hannes musste niesen. Jetzt wurde er zu allem Überfluss auch noch krank. Seine quälenden Gedanken passten allzu sehr zu diesem trüben Novembermorgen. Er gab weiter Gas.

Als er nach einer endlosen Reihe von Kurven schließlich am Ortsschild von Groß Dölln vorbeifuhr, fühlte er sich wie gerädert. Der kleine Ort überraschte ihn keineswegs. Ein verschlafenes 300-Seelen-Nest. Winzige alte und verhutzelte Bauernhäuser entlang der einzigen Hauptstraße. Am Straßenrand lag der Kadaver einer toten Katze, der Asphalt war nass. Viele Häuser noch im DDR-Originalzustand. Andere schienen noch älter. Ein Ort wie aus dem Museum. Kaum renoviert. Viel zu kleine Türen und Fenster. Einige davon verrammelt. Am Ortseingang empfing ihn schon von Weitem das kaltblaue Blinken eines Polizeifahrzeugs. Die Lichtstrahlen fuhren mit ihrer ganzen Leuchtkraft in die ringsum zerfallenen Gemäuer hinein. Sie verstärkten für Hannes den Eindruck einer Geisterstadt.

Ein fröstelnder Beamter in Uniform stoppte Hannes mit einer schwachrot leuchtenden Kelle. Der Regen schien langsam etwas nachzulassen und ging in leichtes Nieseln über. Die Straße war mit einem weißroten Band abgesperrt. Drumherum standen Bauarbeiter mit fahlen, ernsten Gesichtern. Hannes kurbelte das Seitenfenster herunter und hielt dem Beamten wortlos seinen Dienstausweis entgegen. Er hatte sich längst damit abgefunden, dass ihn in Eberswalde und Umgebung kaum einer seiner Kollegen kannte. Insbesondere nicht die Leute von der Schutzpolizei. Hannes parkte seinen Wagen am Straßenrand. Noch ein letzter Blick in den Spiegel: Egal, es war sieben Uhr morgens, er hoffte, sein Äußeres würde keine Rolle spielen. Er sammelte sich, dann stieg er aus.

Wenig später stand er mit dem uniformierten Kollegen vor einem etwa zwei Meter tiefen Baugraben. Der Schutzmann stellte sich als Oberwachtmeister Fink vor. Hannes zog aus seiner Lederjacke eine zerknüllte Packung Zigaretten und bot Fink seine letzte an. Fink lehnte ab und nahm stattdessen lieber eine von seinen. Ein Feuerzeug flammte auf und beleuchtete zwei blasse Gesichter. Hannes wollte sich das Rauchen längst abgewöhnt haben, doch in Situationen wie dieser konnte er ohne Glimmstengel einfach nicht auskommen. Er hatte schon immer das Gefühl gehabt, dass der Tod und das Rauchen irgendwie zusammenhingen. Als würde man den Toten eine letzte Ehre erweisen. Die Raucher dachten dabei im Stillen daran, wie schnell das Leben vorbei sein konnte. Es war schon etwas Archaisches, wie nach einer Schlacht, die den Boden um einen herum mit Leichen übersät hatte.

»Wer hat ihn gefunden?«, fragte Hannes. Er bemerkte, dass die Fundstelle vorschriftsgemäß mit einem Band abgesperrt war. Der Tote lag mit dem Rücken auf dem Grund des Grabens und starrte aus grässlich leeren Augenhöhlen ins dämmernde Morgenlicht. Der Rest des Körpers war schon stark in die Verwesung übergegangen. Hannes hatte häufig mit Leichen zu tun, er war an solche Anblicke gewöhnt. Aber eine Leiche ohne Augen war einfach widerlich. Waren es Vögel, Würmer oder andere Insekten? Sie würden es sicher bei der Obduktion noch genauer feststellen. Dazu der Gestank. Er hatte Mühe, sich nicht zu übergeben.

Fink berichtete, dass die Arbeiter den Leichnam beim Graben mit dem Bagger gefunden hätten. Die beiden Arbeiter standen ein wenig abseits. Sie schauten ab und zu rüber. Fink erzählte, dass er bei seiner Ankunft in den Graben gestiegen war. Er hatte sofort gesehen, dass der Mann tot war. Dann hatte er dem Toten die Brieftasche abgenommen.

Keppler sah das schwarze Blut, das sich unter dem Hinterkopf der Leiche ausgebreitet hatte und sich in einer wässrigen Pfütze am Boden des Grabens sammelte. Der Regen machte das Blut wieder flüssig.

»Sein Name?«, fragte Hannes. Der Oberwachtmeister fummelte in der vor Nässe triefenden Brieftasche des Toten und holte einen Personalausweis hervor.

»Jens Kohlhaas. Wohnt hier im Ort«, antwortete er. Hannes blickte auf das völlig durchnässte Foto. Der Mann sah auf dem Foto jünger und kräftiger aus als der Mensch, der nun hohläugig zu den dunklen Wolken aufblickte. Auf dem Bild ein durchdringender, selbstgefälliger Blick, dabei eine Spur von Sturheit, ja fast schon Grobheit. Sicher war der Tote kein unbeschwerter Mensch gewesen, dachte Hannes.

Er warf noch einen Blick in den Graben. In einer Richtung war er offen, in der anderen Richtung zugeschüttet. Im offenen Teil des Grabens lag ein dickes Abflussrohr. Das war also der Grund für die Bauarbeiten. Daneben ein Fußgängerweg. Es war durchaus möglich, dass der Mann vom Weg in den Graben gefallen war.

»Hol mir mal die Arbeiter«, bat Hannes. Oberwachtmeister Fink winkte die beiden heran. Es waren Ausländer. Hannes wusste nicht welche. Russen? Polen? Er tippte auf Kroaten. Der Kleinere der beiden sprach deutsch und erzählte, wie sie den Toten gefunden hatten. Beim Graben mit dem Bagger, plötzlich zwei Beine, dann hätten sie mit dem Spaten weitergemacht. Und das hat gestunken! Wie tote Katze. Der war da sicher in der Nacht reingefallen, und niemand hatte es gemerkt. Dabei hätten sie immer alles mit Band abgesperrt. Ganz ehrlich. Immer. Jeden Abend abgesperrt. Früher hatten sie den Graben schon mal geöffnet, für das Abwasserrohr, und dann wieder zugeschüttet. Aber da war der Tote noch nicht da. Ganz sicher. Bis Chef noch mal kam und sagte, sie sollten alles wieder aufmachen, um noch ein Rohr zu legen. Das hatten sie hier nämlich vergessen. Und dann sind sie wiedergekommen. Gleiche Stelle. Haben die Erde wieder aufgemacht. Die ganze Straße noch mal neu. Und da haben sie ihn gefunden. Armer Mann. Ohne Augen.

Hannes hatte inzwischen sein Notizbuch hervorgeholt und fragte, wann genau sie schon mal hier gewesen waren. Vor zwei Monaten. Erst heute Morgen machten sie alles wieder auf. Und da war die Leiche. Vor zwei Monaten Leiche noch nicht da. Sein Kumpel nickte. Hannes ließ sich die Ausweise der beiden zeigen und wollte sein Notizbuch schon wegstecken, als der größere und ältere von beiden noch ein Wort sagte, das Hannes nicht verstand. Der Arbeiter wiederholte das Wort noch einmal.

»Bürgermeister«, übersetzte der Kleinere. Der Mann sei mal Bürgermeister gewesen. Früher. Das hätte man sich so erzählt. Habe sein Kumpel gehört von anderen. Von Deutschen aus dem Dorf. Der Mann mit der Flasche. Immer betrunken. Immer die Straße lang. Kein Wunder, dass er reinfällt, der Bürgermeister aus der DDR. Hannes blickte zu Fink, als wollte er fragen, ob das stimmen konnte. Fink blickte nur stur vor sich hin, was wohl so viel bedeuten sollte, dass an der Geschichte etwas dran sein könnte.

In diesem Augenblick näherten sich zwei weitere Wagen. Ihre grellen Scheinwerfer durchbohrten schon von weitem den Nieselregen. Die Motoren verstummten erst, als die Wagen wenige Meter vor ihnen zum Stehen kamen. Für einen Moment hörte Hannes nur das leise Geräusch des Regens, bis sich die Türen öffneten. Aus dem ersten Wagen stiegen Gert Beckmann, der Abteilungsleiter der Kripo des LKA in Eberswalde und Franka Bernd, die einzige Mitarbeiterin von Hannes. Aus dem zweiten Wagen stiegen ein paar Kollegen von der Spurensicherung, die Hannes nur vom Sehen kannte. Sie entluden sofort diverses Material, darunter auch zwei Halogenleuchten. Aus dem Heck des dritten Wagens wurde ein schwerer Zinksarg gewuchtet.

»Du siehst schlecht aus«, begrüßte ihn Franka. Sie hatte kurze, schwarz gefärbte Haare und für ihr junges Alter recht viel Make-up aufgelegt. Auch wenn ihr Outfit für Hannes Geschmack für diese Uhrzeit etwas zu heftig war, musste er zugeben, dass es ihr recht gut stand. Er lächelte müde und richtete seinen Blick wieder in den Graben.

»Guten Morgen Kollegin«, sagte er knapp.

Franka stellte sich neben ihn.

»Kanntest du den?«, fragte Hannes. Franka war in Eberswalde geboren. Sie kannte diese Gegend von Kindesbeinen an.

»Nein«, antwortete sie. »Du denkst wohl, die DDR war ein Dorf.« Es klang belustigt. Für sie war Hannes immer noch ein Wessi. Dann nahm sie ihre Kamera und machte ein paar Fotos von der Fundstelle. Der Mann von der Spurensicherung machte es ihr nach. Es folgten Blitzlichter in schneller Folge. Die Leute mit dem Zinksarg bereiteten sich vor, die Leiche zu bergen. Scheinwerfer wurden aufgestellt. Der Regen hatte wieder zugenommen. Beckmann kam zu ihnen herüber. Er hatte zuvor allen Leuten des Teams der Reihe nach einen guten Morgen gewünscht. Beckmann trug ein sportliches Regencape und war damit perfekt vor der kalten Novembernässe geschützt. Hannes hatte in den letzten Monaten schon bemerkt, dass der Leiter der Kriminalpolizei immer da sein wollte, wo etwas los war. Und hier war was los. Trotzdem war es ungewöhnlich, seinen Chef schon so früh am Morgen hier draußen im Regen anzutreffen. Beckmanns unverblümte Art, ohne Vorrede zur Sache zu kommen, war seinen Kollegen nur allzu vertraut.

»Was meinst du, Hannes? Ist das nicht ein Fall für dich?«

Hannes zögerte. Er war Leiter der Mordkommission. Es wäre also nur ein Fall für ihn, wenn dies ein Mord war.

»Schwer zu sagen«, brummte er. »Muss die Obduktion ergeben. Die Spurensicherung wird es schwer haben. Es hat die ganze Nacht über geschüttet. Und der Tote sieht auch nicht so aus, als wäre er erst letzte Nacht gestorben.«

»Möglicherweise auch nur ein Unfall«, behauptete Beckmann. Hannes brummte Unverständliches. Woher er das denn wissen wolle. Franka schaute spöttisch zwischen den beiden Männern hin und her und lächelte aufmunternd, fast versöhnlich.

»Nehmen wir doch ein Frühstück und bereden das in Ruhe.«

Hannes schaute auf seine Armbanduhr, es war kurz nach sieben. Sie konnten hier sowieso nichts mehr tun. Die Kollegen von der Spurensicherung würden auch ohne sie klarkommen. Alle drei blickten sich um. Im Ort gab es keine Kneipe oder Gaststätte, die um diese Uhrzeit schon geöffnet hatte. Hauptwachtmeister Fink empfahl ihnen das Gemeindehaus. Das hätte schon auf. Dann verabschiedete er sich. Seine Schicht war zu Ende.

Das Gemeindehaus lag direkt neben der Kirche am Dorfanger. Früher war es ein Jugendhaus, heute ein Kindergarten. Durch eine hässliche Glastür aus DDR-Bestand traten sie in einen Raum mit einzelnen kleinen Tischen. Kaltes Neonlicht. Jemand hatte Tassen und Teller mit Papierservietten aufgestellt. Im Nebenraum die Küche mit einer Durchreiche in den Hauptraum. Auf dem Tresen stand frisch gebrühter Kaffee. Dazu gab es Brötchen für die Kinder und Eltern. Nur waren weder Kinder noch Eltern da.

Beckmann setzte sich an den ersten Tisch mit Plastiktischdecke und Blick auf einen heruntergekommenen Buddelplatz. »Das ist doch ganz wunderbar hier«, sagte er betont munter, um seine Ausgeschlafenheit zu betonen. Hannes und Franka holten Kaffee und Brötchen vom Tresen und setzten sich zu Beckmann.

»Das wird nicht einfach werden«, eröffnete der Kripo-Leiter das Gespräch. »Der erste Tote seit Wochen. Und im Augenblick haben wir nichts Spannenderes. Mensch, der Fall wird sicher morgen schon in jeder Zeitung stehen.«

»Morgen wissen wir dann auch mehr«, antwortete Hannes diplomatisch. Franka rührte etwas Zucker in ihren Kaffee und schwieg. Hannes kannte seine Kollegin noch nicht lange, hatte aber trotzdem das Gefühl, dass da etwas zwischen den beiden war. Beckmann sah nie zu ihr, und umgekehrt Franka auch niemals zu ihm. Überhaupt hatte er die beiden noch nie allein miteinander reden sehen.

»Wir können ja mal zusammentragen, was wir schon haben«, fuhr er fort. Er schaute dabei bewusst weder Franka noch Beckmann an.

»Der Mann hieß Jens Kohlhaas und war mal Bürgermeister im Ort«, stellte er fest. »Was wissen wir noch?«

Franka stellte ihren Laptop auf den Tisch und loggte sich zum LKA ein. Schnell fand sie heraus, in welcher Straße Jens Kohlhaas wohnte. Und sie fand auch noch etwas anderes: In Groß Dölln gab es zwei weitere Einwohner mit dem Namen Kohlhaas: Elena Kohlhaas, geboren 1960 und Tobias Kohlhaas, geboren 1978.

»Es sollte klar sein, dass ich euch den Fall entziehen muss, wenn es sich hier nicht um ein Verbrechen handelt. Also, wie lautet deine derzeitige Theorie?«, fragte Beckmann. Hannes griff sich ein zweites Brötchen, schaute auf die für seinen Geschmack zu dünne Käsescheibe und wendete sich wieder an seinen Vorgesetzten.

«Es gibt keine Theorie, aber sagen wir es mal so: Jens Kohlhaas fiel vor etwa sechs Wochen in den Graben. Entweder ist er dort tatsächlich von allein reingefallen, oder jemand anderes hat ihn hinein geworfen. Bei den Bauarbeiten vor sechs Wochen hatte man ihn dort nicht gefunden. Das würde dafür sprechen, dass er hineingeworfen und vergraben wurde. Gefunden wurde er heute Morgen, weil man ein Rohr vergessen hatte und der Graben wieder aufgebuddelt werden musste. Ansonsten hätte man ihn wohl niemals gefunden. Und darauf hat der Täter, wenn es denn einen gibt, möglicherweise spekuliert.«

Franka schaute weiter auf den Bildschirm ihres Laptops und schlürfte dabei den letzten Rest Kaffee aus ihrer Tasse.

»Natürlich wäre es möglich, dass er von allein reingefallen ist. Aber wie konnte ein Mann, der mal Bürgermeister des Dorfes war, in einen Graben fallen und sechs Wochen lang nicht vermisst werden? Und das in einem Ort mit 200 Einwohnern?«

Beckmann nickte nachdenklich und nutzte eine Serviette, um seine klebrigen Finger zu reinigen. Dann erhob er sich und stopfte sich den Rest seines Brötchens hastig in den Mund.

»Ich sehe schon, ihr kommt hier ohne mich voran. Mord ist also möglich. Der Fall gehört dir, Hannes. Ich erwarte heute Abend einen Bericht von dir. Dann haben wir wieder einen Mordfall in Brandenburg. Das wird die Presse interessieren. Aber ich muss jetzt leider zum Jour-Fix der Abteilungsleiter. Hannes, es wäre schön, dich auch mal wieder dort zu sehen. In diesem Fall bist du jedoch ausnahmsweise entschuldigt. Tut mir leid, ich muss gehen. Hannes, übernimmst du bitte meine Rechnung?« Er drehte sich um und verschwand schwungvoll durch die Glastür. Franka sah ihm offensichtlich überrascht und leicht kopfschüttelnd nach. Hannes wollte auf keinen Fall fragen, warum sie das tat.

»Diese Elena Kohlhaas wird wohl seine Tochter sein. Ich werde gleich mal zu ihr fahren«, sagte er stattdessen. Die Verwandten hatten ein Anrecht informiert zu werden. Das musste erledigt werden. Hannes hatte noch immer den Verwesungsgeruch in der Nase. Das kleine Frühstück hatte seinen Anflug von Übelkeit noch nicht wett gemacht. Er bat Franka, nach Eberswalde zu fahren und mit dem Bericht für Beckmann schon mal anzufangen.

»Dann fahr ich mal los«, sagte sie und packte ihren Laptop. »Aber du brauchst nicht fahren, Hannes. Du kannst laufen. Das Haus der Tochter liegt gleich neben dem Tatort.«

3 - ТРИ

Groß Dölln, 6. November 2001, 8.57 Uhr

Er war überrascht, als er Elena Kohlhaas zum ersten Mal sah. Hannes hatte eine einfache und bodenständige Frau erwartet, mit einem Bauern als Ehemann und einem Haufen Kinder um sich herum. Doch Elena war anders. Sie wirkte eher empfindsam, fast schon aristokratisch und dabei auf eine irritierende Weise so, als würde sie nicht in dieses Dorf gehören. Hannes hatte sich ihr als Mitarbeiter des Landeskriminalamts vorgestellt und seinen Dienstausweis gezeigt. Sie sollte sich nicht beunruhigen, was natürlich Unsinn war. Es war nie ein gutes Zeichen, wenn um neun Uhr morgens die Kriminalpolizei vor der Tür stand. Doch Elena - sollte sie überhaupt beunruhigt gewesen sein - ließ sich nichts anmerken. Er bat um Einlass. Sie ließ die Tür offen stehen, wandte sich leichtfüßig um und ging ins Innere. Hannes schloss die Tür und folgte ihr. Es schien niemand weiter im Haus zu sein. Das Erste, was ihm an ihr auffiel, war ihr Morgenrock. Der war ihr zu groß. Ansonsten war sie ungeschminkt. Sie hatte kurze blonde Haare und blaue Augen. Ihr Alter war schwer zu schätzen, aber Hannes kannte ja ihr Geburtsjahr: 1960. Sie war also nur zwei Jahre älter als er. Er beobachtete ihre Art, sich zu bewegen und sah ihre zierlichen Hände, wie sie eine Flügeltür weit öffneten.

Das Haus lag direkt an der Hauptstraße. Es war vor dem Krieg gebaut worden, wie die meisten Häuser in Groß Dölln. Es hatte nur ein Stockwerk, war aber groß und geräumig. Bei vielen dieser alten Bauernhäuser war der Dachstuhl später ausgebaut worden. Doch hier nicht. Der innere Hauptteil des Hauses war nach oben hin bis zum Dach völlig offen. Ein Atelier. Das Licht fiel durch große Dachfester in den Hauptraum. Darin eine moderne, offene Wohnküche. Hannes bemerkte auch eine Werkbank, allerlei Werkzeuge und weiter hinten einige Skulpturen. Elena Kohlhaas war also eine Künstlerin. Das hatte er nicht erwartet. Hannes hatte mehr und mehr das Gefühl, dass die Sache nicht einfach werden würde. Er blieb stehen und wartete, bis sie sich zu ihm umdrehte. Er entschuldigte sich noch einmal für die Störung, was er im nächsten Augenblick schon bereute. Sie blickte ihn an.

»Nun?« Sie lächelte abwartend.

»Ich muss Ihnen leider eine traurige Mitteilung machen.« Das war der Augenblick, den er am meisten hasste. Er bereute schon, dass er allein gekommen war. Die Benachrichtigung der Angehörigen machten sie besser zu zweit; nicht nur wegen der Angehörigen. Häufig haben Menschen das Gefühl, der Boden würde unter ihnen aufreißen, wenn sie vom Tod eines Angehörigen erfuhren. Es war schwer für Hannes, mit den Hinterbliebenen in dieses schwarze Loch zu schauen. Ganz besonders in seiner ganz persönlichen Situation der Trennung, die ihn seit Wochen quälte.

»Wir haben einen toten Mann in einem Straßengraben gefunden. Wir haben ihn als Jens Kohlhaas identifiziert. Wir vermuten, er ist ihr Vater.«

Hannes wartete auf eine heftige Reaktion. Doch die blieb aus. Elena Kohlhaas blieb ungerührt. Sie schaute ihn an, als hätte er etwas völlig anderes gesagt. Erst dachte Hannes, dass sie den Schock erst noch verkraften müsse, dann wurde ihm klar, dass der Tod ihres Vaters sie nicht im Geringsten berührte. Elena musste seine Gedanken erraten haben. Sie lächelte fast amüsiert.

»Ich weiß, was Sie denken. Sie halten mich für gefühllos, nur weil ich nicht erschüttert bin.«

»Keinesfalls«, beteuerte Hannes. Elena wiegelte ab. »Sie müssen wissen, ich hab mich von meinem Vater getrennt. Wir haben seit Jahren nicht mehr miteinander gesprochen. Wie ist er denn überhaupt gestorben?«

»Das wissen wir nicht«, erwiderte Hannes, war jedoch ein wenig irritiert. »Noch nicht.« Sein Unterbewusstsein rührte sich. Etwas stimmte nicht mit dieser Frau. Wie konnte der Tod ihres Vaters sie so unberührt lassen? Er beobachtete sie aufmerksam. Die Art, wie sie ihn beiläufig fragte, ob er von hier aus der Gegend sei, er sähe gar nicht so aus. Die kleinen Falten um ihr Lächeln, als sie fragte, ob er einen Kaffee mit ihr nähme. Der traurige Blick, als sie sagte, sie hätte sich über viele Jahre mit ihrem Vater auseinandergelebt, während sie seine Tasse füllte. Er nahm die Tasse aus ihrer Hand. Dabei berührten sich ihre Finger für einen winzigen Augenblick.

»Wann haben Sie Ihren Vater zum letzten Mal gesehen?«

Eine Standardfrage. Doch Elena musste nachdenken. Sie überlegte, während Hannes eine ihrer Skulpturen genauer betrachtete. Eine amorphe weibliche Form. Hannes konnte mit abstrakter Kunst nicht viel anfangen, und diese Skulptur überforderte seinen Kunstverstand über alle Maßen.

»Vor drei Monaten, glaube ich ...«, antwortete sie schließlich.

»Was können Sie mir überhaupt zu ihrem Vater sagen? Wo wohnte er eigentlich?« Hannes überlegte, ob er die Skulptur berühren durfte.

»Fünf Hausnummern weiter, in der 65.«

Fünf Hausnummern? Wie schaffte sie es dann, ihrem Vater aus dem Weg zu gehen? In einem Dorf mit 200 Einwohnern. Und das Haus ihres Vaters lag nur fünf Hausnummern entfernt.

»Wer wohnt da noch? Gib es noch jemanden, den wir verständigen müssen?«

»Er lebte allein.« Hannes berührte die Skulptur mit den Fingerspitzen und war überrascht. Der Stein fühlte sich überraschend angenehm an. Rund, anschmiegsam und viel wärmer als erwartet. Eine irgendwie erotische Form. Weiblich. Schon ein kleines Kunstwerk, wenn er es recht bedachte.

»Gefällt es Ihnen?«, fragte Elena. Hannes nahm die Hand sofort von der Skulptur. Elena erwartete eine Antwort, doch Hannes erinnerte sich daran, warum er eigentlich gekommen war. Er brauchte definitiv mehr Informationen.

»Können Sie mir nicht sagen, was es mit Ihrem Vater auf sich hat? Ich meine, es scheint ihn niemand zu vermissen. Er liegt seit sechs Wochen tot in einem Graben und niemand bemerkt etwas. Das ist doch eigenartig, finden Sie nicht?«

»Finden Sie? Sie glauben wohl, hier in unserem Dorf würden die Leute mehr auf sich achten als in einer großen Stadt? Da muss ich Sie enttäuschen. Man kann auch in einem Dorf .... allein sein.«

Sie hatte bei der Wahl der Worte einen Augenblick gezögert und starrte nun nachdenklich vor sich hin.

»... und anscheinend auch allein sterben«, ergänzte Hannes. Einsamkeit. Das war offenbar etwas, dass Elena Kohlhaas nicht unbekannt war. Offensichtlich gab es in diesem Haus keinen Ehemann. Es schien auch so, als würde ihr keiner fehlen. Auf jeden Fall war diese Frau hier gestrandet, auch wenn Hannes noch nicht wusste, warum.

»Ich nehme an, Sie sind erfolgreich mit dem, was Sie machen?«, mutmaßte er und nickte rüber zu den Skulpturen.

»Ich bin Bildhauerin, erwiderte sie. »Sagen wir, ich kann davon leben.«

Sie wich ihm irgendwie aus. Hannes trat näher zu ihr. Sie stand vor ihm und hielt die Kaffeetasse mit abgespreiztem kleinen Finger, wie ein Glas Champagner auf einer Dinner-Party. Im Profil war sie eine ungewöhnlich schöne Frau.

»Ihr Vater war immer allein, sagen Sie. Aber das ist doch erstaunlich. Immerhin war er doch mal Bürgermeister dieses Dorfes. Jeder kannte ihn. Und nun will niemand mehr etwas mit ihm zu tun haben? Was ist passiert?«

»Die Wende?«

Das provokante Fragezeichen am Ende war nicht nett. Aber sie hatte ganz Recht. Das war eine bescheuerte Frage. Viele der Alten im Dorf hatten mit der Wende ihre Arbeit verloren. Der einzige, der es möglicherweise tatsächlich verdient hatte, war der Bürgermeister, der mit Sicherheit SED-Mitglied gewesen sein musste.

»Hat Ihr Vater häufig mal was getrunken?«

»Das kann schon sein. Wissen Sie, was ein Quartalssäufer ist?«

Das wusste er. Trotzdem war er froh, dass sie ihn für jemanden hielt, dem man das erklären musste.

»Auch mitten in der Nacht auf der Straße?«

»Ist vorgekommen.«

»Hatte ihr Vater Feinde, jemanden, der Probleme mit ihm hatte?«

»Ich wüsste niemanden, der keine Probleme mit ihm hatte.«

Hannes wartete ab. Das schien besser, als weitere Fragen zu stellen. Ihr würde schon klar werden, dass sie noch etwas sagen musste. So einfach kam sie ihm nicht davon.

»Mein Vater war - wie soll ich sagen - ein eigensinniger Mensch«, erklärte sie schließlich. »Meine Mutter starb früh. Er blieb dann viele Jahre allein. Ist es das, was Sie hören wollten?«

Sie drehte sich um und stellte den Kaffee zurück in die Wohnküche. Sie verharrte um nachzudenken, während Hannes ihr unbemerkt auf den Hintern starrte.

»Am Ende gab es niemanden mehr, mit dem er sprechen konnte«, ergänzte sie. »Aber das ist ja auch kein Wunder ...« Sie hielt inne. Da war ein leichtes Zittern in ihrer Stimme. Etwa doch Gefühle?

»Was ist kein Wunder?«, hakte Hannes nach.

»Nun ja, es gab Zeiten, da hat mein Vater ein paar Menschen schlecht behandelt. Ich gehörte wohl auch dazu.«

Kurzes Lächeln. Das Zittern war weg.

»Er war einfach kein guter Mensch.«

Kein guter Mensch. Hannes erstaunten diese Worte. Sie redete immerhin von ihrem Vater. Ihr Blick ging an Hannes vorbei. In diesem Augenblick schien es, als wäre sie nicht hier, sondern irgendwo in ihrem eigenen Universum.

»Tobias Kohlhaas. Wer ist das eigentlich?« Hannes ahnte es. Nur zur Sicherheit. Sie drehte sich um.

»Das ist mein Sohn. Wollen Sie ihn sprechen? Er ist nur gerade weg. Arbeiten.«

»Nein, nein«, wiegelte Hannes ab. Falls notwendig, würde er sich ihren Sohn noch vornehmen. Im Augenblick war sie viel interessanter.

»Was war Ihr Vater eigentlich von Beruf? Ich meine, er muss ja auch mal was anderes gemacht haben, als Bürgermeister zu sein.«

»Er war Kombinatsleiter einer Ziegelei«, antwortete sie. »Die Ziegelei am Ortseingang. Haben Sie die gesehen? Heute arbeiten da nur noch wenig Leute.«

Die Ziegelei würde er sich später noch vornehmen müssen.

»Seit wann arbeitete er denn nicht mehr für die Ziegelei?«

»Seitdem er nicht mehr Bürgermeister war.«

»Also seit der Wende?«

»Ja.« Sie griente.

Hannes konnte sich den Rest denken. Trotzdem hatte er nicht das Gefühl, vorangekommen zu sein. Der Tote war nicht gerade beliebt im Dorf, das war klar. Aber warum hatte er seine Tochter verloren? Er ahnte, dass er hier nicht weiterkommen würde. Jedenfalls heute nicht mehr. Er verabschiedete sich und ermahnte sie, ihn anzurufen, wenn ihr noch etwas einfallen sollte. Dann gab er ihr seine Karte. Sie nahm sie und schaute kurz darauf. Hannes wusste, dass dort Oberkommissar auf der Karte stand. Sie lächelte und hielt ihm die Tür auf.

»Selbstverständlich«, sagte sie.

Kaum war Hannes auf der Straße, klingelte sein Telefon. Franka wollte wissen, was sie in den Bericht schreiben sollte.

»Das Übliche. Denkt dir was aus«, erwiderte Hannes. »Jens Kohlhaas, so und so viele Jahre alt, arbeitslos, ehemaliger Bürgermeister von Groß Dölln, wurde tot in einem Baugraben aufgefunden. Datum, Uhrzeit. Wahrscheinlich schon länger als sechs Wochen tot. Fertig. Nimm alle Fakten, Namen und Adressen mit rein, auch die der Angehörigen. Auch den Namen vom Oberwachtmeister, der ihn gefunden hat. Tochter wurde zur Sache vernommen. Haben die von der Spurensicherung schon was gesagt?«

Franka verneinte, sie hätten sich aber die Kopfwunde schon näher angeschaut. Sähe nach einer Verletzung mit einem harten Gegenstand aus. Kann ein Stein oder ein Rohr gewesen sein. Ob er daran gestorben ist, könnte man jedoch noch nicht sagen.

»Aha.«

»Und? Was soll ich nun in den Bericht schreiben? Unfall oder Tötungsdelikt?«

Hannes erwartete, dass Beckmann ihn darauf festnageln würde. Was auch immer in diesem Bericht stehen würde, es würde sicher auch eine Pressemeldung dazu geben. Die Geschichte würde wahrscheinlich in den Lokalteilen einiger Zeitungen abgedruckt werden. Und bei Mordverdacht würde man auch einen Mörder finden müssen. Wenn Beckmann später zugeben müsste, dass es doch nur ein Unfall war, wäre das recht blamabel. Und er hatte die Verärgerung seines Chefs einmal mehr zu ertragen. Deshalb musste er vorsichtig sein.

»Schreib, dass wir die Ermittlungen aufnehmen«, schlug Hannes vor. »Wir gründen die Mordkommission Kohlhaas. Die Leitung übernehme ich. Ein Unfall bleibt jedoch nicht ausgeschlossen. Kohlhaas war ein Säufer, das sagt sogar seine Tochter. Er war bekannt dafür, dass er sich von Zeit zu Zeit volllaufen ließ und nachts auf der Straße herumlief. Wir müssen halt die Ergebnisse der Obduktion abwarten. Solange kann es immer noch ein Unfall gewesen sein. Machst du bitte den Bericht heute noch fertig?«

»Ist schon so gut wie erledigt.«

»Danke.«

Hannes legte auf. Der Regen hatte für den Moment aufgehört. Es war kurz nach neun, als er zu Fuß in Richtung des östlichen Ortsausgangs lief. Er wollte sich die Beine vertreten und ein bißchen nachdenken. Außerdem wollte er sich das Dorf anschauen. Es war ein Dorf, das er früher als Berliner nur am Wochenende durchfahren hatte, um einen neuen See in Brandenburg zu entdecken, den er dann meist nie gefunden hatte. Er erinnerte sich, dass er bei einem Stau auf der Autobahn einmal eine Umleitung genommen hatte und dann in einem ähnlichen Dorf gelandet war. Aber nicht in Groß Dölln. Das hier war noch abgelegener. Hier würde niemand freiwillig hinfahren. Auch nicht, wenn sie die Autobahn zwischen Rostock und Berlin komplett sperren würden. Die Straßen von

Groß Dölln waren menschenleer. Nur kleine verhutzelte Bauernhäuser mit verblichenen Fenstern und zugezogenen Gardinen im DDR-Design der 70er. Alle Fenster waren verschlossen und verrammelt. Auch die der alten Gaststätte mit dem Namen »Deutsches Haus«. Geschlossen. Zumindest um diese Uhrzeit. Genaueres war nicht zu erfahren. Die in einem Glaskasten an der halbzerfallenen Wand ausgestellte Speisekarte war zur Hälfte eingerissen. Ihm schien es fast, als würden sich hinter diesen Mauern noch weit mehr Geheimnisse und alte Geschichten verbergen, als er jemals erfahren würde. Und die Wenigsten würden mit Jens Kohlhaas zu tun haben.

Als er den östlichen Ortsausgang erreichte, sah er schon von weitem die dunklen Schlote der Ziegelei. Als er näher kam bemerkte er, wie erstaunlich groß diese Fabrik war. Es gab mehrere Öfen, diverse Werkräume und vor allem Lagerhallen. Und trotzdem war niemand zu sehen. Das Schild am Eingang war neu. Daneben eine Klingel mit einem provisorisch verlegten Draht zu einem der Häuser in der ersten Reihe. Hannes klingelte. Nach mehrmaligem Klingeln kam ein Mann aus dem Haus. Er war um die 60 und sah eher aus wie einer der Arbeiter als der Besitzer der Ziegelei.

»Wir ham ja och Telefon«, begrüßte ihn der Mann mürrisch. Hannes zeigte ihm seinen Dienstausweis. Der Mann beäugte seinen Ausweis misstrauisch und führte Hannes in das Haus in ein kleines Kabuff, wo tatsächlich ein Telefon stand. Ein Heizlüfter sorgte für muffig warme Luft.

»Hier war auch schon mal mehr los, was?«, versuchte Hannes das Eis zu brechen.

»Da können Se Gift drauf nehmen. Heute mach ick nur noch Abverkoof. Dafür hab ick hier ooch dit Telefon. Produziert wird hier nüscht mehr. Wat wollnse denn wissen?«

»Kennen Sie Jens Kohlhaas?«

Der Mann nickte, war aber immer noch unwillig. Er ging ein paar Schritte vor, zog einen klapprigen Metallstuhl herbei und bat Hannes, Platz zu nehmen. Zwischen ihnen stand das Telefon. Grün mit schwarzen Tasten. So etwas gab es gar nicht mehr zu kaufen. Selbst gebraucht nicht mehr. Hannes sah hinüber zu den Lagerhallen mit schätzungsweise immer noch recht vollen Beständen und überlegte, wie lange dieser Mann wohl noch arbeiten müsste, bis alle Ziegel verkauft wären. Bis zu seiner Rente in jedem Fall. Wenn dieses Tastentelefon keinen Anschluss an das Telefonnetz hatte, möglicherweise noch länger.

»Was können Sie mir denn von Kohlhaas erzählen?«, fragte Hannes.

Der Mann tat, als müsste er seine Gedanken erst sortieren, in das, was gesagt und was nicht gesagt werden durfte. Möglicherweise fiel es ihm jedoch auch nur schwer, sich zu erinnern. Dazu machte er ein Gesicht, als hätte er unangenehme Rückenschmerzen.

»Kohlhaas war hier son Kombinatsleiter, so wurde det damals jenannt: Kombinat und Kombinatsleiter. Ick hab noch unter ihm jearbeitet.«

»Und? War er ein guter Kombinatsleiter?« Auf diese Frage kam keine Antwort, was im Grunde die Frage auch beantwortete.

»Hören Sie, Sie können offen reden. Herr.... ?«

»Meier.«

»Also, Herr Meier. Jens Kohlhaas ist heute Morgen tot aufgefunden worden. Ich ermittle in dieser Sache. Gibt es jemanden, mit dem Kohlhaas im Streit lag? Jemand, der einen Grund hätte ihn umzubringen?«

Meier nahm bedächtig eine Flasche Doppelkorn und zwei Schnapsgläser aus einem Fach und stellte sie auf den Tisch. Die Gläser wurden randvoll gemacht.

»Wo kommste denn eijentlich her? Ost oder West?«

Meier nahm eines der Gläser in die Hand, schaute Hannes an, und erwartete eine Antwort. Es ist neun Uhr morgens und schon ein vertrauliches »Du« mit einem Gewohnheitstrinker, dachte der, nahm das andere Glas und kippte sich den Inhalt kurzerhand in den Hals.

»West«, rief Hannes und knallte das Glas zurück auf den Tisch. Meier griente jetzt freundlicher und zog sich den Doppelkorn in gleicher Manier hinter die Binde. Wie zwei alte Freunde standen die leeren Gläser beieinander. Dann wurde Meiers Miene wieder nachdenklicher.

»Wenn icks mir so überleje«, sagte er, «war der Jens doch een richtjes Arschloch. Soweit ick weeß, hat dit seine Frau zuerst jemerkt. Drum isse auch abjehauen.«

Hannes wartete ab.

»Auch in der Ziegelei war det nich besser. Kohlhaas war faul, selten überhaupt da. Dit kommt ja nich jut an bei de Belegschaft. Außerdem jab's so Jerüchte …«

»Was für Gerüchte?«

»Na ja, viele wussten, dass der Kohlhaas inne eijene Tasche jewirtschaftet hat. Und dit war ja nich so schön im sauberen Sozialismus.«

Meier betonte die Worte »sauberer Sozialismus« so, als wäre es etwas, was man auf keinen Fall auch nur berühren durfte.

»Manche von uns mussten für den Kohlhaas bei de Russen arbeeten. Statt hier inne Ziegelei, hat der Jens se zu de Russen jeschickt. Wochenlang. Wat immer da jemacht wurde. Reparaturen, Bauarbeeten, wat weeß ick.« Meier stand auf und schloss den Schnaps wieder weg.

»Und deshalb waren einige sauer auf ihn?«

Meier nickte. »Eeemal war ick och dabei. Een Wochenende. Rohre verlejen in de Kasernen vom Flugplatz vonne Russen. Dit Material kam aus der Ziegelei, und der Kohlhaas kassierte von de Russen. Dit muss ihn so richtich reich jemacht haben. Dit war ne Schweinerei. Fanden alle. Die Russen haben ihm im Gegenzuch een Haufen Material aus Militärbeständen überlassen. Dit konnte der richtich jut jejen Devisen verkoofen. Wir mussten aber det Maul halten. Jeden, der ihm nich zu pass war, hat der ja sonst bei de Stasi verpetzt. Da warste schnell weg vom Fenster und musstest kiecken, wo de bleibst. Wenn einem erst mal so wat anjehängt wurde.«

Meier sah vor sich hin, als könnte er sich jetzt genau erinnern.

»Wann war das denn überhaupt?« fragte Hannes.

Meier überlegte. »Ende der 70er? Anfang der 80er? Ick denke, eher Anfang der 80er. In jedem Fall hatte der Kohlhaas da so einije unter der Knute. Würde mich nich wundern, wennet da einije jibt, die dit nich verjessen haben.« Meier nahm noch einen Schluck aus der Pulle, was wohl sagen sollte, dass er nicht mehr zu sagen hatte.

Wahrscheinlich wusste er auch nicht mehr oder konnte sich nicht an mehr erinnern.

Hannes nahm noch einen zweiten Schnaps, der war schon besser. Dann machte er sich auf den Weg zurück zu seinem Auto.

Kaum hatte er die Ziegelei verlassen, klingelte sein Telefon. Frederike wollte, dass er sich seine Post abholte. Hannes sollte endlich einen Umsendeantrag an die Post geben. Es könne ja was Wichtiges dabei sein. Sie hätte wenig Lust, seine Post aufzumachen. Er spürte einen Stich in seinem Herzen, als er ihre Stimme hörte. Frederike und er hatten seit Tagen nicht mehr miteinander geredet. Er fragte sie, wie es ihr ginge und sie wechselten ein paar Worte. Er spürte, dass sie froh war, seine Stimme zu hören. Es waren fast freundliche Worte. Tagelang hatten sie sich nur noch angeschrien. Als er versprach, am Abend vorbei zu kommen, war dies jedoch nur ein halbherziges Versprechen. Warum konnte sie ihm die Briefe nicht einfach nachsenden? Er wusste nicht, ob er sie überhaupt sehen wollte. Je länger Hannes darüber nachdachte, umso sicherer war er, dass er nicht zu ihr fahren würde.

Sein Telefon klingelte erneut, kaum dass er das Gespräch beendet hatte. Wann er denn den Bericht bekomme, fragte Beckmann. Der hat Nerven, dachte Hannes. Dann nahm er sich vor, nicht allzu viel Zeit in diesen Fall zu investieren. Die Kripo von Eberswalde würde diesmal mit einem Ermittlungsleiter auskommen müssen, der sein Privatleben wieder in normale Bahnen lenken musste. Hannes nahm sich vor, ein paar Tage Urlaub zu nehmen, komme was wolle.

4 - ЧЕТЫРЕ

Moskau, 6. November 2001, 14.11 Uhr

Michail Tuchatschewski mochte es nicht, wenn man sich seinen Anweisungen widersetzte. Auch hasste er jede Form von Pluralismus, und ganz besonders, wenn der sich beim Militär breitmachte. *Pluralismus.* Allein das Wort war schon entsetzlich. Pluralismus und Militär in einem Atemzug zu nennen, war hingegen noch schlimmer. Für ihn passte das nicht zusammen. Andererseits musste er zugeben, dass sich die Zeiten geändert hatten. Selbst beim Geheimdienst hatte sich eine neue Atmosphäre eingestellt. Glasnost und Perestroika. Er hatte immer wieder Offiziere erlebt, die frei und unverhohlen ihre Meinung äußerten, obwohl andere Offiziere - ja sogar ihre direkten Vorgesetzten - anderer Meinung waren. So etwas hatte es früher nicht gegeben.

Teamgeist wurde das heute genannt. Angeblich war das für eine moderne Armee notwendig. Die amerikanische Armee hatte dieses Zaubermittel schon früher entdeckt. Darum wäre sie auch die schlagkräftigste Armee der Welt. General Tuchatschewski widerstrebte dieser Gedanken so sehr, dass es ihm den Magen zusammenzog. Alles daran war falsch. Als Afghanistan-Veteran wusste er genau, was Krieg bedeutete. Mit demokratischen Sitzungen, Teamgeist und Transparenz hatte das nicht viel zu tun. So konnte eine Armee nicht funktionieren und schon gar kein Krieg. Wenn es um wichtige Entscheidungen ging, durfte nicht diskutiert werden. Es gab keine Zeit für Debatten. Nur der Kommandant durfte entscheiden und musste die Verantwortung tragen. Wenn eine Operation gelingen sollte, mussten alle Soldaten unumstößlich und fest an die Mission glauben. Sie mussten seiner Führung blind vertrauen. Keine Diskussion. Sonst würden am Ende alle nach Hause gehen, und der Krieg wäre vorbei. Er hasste schon allein das Wort »*diskutieren*«.

Ihm gegenüber stand ein Offizier im Majorsrang. Der war erstaunlicherweise immer noch nicht vor Scham im Boden versunken. Obwohl dieser Mann alles falsch gemacht hatte, was er nur falsch machen konnte. Trotzdem hatte ihn Tuchatschewski nicht zusammengefaltet und unangespitzt in den Boden gerammt. Der Major stand immer noch aufrecht und ungerührt vor ihm. Der Major hatte unangemeldet Tuchatschewskis Büro betreten und um eine kurze Unterredung gebeten. Der Eindringling hatte sein Zögern dahin gedeutet, dass er - General Michail Tuchatschewski - damit einverstanden war, diese Unterredung zu führen. Dann hatte der Mann noch behauptet, dass es *dringend* sei und damit eigenmächtig etwas festgelegt, was ihm nicht zustand. Unaufhörlich hatte der Mann ihn mit einem nicht enden wollenden Redeschwall belegt, von deren Inhalt Tuchatschewski nicht mal die Hälfte verstand. Von Zeit zu Zeit schwieg sein Gegenüber und schaute Tuchatschewski fragend an. Daraufhin hatte der General wiederholt kurz genickt, worauf der Mann weitere ausschweifende Details zum Besten gab.

Dies hätte noch lange so weitergehen können, wenn der General nicht mittendrin abrupt und laut nach dem Namen seines Gegenübers gefragt hätte. Nun war der Major doch sichtlich verblüfft. Dass Tuchatschewski seinen Namen nicht kannte, hatte er nicht für möglich gehalten. Immerhin arbeitete er schon seit einem Jahr für den General. In der Abteilung für Auslandsaufklärung im *Federalnaja sluschba besopasnosti Rossijskoj Federazii*, auch einfach F.S.B. genannt, einem der vielen Geheimdienste der gerade frisch gegründeten russischen Föderation. Er und der General hatten schon häufiger miteinander zu tun gehabt. Dass General Tuchatschewski so ignorant und arrogant sein konnte, war für ihn enttäuschend und ernüchternd.

»Gribkov ist mein Name, Anatoli«, antwortete er.

General Michail Tuchatschewski war zum Lohn für seine Verdienste an die Spitze der Aufklärungsabteilung des F.S.B. nach Moskau befördert worden. Ein Schreibtischjob, der ihn langweilte und bis aufs Blut quälte. Darum ließ er seine meist schlechte Laune auch hemmungslos an seinen Mitarbeitern aus. Natürlich kannte er seine Leute namentlich. Trotzdem machte er sich bei jeder Gelegenheit einen Spaß daraus, den einen oder anderen Mitarbeiter ordentlich zu verunsichern. An diesem Verhalten mochte er keinen Fehler erkennen, auch wenn seine Untergebenen ihn dafür hassten. Das war ihm ebenso bewusst wie gleichgültig, ganz im Gegensatz zu seinem Pensionsanspruch, der mit jedem weiteren Jahr im Dienst um ein hübsches Sümmchen weiter anstieg. Tuchatschewski musste nur darauf achten, dass er den Laden am Laufen hielt, bevor jemand auf die Idee kam, ihn frühzeitig in den Ruhestand zu versetzen. Dazu musste er nur eins tun: nichts. Die Männer und Frauen seiner Abteilung waren gut ausgebildet. Sie kamen ohne ihn zurecht, konnten selbst entscheiden und sollten das bitte auch tun, es sei denn, es wäre *wirklich wichtig*. Dann sollten sie ihn einbeziehen. Aber das hatte dieser Mann gar nicht behauptet. Er sagte nur, es wäre *dringend.*

»Gut. Gribkov, Anatoli. Ich glaube, ich habe verstanden, was Sie mir sagen wollen. Aber erklären Sie mir bitte noch eines: Was würde passieren, wenn wir einfach nichts täten?«

»Nichts?«

»Ja, einfach nichts. Sie sagten ja, wir wären uns gar nicht sicher, ob dieser vermisste Nuklearsprengkopf auf dem Boden der Ostsee liegt oder nicht. Und wenn schon? Was würde passieren, wenn die Deutschen ihn fänden?

»Mit Verlaub, General. Das ist es ja, was ich mit Ihnen besprechen möchte. Dieser ehemalige deutsche KGB-Agent hat sich an die russische Botschaft in Berlin gewandt und behauptet, er wüsste, wo der Sprengkopf ist. Wenige Tage später findet man ihn tot in einem Graben. Die deutsche Polizei ermittelt. Sie werden in seiner KGB-Vergangenheit herumschnüffeln. Es wird alles ans Licht gezerrt.«

»Na großartig! Das wollen wir doch auch: dass alles ans Licht kommt. Insbesondere dieser Sprengkopf. Wie lange suchen wir eigentlich schon danach?«

»Seit 1990. Man kann aber wirklich nicht sagen, dass wir ihn gesucht hätten, Herr General. Zumindest nicht in den letzten Jahren. Wir wissen nicht, wo er ist, geschweige denn, was damals passiert ist. Mit Sicherheit wissen wir nur, dass der Sprengkopf samt Zünder verloren gegangen ist. Wir hatten damals die Vermutung, dass beim Absturz des Bombers etwas nachgeholfen wurde. Kann sein, dass der Sprengkopf immer noch in der Ostsee liegt und wir ihn damals nur nicht gefunden hatten. Was ich mir jedoch kaum vorstellen kann, bei dem Aufwand, der betrieben wurde. Kann aber auch sein, dass andere ihn aus dem Meer gefischt haben. Es wäre sogar denkbar, dass der vermisste Sprengkopf gar nicht an Bord war und immer noch irgendwo in Deutschland ist. Das Ganze könnte peinlich für uns werden.«

»Peinlich? Wieso peinlich?«

»Kommt darauf an, was damals wirklich passiert ist und was nun noch passieren wird.«

»Was soll denn *noch* passieren?«

»Im schlechtesten Fall eine thermonukleare Explosion auf deutsche Boden.«

Der General blickte seinen Mitarbeiter erschrocken an. Sein Zorn war verflogen. Das Spielchen war vorbei. Jetzt wurde es Ernst. Der Major war kein Dummkopf. Tuchatschewski war zwar kein Experte für Atomwaffen, konnte sich aber gut vorstellen, dass dieser Sprengkopf aus russischer Produktion so solide konstruiert war, dass er auch nach Jahren noch einwandfrei funktionierte. Zumal der Zünder ebenfalls verloren gegangen war. Er musste dankbar sein, dass er Leute wie Gribkov hatte. Leute, die mitdachten. Und das war nun *wirklich wichtig*, kein Zweifel.

»Und im besten Fall?«

»Bruch der Abrüstungsabkommen mit den USA.«

»Ach herrje!«

Tuchatschewski wollte sich nicht ausmalen, was passieren würde, wenn eine voll funktionsfähige russische Atomwaffe auf deutschem Hoheitsgebiet gefunden werden würde. Einfach liegen geblieben. Vergessen. Eine Blamage. Vertragsbruch und eine faustdicke Schlamperei. Es würden Köpfe rollen, soviel war sicher. Und es sollte doch bitte nicht sein Kopf sein.

»Mit einer mittleren Wahrscheinlichkeit ist auch eine atomare Verseuchung denkbar«, ergänzte Gribkov akribisch.

»Was heißt *mittlere* Wahrscheinlichkeit?«, gab Tuchatschewski zurück.

»Wir haben das mal durchgerechnet. Wenn der Sprengkopf noch in Deutschland ist, wäre es recht wahrscheinlich, dass es dort zu einer Explosion oder zu einer Verseuchung kommt, wenn das nicht schon bereits geschehen ist. Sagt zumindest der Computer.«

»Der Computer weiß das?«

»Ja. Eine mit Plutonium bestückte Nuklearwaffe neigt bei unfachgerechter Lagerung zur Selbstentzündung. Es finden chemische Reaktionen statt, die zu einer Verseuchung führen können.«

»Das ist ja allerhand!«

Tuchatschewski war froh, dass er nachgefragt hatte. Es schien, als müsse er in diesem Fall unbedingt etwas unternehmen.

»Was schlagen Sie also vor, Gribkov?«

»Wir sollten handeln, Herr General. Wir müssen wissen, was da läuft und dürfen es nicht aus der Presse erfahren.«

»Das klingt gut, aber wie sollen wir das machen?«

»Ganz einfach. Wir bieten der deutschen Polizei unsere Unterstützung an.«

»Die Unterstützung durch unseren Geheimdienst?«

»Warum nicht?«

Tuchatschewski überlegte einen Augenblick. Kooperation mit der Polizei, das hieße, sie wären im Spiel und aus erster Quelle immer gut informiert. Sie würden eingreifen können, wenn sich die Geschichte in eine unangenehme Richtung entwickelte. Die Idee gefiel ihm immer besser.

»Aber wie sollen wir das mit der Kooperation hinkriegen? Die Polizei sucht einen Mörder, keine Atomwaffe.«

»Mit einem Wurm fängt man Fische«, erwiderte Gribkov verschmitzt. »Lassen Sie mich nur machen, Herr General.«

»Wollen Sie etwa nach Deutschland gehen?«

»Nein, Herr General, das wäre keine gute Idee. Ich bin dafür ungeeignet. Aber es gibt da einen Experten: Ein Ex-KGB-ler, spricht fließend Deutsch, ist sogar deutscher Abstammung. Er ist derzeit eingesetzt in unserer Botschaft in Berlin. Ich könnte ihn instruieren.«

»Hört sich gut an. Worauf warten wir?«

»Sie sind also einverstanden?«

»Das bin ich. Das bin ich. Und wie war doch gleich ihr Name?«

»Gribkov, Anatoli Gribkov.«

Tuchatschewski schmunzelte, und auch Gribkov konnte sich ein heimliches Grinsen nicht verkneifen.

»Halten Sie mich auf dem Laufenden, Gribkov.«

»Selbstverständlich, Herr General!«

Als Gribkov das Büro verlassen hatte, stöberte Tuchatschewski noch eine Zeitlang in den elektronisch archivierten Akten zu diesem Fall. Eine verschwundene Atomwaffe und ein abgestürzter Bomber. Erst dachte Tuchatschewski, es wären nur ein paar, als geheim klassifizierte Dokumente, dann bemerkte er, dass es noch weit mehr Informationen dazu gab. Ganze Aktenberge: Die Berichte des bei der Suche beteiligten Flugdeckkreuzer-Kommandanten, die Berichte der Marine-Untersuchungskommission, die Reporte der Kapitäne der Bergungsschiffe, die Meldungen und Funkaufzeichnungen der Luftwaffenaufklärung, die Berichte aus der betroffenen Raketenabteilung bis hin zu den einzelnen Personalakten der beteiligten Kapitäne, Flieger, Raketen- und Transportoffiziere. Insgesamt kam er bei seiner Suche auf 613 Treffer im Dokumenten-Archiv. Darunter auch als streng geheim klassifizierte KGB-Berichte aus dem Jahr 1976. Da standen Orte, von denen er noch nie etwas gehört hatte: Templin. Vogelsang. Dannenwalde. Ein Ermittlungs-Overkill.

Mein Gott, dachte er und hoffte, dass sie mit der geplanten Aktion nicht bloß weiteren Staub aufwirbeln würden. Staub vernebelt einem bekanntlich die Sicht. Und auch die Übersicht. Möglicherweise würden sie den Fall jetzt aufklären, oder den Aktenbergen nur noch weitere sinnlose Berichte hinzufügen. Ihm war es gleich, sofern es nicht seine Haut war, die gegrillt werden sollte.

Eines war jedoch klar: Früher hätte man in so einem Fall nicht lange gezögert. Man hätte gehandelt. Der Verantwortliche wäre kurzerhand erschossen worden. Schließlich war eine Atombombe kein Turnbeutel, den man mal so einfach liegen lassen durfte. Da wäre hart durchgegriffen worden, selbst wenn es am Ende den Falschen traf. Tuchatschewski musste sich eingestehen, dass die moderne russische Armee in diesem Punkt einen Tick menschlicher geworden war. Aber genützt hatte es wenig. Irgendwo da draußen lag immer noch ein atomarer Gefechtskopf mit einer Sprengkraft von 500 Kilotonnen TNT. Ob nun in der Ostsee oder in Deutschland, war am Ende unbedeutend. Eine thermonukleare Explosion in Europa konnte immer noch einen Atomkrieg auslösen. Abrüstung hin oder her.

5 - ПЯТЬ

Auf dem Flugplatz Templin, 2. Oktober 1976, 12.45 Uhr

Wassilij war tief beeindruckt, als er von der Flugzeugrampe auf das Rollfeld trat. Drei Busse standen bereit, um die zahlreichen Neuankömmlinge aufzunehmen. Hinter der Iljuschin IL-76, die ihn in fünf Stunden von Moskau aus hierher gebracht hatte, dröhnten die gewaltigen Triebwerke einer weiteren Transportmaschine, einer riesigen Antonov. Auf dem Flugfeld war eine unüberschaubare Anzahl von Arbeitern mit dem Entladen der Transportmaschinen beschäftigt. Fahrzeuge rollten über die Piste, Container wurden abtransportiert oder entladen. Die Ankömmlinge aus der Antonov und der Iljuschin sammelten sich vor den Flugzeugen und wurden vom Bodenpersonal auf Busse verteilt. Auch Wassilij war dabei. Er trug, wie alle anderen Soldaten, nur einen Sack für seine persönliche Habe, den er im Bus in die Ablage über seinem Sitz stopfte. Wassilij Belov war einen Kopf kleiner als die meisten seiner Kameraden. Auch war er nicht der Typ, der den Mädchen unbedingt auffiel. Seine Uniform trug er trotzdem mit einer Spur von Trotz und Stolz.

Er fand, dass ihm die üblicherweise in der Armee von den Offizieren getragene große Schirmmütze leider nicht besonders gut stand. Auch sahen die im Winter getragenen Fellmützen mit dem roten Stern bei den größeren Kadetten besser aus. Einige Kadetten aus der Moskauer Offiziersschule hatte er im Flugzeug wiedererkannt, die anderen im Bus waren Wehrpflichtige, die nur das Glück oder Pech hatten, in Deutschland stationiert zu werden. Sie waren so alt wie er, kaum älter als zwanzig. Vierundzwanzig lange Monate Aufenthalt war der Standard für die Wehrpflichtigen, doch Wassilij würde länger bleiben.

Die Fahrt mit dem Bus ging quer über die Rollbahn zu einem Gebäude mit rotierendem Radar: die Flug- und Einsatzzentrale. Die Soldaten streckten neugierig ihre Hälse. Manchmal fielen ein paar Worte zum Nachbarn, meist eine flüchtige Bekanntschaft, die auf dem Flug von Moskau hierher geschlossen worden war. Die jungen Männer kamen von überall aus der Sowjetunion. Wassilij hörte viele Sprachen, nicht nur russisch, auch usbekisch, moldauisch, georgisch, litauisch. So genau konnte er das gar nicht auseinander halten. Alle blickten gespannt und aufgeregt hinaus.

Am Ende der Rollbahn standen startklar zwei MiG-23, erkennbar an ihren kantigen Formen und ihren Schwenkflügeln, die für Geschwindigkeiten von über 2.400 km/h nach hinten gefahren werden konnten. Die Piloten in den Cockpits sahen mit ihren riesigen Helmen eher wie Kosmonauten aus, die in den Weltraum geschossen werden sollten. In drei bis vier Minuten würden sie ihre Maschine auf eine Höhe von über 22.000 Meter bringen. Bis zum Weltraum war es von da aus nicht mehr weit. In den tonnenförmig ausgebauten Erdwällen bemerkte Wassilij weitere getarnte und vor Splittern geschützte MiG-23, sogar einige seltene MiG-25. Tupolevs der strategischen Bomberflotte säumten das Flugfeld. Daneben mit Netzen getarnte Flakstellungen. Er sah Bunker mit Lüftungssystemen, die für einen möglichen nuklearen Angriff ausgestattet waren und - was ihn am meisten beeindruckte - eine riesige Abfertigungshalle, in der die ankommenden Container mit Schleppern und fahrbaren Kränen zu zwanzig Meter hohen Türmen gestapelt wurden. Der Moskauer Frachtflughafen würde im Vergleich hierzu kaum mehr Betrieb aufweisen können. Vom Flughafen Templin aus wurde eine ganze Stadt Tag für Tag aus der Luft versorgt. Templin war der größte Militärflughafen Europas.

Jetzt donnerten die beiden MiGs mit ohrenbetäubendem Lärm über die Rollbahn und stiegen wie ein Pfeil fast senkrecht in die Höhe. Die Soldaten im Bus hielten sich die Ohren zu. Doch sie strahlten voller Überschwang, denn sie waren stolz, dieser mächtigen Roten Armee anzugehören. Als die MiGs kaum noch zu hören waren, verließ Wassilijs Bus das Rollfeld und fuhr über kleine waldige Straßen an der Kommandantur des Flughafens vorbei. Im Umkreis des Rollfeldes lagen etwa zwanzig lange, dreistöckige Bauten. Das war der innere Kreis des Flughafens. Nach einer Fahrt von etwa zwei Kilometern in Richtung Süden kamen sie zu einer Ansiedlung von modernen achtstöckigen Hochhäusern. Plattenbauten, wie in den Außenbezirken von Riga. Mit moderner Gas- oder Ölheizung. In diesen Hochhäusern wohnten die Soldaten und Soldatinnen des Flugplatzes, unter ihnen auch die Piloten. Ein Teil der Wehrpflichtigen verließ hier den Bus. Dann ging es auf einer von den Deutschen gebauten Straße weiter. Sie fuhren durch ein paar kleine Dörfer Richtung Westen. Wassilij sah die Ortseingangsschilder von Groß Dölln, Kurzschlag und Vogelsang. Als Lette konnte er deutsch lesen und fließend sprechen. Seine Mutter war Deutsche und hatte es ihm beigebracht. Die meisten anderen im Bus kannten jedoch nur die kyrillischen Buchstaben. Etwas nördlich von Vogelsang bog der Bus links zum Haupteingang der Kaserne ab. Annähernd zehntausend der Soldaten der *Gruppa sowjetskich wojsk w Germanii* waren hier stationiert.

Nach einer für Wassilijs Geschmack etwas zu schwülstigen Begrüßungsrede eines Oberstleutnants bekam er sein Zimmer zugeteilt. Es war karg: mit einem Bett und einem Spind. In seinem Zimmer war kein weiterer Kamerad untergebracht. Wahrscheinlich, weil Wassilij Offiziersanwärter war. Er legte sich auf sein Bett und ruhte sich aus. Er fragte sich, was nun passieren würde und war voller Spannung auf alles, was ihn hier in Deutschland erwarten würde. Man hatte ihm gesagt, er würde nach Berlin kommen. Dieser Ort hier sah aber nicht danach aus. Er fragte sich, wie weit es von hier aus nach Berlin war und wie er dorthin kommen würde.

Endlich. Am Nachmittag rief ein Kamerad seinen Namen laut durch den Hausflur, ohne sich auch nur die geringste Mühe zu machen, die Treppe heraufzukommen: Wassilij Belov! Wassilij Belov! Bitte kommen! Bitte kommen! Er ahnte, er würde jetzt seinem Vorgesetzten vorgestellt und seiner Einheit zugewiesen werden. Wassilij war sehr gespannt. Der Kamerad führte ihn über einen großen Appellplatz in der Größe eines Fußballfeldes und einem im Vergleich zu den Offiziersunterkünften beeindruckenden Gebäude: Die Kommandantur. Innen gab es unzählige rote Fahnen. Moderne Kunst schmückte die Wände. Wassilij erkannte das scharfkantige Antlitz von Lenin vor einem Pulk von bewaffneten Arbeitern. Die Spitze einer MiG ragte neben Lorbeerkränzen, die von Bauern getragen wurden.

Sie kamen zu einer hohen Flügeltür. Als Wassilij aufgefordert wurde einzutreten, ging er entschlossen fünf große Schritte in den Raum hinein. Er nahm Haltung an, salutierte. Die Absätze seiner Stiefel schlugen hart auf den schwarz-weiß gefliesten Boden und hinterließen einen unerwarteten Hall im Raum.

»Wassilij Danilowitsch Belov, 152. Raketen-Brigade, meldet sich zur Stelle.«

Er starrte direkt geradeaus, wie er es gelernt hatte. So konnte er jedoch kaum etwas im Raum erkennen. Vor sich sah er nur einen Major an einem riesigen Schreibtisch. Auf dem Tisch ein Modell einer russischen Sojus-Raumfähre, daneben die übliche Fahne mit Stern, Hammer und Sichel. Der Major ignorierte ihn. Er hatte offensichtlich nicht viel übrig für schmissiges Auftreten. Er blättere in einer Akte, womöglich war es die Personalakte von Wassilij. In der Kommandantur lagerten Tausende davon. Der Major hatte natürlich nicht alle Akten seiner Männer gelesen. Das war nicht nur unmöglich, es war auch sinnlos. Denn darin war meist nicht viel Neues und Wissenswertes zu finden. Die Rote Armee bestand in den unteren Rängen aus unerfahrenen jungen Männern und auf der Führungsebene aus halsstarrigen Helden des großen vaterländischen Krieges. Das war eine ungesunde Mischung. Um das zu wissen, brauchte der Major keine Personalakten zu lesen. Die rote Armee brauchte seiner Meinung nach andere Männer: Männer, die mitdenken konnten, gebildet waren, eigenständig handeln und die Führung einer modernen Armee übernehmen konnten. Aber Soldaten dieses Schlages gab es nicht viele. Nun sah er sich diesen Belov an. Der Mann hatte zumindest Verstand, so schien es. Der Major erhob sich, trat ein paar Schritte auf den Offiziersanwärter heran und musterte ihn abschätzend.

»Sie haben den Offizierslehrgang und die Ausbildung an der OTR-22 mit Auszeichnung bestanden. Sogar Bester des Lehrgangs!« donnerte er los. »Und Sie kommen aus Riga?«

»Ja, Genosse Major«

»Sind Sie überzeugter Kommunist?«

»Ja, Genosse Major.«

»Ich frage Sie das nicht ohne Grund. Sie werden ab morgen über zwanzig Soldaten befehligen. Diese Soldaten werden Ihnen treu ergeben sein. Ihr Leben wird von Ihnen abhängen. Dazu braucht es Führungskraft und eine feste politische Überzeugung. Wir haben selten Offiziere aus Lettland hier. Und wenn, dann nur Leute mit wenig Überzeugung.«

Der Major blickte herausfordernd.

»Es gibt viele überzeugte Patrioten in Lettland, Genosse Major«, rief Wassilij.

»Ach wirklich?«

»Wir würden unser Leben für das Vaterland geben, wenn notwendig.« Wassilij sagte es spontan und aus vollem Herzen. Der Major nickte zufrieden, schien sich aber zu fragen, welches Vaterland der Lette wohl eher verteidigen würde: Lettland oder die Sowjetunion. Doch das war ihm im Grunde genommen egal, solange das ein und dasselbe war.

»Wir werden sehen«, sagte der Major. »Sie übernehmen einen unserer Raketenzüge für die neue OTR-22. Sie wissen, die OTR-22 ist unsere schlagkräftigste Waffe. Das haben Sie in Moskau gelernt. Der Feind unterschätzt ihre Reichweite und ahnt nicht, dass wir damit in weniger als einer Stunde Paris oder London dem Erdboden gleich machen könnten. Sie - Kommandant - sind unser Schwert, unsere Speerspitze im Kampf gegen den kapitalistischen Imperialismus. Wenn es einmal so weit kommt - und ich fürchte, das wird es - werden Sie als Erster zum Einsatz kommen. Nicht die U-Boote, nicht die Kontinentalraketen. Alles zu langsam, zu ungenau, zu vorhersehbar. Nein, Sie werden es sein! Sie persönlich!«

Der Major stecke sich in aller Ruhe eine Zigarre an und paffte ihm den blauen Qualm ins Gesicht. Wassilij starrte weiter geradeaus. Der Major war noch nicht am Ende seiner Ausführungen angelangt.

»Mittelstreckenraketen sind ideal für einen Präventivschlag. Die neue OTR-22 ist schnell und zielgenau auf wenige 100 Meter. Wir schießen denen den Buckingham Palace weg oder machen ihnen im deutschen Kanzleramt Feuer unter dem Arsch!«, rief er. «Aber das wissen Sie ja. Sie haben ja gut aufgepasst in der Theorie und sogar allerbeste Noten bekommen. Richtig?«

»Jawohl, Genosse Major.«

»Nun zur Praxis: Ab morgen früh werden Sie eine komplette Raketen-Abteilung befehligen, die im Ernstfall in wenigen Stunden einsatzbereit sein muss. Ihre Abteilung verfügt über drei Abschussrampen und sechs Raketen, davon drei mit nuklearen Sprengköpfen. Sie werden täglich hart arbeiten. Sie werden drei fünfzehn Tonnen schwere Fahrzeuge kommandieren, die jeweils eine Rakete mit achtzehn Tonnen Festtreibstoff und einem atomaren Gefechtskopf tragen. Sie werden mit Ihren Leuten die Abschussprozeduren am Tag und in der Nacht unter schwierigsten Umständen, Zeitdruck und höchster Konzentration trainieren. Sie werden mobil außerhalb des Stützpunktes agieren. Der geringste Fehler kann das Leben ihrer Leute kosten. Und sie müssen immer für den Ernstfall bereit sein. Sind Sie das, Kommandant Belov?«

»Jawohl, Genosse Major.«

»Gut. Sehr gut.« Er zögerte. »Letzte Woche hat es leider zwei Verletzte gegeben. Bei einer Abschussübung.« Die Stimme des Majors senkte sich. »Es hätte schlimmer kommen können. Der Festtreibstoff einer einzigen OTR ist in der Lage, einen ganzen Wohnblock zu verwüsten. Mit hunderten von Soldaten. Die Raketen sind das Beste, aber auch das Gefährlichste, was wir hier haben. Also, machen Sie es besser! Machen Sie keine Fehler! Sie können sich alles erlauben bei mir, Sie sind Offizier. In gewisser Hinsicht sogar Frontoffizier. Aber machen Sie keine Fehler! Wir sehen uns bei der wöchentlichen Einsatzbesprechung. Alles klar?«

»Jawohl, Genosse Major.«

Der Major schwieg und blickte spöttisch.

»Sie können dann gehen, Genosse Kommandant.«

Wassilij nahm erneut Haltung an, salutierte und machte auf dem Absatz kehrt.

» ... ach, das hätte ich fast vergessen.« Der Major nahm ein Kuvert aus der Schreibtischschublade. Der Umschlag war mit einem dicken roten Klebestreifen verschlossen und dazu mit einem Wachssiegel des strategischen Oberkommandos versiegelt.

«Ich glaube, Sie wissen, was Sie hier drinnen finden werden. Meinen Glückwunsch! Bitte unterschreiben Sie mir das.« Wassilij nahm das Kuvert, unterschrieb die Quittung, die ihm der Major vorlegte, und verließ die Kommandantur.

Erst in seinem Zimmer öffnete er den Umschlag. Es war seine Beförderung zum Offizier. Im Umschlag fand er auch einen weiteren Brief des Oberkommandos der strategischen Streitkräfte. Dieser Brief war versiegelt und enthielt nur ein einziges Blatt. Darauf standen Buchstabencodes. Genau genommen waren es drei Codes. Das bedeutete, seiner Gruppe standen drei atomare Sprengköpfe zur Verfügung. Für das Scharfschalten eines atomaren Sprengkopfes waren immer zwei Codes notwendig. Ein Code kam direkt vom Oberkommando, den anderen Code kannte nur der Raketenoffizier, der die Waffe befehligte. Dies war ein äußerst ausgeklügeltes Sicherheitssystem. Er versuchte, sich die einzelnen Buchstaben anhand eines Satzes zu merken. So wie er es gelernt hatte. Den Brief mit den Codes sollte er verbrennen. So sah es zumindest die Dienstanweisung vor. Doch er tat es nicht. Er befürchtete, die Codes zu vergessen. Darum faltete er das Blatt und steckte es in die Seifendose, die ihm seine Mutter mitgegeben hatte. Die Dose versteckte er in seinem Spind. Er drehte sich um. Hier gab es nichts weiter zu tun. Er entschloss sich zu einer Erkundung des Außengeländes.

Er staunte nicht schlecht. Er konnte kilometerweit durch eine kleine sowjetische Stadt laufen. Hier gab es ein Kulturhaus, ein Schwimmbad, einige Cafés und Restaurants, ein Theater und sogar eine Schule für die Kinder. Am Abend setzte er sich ins Kino. Doch den Film kannte er schon. Es gelang ihm nicht, sich zu konzentrieren. Er musste immer wieder an seine neue Aufgabe denken. Er war mit dreiundzwanzig Jahren Kommandant einer Raketenabteilung und zweifelte daran, dass er dem gewachsen war. Er musste eine Gruppe von mehr als zwanzig Soldaten befehligen. Die meisten davon waren schon älter und hatten mehr Erfahrung als er. Aber er durfte nicht versagen, er musste es schaffen. Er würde die nächsten Jahre hier überstehen und mit Auszeichnung meistern. Dann würde er nach Riga zum Studieren zurückkehren. Dieser Gedanke machte ihn zuversichtlich.

Am Abend schrieb er einen langen Brief an seine Mutter. Er berichtet von seiner Ernennung zum Offizier. Er grüßte vor allem seinen Vater. Wassilij hoffte, sein Vater würde stolz auf ihn sein. Er war der erste Soldat in der Familie. Ob sich sein Vater wirklich darüber freuen würde, bezweifelte er jedoch. Sein Vater hatte als Kind miterlebt, wie die Rote Armee nach dem Krieg in Riga einfiel. Voller Hass auf alles Deutsche. Auf alles was nicht kommunistisch und was lettisch war. Die Rote Armee hatte seinen deutschstämmigen Großvater, der für die Deutschen gearbeitet hatte, abgeholt und deportiert. Und nun war Wassilij in diese Armee eingetreten. Trotz der Bitten seines Vaters, der alles Russische abgrundtief hasste. Doch Wassilij fühlte sich nicht als Lette, sondern als Sowjetmensch. Und als Kommunist. Möglicherweise würden seine Eltern das nie verstehen. Er wünschte so sehr, dass sich sein Vater mit ihm über seine Beförderung freuen würde.

Mit diesen Gedanken endete sein erster Tag in Deutschland, und er schlief erschöpft ein. Sein Brief kam einige Tage später in Riga an. In den nächsten Monaten lag er, von seiner Mutter behütet, in einer Holzkiste. Beantwortet wurde der Brief nie. Während dieser Monate lernte Wassilij, was es hieß, ein Raketenoffizier zu sein.

6 - ШЕСТЬ

LKA Eberswalde, 7. November 2001, 9.20 Uhr

Hannes schaute nachdenklich auf die Visitenkarte und bat seinen Gast, Platz zu nehmen. Vor- und Nachnamen waren auf der Vorderseite in dezenten goldenen Lettern auf blütenweißem Papier gedruckt: *Vitali Mikailowitsch Sobolev.* Auf der Rückseite stand der Name in kyrillischen Buchstaben. Der Titel bezeichnete ihn als *Abgesandten*, was immer das zu bedeuten hatte. Vitali Sobolev wirkte mit seinen schwieligen großen Pranken wie ein Traktorfahrer aus der sozialistischen Landwirtschaft. Sein Hals war massiv, seine Figur mehr als kräftig, auf dem Kopf hatte er nur noch wenige Haare. Irgendwie wirkte er schmierig, schwerfällig und fast unbeholfen. Ganz im Gegensatz dazu trug er einen dunklen, teuren Anzug von Armani, ein weißes Hemd mit einer dunkelblauen Krawatte und einer goldenen Krawattennadel. Dazu ein höfliches und verbindliches Lächeln. Auf der Krawatte konnte Hannes ein goldenes Wappen mit gekreuzten Schildern erkennen. Dunkle Augenringe in einem faltigen und harten Gesicht zeigten, dass Sobolev schon jenseits der Sechzig sein musste, seine Augen blitzten jedoch wach und aufmerksam. Der Mann schlug entspannt seine Beine übereinander und zeigte nicht die geringste Eile, während Hannes noch immer auf die Visitenkarte starrte.

Glücklicherweise hatte Hannes noch einen freien Besprechungsraum auftreiben können. Das LKA in Eberswalde bekam ja nicht jeden Tag Besuch von der russischen Botschaft. Und wenn, dann wäre ein solcher Besuch schon Wochen vorher angemeldet gewesen.

»Wie kann ich Ihnen helfen?«, fragte Hannes.

Der Mann räusperte sich.

»Es geht um eine äußerst delikate und vertrauliche Angelegenheit.«

»Aha«, sagte Hannes und rührte etwas Zucker in seinen Kaffee. Den hatte er auch dem Abgesandten angeboten. Doch der hatte höflich abgelehnt. Das Koffein brachte Hannes wieder in den Normalzustand. Langsam ließ das Zittern nach. In Gedanken verfluchte er Frederike. Seine Frau – und für ihn war sie das immer noch - hatte darauf bestanden, dass er übergangsweise - so sagte sie das: »übergangsweise« - in ihrer Datscha wohnte. Natürlich nur, bis er eine eigene Wohnung gefunden hätte. Das war nun schon Wochen her. Er erinnerte sich an die lauen Septemberabende, an denen er sich mit dem ungarischen Rotwein aus Restbeständen ihrer glücklichen Zeit allein betrunken hatte. Aber nun war es November. In der Nacht lagen die Temperaturen kaum über null Grad. Die Datscha hatte zwar einen Heizlüfter, doch bekam er sie damit nicht warm. Er war immer noch durchgefroren.

»Uns liegen einige interessante Informationen über Herrn Kohlhaas vor, der ja tot aufgefunden wurde, wie wir erfahren haben.«

Sobolevs Deutsch war hervorragend, wenn auch mit einem angenehmen rauen russischen Akzent.

»Woher haben Sie das erfahren?«, fragte Hannes zurück. Die Presse hatte bisher nichts davon berichtet, und der Leichenfund war kaum zwei Tage her.

»Wissen Sie, Groß Dölln ist ein Dorf. Die Leute reden.«

Wieder ein höfliches Lächeln.

»Und sie reden anscheinend eher mit der russischen Botschaft als mit uns«, bemerkte Hannes bissig. Der Abgesandte schmunzelte und machte - bevor er weiter sprach - eine Pause, die genauso diplomatisch wie deutlich sagen sollte, dass er solche ungestümen Andeutungen definitiv missbilligte.

»Das kommt vor«, antwortete er.

»Was hat man Ihnen denn erzählt? Bitte klären Sie mich auf«, forderte Hannes. Was immer dieser Sobolev ihm zu sagen hatte, Hannes hoffte, es würde nicht allzu lange dauern. Er hatte das LKA früh am Morgen betreten und den Aufzug im hinteren Teil des Gebäudes genommen, um bei Beckmanns Büro vorbei zu kommen. Dort hatte er seinen Urlaubsantrag im Sekretariat abgegeben. Zehn Tage Urlaub ab morgen. Er würde also nur noch ein paar Stunden im Büro bleiben, dann wollte er gehen. Und sich endlich eine eigene Wohnung besorgen. Am Besten in Berlin. Natürlich wäre es einfacher und vernünftiger, sich etwas in Eberswalde zu suchen, aber in Berlin würde er sich wohler fühlen. Außerdem wäre er in Berlin seiner Tochter näher. Und seine Tochter war ihm wichtig. Wenn er Urlaub hätte, würde Beckmann den Fall Kohlhaas an Franka übergeben. Hannes war sich sicher, dass sie das hinbekommen würde. Dieser Sobolev sollte also besser gleich mit Franka sprechen, wenn er etwas zu diesem Fall zu sagen hätte. Franka hatte jedoch Spätdienst und würde heute nicht vor dem Nachmittag erscheinen.

Warum war er überhaupt so früh zum Dienst erschienen? Als er heute Morgen zu seinem Arbeitsplatz kam, hatte sein Telefon geklingelt: Der Empfang. Ein Abgesandter der russischen Botschaft würde im Foyer auf ihn warten. Hannes hatte nicht schlecht gestaunt, sich jedoch nichts anmerken lassen. Dann hatte er seinen Überraschungsgast in einen der freien Besprechungsräume geführt. Und da waren sie nun.

Der Russe lächelte freundlich und souverän.

»Aber natürlich«, stimmte er zu. »Ich weiß nur nicht so recht, wo ich anfangen soll. Ist Ihnen eigentlich bekannt, dass bis 1990 mehr als 20.000 Sowjetsoldaten in den Kasernen in Groß Dölln und Vogelsang stationiert waren?«

Sobolev nahm ein Taschentuch und betupfte seine Stirn. Dabei waren die Räume des LKA gut klimatisiert. Diese Bewegung schien eher eine Marotte zu sein. Überhaupt machte er den Eindruck, als komme er nicht nur aus einem anderen Land, sondern eher aus einem anderen Universum oder zumindest aus einer anderen Zeit. Einer Zeit, in der man Stofftaschentücher zum Anzug trug.

»Kommen Sie bitte zur Sache«, forderte Hannes, dem das alles schon zu lange dauerte. »Wenn Sie Informationen haben, die für unsere Ermittlungen nützlich sind, dann sagen Sie es frei heraus. Ansonsten strapazieren Sie bitte nicht meine Geduld.«

Hannes dachte, das müsste gesessen haben. Er hasste diesen *Small Talk*, dieses Gerede um den heißen Brei. Doch Sobolev tat ungerührt. Er machte ein so bekümmertes Gesicht, dass seine Erschütterung über Hannes Ungeduld tatsächlich glaubhaft wirkte.

»Bitte, bitte Herr Keppler, nicht das wir uns falsch verstehen. Die Russische Botschaft verfügt zu diesem Fall über Informationen, die wir Ihnen natürlich gern zur Verfügung stellen möchten. Wir haben ein großes Interesse daran, mit Ihnen zusammenzuarbeiten. Wir möchten Ihnen helfen. Denn wir glauben, dass Herr Kohlhaas ermordet wurde. Sagen Sie mir, wie ist er gestorben? Wurde er vergiftet? Hat man das schon feststellen können?«

Vergiftet?

»Das darf ich Ihnen nicht sagen. Aber wie kommen Sie nur auf diese irrsinnige Idee?«, erwiderte Hannes gereizt.

Als Antwort richtete sich Sobolev auf und hob die mitgebrachte Leder-Aktentasche auf seinen Schoß.

»Herr Oberkommissar, ich bin heute persönlich hierhergekommen, um Ihnen diese Dokumente zu überreichen.« Er zog zwei gelbliche Papiermappen aus der Aktentasche hervor. Darin lagen Fotokopien.

»Wie gut ist Ihr Russisch?«

»Ich denke, hier dürfen Sie nicht allzu viel erwarten. Oder besser gar nichts.«

»Gut.«

»Was ist daran gut?«

»Dann werde ich Ihnen das Wichtigste daraus erzählen. Sie werden mir vertrauen müssen. Also. Diese Akten stammen aus dem Zentralarchiv der Moskauer Lubjanka, dem ehemaligen Hauptquartier des KGB. Viele Dokumente sind auf Deutsch verfasst, andere auf Russisch. Diese Akte hier - er übergab die erste Akte an Hannes - wurde 1943 für Hermann Kohlhaas angelegt. Das war der Vater von Jens Kohlhaas. Er war informeller Mitarbeiter des KGB. Der KGB hat darin jede seiner Aktivitäten genau dokumentiert.«

Hannes warf einen Blick auf die Fotokopien. Es waren Schreibmaschinenseiten, viele mit handschriftlichen Ergänzungen und Stempeln.

»Hermann Kohlhaas war Soldat der Deutschen Wehrmacht und lief am Ende des Krieges zur Roten Armee über«, fuhr Sobolev fort. »Er kämpfte als Mitglied der Roten Armee für die Befreiung Deutschlands vom Faschismus. Seine Einheit bestand aus deutschen Kriegsgefangenen, die aus kommunistischer Überzeugung gegen ihre ehemaligen Kameraden kämpften. Nach dem Krieg blieb Hermann Kohlhaas als KGB-Agent in Deutschland und wurde ein SED-Mitglied der ersten Stunde. Er starb 1962 bei einem Schusswechsel, der bis heute ungeklärt blieb.«

Sobolev nahm die zweite Akte in die Hand. »Dies ist die Akte seines Sohnes Jens Kohlhaas.« Er übergab auch diese Akte. Hannes bemerkte, dass die Akte von Jens Kohlhaas wesentlich schwerer war als die seines Vaters. Augenblicklich hatte er das Gefühl, dass die Sache doch komplizierter werden würde als gedacht.

»Jens Kohlhaas kam 1961 über seinen Vater als Informant zum KGB und blieb es so lange, wie es den KGB gab, also bis 1991. Er war dem KGB und der sowjetischen Armee in diesen dreißig Jahren sehr nützlich. Und hier liegt wahrscheinlich das Motiv für seine Ermordung.«

Hannes war einigermaßen verblüfft. Eben noch hatte er es mit einem möglichen Unfall zu tun gehabt, für den nicht die Mordkommission, sondern die Abteilung für Verkehrsdelikte zuständig gewesen wäre. Im nächsten Augenblicklich kam der Verdacht auf, dass er es mit dem KGB zu tun hatte. Dafür wäre wiederum das BKA - das Bundeskriminalamt - zuständig. Er runzelte die Stirn.

»Wer sollte Kohlhaas denn ermordet haben und warum?«

»Nun, die Auflösung des KGB hatte dazu geführt, dass einige kriminelle und gut organisierte Gruppen gegründet wurden, die unsere Staatsorgane bis heute unterwandern. Diese Gruppen rekrutierten sich aus ehemaligen Agenten, die sich mit den Mitteln des KGB eine neue legale Identität schaffen konnten. Einige dieser Leute sind mittlerweile in hochrangige Ämter des russischen Staates aufgestiegen.«

»Russische Mafia?«

»Nicht nur. Die Russische Föderation muss sich vor diesen Leuten schützen. Es sind Kriminelle, die sich selbst zu Lasten des Staates bereichern. Wir sind diesen Leuten auf der Spur. Jens Kohlhaas war KGB-Informant und kannte einige dieser Leute. Er kannte vor allem Namen. Vor zwei Monaten nahm er Kontakt zu uns in Berlin auf und bat um einen Termin. Zu diesem Termin ist er jedoch nie erschienen.«

Hannes musste zugeben, dass dies alles recht überzeugend klang. Er blätterte in den Akten. Ein Haufen von kopierten Berichten mit diversen Stempelabdrucken. An der Echtheit dieser Dokumente gab es kaum einen Zweifel. Es schien tatsächlich einen handfesten Verdacht auf Mord zu geben. Und dafür war die Mordkommission - also er - zuständig. Unzweifelhaft. Zumindest, wenn es nicht gelänge, diesen Fall an das BKA oder die Abteilung für Verkehrsdelikte abzutreten. Aber das würde nicht so einfach werden.

»Na gut. Vielen Dank für diese Informationen, Herr Sobolev. Bitte entschuldigen Sie meine anfängliche Zurückhaltung in dieser Sache.« Sobolev nickte aufmerksam zum Zeichen, dass die Entschuldigung angenommen war. »Sofern sich diese Dokumente als echt erweisen, sind Sie uns möglicherweise eine große Hilfe. Ich danke Ihnen.«

»Keine Ursache«, erwiderte sein Gegenüber. »Gern stehe ich Ihnen auch weiterhin zur Verfügung. Können Sie schon sagen, wie Sie sich in diesem Fall die Zusammenarbeit mit uns vorstellen?«

Hannes überlegte. Im Augenblick war noch nicht einmal klar, ob er den Fall überhaupt übernehmen würde. Schließlich wollte er ja Urlaub nehmen.

»Wir melden uns, Herr Sobolev.«

»Wann, wenn ich fragen darf?«

Der Mann war hartnäckig. Hannes grübelte.

»Morgen früh. Wir rufen Sie an.«

Wenig später saß Hannes wieder an seinem Schreibtisch. Nachdem er sich vor der Tür des Haupteingangs eine Zigarette genehmigt hatte, war er in sein Büro zurückgekehrt. Er hatte sich einen Kaffee gemacht. Mit der kleinen Kaffeemaschine, die auf dem Fensterbrett stand. Er schaltete den Rechner ein und wartete, bis er seine E-Mails checken konnte. Es war nichts Dringendes dabei. Er würde also den ganzen Tag im Amt verbringen können. Wenn sein Urlaub bewilligt war, würde er in der ersten Woche auf Wohnungssuche gehen, dann hätte er in der zweiten Woche noch Zeit, seinen Umzug zu machen.

Er rief bei der russischen Botschaft in Berlin an und fragte nach einem Vitali Sobolev. Er landete bei einer Sekretärin, die ihm versicherte, dass Herr Sobolev in einer Stunde wieder erreichbar wäre. Anschließend googelte Hannes nach ehemaligen russischen Militärstandorten in Deutschland und fand einen Artikel über den russischen Militärflughafen Templin. Dort waren seinerzeit sogar Atomwaffen gelagert. Hannes war so vertieft, dass er Frankas Anwesenheit erst bemerkte, als sie ihm eine Mappe mit der Aufschrift »Eilsache« auf den Tisch warf.

»Ich denke, das solltest du wissen«, sagte sie.

Wie üblich hatte sich Hannes ein paar Stellwände neben seinen Schreibtisch gestellt, an denen er Fotos vom Tatort befestigte, Notizen machte und die Namen aller im Fall auftauchenden Personen aufzeichnete. Mit dicken Edding-Stiften gezogene Pfeile stellten Verbindungen zu Personen, Orten und anderen Fakten her. Er tippte auf »Drucken« und erhob sich.

»Was sollte ich wissen?«

Franka biss sich auf die Unterlippe. Hannes stand auf, ging zum Drucker, nahm den Ausdruck des Artikels zu den Atomwaffen und befestigte ihn mit zwei Stecknadeln an einer der Stellwände, direkt neben der Adresse der Ziegelei in Groß Dölln. Dann schaute er auf sein Werk.

Hannes und Franka teilten sich ein Büro. Sein Schreibtisch stand jedoch näher an der Tür. Und so wirkten die Stellwände um seinen Tisch für Vorbeigehende wie eine Trutzburg. Er wusste, wie einige Kollegen über solche Ermittlerwände dachten. Zwar arbeitete das amerikanische FBI schon seit den 80ern mit dieser Technik, doch hier in Eberswalde kannte man solche Wände lange nur aus amerikanischen Fernsehserien.

Dann wurde ihm klar, was Franka meinte.

»Shit, der Bericht«, stöhnte er und blickte auf die abgelegte Mappe auf seinem Tisch. Franka nickte.

»Du hast gesagt, ich soll schreiben, dass ein Unfall möglich ist. Das habe ich auch getan.«

»So hätte es ja auch sein können«, murmelte Hannes. Diesen dämlichen Bericht hatte er schon fast vergessen. In den letzten vierundzwanzig Stunden hatten Franka und er alles zusammengetragen, was sie hatten. Die Obduktion war noch nicht erfolgt, aber es war sehr wahrscheinlich, dass Kohlhaas auf den Kopf geschlagen worden war. Möglicherweise hatte Kohlhaas nach dem Schlag das Bewusstsein verloren. Womöglich war er auch bis zu seinem Tod nicht mehr zu Bewusstsein gekommen. Wann genau er im Straßengraben gelandete war, konnte noch nicht geklärt werden. Möglicherweise würden sie das nie feststellen können. Hannes nahm jedoch an, dass Kohlhaas zu diesem Zeitpunkt bereits tot war.

»Du wirst sehen, Gert wird dir den Fall wieder wegnehmen. Da kannst du machen was du willst.«

Hannes war erstaunt über diese Bemerkung, ließ sich jedoch nichts anmerken. Wieso sollte Beckmann ihm den Fall wegnehmen? Und warum glaubte Franka das? Er wäre ja froh, wenn er diesen Fall nicht übernehmen müsste.

»Warum denn? Nur weil im Bericht steht, dass es vielleicht doch ein Unfall war?«

»Genau deswegen. Gert wird einfach stur nach Aktenlage entscheiden. Er kann den Fall jetzt auch erst mal an die Verkehrsdelikte geben. Du hast mir gesagt, ich soll den Bericht so fertig machen. Das habe ich auch getan. Vielleicht hätte ich es jedoch besser nicht tun sollen.«

Hannes überlegte. Was konnte ihm eigentlich Besseres passieren? Wenn der Fall aufgrund des Berichts an die Verkehrsdelikte oder sonst wohin ging? Ihm konnte das nur Recht sein. Hannes Neugier war geweckt. Er wollte genauer wissen, was Franka da eigentlich andeutete.

»Das ist doch nur eine Formalie, mehr nicht«, erwiderte er trotzig.

»Vielleicht. Doch kann er so verhindern, dass du den Fall bekommst. Und das ist, was er eigentlich will.«

Dabei machte sie ein vielsagendes Gesicht. Hannes nahm an, dass er nicht weiter fragen sollte. Es schien ihm, als wüsste Franka etwas, was er nicht wusste und auch nicht erfahren sollte. Und dann immer dieses »Gert«. Warum nannte sie ihn beim Vornamen? Schlief sie etwa mit diesem Kerl?

Hannes war erst seit ein paar Monaten in Eberswalde. Das war zu wenig Zeit, um seine Kollegen besser kennenzulernen. Er überlegte, was er über Franka Bernd überhaupt wusste. Franka hatte eine Tochter, wie er auch. Ihre Ehe schien in Ordnung zu sein, jedenfalls machte es den Eindruck. Ihr Mann rief sie täglich an, und diese Gespräche schienen recht gut zu verlaufen. Sie lachte jedenfalls immer mal wieder dabei. Hannes gegenüber war sie jedoch eher unzugänglich. Das Eis schien noch nicht gebrochen. Höchstens, dass sie mal eine bissige Bemerkung machte oder rumspöttelte. Aber das war auch schon alles. Zum Essen in die Kantine ging sie meist mit anderen Kollegen. Franka kannte fast jeden hier im LKA. Sie war definitiv kommunikativ. Das war nicht gerade seine Stärke. Möglicherweise war er für sie auch einfach nur der neue Kollege. Die neuen Kollegen wurden ja immer etwas geschnitten. Oder sollte Franka ihn einfach nicht mögen? Das konnte auch sein. Er hatte sich immer versucht, kollegial zu sein oder zumindest so zu wirken. Doch sie gab ihm keine Chance, er hatte keine Ahnung, warum.

Hatte Franka möglicherweise selbst Leiterin der Mordkommission werden wollen? Sie schien ihm ehrgeizig zu sein und auch begabt für den Job. Allerdings hatte sie erst vor einem Jahr ihre Ausbildung zur Kommissarin abgeschlossen und war dann in die Mordkommission eingestiegen. Hannes hingegen war Oberkommissar und hatte schon zehn Jahre bei der Kripo in Berlin-Kreuzberg hinter sich. Und das war schon was. Hannes hatte sich dort einen Namen gemacht. Er hatte Durchsetzungsvermögen und Ausdauer bewiesen.

Er war als guter Bulle bekannt, zumindest solange es noch ging. Bis es dann nicht mehr ging. Er hatte sich auf eigenen Wunsch hierher nach Eberswalde versetzen lassen. Obwohl das eigentlich eher der Wunsch von Frederike gewesen war. Damit er endlich runter kam. Workoholik war das Wort, das Frederike benutzte, um ihn weich zu kochen. Hier - in Eberwalde - war es nun ruhiger, aber er vermisste auch seine Berliner Kollegen. Hier war er allein und nur noch ein Schatten seiner selbst, umgeben von Kollegen, denen er erst noch beweisen musste, was er konnte.

»Ich denke, ich würde dich gern mal etwas Persönliches fragen.«

»Okay, frag.«

»Was ist das mit Beckmann? Ich meine, läuft da irgendwas zwischen euch.«

»An was denkst du da?«

»Du weißt, was ich meine.«

»Und du glaubst, ich würde dir davon erzählen, wenn es so wäre?«

»Ist es denn so?«

»Hannes, das geht dich nichts an! Aber ich glaube, du solltest mehr über Gert Beckmann wissen. Unabhängig davon, ob er nun mit mir was hat oder nicht.«

»Das klingt, als wäre er bei der Stasi gewesen.«

»Nein, ist er nicht. Im Gegenteil. Er ist nachgerückt, als viele der Alten gehen mussten. Die Alten haben mit der Stasi zusammengearbeitet, er nicht. Gert war immer einer der Guten, wenn du so willst. Und er verfügt auch über gute Kontakte. Und darauf kommt es an.«

Hannes blickte verwundert.

In diesem Augenblick klingelte sein Telefon. Beckmanns Sekretärin fragte, ob Hannes jetzt zu Beckmann kommen könne. Wegen des Urlaubsantrags. Es hätte sich eine terminliche Lücke ergeben, sie könne ihn problemlos zwischenschieben.

»Wir reden später«, sagte Hannes zu Franka und verließ das Büro.

Als er in das Büro von Beckmann trat, fiel sein Blick sofort auf seinen Urlaubsantrag, der auf dem Schreibtisch lag. Der Tisch hatte eine runde Erweiterung, an dem Beckmann persönliche Mitarbeitergespräche führen konnte. Beckmann bat ihn, auf einem neuen Stahlrohrstuhl mit Lederbezug Platz zu nehmen. Mit einem großzügigen Lächeln schwang sich Beckmann von seinem Bildschirm los und rollte flink auf seinem Drehstuhl zu ihm herüber. Dann nahm er den Urlaubsantrag in beide Hände.

»Es freut mich, dass du mal eine Pause machen willst. Das hast du dir auch verdient, nicht war? Spann mal so richtig aus und erhol dich. Franka wird die laufenden Sachen für dich übernehmen. Und in zwei Wochen bist du ja auch schon wieder da. In alter Frische.«

Er lachte, nahm den Urlaubsantrag und zeichnete schwungvoll sein Kürzel darauf. Dann legte er den Antrag in den Ausgangskorb.

»Schon erledigt.«

»Aber ...«, begann Hannes.

»Kein Problem, Hannes. Wirklich, es gibt kein »Aber«. Es gibt nichts, worüber du dir Sorgen machen müsstest. Kümmere dich einfach mal um dich. Ich habe gehört, im Privaten läuft es derzeit bei dir nicht gerade rund. Da ist eine kleine Auszeit immer das Beste ...«

Hannes hörte kaum zu. Er dachte an Frederike, an die kalte Datscha in Birkenwerder, an die neue Wohnung, die er noch finden und einrichten musste. Er dachte auch zurück an die Wohnung in Kreuzberg, in der er mit Frederike gelebt hatte. Er dachte an seine Tochter, die jetzt in die Schule kam. Und an die Berliner Kripo in Kreuzberg, die schlaflosen Nächte. Der Streit mit Frederike deswegen. Es gab Dinge, die würden sich nie ändern, auch wenn sie sich ändern mussten.

»Hannes, was ist? Hörst du mir überhaupt zu?«

»Jens Kohlhaas war ein Agent des KGB«, erwiderte Hannes tonlos.

Beckmanns Gesichtsausdruck änderte sich schlagartig. Er schien nachzudenken. Es dauerte eine ganze Weile, bis er seine Sprache wiederfand. Der überschwängliche Enthusiasmus war dahin.

»Woher weißt du das? Ich meine, wie kommst du darauf?«

»Die russische Botschaft war hier. Es gibt Akten. Kohlhaas hatte sich bei der Botschaft gemeldet und wollte denen etwas sagen. Ein paar Tage später war er tot.«

»Aber in deinem Bericht stand doch, dass es ein Unfall war!«

Franka hatte Recht. Beckmann hatte vor, den Fall an die Verkehrsdelikte zu übergeben, nur weil im Bericht in einem Nebensatz stand, dass ein Unfall möglich war.

»Nun sieht die Sache eben anders aus. Ich kann es nicht ändern. Kohlhaas war mit einiger Wahrscheinlichkeit tot, bevor er in die Grube kam.«

Beckmann schien zu grübeln. Hannes ahnte, was kommen würde und passte den Augenblick ab, als Beckmann gerade Luft holte.

»Franka ist zu unerfahren dafür. Das weißt du. In ein paar Tagen rollt vielleicht schon das BKA mit einem ganzen Stab hier an. Was machst du dann? Wir dürfen uns keine Pannen erlauben. Dieser Fall kann sich schnell in diverse Richtungen entwickeln. Und so richtig spannend wird es, wenn auch noch die Presse davon Wind bekommt.«

Beckmanns Blicke schienen verzweifelt nach einer Lösung zu suchen. Sie suchten die Lösung an der leeren Wand gegenüber, an der perfekt getünchten Decke des niet- und nagelneuen LKA und auf der Tischplatte seines immer leeren Schreibtisches. Hannes wusste, die Presse machte Beckmann die meisten Sorgen. Hier ging es um den KGB und damit auch um alte SED-Machenschaften oder – viel schlimmer – um Ex-SED-Parteimitglieder in öffentlichen Ämtern. Das war bei der derzeitigen Besetzung des Brandenburger Landtags immer noch ein Minenfeld. Das konnte bis hin zum Innenminister gehen, der sich nicht scheute, notfalls auch ein paar Bauernopfer zu bringen.

Es dauerte ein paar Minuten, bis Beckmann schließlich dem Vorschlag von Hannes zustimmte. Zum Zeichen, dass sie sich einig waren stand Hannes auf, nahm den Urlaubsantrag und zerriss ihn.

7 - СЕМЬ

Büro im LKA Eberswalde, 7. November 2001, 15.12 Uhr

Hannes hatte Beckmanns Büro kaum verlassen, als er einen Anruf von Hildegard bekam. Hildegard war Pathologin des LKA. Ob er den Fall Kohlhaas noch heute mit ihr besprechen wolle? Ihr Bericht sei gerade fertig geworden, und wenn er ihre persönliche Meinung zu diesem Fall hören wollte, dann ginge das nur noch in den nächsten zehn Minuten. Ab morgen sei sie dann für zwei Wochen im Urlaub. Hannes schaute auf die Uhr: 15.12 Uhr. Der Arbeitsdruck bei den medizinischen Angestellten musste ja ungeheuerlich sein. Die Kollegen traten ihren Dienst offensichtlich schon sehr früh morgens an, um die gewaltigen Berge an Arbeit überhaupt noch bewältigen zu können. Um 15.22 Uhr am Nachmittag ging es dann ohne schlechtes Gewissen nach Hause. Wenn die medizinischen Angestellten des LKA dann am frühen Abend vor ihren Fernsehern saßen, wurde Hannes zu den Leichen gerufen. Denn getötet und gestorben wurde nur selten innerhalb der Regelarbeitszeit der öffentlichen Verwaltung.

»Gern«, sagte Hannes. »Bin schon da.«

Die Leichen des LKA wurden im Keller aufbewahrt. Gekühlt und hinter Stahl verschlossen. Erst für die Obduktion wurden sie über einen Aufzug in die medizinische Abteilung ins Erdgeschoss des Nordblocks gefahren. Von Hannes Büro aus war es bis dahin nicht weit. Der Architekt hatte sich bei der Planung des neuen Landeskriminalamts wohl gedacht, dass die Büros der Pathologen und die der Mordkommission besser nahe beieinander liegen sollten. Doch vielleicht war das auch nur ein Zufall gewesen. Denn Hannes glaubte angesichts des futuristischen Gebäudes nicht, dass der Architekt anderes im Sinn gehabt hatte als Blickachsen, Lichteinfallwinkel, Wandteppiche und fulminante Luftgärten, die einen vergessen ließen, dass sich im Keller halbverweste und stinkende Leichen befanden.

»Was ich auf den ersten Blick nicht gesehen hatte, waren diese Prellungen hier«, eröffnete Hildegard ihre Analyse.

Hannes hatte vergessen, wie die Amtsärztin mit vollem Namen hieß. Hildegard war prima. Eine Frau mit einem solchen Vornamen brauchte keinen Nachnamen.

«Nach so langer Zeit wird die Haut meist von allein fleckig. Es bilden sich schnell Verfärbungen und Beulen, wenn die Leiche nur lange genug liegt. Nach so langer Zeit Prellungen zu erkennen, die nicht post mortem waren, ist wirklich nicht leicht.«

Hannes überlegte, ob Hildegard verheiratet war. Hatte sie Kinder? Warum wusste er das nicht? Er hätte doch bei Gelegenheit mal fragen sollen. Bisher war ihm das Dienstliche immer vorgegangen. Einmal mehr merkte er, wie sehr er sich seine alten Berliner Kollegen zurückwünschte.

»Ist es möglich, dass die Prellungen von einem Sturz herrühren?«, fragte Hannes. Hildegard trug einen Kittel und eine Brille. Er hatte schon gesehen, dass ihr Kittel mit Blut beschmiert war. Er wusste auch, sie benutzte manchmal eine Knochensäge. Hannes überlegte, wie sie wohl in einem Abendkleid aussehen mochte.

»Das könnte sein. Ich glaube es aber nicht. Sehen Sie: Hier die Prellungen am Kopf, im Gesicht, an der Schulter und auch in der Brustpartie. Wenn jemand fällt, sind es eher andere Regionen, die betroffen sind. Die Hände, das Knie, das Gesäß. Das hier sieht eher so aus, als wären die Prellungen durch Schläge verursacht worden. Schläge von oben nach unten. Sehen Sie: So.«

Sie holte zu einem imaginären Schlag aus.

»Möglicherweise lag das Opfer auch schon am Boden, als es geschlagen wurde. Hier im Bereich des Rückens gibt es viele dunkle Flecken. Der Täter muss kräftig gewesen sein.«

»Oder wütend.«

»Ja, möglicherweise auch wütend oder in Panik. Menschen entwickeln dann erstaunliche Kräfte. Aber an diesen Schlägen ist er nicht gestorben. Selbst die Schläge auf den Kopf haben ihn nicht getötet. Wahrscheinlich haben sie ihn jedoch bewusstlos gemacht. Ein Schlag gegen seinen Schädel war zumindest so heftig, dass er innere Blutungen bewirkte. Es war eher ein stumpfer als ein spitzer Gegenstand. Sein Schädel war verletzt, trotzdem war das nicht die Todesursache.

»Woran ist er dann gestorben?«

»Er ist ertrunken.«

»Ertrunken?«

»Er hatte nur wenig Wasser in der Lunge. Von einem herkömmlichen Ertrinken können wir also absehen. Ich tippe auf Regenwasser.«

»Er soll ertrunken sein? In Regenwasser?!«

»Ja.«

Hannes schaute unschlüssig. Ausgeschlossen war das nicht. Wenn Kohlhaas während eines Regens in den Graben gefallen war, hätte er auch in Regenwasser ertrinken können.

»In jedem Fall ist er erstickt.«

»Können Sie schon mehr zum Todeszeitpunkt sagen?«

»Das ist schwer. Die Leiche lag in jedem Fall mehrere Wochen unter der Erde. Es ist zwar nicht einfach zu bestimmen, aber wir können davon ausgehen, dass der Mann etwa sechs bis sieben Wochen tot ist. Genauer wird es kaum gehen.«

Hannes hatte nachgeforscht. Vor sechs Wochen hatte es tatsächlich tagelang geregnet. Vor allem immer wieder in der Nacht.

»Was ist mit den Augen? Die fehlen.«

»Das ist nicht ungewöhnlich für dieses Stadium der Verwesung. Die Leiche lag in einem lehmigen Boden. Unter Luftabschluss setzen hier auch anaerobe Fäulnisprozesse ein. Diese treten meist zuerst an den Körperöffnungen auf, also an Mund, Nase und Augen. Das erklärt auch den Gestank, den die Leiche entwickelt hat. Körpereigene Mikroorganismen haben angefangen, die Augen zu zersetzten. «

»Wie lange lag er unter der Erde? Ein paar Tage oder eher ein paar Wochen?«

»Ja, eher ein paar Wochen. Wir können davon ausgehen, dass dieser Mann seit seinem Tod unter der Erde lag. So schnell setzen solche Zersetzungsprozesse nicht ein.«

Hannes überlegte: Konnte Kohlhaas betrunken in die Grube gefallen sein? Ja, aber wie ist er dann erstickt? Möglicherweise fing es an zu regnen. Kohlhaas lag bewusstlos in der Grube, das Regenwasser sammelte sich unter ihm, und er bekam keine Luft mehr. Aber wer hat die Grube am Ende zugeschüttet? Kohlhaas selbst wird es wohl nicht gewesen sein.

»Ach Hildegard, noch eine Frage ...«

»Ja?«

»Sind Sie eigentlich verheiratet?«

Die Pathologin stutzte und blickte ihn erstaunt an.

»Seit wann interessiert Sie das?«

Seitdem ich allein und ohne meine Frau in einer Datscha lebe, wollte Hannes schon sagen, konnte sich aber gerade noch zurückhalten.

»Man weiß ja viel zu wenig von seinen Kollegen«, behauptete er stattdessen. Hildegards Blick wirkte besorgt, als hatte sie es mit einem kleinen Jungen zu tun, der Windpocken hat oder Ähnliches.

»Ich bin geschieden«, sagte sie. »Geht es Ihnen jetzt besser?«

»Wieso besser?«

»Na, man hört da so einiges ....«

»Wie? Was hört man denn ...?«

Die Pathologin zog ihren Kittel aus. Darunter trug sie eine eng sitzende weiße Hose, eine hellgraue Bluse mit einer darüberliegenden dezent-goldenen Halskette. In diesem Outfit machte sie eigentlich eine ganz gute Figur, auch ohne Abendkleid. Sie stellte sich vor den einzigen Spiegel, den die Pathologie besaß.

»Darf ich wissen, was man so hört? Immerhin redet man ja offensichtlich über mich. Vielleicht gibt es etwas, was ich noch nicht über mich weiß!«

»Na zum Beispiel, dass Sie vorübergehend die Freuden des Gartenlebens genießen - im November.« Sie ging auf einen kleinen Wandschrank zu und nahm eine Packung heraus. Sie warf einen letzten Blick in den Spiegel.

»Nehmen Sie es mir nicht übel. Aber ich muss jetzt los. Wollen Sie noch bleiben?«

»Nein«, sagte Hannes mit einem Blick auf die Leiche. Er konnte es Hildegard nicht verübeln, dass sie los musste, aber er wollte deswegen nicht allein mit der Leiche zurückbleiben. Also folgte er Hildegard, die sorgsam hinter ihm abschloss. Anschließend drückte sie ihm das Päckchen in die Hand.

»Nur für den Fall, dass Sie sich erkälten.«

Hannes schaute auf das Päckchen. Es war ein Schachtel Aspirin.

8 – ВОСЕМЬ

Sowjetische Kaserne bei Vogelsang, 2. Dezember 1976, 9.55 Uhr

Schlamperei war das Wort, das Wassilijs Vater gern für alles verwandte, was in seinem Leben schief ging. Es konnten Kleinigkeiten sein. Wenn der Wasserhahn leckte, wenn der Strom ausfiel, wenn der Zug nach Jelgava nicht fuhr, weil eine Weiche repariert wurde oder wenn er schon im Oktober keine Kohlen mehr für den Winter bekam. Dann war das *Schlamperei.* Sein Vater hatte das Wort ausgespuckt, als wäre es ein gemeines Gift. Damit gab er seiner Verachtung für diesen Umstand ebenso Ausdruck wie dem Gefühl der Hilflosigkeit. Er beschuldigte auch gleich das ganze System, in dem nichts so funktionierte wie es sollte. Schlamperei, überall nur Schlamperei. Er hielt sein unaufhörliches Meckern für ein Zeichen seines aufrichtigen Charakters und bewahrte sich das Recht, bei jeder sich bietenden Gelegenheit den Sozialismus als eigentliche Ursache für diese Misere zu verdammen. Wassilijs Mutter hatte dann meist versucht, ihn mit alten russischen Weisheiten zu besänftigen. Es gibt nichts Schlechtes ohne Gutes, sagte sie immer. Doch es half nur selten, denn Schlamperei konnte seinen Vater rasend machen.

»Jetzt schön langsam herunterlassen«, rief Jurin dem jungen Wehrpflichtigen zu, der den Kranwagen bediente. Wassilij überwachte die Arbeit seiner Männer. Gerade hatte er ihnen den Befehl zu einem Raketenwechsel gegeben. Das war ein kompliziertes Manöver. Mit Hilfe eines Kranwagen musste die 9,25 Tonnen schwere und 12,37 Meter lange Rakete vom MAZ 543-LKW abgehoben und sicher auf den Boden abgelegt werden. Dann musste eine zweite Rakete aus dem Raketenbunker herangefahren und in die Abschussrampe geladen werden. Im Gefecht war die Geschwindigkeit eines solchen Raketenwechsels von entscheidender Bedeutung. Die Mannschaft musste lernen zusammenzuarbeiten. Wassilijs Abteilung bestand aus sehr unterschiedlichen Männern. Neben den Berufssoldaten, den Kraftfahrern, Funkern, Radartechnikern und Elektrikern gab es auch einfache Transport- und Wachsoldaten, die auch für das Verladen der Raketen zuständig waren. In der Regel übernahmen junge Wehrpflichtige diese Aufgabe, denn hierfür war keine besondere Ausbildung erforderlich. Einer von ihnen - der Jüngste - sah sich nun drei Plastikhebeln gegenüber. Er war sich sicher, dass der Linke dazu da war, den Kranhaken herunterzufahren.

»Nun mach schon!«, mahnte ihn Unteroffizier Jurin, er war der ranghöchste Soldat nach dem Kommandanten. Dabei nahm er noch einen versteckten Zug aus der Wodkaflasche, wie Wassilij missbilligend bemerkte. Alkohol war verboten, wurde jedoch stillschweigend geduldet. Die endlose Langeweile in der Kaserne war für viele Soldaten nur noch betrunken zu ertragen. Jurek winkte mit dem Arm und rief »Schön langsam«. Der Soldat legte den linken Hebel um, worauf der massive zwanzig Kilo schwere Haken herunterrasselte und mit einem lauten Donnern auf die Außenhaut der Rakete aufschlug. Wassilij verzog das Gesicht und musste unwillkürlich die Augen schließen.

»Verdammter Idiot«, fuhr Jurin den Wehrpflichtigen an. »Willst du uns alle umbringen?« Nie hätte Wassilij geglaubt, dass er mal wie sein Vater empfinden würde. Aber für das, was er hier in den letzten Monaten erlebt hatte, gab es kein besseres Wort. Das war Schlamperei. Das Wort brachte alles auf den Punkt. *Schlamperei.* Alles wurde hier lieblos und unachtsam erledigt. Es fing schon mit dem Essen an. Tag für Tag gab es in der Kantine die gleiche Erbsen-, Linsen- oder Kartoffelsuppe mit ein paar Würstchen oder etwas Speck darin. Die Wand der Kantine war handbemalt mit Bildern von Trauben, Äpfeln und saftigem Braten mit frischem Salat und Gemüse. Doch nichts davon hatte Wassilij auf den Tellern gesehen. Als er sich darüber beschwerte, hätte ihm der Küchenoffizier als Erwiderung die Suppe fast auf die Füße gekippt.

Jurin winkte einen der anderen Wehrpflichtigen heran, der hoffentlich geschickter war. Die Rakete wurde an vier Punkten an den Haken eingespannt. Wassilij hoffte, dass alle, der Kran, die Kette und der Soldat diesmal so funktionierten, wie sie sollten. Das war längst nicht selbstverständlich. Der Soldat konnte betrunken sein, die Kette konnte reißen und der Kran in sich zusammenbrechen. An Pannen hatte sich Wassilij in den letzten Monaten schon gewöhnen müssen. Dumm nur, dass die OTR-22 Rakete mit ihrem explosiven Festtreibstoff in einem solchen Fall nicht viel von der Kaserne übrig lassen würde.

Überall steckte der Wurm drin. Auf dem Kasernengelände gab es ein eigenes Kraftwerk, doch fiel der Strom trotzdem jede Woche für Stunden aus – oder gerade deswegen. Alle Stromleitungen auf dem Gelände waren überirdisch verlegt und daher anfällig. Bei jedem Unwetter wurde gewettet, wie lange der Strom wohl diesmal ausfallen würde. Die Gebäude der Kaserne waren heruntergekommen und würden sicher bald von allein zusammenbrechen. Die notwendigsten Reparaturen wurden von den Soldaten durchgeführt. Meist wurde improvisiert, denn es fehlte überall an Material. Es gab ganze Brigaden, die nur mit der Instandsetzung der Gebäude beschäftigt waren und während ihrer Dienstzeit nichts anderes taten, als Dächer zu decken, Türen zu erneuern und Wasserrohre abzudichten. Das konnte man getrost als Schlamperei bezeichnen. Doch es lag nicht nur an den Soldaten. Das System der Roten Armee trug auch seinen Teil dazu bei, auch wenn Wassilij das als überzeugter Kommunist nicht zugeben würde, erst recht nicht gegenüber seinem Vater.

»Anheben!« rief Jurin.

Die Rakete schwebte jetzt frei über dem LKW. Der neue Mann am Kran zündete sich mit der freien Hand eine Zigarette an und pustete den Rauch seitlich aus dem Mund, damit ihm der Qualm nicht die Sicht vernebelte. Wassilij schritt auf den Mann zu, entriss ihm die Zigarette und zeigte auf ein Verbotsschild, nur wenige Meter entfernt vor dem Raketenbunker. Der Bunker war wie ein Stollen in einen Hügel getrieben worden und konnte nur durch zwei riesige runde und meterdicke Türen betreten werden. Für Wassilijs Brigade war der Bunker tabu. Keiner von ihnen hatte ihn je betreten. Zwei Soldaten der Bunkerbesatzung beobachteten die Aktion mit dem Kran aus einiger Entfernung. Sie grinsten ungeniert. Die beiden hatten sich mit dem Rücken an einen Baum gelehnt. Ihre AK47 standen angelehnt weit weg am Eingang des Bunkers. Wassilij war jedoch nicht in der Lage, sie deswegen zurechtzuweisen, denn die Wachmannschaften des Bunkers gehörten zum KGB. Die ließen sich von einfachen Armeeoffizieren nichts sagen.

Der Kran legte die Rakete nun vorsichtig auf den Boden. Diesmal war alles gut gegangen. Die neue Rakete wurde eingehakt. Nach außen ließ sich Wassilij nichts anmerken, doch innerlich verfluchte er die Agonie seiner Leute. Wie sollte man mit diesen Soldaten einen Krieg gegen die Imperialisten gewinnen? Wenn er nicht auf sie aufpasste, würden sie sich eines Tages selbst in die Luft jagen, auch ohne die Amerikaner.

»Genosse Kommandant?«

Wassilij war so in Gedanken, dass er den sich nähernden Geländewagen gar nicht bemerkt hatte. Am Steuer saß ein Feldwebel und hielt ihm die Beifahrertür auf.

»Der Major will Sie sprechen.«

Sie fuhren vom Raketenbunker im Südwesten des Kasernengeländes einen Plattenweg entlang nach Norden zur Kommandantur. Zahlreiche Holzbauten säumten rechts und links ihren Weg. Viele davon hatten die Soldaten im Laufe der Jahre selbst errichtet: Unterstände für Fahrzeuge, Erdbunker, Wachtürme, Hallen zur Lagerung von unterschiedlichstem Material und unzählige Werkstätten. Die Werkstätten wurden vor allem für die Fahrzeuge gebraucht. Überall auf dem Kasernengelände standen defekte Transporter und LKW, weil Ersatzteile fehlten. Nur die Hälfte der Fahrzeuge war überhaupt fahrtüchtig. Die anderen wurden repariert, gewartet oder standen einfach irgendwo nutzlos herum. Auf dem Panzerübungsplatz gab es eine Lichtung, die Panzerfriedhof genannt wurde, weil unzählige Panzer dort nutzlos verrosteten.

Der Major erwartete ihn in der Kommandantur. Wassilij salutierte und bemerkte, dass auch die anderen Kommandanten der Brigade anwesend waren.

»Ah, Kommandant Belov ist jetzt auch hier. Wir können also beginnen.« Wassilij bemerkte eine Soldatin, die er noch nie hier gesehen hatte. Sie hatte den Rang eines Majors.

»Wir haben Besuch aus dem strategischen Oberkommando aus Moskau bekommen«, begann der Major. »Major Snetkov ist Generalinspektorin für die Raketentruppen der GSSD.« Die Frau mit der eng anliegenden Bluse trat hervor und lächelte steif. Sie hatte blaugraue leuchtende Augen und auffallend blonde Haare, die Sie hinter ihrer Offiziersmütze zusammengebunden hatte. Eine durchaus attraktive Frau, wie Wassilij fand, bis auf den verkniffenen Ausdruck um ihre Mundwinkel.

»Major Snetkov ist hier, um zu sehen, was wir leisten können. Wir werden daher in den nächsten Wochen verschärfte Übungen exerzieren. Insbesondere werden wir ein groß angelegtes Manöver durchführen, in dem ein Angriff gegen Atomwaffenstellungen in Westeuropa trainiert wird. Unsere 152. Raketenbrigade der 8. Gardearmee wird dabei ihre volle Schlagkraft unter Beweis stellen. Wir werden Major Snetkov hierbei nicht enttäuschen! Nicht wahr, Genossen?«

»Jawohl, Genosse Major«, schmetterten die Kommandanten wie gewohnt mit einer Stimme zurück. Dann überließ der Major der Inspektorin das Feld.

»Guten Morgen, Kommandanten«, ertönte ihre überraschend scharfe Stimme. Ihr Blick wanderte dabei von einem Kommandanten zum nächsten. »Die unaufhörliche atomare Aufrüstung beim imperialistischen Klassenfeind hat seine Angriffsstärke ungemein erhöht. Nach unseren Informationen besitzt der Feind annähernd 10.000 nukleare Sprengköpfe. Das sind fast doppelt so viele wie noch vor wenigen Jahren. Ein Großteil dieser Waffen wurde jetzt in westeuropäischen Staaten stationiert und ist auf die Sowjetunion gerichtet. Darüberhinaus patrouilliert das strategische Bombergeschwader der Amerikaner täglich über Westeuropa. Die Bomber sind mit atomaren Wasserstoffbomben beladen und von einem Augenblick zum nächsten einsatzbereit. Hunderte mit Atomsprengköpfen bestückte Mittelstreckenraketen können von Westeuropa aus unsere Grenze innerhalb von wenigen Minuten erreichen. Fast könnte man meinen, der Kampf um Europa hätte bereits begonnen. Beide Seiten wissen, was militärische Stärke in dieser entscheidenden Phase bedeutet. Die Zukunft Europas hängt davon ab, welche Seite die Oberhand behalten wird. *Wir* müssen dem Feind zeigen, dass wir für einen solchen Kampf gewappnet sind! *Wir* müssen beweisen, dass wir mithalten können und niemals kampflos aufgeben werden, sollte der Feind von Westeuropa aus einen überraschenden Schlag gegen uns planen. *Wir* müssen beweisen, dass wir ihm zuvorkommen können. Wenn wir zuerst reagieren, können wir die Pläne des Feindes mit einem Schlag durchkreuzen und damit das gesamte in Westeuropa auf uns gerichtete Potential ein für alle Mal vernichten. Der Kampf um Europa wäre gewonnen!«

Major Snetkov machte eine Pause, um ihre Worte wirken zu lassen.

»In den nächsten Wochen werden wir daher ein groß angelegtes Manöver durchführen, das vom Feind durch seine Satelliten genauestens beobachtet wird. Schiffsverbände, Panzerverbände und die Raketentruppen werden beteiligt sein. Insbesondere die Raketentruppen in Deutschland werden dabei eine entscheidende Rolle spielen. Es wird erstmalig ein Angriff auf das Atomwaffenarsenal der Vereinigten Staaten in Westeuropa simuliert.«

Mein Gott, ein Angriff, ein Erstschlag!

»Wir werden zeigen, dass wir innerhalb kürzester Zeit und mit äußerster Präzision, jede am Boden stationierte Atomwaffe in Westeuropa ausschalten können. Das wird die Aufgabe der vor unseren Grenzen stationierten Raketentruppen sein. Die Raketenbrigaden in Deutschland gehören damit zur Speerspitze unserer Landesverteidigung. Im bevorstehenden Großmanöver werden wir zeigen, dass wir in der Lage sind, mehr als achtzig atomar bestückte Mittelstreckenraketen vom Typ OTR-22 innerhalb weniger Minuten auf Ziele in Westeuropa abzuschießen. Wir werden dieses Manöver unter realistischen Bedingungen durchführen, das heißt, mit scharfen atomaren Sprengköpfen. Ich will, dass sich Ihre Abteilungen bestens auf diesen Einsatz vorbereiten. Jahrzehntelang haben unsere Ingenieure daran gearbeitet, unsere Raketentechnik weiter zu verbessern. Nun ist der Zeitpunkt gekommen. Zeigt dem Feind, zu was wir in der Lage sind! ZUM RUHME DER ROTEN ARMEE, ZUM RUHME DER SOWJETUNION UND ZUM RUHME DES SOZIALISMUS!

»ZUM RUHME DES SOZIALISMUS«, schmetterten die Kommandanten zurück.

Snetkov blickte zufrieden. Alle waren beeindruckt. Fragen gab es keine.

»Noch eine Information …«, ergänzte der Major. »Seit heute Morgen gilt Alarmstufe gelb für alle Raketenbrigaden auf deutschem Boden. Wir werden ab heute Tag und Nacht bereit sein, auf Befehl des Oberkommandos den Abschuss der Raketen in kürzester Zeit vorzunehmen. Bitte bereiten Sie hierfür alles Notwendige vor. Ich erwarte, dass jeder von Ihnen zu absoluter Höchstform aufläuft. Eine Blamage können wir uns nicht erlauben!«

Wieder entstand eine Pause. Wassilij und die anderen Kommandanten waren nachdenklich geworden. Ein so großes Manöver mitten in Europa, dazu noch mit scharfen Atomwaffen, das hatte es bisher nicht gegeben. Andererseits war ein solcher Einsatz genau das, wofür sie ausgebildet worden waren. Dass Alarmstufe gelb ausgerufen wurde, konnte mit dem Manöver zusammenhängen. Es war jedoch ebenso möglich, dass die Spannungen mit den Amerikanern der Grund dafür waren. Das Manöver würde mit Sicherheit von Flugzeugen oder Schiffen des Feindes genauestens beobachtet werden. Schon häufig war es dabei zu Feindkontakten und brenzligen Situationen gekommen.

Wenig später war die Besprechung beendet. Mit einem festen Händedruck und einem ungewöhnlich langen und intensiven Blick entließ der Major seine Kommandanten. Auch die Inspektorin verabschiedete jeden einzelnen von ihnen und wünschte viel Glück. Wassilijs Herz hatte begonnen, schneller zu schlagen. Endlich konnte er gegen den Imperialismus kämpfen. Dafür wollte er sein Bestes geben und würde dies auch von seinen Männern verlangen. Er wollte seiner Brigade auf keinen Fall eine Schande bereiten.

Auf keinen Fall, eher würde er sterben!

9 - ДЕВЯТЬ

Auf der Straße bei Eberswalde, 7. November 2001, 20.57 Uhr

Gegen Abend fuhr Hannes von Eberswalde die B167 in Richtung Autobahn, die ihn nach Birkenwerder zu seiner Datscha bringen sollte. An einer Abzweigung entschloss er sich kurzerhand, statt zur Autobahn, weiter geradeaus nach Westen zu fahren. Er wollte sich noch einmal den Fundort der Leiche anschauen. Mit dem, was er nun wusste, ergab sich für ihn ein ganz neues Bild. Jemand hatte Kohlhaas in den Graben in Groß Dölln geworfen. Möglicherweise wurde der Mord jedoch auch an einer anderen Stelle verübt, und der Täter hatte die Leiche nur dort vergraben. Arbeitete so die russische Mafia? Kannten die nicht bessere Methoden, um Leute verschwinden zu lassen?

Wurde er vergiftet?

Hannes erinnerte sich an die sonderbare Frage des Abgesandten der russischen Botschaft.

Als er in Groß Dölln ankam, war es bereits dunkel geworden. Hannes musste seine Taschenlampe aus dem Handschuhfach seines Opels kramen. Er versuchte, sich zu erinnern, wo genau die Leiche gefunden worden war. Das war nicht leicht. Die Baustelle in Groß Dölln erstreckte sich über mehrere Kilometer an der Hauptstraße entlang. Auf der einen Seite des Grabens lag die Straße, auf der anderen die niedrigen Bauernhäuser. Zwischen der Straße und den Häusern war an manchen Stellen kaum mehr als ein Meter Platz, so eng kam die Straße an die Häuser heran. Hannes wusste nicht, wonach er eigentlich suchte. Zunächst ging er mit der Taschenlampe ein paar Meter auf der Straße entlang Richtung Osten. Hier traf er auf die neue Absperrung der Baustelle. Kein Mensch war zu sehen. Seit er geparkt hatte, war kein anderer Wagen die Straße entlang gekommen. Wann hatte der Täter die Leiche hierher gebracht? Wie hatte er die Leiche transportiert? Mit dem Auto? Wo hatte der Täter sein Auto geparkt? Der Täter hätte beobachtet werden können. Aus den Häusern heraus. Das war definitiv ein Risiko. Es hatte Befragungen der Anwohner in diesen Häusern gegeben. Sie hatten jedoch nichts ergeben.

Hannes sah das Haus von Elena Kohlhaas, es lag nur wenige hundert Meter entfernt. Er zögerte. Sollte er sie besuchen? Um diese Uhrzeit? Nein, besser nicht. Er nahm an, dass es ihr im Augenblick nicht passen würde. Hannes wusste auch nicht, was er ihr erzählen sollte. Er hatte ja noch nicht viel erreicht. Genaugenommen wusste er nicht einmal, ob ihr Vater überhaupt ermordet worden war. Da bemerkte er weiter unten an der Straße das Gasthaus; das Licht aus den Fenstern schien auf die Straße. Es war also geöffnet. *Zum Deutschen Haus* stand auf dem rostigen und erleuchteten Schild über der Eingangstür. Von dort aus konnte man die Stelle des Leichenfundes gut einsehen.

Als er eintrat, nahm niemand Notiz von ihm. Hannes nickte dem Wirt zu, der konzentriert mit dem Trocknen eines Bierglases beschäftigt war. Der tat, als sei es unmöglich, dabei noch seine Umgebung wahrzunehmen. Ganz in der Nähe des Tresens saßen ein paar Männer und spielten Karten. Skat. Sie blickten kurz zu Hannes rüber. Hannes setzte sich auf einen der freien Barhocker vor dem Tresen. An den Wänden hingen Medaillen und Pokale eines Tierzuchtvereins. Tauben und Hühner waren auf Fotos abgebildet. Nachdem er sich ein Bier bestellt hatte, erregte eine Schwarz-Weiß-Fotografie hinter dem Tresen seine Aufmerksamkeit. Ein gerahmtes Gruppenfoto mit Männern, die auffallend hübsche Frauen in ihren Armen hielten. Das Bild war mit Blitzlicht gemacht worden. Einige der Männer trugen Uniformen. Es waren keine Uniformen der DDR-Volksarmee, sondern braune, russische Uniformen. Ein Schriftzug hielt das Datum der Aufnahme fest: 1978. Hannes zog eine Zigarette aus der Packung.

»Waren die Russen häufig hier?«, fragte er und nickte zum Foto hin, als der Wirt ihm sein Bier auf den Tresen stellte. Der Wirt hatte lange, fettige dunkle Haare und ein verbrauchtes Gesicht. Der hätte auch schon 1978 hier arbeiten können, so wie der aussah, dachte Hannes. Vielleicht hatte er es auch.

»Das sind doch Russen auf dem Bild hier, oder?«

Der Wirt schwieg. Wer will das wissen, schien sein Blick zu fragen.

»Keppler. Ich bin von der Kriminalpolizei«, sagte Hannes und zog seinen Dienstausweis hervor. »Könnten Sie bitte meine Frage beantworten!« Die Skatspieler drehten ihre Köpfe und glotzten neugierig. Es dauerte eine ganze Weile, bis die Karten neu ausgegeben wurden.

»Etwa wegen dem Kohlhaas?«, fragte der Wirt.

»Ja, ich ermittle in der Sache.«

Misstrauische Augen.

»Da waren doch schon andere Polizisten da und haben gefragt, ob wir was gesehen haben. Haben wir aber nicht.«

Hannes zeigte auf das Gruppenfoto.

»Und? Was ist nun mit den Russen da auf dem Bild?«

Der Wirt trat näher an das Foto heran und tat so, als sähe er das Bild zum ersten Mal. »Ja, der Kohlhaas ist hier drauf. Hier, sehen Sie, das ist der hier.« Der Wirt zeigte auf das Foto. Tatsächlich. Das hatte Hannes noch gar nicht bemerkt. Einer der Männer war in Zivil und lachte, das war Kohlhaas. »Sah damals noch anders aus. Der hatte hier so eine Art Stammtisch mit seinen Freunden.«

»Ein Stammtisch mit russischen Soldaten und jungen Frauen?«

Der Wirt schien ertappt.

»Die Frauen kamen nicht von hier.«

»Prostituierte?«

Der Wirt zuckte nur mit den Achseln.

»Warum hängt das Bild überhaupt noch hier?«

»Keine Ahnung. Wissen Sie, wir haben hier nicht viel verändert seitdem. Früher war hier mehr los. Da blieb kein Auge trocken.«

Der Wirt grinste, als sollte Hannes wissen, was er damit meinte.

»Und? War das dem Kohlhaas zu verdanken?«

»Nee, gar nicht.«

Die Antwort kam schnell. Zu schnell.

»Aber der hatte doch die Kontakte zu den Russen und den Frauen. Und die haben hier mit ihm am Stammtisch gefeiert. Ordentlich gefeiert, richtig? Das ist doch richtig?«

»Kann sein.«

Hannes überlegte.

»Nehmen Sie auch ein Bier? Ich gebe einen aus. FÜR ALLE«, rief er laut, damit es auch die Kartenspieler mitbekamen. Die schauten nur skeptisch rüber.

Der Wirt zapfte darauf ein paar Bier. Das dauerte. Er versorgte erst die Spieler und kam dann zu Hannes zurück.

»Kommen Sie eigentlich aus Berlin?«

»Gegenfrage: Was wissen Sie über Kohlhaas?« Hannes paffte blauen Dunst an die Decke.

Der Wirt blickte unschlüssig.

»Und ein Bier ist auch für mich?«

»Hab ich doch gesagt.«

Es entstand eine noch längere Pause. Dann drehte sich der Wirt herum und nahm sich einen Barhocker. Den stellte er vor sich und setzte sich drauf. Dann zündete er sich eine Zigarette an.

»Es gab da mal so eine Sache.«

»Ja?«

»Mit der hatte Kohlhaas zu tun. Ich denke, das muss so Ende der 70er gewesen sein. Moment, lassen Sie mich überlegen, ich glaube es war 77, als mein Sohn in die Schule kam. Bei den Russen gab es da einen Brand. Denen ist ihr halbes Munitionslager in die Luft geflogen. In Dannenwalde. Das ist nicht weit von hier.

»Wie weit?«

»Mit dem Auto dreißig Minuten. Dort gab es ein richtig großes Unglück. Da sind Raketen der Russen zu den Bauern rübergeflogen und auf die Felder gestürzt. Die sind kilometerweit geflogen. Es waren unglaublich viele. Aber es ist nicht viel passiert. Die Dinger sind gar nicht explodiert. Sind nur gestartet und auf die Erde geknallt. Ein paar Bäume und eine Scheune hat es erwischt. Bis hierher nach Groß Dölln sind die gar nicht gekommen.«

»Und? Was hat das mit Kohlhaas zu tun?«

»Na ja. Weil lange Zeit niemand darüber reden durfte. War verboten. Sollte geheim bleiben. Der Kohlhaas hat hier in meiner Kneipe extra eine Gemeinde-Sitzung abgehalten. Da habe ich den Kohlhaas zum ersten Mal gesehen. Er war als Bürgermeister damals frisch im Amt. Er hat uns allen verklickert, dass dies ein DDR-Staatsgeheimnis war. Mussten alle was unterschreiben. Hat uns sogar mit Gefängnis gedroht, wenn wir reden würden. Und eine Woche später kam dann ein Auftrag von den Russen an den Kohlhaas. Was meinen Sie, was der an die Russen liefern sollte?

Hannes schwieg.

»Sechzig Zinksärge!«

Hannes inhalierte tief.

»Verstehen Sie? Sechzig Russen sind umgekommen bei diesem Unfall. Und die hatten nicht mal genug Särge, um ihre Leichen abzutransportieren! Was soll man von einer Armee halten, die nicht mal Särge hat? So waren sie, die Russen. Alles, was aus Moskau eingeflogen kam, war Schrott. Und wenn es kein Schrott war, wurde es verkauft oder eingetauscht. Am Ende konnte man hier eine AK47 Knarre für eine Stange Marlboro bekommen. Konnte man am Zaun direkt tauschen. Musste man nur die Zigaretten rüberhalten. Kam schon einer an, mit was zum Tauschen. Auch Helme, Gasmasken und Orden. Held der Sowjetunion und so. Das glauben Sie nicht, was da ab ging. Als die zurück nach Russland sind, haben die sogar die Klobecken mitgenommen!«

»Und Kohlhaas hat das organisiert?«

»Wissen Sie, der Kohlhaas hat damals das ganze Dorf organisiert. Und die Russen hat er bestochen ... und auch beschissen. Glauben Sie mir, dem weint hier keiner eine Träne nach! Der Kohlhaas war mir manchmal richtig unheimlich. Der war verschlagen. Und diese Russen, das waren Tiere.«

»Tiere? Warum?«

»Ich weiß ja nicht, wie das bei euch mit den Amerikanern war, aber die Russen waren hier praktisch eingesperrt. Nur die Offiziere durften raus. Da haben wir unsere Frauen nicht auf die Straße gelassen. Die Russen haben alles überfallen, was nicht bei drei auf den Bäumen war. Aber die sind zu unseren Frauen rein. Und manche Frauen haben die auch noch rein gelassen. Waren ja meist Offiziere. Da konnte man nichts machen. Wir nicht und auch die Polizei nicht. Und dem Kohlhaas war das egal.«

»Gab es jemanden, der Grund hätte, Kohlhaas umzubringen?«

»Ich dachte, es war ein Unfall.«

»Gab es einen Grund?«

»Keine Ahnung. Ehrlich.«

Hannes hatte nicht das Gefühl, dass Ehrlichkeit eine besondere Eigenschaft des Wirtes war. Gerissenheit würde es wohl eher treffen. Trotzdem bedankte er sich bei ihm und versprach, dass er wieder mal reinschauen würde.

Hannes verließ das Gasthaus mit dem Gefühl, dass es zu Jens Kohlhaas noch viel mehr Informationen gab. Je mehr er von Kohlhaas Vergangenheit herausfand, umso eher würde er diesen Fall lösen können. Die damaligen Beziehungen zu den russischen Soldaten mochten unbedeutend sein, aber Hannes glaubte das nicht. Ganz im Gegenteil, wenn sich die russische Botschaft bei ihm meldete, dann musste Kohlhaas etwas mit diesen russischen Offizieren zu tun gehabt haben. Mit diesen Offizieren und auch mit dem Ort Dannenwalde. Hannes würde gleich mal auf der Karte nachsehen, wo dieser Ort überhaupt lag. Und er würde die KGB-Akten über Kohlhaas lesen müssen, am besten gleich.

10 - ДЕСЯТЬ

Datscha in Birkenwerder, 7. November 2001, 22.15 Uhr

Hannes parkte seinen Opel auf dem Sandweg vor der Datscha. Eigentlich war es ja nicht seine Datscha, sondern die seiner Frau, die wahrscheinlich bald seine Exfrau sein würde. Das Häuschen war aus DDR-Zeiten. Ein Eigenbau, ganz aus Holz und über dreißig Jahre alt. Familienbesitz. Als er eintrat, roch es nach feuchtem Holz und geteerter Dachpappe. Es gab einen Wohnraum mit einer Couch, einer Schlafstelle dicht unterm Dach und eine kleine Küche mit einem Gasherd. Im Küchenschrank fand er eine Dose Ravioli. Die machte er sich warm. Dabei erinnerte er sich an sein Versprechen, das er Frederike gegeben hatte, einen Umsendeantrag für seine Post zu stellen. Nur, welche Adresse sollte er angeben? Diese Datscha hatte nicht einmal einen Briefkasten. Frederike war wirklich unbarmherzig geworden. Jede Woche in dieser Hütte hatte ihn weiter von ihr und seiner Tochter entfernt. Aus wenigen Tagen waren Wochen geworden und aus Wochen würden bald Monate werden.

Hier gab es nicht mal Telefon oder Internet. Sein Leben konnte auf keinen Fall so weitergehen.

Einen Augenblick überlegte Hannes, ob er Frederike so spät am Abend noch anrufen sollte. Wegen des Umsendeantrags. Doch wohin sollte das führen? Er wollte sich nicht schon wieder mit ihr streiten. Nicht deswegen.

Da klingelte sein Mobiltelefon.

»Was machst du gerade?«

Hannes erkannte die Stimme seines Freundes Michael.

»Ich versuch´s mir warm zu machen?«

»Warm machen? Wieso?«

»Bin in der Datscha von Frederike.«

Michael war schon vor Jahren aus Berlin weggezogen. Er meldete sich seitdem immer seltener, und auch Hannes musste sich große Mühe geben, den Kontakt zu halten. Trotzdem war er froh, dass Michael jetzt an ihn gedacht hatte.

»Ach, was machst du denn in der Datscha? Ist es nicht ein wenig zu spät für Gartenarbeit?«

»Nee.«

Hannes schwieg.

»Hannes, was ist los?«

»Nichts, was soll los sein?«

»Du hast doch was auf dem Herzen. Was ist es?«

»Es ist nichts.«

Hannes wollte über seine lächerliche Situation nicht sprechen. Nicht mal mit Michael. Auch, wenn der ihn und Frederike seit vielen Jahren kannte. Und doch wäre es vernünftig, mit ihm zu reden, das wusste er. Mit wem sonst sollte er darüber reden? Aber es gab absolut niemanden, mit dem er im Augenblick über das Scheitern seiner Ehe sprechen wollte. Hatte er gerade »Scheitern« gedacht? War seine Ehe wirklich gescheitert oder hatte sie nur eine kleine Pause gemacht, wie Fredrike es ausdrückte? So oder so, am Ende war es nur ein geschicktes Manöver gewesen, um ihn aus der Berliner Wohnung zu bekommen. Eine *Überganglösung* hatte Frederike es genannt. Aber was würde nach der Übergangslösung kommen? War das automatisch der Umsendeantrag mit all seinen logischen Konsequenzen?

»Hannes, ich bin gerade in Berlin. Ein Kongress. Ich sitze hier in einem Hotel.«

Michael war womöglich der beste Freund, den Hannes hatte. Er war Arzt und glücklich verheiratet. Hannes kannte natürlich auch Michaels kleine quirlige Frau. Die hatte immer gute Laune, zumindest wenn Hannes sie traf. Auch Michael selbst war meist guter Dinge. Irgendwie schien es, als hätte er es geschafft, sich sein Leben angenehm einzurichten: eigene Praxis, liebe Frau, zwei Kinder. Sein Job als Arzt war bestimmt nicht einfach, aber sein Freund musste sich zumindest nicht die Nächte um die Ohren schlagen. Es gab feste Praxisöffnungszeiten. Michael hatte auch selten mit Leichen zu tun. Als Arzt konnte er meist verhindern, dass aus seinen Patienten Leichen wurden. Aber selbst, wenn das mal nicht gelang: die stanken wenigstens nicht so erbärmlich und hatten auch noch alle Augen im Schädel.

»Ich weiß, das ist jetzt ein Überfall. Aber hättest du nicht Lust, auf einem Sprung zu mir ins Hotel zu kommen? Wir setzen uns in die Hotelbar, trinken einen und erzählen uns was von früher. Wie wär´s? Auf die alten Tage. Was meinst du?«

Hannes musste nicht lange überlegen.

»Tut mir wirklich leid. Ich stecke da in so einer Sache drin. Ein Mordfall. Ich habe mir Arbeit mit nach Hause genommen und muss da morgen weitermachen. Du weißt ja, wie das ist.«

Hannes wusste, dass Michael keine Ahnung hatte. Beide wussten es. Ein Allgemeinmediziner hatte nun mal nichts mit Mordfällen zu tun. Woher sollte er also wissen, wie die Polizeiarbeit manchmal war? Sie waren gute Freunde, und das seit Jahren. Und doch lebten sie in ganz unterschiedlichen Welten. Michael spürte die Signale seines Freundes und stellte keine weiteren Fragen. Und Hannes war froh darum.

»Schade. Hannes. Wirklich schade.«

Sie tauschten noch ein paar Höflichkeiten. Hannes versicherte, sich in den nächsten Tagen mal zu melden. Dann hätte er wieder mehr Zeit. Im Augenblick wäre er leider sehr eingespannt. So viele Dinge wären zu tun.

»Grüß mir Frederike«, sagte Michael noch.

»Mach ich«, versprach Hannes.

Dann legte er auf.

Er ging nach nebenan in die winzige Küche, fand die letzte Flasche des ungarischen Weins. Den Heizlüfter stellte er auf die höchste Stufe, dann zog er sich ein dickes Flanellhemd über. Er setzte sich auf die Couch und nahm die Akte über Kohlhaas vom Tisch. Sie bestand aus vielen gehefteten Einzelberichten. Viele davon hatte Kohlhaas selbst für den KGB verfasst, wobei völlig unklar war, wie diese später nach Moskau in die Lubjanka gelangt waren. Fast alle Berichte waren auf Deutsch geschrieben und immer an die gleiche Person gerichtet, die mit dem Kürzel »KOMPOV« belegt wurde. »Wie kürzlich dem KOMPOV schon berichtet ...« oder »auf Weisung des KOMPOV ...« hatte Kohlhaas in seinen Berichten formuliert.

Der KOMPOV war offenbar ein Führungsoffizier, ein hauptamtlicher Mitarbeiter des KGB, dem Kohlhaas Bericht erstattete. Die militärisch knapp gehaltenen Berichterstattungen machten den Eindruck, als wären sie nach immer gleichem Muster verfasst worden. Viele Texte hatten eine ähnliche Länge. Alle waren schreibmaschinengetippt. Die meisten stammten aus den 70er Jahren. Die Sätze waren in einem bürokratischen und hölzernen Stil verfasst. Es hatte etwas Militärisches. Hannes vermutete, dass die Berichte der Stasi wohl in einem ähnlichen Ton verfasst worden waren. Er nahm sich zunächst die Berichte aus den 80ern vor. Diese lieferten Beobachtungen zu den Stimmungen in der DDR-Bevölkerung. Dabei ging es meist um die negative oder positive Haltung zur SED oder zum sowjetischen Verbündeten. Andere Meldungen erzählten von der Kritik an der sowjetischen Militärpräsenz in Deutschland, die einige SED-Mitglieder geäußert hatten. Es ging um Meinungsdifferenzen innerhalb der SED. Dabei wurden auch Namen genannt. Die persönliche Meinung eines Ministerratsmitglieds zur Unmöglichkeit der Umwandlung eines sozialistischen Staates in einen kommunistischen wurde so zitiert, als wäre dies ein Verrat am Sozialismus. Dazu Berichte über Mängel in den landwirtschaftlichen oder produktiven Betrieben der DDR, die man so auch in den Zeitungen des Westens hätte nachlesen können. Solche oder ähnliche, eher harmlose Schilderungen gab es viele in der Akte. Es würde lange dauern, wenn Hannes die alle durcharbeiten wollte. Er blätterte daher einige Seiten zurück, bis er zu den ausführlicheren Aufsätzen aus den 70igern kam.

Hier stieß er auf etwas Interessantes: Kohlhaas schrieb im Jahr 1978 über einen Tauschhandel, den einige sowjetische Offiziere auf eigene Rechnung betrieben. Dabei führte er eine Liste von Namen russischer Offiziere auf. Dieser Bericht musste unangenehme Folgen für diese Offiziere gehabt haben. Kohlhaas hatte sich mit diesem Bericht sicherlich einige Verdienste beim KGB erworben. Dafür hatte er diese Soldaten kaltblütig ans Messer geliefert. Hannes erinnerte sich an die Fotografie im *Deutschen Haus*. Kohlhaas stand lachend zwischen sowjetischen Offizieren und hübschen jungen Frauen. Eine alte Melodie aus der Dreigroschenoper fiel ihm ein: *Und der Haifisch, der hat Zähne, und die trägt er im Gesicht. Und Macheath, der hat ein Messer. Doch das Messer sieht man nicht.*

In anderen Berichten schrieb Kohlhaas über die Verfehlungen von hochrangigen Offizieren. Mal war es Sauferei, mal Unterschlagung, mal Homosexualität oder der Umgang mit Prostituierten. In vielen Fällen beklagte er auch nur die mangelnde politische Überzeugung oder die Zuverlässigkeit von Offizieren. Er nannte Namen und zitierte Reden, die die Betroffenen im Suff geführt haben sollen. Solche Berichte mussten damals Karrieren zerstört haben. Hannes schrieb die Namen der Denunzierten in sein Notizbuch. Am Ende standen dort sechzehn Namen, vom Assistenzarzt bis zum Generalmajor.

Hannes schaute auf die Uhr, es war schon spät geworden. Frederike hatte sich nicht gemeldet. Gerade wollte er die Akte auf den Tisch zurücklegen, da fiel ein Umschlag heraus. Der war unverschlossen, war jedoch nicht in die Akte eingeheftet, wie die anderen. Ein Aufkleber mit den Worten »in die Übersetzung gegeben« klebte auf dem Umschlag. Hannes öffnete den Umschlag. Die Inhalte waren auf Russisch verfasst. Franka hatte Russisch noch in der Schule gelernt. Sie hatte sich die Texte bereits vorgenommen und am Rande ein paar Notizen gemacht. Der russische Name des Verfassers oben rechts war unterstrichen. Daneben stand in ihrer gut leserlichen Handschrift: »Verbindungsoffizier« und ein Fragezeichen. Auch die Abkürzung »SSDV« war unterstrichen. Diesen Bericht hatte also Frankas Vermutung nach der Verbindungsoffizier für eine Stelle mit dem Namen SSDV verfasst. Zwei weitere Textpassagen hatte Franka dick unterstrichen und am Rand dazu die Übersetzung gegeben. Der erste Text lautete »Verantwortlich für Nuklearsprengköpfe«, der zweite »Raketenbrigade«. Es folgten die Worte »Plutonium« und »Verseuchung«. Franka hatte diese doppelt unterstrichen.

Hannes war müde geworden. Er nahm sich vor, Franka gleich morgen nach diesem Text zu fragen. Eines war jedoch jetzt schon klar. Kohlhaas hatte über gute Kontakte zur russischen Armee verfügt und diese für seine krummen Geschäfte genutzt. Gleichzeitig hatte er Informationen an den KGB weitergegeben, womöglich, um sich den Rücken für seine Geschäfte freizuhalten. Ein gefährliches, aber sicher auch einträgliches Doppelspiel. Das war jetzt viele Jahre her. Und Kohlhaas war tot. Sollte jemand über zwanzig Jahre später Kohlhaas tatsächlich deswegen ermordet haben? Und was hatte Kohlhaas der russischen Botschaft berichten wollen? Im Augenblick hatte Hannes keine Antwort auf diese Fragen. Er war dabei, einzelne Puzzleteile nebeneinander zu legen. Aber sie ergaben noch kein Bild.

Zur Entspannung schaltete Hannes den Fernseher an. Immerhin hatte die Datscha wenigstens den zu bieten, sogar in Farbe. Er hatte das alte Gerät selbst hierher geschleppt und angeschlossen, als Frederike und er letztes Jahr einen teuren Flachbildschirm gekauft hatten. Wenn es nach Frederike gegangen wäre, hätte er den Alten auf den Müll werfen sollen. Hannes sah sich noch den Rest eines Krimis an. Er fand, dass die Krimis im Fernsehen der realen Polizeiarbeit immer näher kamen. Oder umgekehrt, die Polizeiarbeit entsprach zunehmend einem Krimi.

Wissen Sie, der Kohlhaas hat damals das ganze Dorf organisiert.

Er erinnerte sich an die Worte des Wirts aus dem *Deutschen Haus.* Das ganze Dorf organisiert? Und auch tyrannisiert? Die Schläge auf den Kopf und den Körper von Kohlhaas sprachen jedenfalls die gleiche Sprache. Wut, Hass und Hilflosigkeit. Das musste der Täter empfunden haben, als er auf Kohlhaas eingeschlagen hatte. Oder die Täterin. Elena Kohlhaas wäre ebenso in der Lage, ihren alten Vater zu erschlagen. Immerhin schlug sie beruflich auf Steine ein.

Als der TV-Mörder von der wie immer weiblichen TV-Kommissarin gefasst wurde, war Hannes bereits eingeschlafen. Lautes Schnarchen war zu vernehmen, während seine Zigarette noch im Aschenbecher glimmte. Auf dem Tisch lag die Kohlhaas-Akte, noch immer aufgeschlagen. Daneben der auf Russisch verfasste Bericht mit den Passagen, die Franka untergestrichen und übersetzt hatte. Sein Notizbuch lag aufgeschlagen, mit den handgeschriebenen Namen von sechzehn russischen Offizieren, darunter auch der Name eines Raketenoffiziers: Wassilij Danilowitsch Belov.

11 - ОДИННАДЦАТЬ

Sowjetische Kaserne bei Vogelsang, 7. Januar 1977, 2.13 Uhr

Wassilij riss die Augen auf und starrte nach oben. Eine Alarmglocke rasselte. Einen Augenblick lang wusste er nicht, wo er war. Dann erkannte er die schmutzig-weiße Decke seines Zimmers. Er tastete hastig nach der Taschenlampe, die auf dem kleinen Tisch neben seinem Bett liegen musste. Er schaltete sie an und richtete den Lichtkegel auf seine Armbanduhr: 2.13 Uhr. Neben der Alarmglocke im Hausflur heulten auf dem Hof laute Sirenen. Einmal lang, einmal kurz, einmal kurz.

Nuklearer Alarm! Das bedeutete, dass innerhalb von zwei Stunden mit einem nuklearen Angriff des Feindes zu rechnen war. Vor seinem Zimmer hörte er erste Stimmen und Türenschlagen. Wassilij warf sich aus seinem Bett, schlüpfte in seinen Kampfanzug und schnallte sich den Gürtel mit den gefüllten Ledertaschen um. Jeder Raketenoffizier musste im Einsatz eine Vielzahl von Dingen bei sich tragen. Eine Taschenlampe, eine Pistole, Munition, ein Taschenmesser, eine Rolle Verbandszeug, Kartenmaterialien, ein Stück

Schokolade und Jodtabletten gegen die Auswirkungen der radioaktiven Strahlung. Dazu noch eine Leuchtpistole mit vier Patronen und eine Schirmmütze. Er nahm noch das Foto seiner Eltern vom Nachttisch. Er überlegte kurz, ob er den Brief mit den geheimen Codes aus der Seifendose mitnehmen sollte. Nein. Wozu? Zum einen kannte er die Codes auswendig, zum anderen würde er die nur brauchen, wenn es wirklich ein Ernstfall war. Und das glaubte er nicht. Zu oft waren sie in den letzten Wochen nur für Übungen aus den Betten geholt worden. Wassilij trat auf den Flur und lief mit den anderen Soldaten die Treppen hinunter. Sie liefen zu den Sammelpunkten ihrer Einheiten. Die Soldaten des Flugabwehrregiments wurden auf Lastwagen zum Flughafen Templin gebracht. Die Panzerleute liefen zu ihren T64-Panzern in einem anderen Teil des Kasernengeländes. Die Männer der Raketenbrigade sammelten sich vor dem Fahrzeughof der MAZ 543-LKW.

Wassilij hatte jedoch anderes zu tun. Er musste sich in der Kommandantur melden, um die Einsatzbefehle für seine Raketenabteilung entgegenzunehmen. Dabei kam es auf jede Minute an. Seine Leute würden in dieser Zeit die LKW klar machen und ihn später von der Kommandantur abholen. Bis zur Kommandantur waren es knapp zwei Kilometer, die er im Laufschritt zurücklegte. Draußen war es kalt und windstill, der Schnee rieselte leise. Die Straßen auf dem Gelände waren von Scheinwerfern hell erleuchtet. Überall liefen Soldaten, rasten LKW oder kleine Fahrzeuge. Die Sirenen heulten noch immer. Ein T-64 Panzer rasselte mit hohem Tempo an ihm vorbei. Wassilij kannte alle taktischen Manöver und Befehle für den Alarmfall. Die Panzer hatten die Aufgabe, den Stützpunkt gegen feindliche Angriffe von außen zu schützen. Im Falle eines atomaren Gefechts würde der Feind zunächst versuchen, das Aufsteigen von Flugzeugen und Raketen durch Luftangriffe zu verhindern. Wenn das nicht gelang, würden die Bodentruppen des Feindes zum Einsatz gelangen. Davor sollten die Panzer sie schützen. Seine Abteilung hatte die Aufgabe, die Raketen in spätestens fünfundvierzig Minuten abschussbreit zu halten. Zwölf Minuten waren schon vergangen, als er die Kommandantur erreichte. Mit ihm betraten auch andere Raketenoffiziere das Büro des Majors.

Allein in Vogelsang waren sechsunddreißig Mittelstreckenraketen vom Typ OTR-22 stationiert. Jede Rakete trug einen nuklearen Sprengkopf. Wassilij war aus der Kadettenschule bekannt, dass auf dem Territorium der DDR im Ernstfall bis zu einhundertachtzig Mittelstreckenraketen innerhalb weniger Minuten startklar gemacht werden konnten.

In der Kommandantur versammelten sich die Raketenoffiziere zur Einsatzbesprechung. Jeder Offizier kommandierte drei oder vier Raketentransporter einer Abteilung. Dazu kamen diverse Begleit- und Sicherungsfahrzeuge. Der Major zeigte auf einer großen Umgebungskarte die Startpositionen, die der jeweilige Kommandant mit seinen MAZ 543-LKW erreichen sollten. Die Positionen lagen zwanzig bis fünfundzwanzig Kilometer von der Kaserne entfernt. Die einzelnen Standorte lagen damit bis zu fünfzig Kilometer auseinander und waren daher kaum durch Raketen zu treffen, ohne nicht auch das ganze Umland flächendeckend zu vernichten. Das war die Absicht. Die mobilen Raketenabschussrampen waren dafür ideal geeignet.

Jeder Offizier erhielt die Start - und Zielkoordinaten auf einem Blatt Papier zugeteilt. Es ging alles schnell und routiniert. Niemand hatte Fragen. Wassilij steckte sein Blatt in die Kartenmappe. Er sprach die zwölfstelligen Codes zur Sicherheit lautlos vor sich hin. Er würde die Sprengköpfe scharfmachen und auf die Zielkoordinaten abfeuern können. Es waren seit dem Alarm schon mehr als zehn Minuten vergangen, als der Major seine Kommandanten entließ. Kein Wort davon, ob es sich um eine Übung handelt.

Draußen sprang Wassilij auf den ersten Transporter seiner Abteilung und setzte sich neben Vladim auf den Beifahrersitz.

»Wohin?« fragte der.

»Standort Nord.«

Vladim trat das Gaspedal und ihr Fahrzeug setzte sich mit lautem Röhren in Bewegung. Vier Gänge wurden eingekuppelt, bevor der LKW 20 km/h erreichte. Der LKW trug eine über zwölf Meter lange und 9,25 Tonnen schwere Mittelstreckenrakete. Jedes der acht übergroßen LKW-Räder hatte einen Durchmesser von zwei Metern. Wassilij saß mit Vladim in der Fahrerkabine links neben der Spitze der Feststoffrakete. Rechts davon saßen in einer zweiten Kabine zwei weitere Männer aus seiner Abteilung. Wassilij grüßte durch die Scheibe zu den müden Gesichtern hinüber. Hinter ihnen folgten ein zweiter und dritter Transporter. Vor ihnen das Führungsfahrzeug und einige Begleitfahrzeuge, darunter auch ein Kranwagen zum Wechseln der Raketen. Sie fuhren vom hell beleuchteten Gelände der Kaserne hinaus auf schmalen Straßen in eine düstere verschneite Nacht hinein. Die Fahrzeugkolonne fuhr mit verdunkelten Scheinwerfern. Das Schneetreiben wurde stärker. Auf der Straße bildete sich schon eine erste dünne Schneedecke. Nach vorn hatten sie bei diesem Schneetreiben kaum mehr als ein paar Meter Sicht.

Um 2.45 Uhr fuhren die Fahrzeuge donnernd durch den Ort Hammelsprung. Die schweren LKW fuhren dicht an den Fenstern der direkt an der Straße gelegenen Bauernhöfe vorbei. Die insgesamt über 1.575 PS der großen MAZ-Transporter waren in den Häusern nicht zu überhören. Doch die Fenster blieben dunkel. Keiner von den hier wohnenden Deutschen wollte bemerken, dass der Atomkrieg vielleicht bereits begonnen hatte.

Über kleine Straßen ging es weiter Richtung Templin. Vladim wusste genau, wie er fahren musste. Jedem Fahrzeugzug waren vier mögliche Abschussstandorte zugewiesen worden. Einer im Norden, einer im Süden, einer im Osten und einer im Westen. Sie hatte sich alle Standpunkte bei Tag genau angeschaut. Es war von großer Bedeutung, zu wissen, auf welchen Wegen sie sich dem jeweiligen Startpunkt am Schnellsten nähern konnten. Die Transporter waren zwar geländegängig, wogen beladen aber über achtunddreißig Tonnen. Es bestand die Gefahr, dass sie irgendwo steckenblieben. Kurz vor Templin bogen sie von der Hauptstraße nach links ab, um nicht durch den Ort fahren zu müssen. Von da aus suchten sie sich auf schmalen Nebenstraßen ihren Weg nach Norden.

»Was haben sie dir gesagt?«

»Sie sagen nie was«, antwortete Wassilij.

Vladim zog einen Flachmann aus seiner Uniformjacke und bot seinem Kommandanten einen Schluck an. Wassilij lehnte ab. Er hatte die Aufgabe, den Männern den Wodka zu verbieten. Männer wie Vladim würden den Teufel tun. Aber immerhin schien sich Vladim dafür zu interessieren, was heute Nacht passieren würde. Das war gut. Vladim dachte wenigstens mit, was man nur von den Wenigsten sagen konnte. Wassilij sah rüber zu den Männern in der zweiten Kabine. Die beiden Blondschöpfe waren kaum mehr als neunzehn Jahre alt und kamen aus Odessa am Schwarzen Meer. Sie hatten sicher noch nie Schnee gesehen. Ihnen schien alles gleich zu sein, wenn sie nur bald wieder zurück in die Kaserne oder besser gleich nach Hause kämen. Aber so sah es heute nicht aus. Niemand wusste, wie lange sie heute draußen bleiben würden. Die Raketenbrigade war eine Eliteeinheit. Erwartet wurde unbedingte Einsatzbereitschaft. Angekündigte Übungen gab es nicht, jeder Einsatz war der Ernstfall. Das war die Art, wie man sowjetische Elitesoldaten auf Trab halten wollte.

Nach zwanzig Minuten Fahrt waren sie an ihrem Abschusspunkt angekommen. In einer Straßenbiegung stoppte Vladim den ersten Transporter. Wassilij schickte die beiden Soldaten aus Odessa und zwei weitere seiner Männer etwa zweihundert Meter vor und hinter die Transporter. Die Männer nahmen ihre AK47 mit, um deutsche Fahrzeuge oder Fußgänger stoppen zu können. Genaugenommen hatten seine Soldaten bei Zuwiderhandlungen sogar den Befehl, scharf zu schießen. Er hoffte, dass die Deutschen, wenn sie sich schon in dieser Nacht hier blicken ließen, wenigstens ein paar Worte Russisch verstanden.

Jurin, der Fahrzeugtechniker, hatte damit begonnen, die Rampen abschussbereit zu machen. Bei dem Abschuss einer OTR-22 entstand so viel Schubkraft, dass das Fahrzeug fest aufgebockt werden musste. Dies leisteten vier Hydraulikmotoren. Gleichzeitig wurde die Elektronik der Zündungs- und Steuerungstechnik mit der Rampe verkabelt und eingeschaltet. Die Raketen hatten ein Trägheitsnavigationssystem. Einmal auf dem Abschussstandort justiert, berechnete das System während des Fluges anhand der über einen Kreiselkompass festgestellten Eigenbewegung die jeweilige Position. Das Navigationssystem steuerte die Rakete auf einen Punkt zu, der zuvor auf einer digitalen Radar-Satellitenkarte eingegeben wurde. Mit dieser Technik konnte die Rakete auf Ziele in Entfernungen von bis zu neunhundert Kilometern angesetzt werden. Und sie traf ihr Ziel bis auf siebenhundert Meter genau.

Wassilij schaute auf die Uhr. Schweigend hatten seine Leute die Raketen nach kaum mehr als zehn Minuten startklar gemacht. Die Transporter waren gesichert, die Elektronik war funktionsbereit und die Raketen waren in den Rampen über eine Hydraulik senkrecht aufgerichtet worden. Unheimlich und bedrohlich ragten die Spitzen von drei nuklearen Waffen aus dem verschneiten Wald in die Brandenburger Nacht.

Die Rampen wurden mit dem Funk- und Kommandowagen verkabelt, der in einem Abstand von zweihundert Metern in der Deckung des Waldes abgestellt war. Im Innern des Wagens gab es ein Kommandopult, von dem aus die Raketen gezündet wurden. Das Pult verfügte über zwei Bildschirme, diverse Messanzeigen zur Kontrolle der Rampen und der Raketentriebwerke. Dazu gab es zwei Tastaturen zur Eingabe von Daten in die Navigationssysteme der Raketen.

Während seine Soldaten den Start der Raketen weiter vorbereiteten, setzte sich Wassilij an das Pult. Auf dem Bildschirm wurde eine bernsteinfarbene Radarkarte von Europa angezeigt. Wassilij nahm das Blatt mit den Zielkoordinaten aus seiner Kartenmappe, gab sie Vladim und bat ihn, ihm diese vorzulesen. Wassilij trug die Koordinaten mit vor Kälte leicht zitternden Händen auf der Karte ein.

»Nord: 51 Grad, 30 Minuten und 5.76 Sekunden, West: Null Grad, 8 Minuten und 25.44 Sekunden«, las Vladim.

Wassilij markierte die Position und merkte, wie Vladim plötzlich stutzte.

»West Null Grad?«

Das war Wassilij auch aufgefallen. Null Grad hieß Nullmeridian. Das war der Längengrad, an dem die Greenwich Zeitzone lag. Und Greenwich war bekanntlich ein Bezirk von London. Vladim war definitiv klüger, als Wassilij angenommen hatte, auch wenn Vladim immer so tat, als wäre er so dumm wie die anderen.

Das Ziel lag also in London. Die erste Rakete war programmiert, um 4,7 Millionen Briten mit einem Schlag auszulöschen. Hatte der Major nicht gesagt, man würde die Abschusspositionen von Atomraketen angreifen? Die würde man doch nicht inmitten einer Großstadt stationieren. Wassilij überprüfte nochmals die angegebenen Koordinaten, aber die stimmten. Es gab keinen Zweifel: Ihr Ziel lag in London.

Wassilij gab auch die anderen Koordinaten ein. Ein weiteres Ziel lag an der englischen Küste im Südwesten, das Nächste in Nordfrankreich.

Wenig später waren alle Raketen startklar. Wassilij gab es per Funk an die Zentrale durch. Von dort wurde befohlen, auf weitere Befehle zu warten. Dann wurde Funkstille angeordnet. Wassilij wusste, die Funkstille durfte auf keinen Fall gebrochen werden. Der Feind wäre sonst in der Lage, die Position des Senders über seine Satelliten anzupeilen und damit einen Angriff auf die Raketenrampen zu starten.

Nun hieß es warten. Zigaretten gingen rum. Die im Dunkeln leuchtende Glut brachte zumindest ein Gefühl von Wärme zurück. Neben dem Kommandowagen waren Radar- und Funkantennen aufgebaut. Wassilij würde die notwendigen Codes zum Scharfschalten der Sprengköpfe erst direkt vor dem Start vom Oberkommando erhalten. Ab und zu ließ Wassilij die Motoren der Fahrzeuge laufen, um die Heizung in den Kabinen wieder in Gang zu bringen. Die Zeit verging unendlich langsam. Die Männer dösten vor sich hin, rauchten oder versuchten, sich mit Reden wach und warm zu halten. Wassilij saß stumm im Kommandowagen und rauchte ein ganzes Paket Marlboro. Er dachte an seine Eltern. Wenn die wüssten, dass er hier draußen saß, mit dem Finger auf dem Knopf zum dritten Weltkrieg, was würden sie wohl darüber denken? Er war Soldat. Für ihn gab es keinen Grund, darüber nachzudenken, ob ein Befehl richtig oder falsch war. Und trotzdem: Würden seine Eltern das auch so sehen? In diesem Augenblick wurde ihm klar, dass er am Ende die Raketen starten würde. Er allein. Würde er wirklich eine Rakete auf London abschießen? Hunderttausende von Menschen töten? Ein Inferno auslösen, dass die ganze Welt in einen Strudel der Zerstörung reißen würde? Er schaute zum Funkmast, an dem er eine Wache postiert hatte. Der Befehl würde über Funk kommen. Der Major sprach immer wieder vom Ernstfall, der unweigerlich eintreten würde. Krisensituationen konnten so schnell entstehen, dass einfache Soldaten wie er davon nichts mitbekommen würden. Wassilij hatte von einem amerikanischen Zerstörer gehört, der erst vor kurzem von einem sowjetischen Atom-U-Boot versenkt wurde, nachdem der Amerikaner versucht hatte, es zu torpedieren. Ein unglücklicher Zwischenfall soll es gewesen sein. Nichts würde man davon aus dem Moskauer Fernsehen erfahren. Und das war nun mal das einzige Programm, das es für Soldaten überhaupt gab. Und in Deutschland gab es nicht mal das.

Drei Stunden später hörte es auf zu schneien, und der Morgen zeigte ein erstes dünnes Licht. Der Himmel klarte auf. Der Mond stand jetzt deutlich und übergroß am Himmel. Wassilij stieg aus dem Wagen und zog den kalten und klaren Tannenduft tief in seine Lungen. Da vernahm er Stimmen von links aus dem Wald. Es waren seine Wachleute, die eigentlich die Straße sichern sollten. Sie lachten und feixten. Die Stimmen kamen aus einiger Entfernung. Wassilij seufzte und lief in den Wald hinein. Diese verfluchten Idioten! Er lief durch ein Waldstück und traf dahinter auf einen zugefrorenen See. Der Mond schien hell und ließ die Eisdecke bläulich funkeln. Seine Männer schlitterten auf dem See herum, lachten und stießen sich gegenseitig um.

»Was zum Teufel macht ihr da?«, schrie Wassilij, als er das Eis betrat. Er sah, wie einer der Männer eine Flasche hinter seinem Rücken versteckte. Die sind ja voll bis oben hin, erkannte Wassilij. Was dachten sich diese Männer eigentlich? Hielten sie ihn für einen Idioten? Glaubten sie, dies wäre nur ein Spaß? Er spürte seine Wut fast körperlich.

»Wassilij, komm schon. Mach einen Frieden«, fing einer der Männer an. »Lass uns trinken. Es ist kalt.«

»Ihr geht sofort zurück zu den Fahrzeugen. Das wird ein Nachspiel haben. Das ist ein Befehl!«

»Wassilij, was soll das? Komm schon! Nimm einen kleinen Schluck. Lass uns trinken. Lass uns darauf anstoßen, dass wir die Engländer leben lassen, und die Dinger wieder in die Kaserne fahren.«

Dabei zeigte er in Richtung des Waldes. Von hier aus sah man die dunklen Raketenspitzen aus den Tannen ragen. Dahinter beschien der Mond gespenstisch dahinrasende Wolkenfetzen. Inzwischen waren nur noch wenige Sterne am immer heller werdenden Himmel zu erkennen. Nur die Raketen blieben dunkel. Das Metall schien jegliches Licht wie ein schwarzes Loch zu absorbieren.

»Ihr geht sofort zurück!«

»Ich gehe nicht. Ich bleibe hier.«

Pjotr war sein Vorname, fiel Wassilij wieder ein. Der Mann war bisher immer unauffällig gewesen. Er war erst achtzehn Jahre alt.

»Pjotr, ich warne dich!«

»Das ist doch alles Quatsch hier! Und eine Scheißkälte auch noch. Ich mach da nicht mehr mit.«

»Zurück zu den Fahrzeugen. Das ist ein Befehl!«

»Geh doch allein.«

»Ich sag es nicht noch einmal.«

«Puste doch London weg! Und Paris. Und New York. Und den ganzen verfluchten Rest der Scheiß-Welt. Ich jedenfalls bleibe hier!«

Dabei nahm Pjotr einen Schluck aus der Flasche und blickte seine beiden Kameraden an. Die taten nichts, blicken nur stur auf das Eis.

Wassilij nahm Pjotr die Flasche aus der Hand, packte ihn und schubste ihn in Richtung des Waldes zurück. Pjotr schwankte und fing an zu grölen. Irgendein dummes Kinderlied aus seiner ukrainischen Heimat. Die beiden anderen folgten ihm widerwillig und lahm.

Plötzlich ein lauter Ruf von der Straße.

»Genosse Kommandant, Genosse Kommandant!«

»Was ist?«

»Funkkontakt!«

Wassilij rannte sofort los, durch den Wald zurück auf die Straße.

»Alle Männer weg von den Rampen«, rief er.

»In zweihundert Meter Abstand in Deckung gehen!«

Fahrzeugtüren gingen auf. Die Soldaten stiegen aus den Fahrzeugen und gingen im Wald in Deckung. Ernste und gespannte Gesichter. Selbst Pjotr schien mit einem Mal wieder nüchtern.

Wassilij lief zum Funkwagen, wo ein Soldat auf ihn wartete, und riss ihm den Hörer aus der Hand.

»Melde 1. Abteilung empfangsbereit.«

Vladim und die anderen Soldaten im Wald setzten sich vor dem Kommandowagen auf den Boden und hörten auf jedes Wort, das aus dem Funkwagen kam.

»Ja, Genosse Major«, hörten sie.

Wassilij setzte sich an das Kommandopult. Rechts am Pult gab es ein Schloss, das mit einer Schutzklappe versehen war. Daneben war eine Tafel mit Schaltern, die auf »Start« umgelegt werden konnten. Die Schalter waren mit den Buchstaben R1, R2 und R3 beschriftet.

»Radar?« fragte Wassilij den Mann am Radargerät.

»Negativ«, wurde zurückgemeldet.

»Kein Radarkontakt«, meldete Wassilij an den Major.

»Bin bereit«

Wassilij tippte auf der Tastatur des Terminals. Ein Curser und ein paar Kommandozeilen leuchteten bernsteinfarben auf einem der Bildschirme. Die Soldaten von draußen schauten auch auf den Bildschirm. Damit kannte sich nur ihr Kommandant aus. Sie wussten, der hatte extra einen Computerkurs in Moskau besucht.

»Bereit zum Empfang der Startcodes«, war auch draußen vor dem Kommandowagen zu hören. Die Startcodes des Oberkommandos, dachte Vladim erschrocken. Soweit waren sie bisher noch nie gegangen. Und Vladim war schon lange dabei, schon über zwei Jahre.

»Ich wiederhole: AS8U 8TFG GZ78 L09X. Code empfangen und angenommen. Waffe ist scharf und gesichert.«

Wassilij legte den ersten Schalter auf Start um. Die Gesichter der Umstehenden wurden blass. Kein Wort wurde gesprochen. Wieder die Stimme von Wassilij.

»Ich wiederhole: BSR3 RT34 TG8R Z1NN. Codes empfangen und angenommen. Waffe ist scharf und gesichert.«

Der zweite Schalter lag auf Start. Im Wald war es nun vollkommen still. Nur das Tippen und Wassilijs Stimme waren zu hören.

»Verstanden, JKUK 34ZT 9HG7 KJTA. Code empfangen und angenommen. Waffe ist scharf und gesichert.«

Der dritte Schalter wurde umgelegt. Immer mehr seiner Leute drängten sich an die Tür des Kommandowagens, um besser sehen und hören zu können, was sich drinnen tat. Darunter auch Pjotr und die beiden anderen Männer vom See.

»Verstanden. Stecke Schlüssel ein.«

Er nahm einen Schlüssel aus einem roten Kästchen an der Wand des Wagens, entfernte die Schutzklappe vom Schloss und steckte den Schlüssel in die Startvorrichtung. Alle drei Raketen konnten mit einer einzigen Umdrehung abgefeuert werden. Die Explosionen würden gewaltig sein, wenn sie Pech hätten, würde der Feuerschweif den Wald in Brand setzen. Doch das wäre kaum noch von Bedeutung. Wenn diese Raketen starteten, würde weit mehr in Brand geraten, als nur ein Stück Wald. Wenn sie den Start überlebten, würde der Gegenschlag sicher nicht lange auf sich warten lassen. Im Falle eines Abschusses würden sie womöglich den Befehl bekommen, eine zweite Salve abzuschießen. Und selbst wenn nicht: der Feind würde ihre Position bereits vom ersten Abschuss her kennen und sie so oder so vernichten. Etwas anderes hatten sie nicht zu erwarten. Wenn Wassilij den Schalter umlegte, waren sie Helden, aber auch so gut wie tot.

»Alle Systeme startklar. Raketen bereit für Countdown.«

Pjotr und die Männer um ihn herum trauten sich kaum Luft zu holen. Würden sie die Raketen auf London tatsächlich abschießen? Würden sie nun alle sterben? Einer der beiden Blondschöpfe aus Odessa fing an zu beten. Keiner hatte geglaubt, dass der Junge dazu in der Lage wäre.

»Ja, Genosse Major. Verstanden, Genosse Major.«

Wassilij gab den Hörer an den Soldaten zurück. Der legte ihn zurück auf die Gabel. Alle schauten Wassilij an. Sekunden vergingen wie Minuten.

»Und?«

Wassilij nahm sich eine Zigarette und ließ sich von Pjotr Feuer geben. Dann nahm er einen langen, tiefen Zug. Seine Leute starrten ihn immer noch an. Hinter ihm die dunklen Raketenkörper, hoch über ihm der immer heller werdende, tiefblaue Himmel, der die Sterne verblassen ließ. Nur der Mond strahlte weiterhin sein gespenstisches Licht.

»Wir fahren nach Hause.«

12 - ДВЕНАДЦАТЬ

Auf dem ehemaligen Flugplatz Templin, 8. November 2001, 8.30 Uhr

»Hier wurden die Jagdbomber betankt und beladen«, erklärte Sobolev. In seiner Stimme lag Stolz. Er war eben ein Russe und irgendwie immer noch ein Sowjetmensch. So schnell änderten sich Menschen eben nicht, auch wenn die Auflösung der Sowjetunion und die Gründung der russischen Föderation nun schon etwas her waren.

»Sehen Sie, hier gab es einen unterirdischen Zugang. Durch diesen Gang wurden die Bomben zu den Flugzeugen gebracht. Es waren häufig kleine Jagdbomber, die mit Überschallgeschwindigkeit fliegen konnten.«

Hannes war beeindruckt. Er stand in einem riesigen unterirdischen Hangar. Der war rund zwölf Meter hoch und unter einem Erdwall in den Wald hineingebaut. Nach vorn war der Hangar über einer Breite von dreißig Metern offen, so dass die Flugzeuge im Alarmfall von hier aus direkt auf das Flugfeld rollen konnten. In weniger als drei Minuten konnten die Bomber in der Luft sein und bei doppelter Schallgeschwindigkeit in dreißig Minuten über Westeuropa. An den Innenwänden sah er kyrillische Schriftzüge und zertrennte, verrostete Kabel. MIG-21 stand da in Rot, YAK und SU-17 in Schwarz. Ansonsten war der Hangar leer.

»Die amerikanischen Satelliten konnten das Beladen der Bomber hier nicht beobachten. Wir sind mehr als zehn Meter unter der Erde. Es gibt keine bessere Tarnung, als unter der Erde zu sein«, schwärmte Sobolev. Draußen auf dem Flugplatz hatte Hannes noch mehr dieser tonnenförmigen Erdbunker gesehen. Er konnte sich gut vorstellen, wie es hier vor knapp dreißig Jahren ausgesehen haben mochte. Selbst den Soldaten der DDR war es verboten gewesen, den russischen Flugplatz Templin zu betreten. Geheimhaltung und Kontrolle waren wichtig. Überall hatte es Masten und Halterungen für Kameras gegeben, mit denen das Gelände des Flugplatzes damals Tag und Nacht überwacht wurde. Heute waren die Verbindungskabel zu den Kameras durchtrennt. Ansonsten hätte man glauben können, sie würden einen immer noch beobachten.

Sobolev war wieder auffällig und teuer gekleidet. Sein Armani-Anzug wirkte völlig unpassend, angesichts der dreckigen und rostigen Umgebung, in der sie sich hier befanden. Wer genauer hinsah, konnte jedoch auch bei Sobolev eine gewisse Vergänglichkeit feststellen. Hannes hatte fast Mitleid mit diesem alten, übergewichtigen Russen. Nicht der Anzug war dabei entscheidend, sondern der Rest: Die Krawatte musste noch aus den 80ern sein. Er trug Manschettenknöpfe und ein Einstecktuch aus verschlissener Seide. Er schwitzte mitten im kalten November. Das schon verschwitzte weiße Hemd stülpte sich über seinen dicken Bauch und wurde nur am letzten Zipfel durch die Hose gehalten.

Hannes erinnerte sich. Als kleiner Junge hatte er von dem damals drohenden Alptraum einiges mitbekommen. Seine Eltern wichen aus, als er fragte, wie weit weg eine Atombombe explodieren durfte, damit sie nicht mehr gefährlich war. Hier in diesem Hangar spürte er diese Bedrohung so unmittelbar, wie sie ihm damals erschienen war. Er konnte sich kaum vorstellen, dass von hier aus – nur ein paar Kilometer von Berlin entfernt - russische Bomber zum Angriff auf den Westen hätten starten können.

»Sagten Sie, Atomwaffen?«

»Ja, das erwähnte ich«, antwortete Sobolev. »Ein paar hundert Meter südlich von hier liegt ein Bunker, in dem Atombomben und nukleare Artilleriegranaten gelagert wurden. Ein Sonderlager. So wurde das früher genannt. Wenn Sie wollen, kann ich Sie dort hin führen. Wollen wir?«

Hannes nickte. Es wunderte ihn, warum Sobolev ihm diesen Flughafen unbedingt zeigen wollte. Als Hannes ihn heute Morgen angerufen und ihn nach den Beziehungen von Kohlhaas zur russischen Armee gefragt hatte, hatte ihm Sobolev diesen Ausflug vorgeschlagen. Hannes sollte sich einen Eindruck von der Dimension der ehemaligen Standorte der sowjetischen Armee verschaffen. Und nun wartete er darauf, dass Sobolev den Zusammenhang zwischen dieser Besichtigung und dem Mord herstellen würde.

Hannes blickte sich um: Hier war niemand. Sie waren allein auf dem Gelände. Zuvor waren sie an einer Reihe von Verbotsschildern vorbeigekommen. »Lebensgefahr« und »Betreten verboten«. Womöglich lag hier noch scharfe Munition herum. Aber Sobolev schien das nicht im Geringsten zu interessieren. Er lief ein paar Meter vor ihm durch einen etwa zwei Meter fünfzig hohen und vier Meter breiten tunnelförmigen Gang, der nach zwanzig Metern aus dem Erdwall ins Freie führte. Hannes konnte sich gut vorstellen, wie die sowjetischen Soldaten den Alarmfall geprobt hatten, wie sie gegen die Stoppuhr die Bomben auf schweren Rollwagen durch diesen Gang in den Hangar schoben und unter den Flügeln der Jagdbomber montierten. Alles perfekt geplant, organisiert und einstudiert.

Sie liefen auf einem alten Fußweg vom Bunker weg und in den Wald hinein. Es nieselte. Die Bäume hatten ihr letztes Laub schon verloren. Alles hier wirkte düster, verlassen und feindselig. Sobolev blickte Hannes an, als hätte er seine Gedanken erraten.

»Viele der sowjetischen Generäle glaubten damals, ein atomarer Krieg wäre unvermeidlich«, sagte Sobolev. »Wer diesen Krieg gewonnen hätte, wird man wohl nie erfahren. Was glauben Sie, Herr Kommissar? Wer hätte den Atomkrieg gewonnen: Wir, die Russen, oder ihr und die Amerikaner?«

Hannes folgte Sobolev auf eine kleine Anhöhe und sah von hier aus, dass es noch mehr dieser unterirdischen Flugzeughangars gab. Vielleicht zehn oder zwölf. Alle gut getarnt aber nicht weit vom Flugfeld entfernt.

»Ich dachte immer, bei einem Atomkrieg gäbe es keine Gewinner.« Er sprach aus, was er dachte und von dem er annahm, dass es alle glaubten. Selbst die Militärs schienen doch Angst vor einem globalen Atomkrieg zu haben.

Sobolev schaute ihn skeptisch an.

»Mag sein, dass einige von uns schon damals diese lobenswerte Ansicht vertraten«, sagte er, »aber ein großer Teil des strategischen Oberkommandos der Sowjetunion war in den 70er Jahren der Meinung, dass sie einen atomaren Schlagabtausch gewinnen könnten. Damals wussten nur wenige, zu was wir fähig waren. Selbst die CIA war nicht im Bilde. Haben Sie schon mal etwas von der Zar-Bombe gehört?«

Die beiden Männer hatten sich bereits ein paar Meter vom Flugfeld entfernt und liefen an zerfallenen Häusern entlang. Die Ziegel der Dächer fehlten oder waren heruntergefallen. Zum Teil waren die Häuser völlig in sich zusammengebrochen. Hannes fühlte sich wie auf einer Entdeckungsfahrt durch eine versunkene Welt. Fast meinte er, das Donnern der sowjetischen MiGs noch hören zu können.

»Ich versuche, einen Mordfall aufzuklären. Was hat das hier mit meinem Fall zu tun?«

Sobolev ließ sich nicht beirren.

»Die Zar-Bombe war der Spitzname für eine Wasserstoffbombe, die 1961 auf der Insel Nowaja Semlja in Sibirien getestet wurde«, erklärte Sobelev. »Sie wog siebenundzwanzig Tonnen. Es musste ein Spezialflugzeug gebaut werden, damit diese Bombe überhaupt transportiert werden konnte. Als sie gezündet wurde, lösten wir die gewaltigste Explosion in der Geschichte der Menschheit aus. Der Atompilz erreichte eine Höhe von vierundsechzig Kilometern. Die von der Bombe erzeugte Druckwelle war so stark, dass - hätte man die Bombe über Paris gezündet – die gesamte Stadt im Umkreis von 35 Kilometer mit einem Mal restlos zerstört worden wäre. Und das im Jahre 1961! In den 70ern waren wir technologisch noch erheblich weiter.«

»Und?«, fragte Hannes.

»Warten Sie ab ...«

Sie liefen gerade an einigen hässlichen Plattenbauten vorbei. Acht Stockwerke hoch. Eine ganze Retortenstadt nach sowjetischem Muster. Auf einem gespenstisch leeren Paradeplatz prangte ein riesiger, roter Stern. Daneben eine Rampe, auf der früher die Spitze einer MiG-21 in den Himmel ragte. Im Winkel von fünfundvierzig Grad und in Originalgröße. Selbstverständlich. Die Russen machten sich nicht die Mühe, ihre Denkmäler aus Stein zu meißeln. Sie nahmen einfach einen Panzer oder eine MiG und setzen sie auf ein Betonpodest. Nun war die MiG weg, aber die Rampe und der rote Stern waren noch da.

»In den 70ern hatten wir Atombomben, die ein Viertel der Vernichtungswirkung der Zar-Bombe erzielten, jedoch nur noch 500 Kilogramm wogen. Dieses geringe Gewicht machte es möglich, die Sprengköpfe auf kleine und mobile Mittelstreckenraketen zu montieren. Wir nannten sie OTR-22, die Amerikaner nannten sie SS-12. Und es gab Hunderte davon auf deutschem Boden. Diese Raketen konnten innerhalb weniger Minuten alle Großstädte Westeuropas dem Erdboden gleich machen. Es hätte keine Vorwarnzeiten und auch keine Rettung der Zivilbevölkerung gegeben. Diesen Vorteil wollten damals einige Hardliner auf unserer Seite für einen atomaren Erstschlag gegen Westeuropa ausnutzen. Wir können von Glück sagen, dass es nicht so weit gekommen ist.«

»Die Amerikaner hätten doch zurückgeschlagen ....«

»Dann hätten sowjetische Interkontinental-Raketen im Gegenzug auch die amerikanischen Städte zerstört. Die Amerikaner hätten sich also zurückhalten müssen. Und ganz Westeuropa wäre an die Sowjetunion gefallen. Das war der geheime Angriffsplan zur Eroberung Europas. Unser Oberkommando glaubte fest daran, dass dieser Plan möglich war. Wir waren uns sicher, einen auf Europa begrenzten Atomkrieg gewinnen zu können. Mit einem gewaltigen Erstschlag mit hunderten Raketen auf die Metropolen des westlichen Europas. Erst in den 80ern fingen die Amerikaner an, ihre

Pershing-Raketen in Europa zu stationieren. Damit war das Gleichgewicht wieder hergestellt. Die Amerikaner hatten uns einholt. Wir stationierten im Gegenzug Raketen mit noch größerer Reichweite, aber die waren eigentlich nicht viel besser als die OTR-22. Sie mussten nur nicht mehr in Deutschland stationiert werden, das war der einzige Vorteil. Sie kennen sie vielleicht unter dem Namen SS-20.«

Hannes schauderte. Er erinnerte sich an seine Kindheit. No Future, Pershing und SS-20 waren Worte, die er damals immer wieder im Radio oder Fernsehen gehört hatte. Und dieser Krieg hätte hier stattgefunden. Genau hier, an dieser Stelle, mitten in Deutschland.

Sobolev schaute sich um. Nun sah Hannes es auch. Wenige Meter vor ihnen waren die Reste eines Bunkers zu erkennen. Sobolev lief direkt darauf zu. Hannes folgte ihm.

»Hier in diesem Bunker wurden Bomben mit nuklearen Sprengköpfen gelagert. Nur wenige hundert Meter vom Rollfeld entfernt. Sie sehen, es gab nicht nur Raketen. Auch Bomber mit Atombomben an Bord. Die konnten von diesem Flughafen aus starten und die Städte Westeuropas in einem Schlag vernichten.«

»Sind Sie in ihrem Mordfall eigentlich schon weitergekommen?«, wechselte Sobolev abrupt das Thema. Hannes zögerte. Er wollte Sobolev nichts von seinen Ermittlungen erzählen. Andererseits konnte er keinen besseren Experten für die russische Armee finden als ihn. Und dass die russische Armee in den Mord an Kohlhaas irgendwie verwickelt war, war ja durchaus eine Option.

»Haben Sie die Akten von Kohlhaas gelesen?«, fragte Sobolev weiter.

»Hab ich.«

»Und?«

»Mir scheint, Kohlhaas hatte viele Feinde.«

»Das kann man wohl sagen.«

Sobolev blieb stehen. Sie standen jetzt direkt vor dem Bunker. Hier waren also Atomwaffen gelagert worden. Hannes lief es kalt den Rücken hinunter. In seinem Kopf hatte er Bilder von zerstörten Städten und Bergen von verbrannten Leichen.

»Haben Sie eine Vermutung, warum sich Kohlhaas bei der Botschaft gemeldet hat?«

»Nicht direkt.«

»Was heißt: nicht direkt?«

»Nicht direkt heißt, dass wir es nicht direkt wissen.«

Hannes wurde ärgerlich. Was für ein Theater.

»Herr Sobolev, wollen Sie nun mit uns zusammenarbeiten oder nicht? Muss ich Ihnen jede Information abringen? Dann können wir das auch gleich lassen!«

Sobolev blieb ungerührt. Er stieg vorsichtig die Treppe zum Eingang des Bunkers hinab. Eine große sechzig Zentimeter dicke Stahltür mit schweren drehbaren Riegeln, die Hannes sonst nur aus U-Booten kannte, stand halb offen. Sobolev drückte gegen die Tür, doch sie ließ sich nicht einen Zentimeter bewegen. Dahinter ging es steil nach unten in den Bunker hinein, vermutlich mehrere Stockwerke tief. Oben auf dem Erdhügel bemerkte Hannes eigenartige Blechpilze, die wahrscheinlich mal der Luftversorgung des Bunkers gedient hatten. Hier würden sie allerdings nicht weiterkommen. Die Treppe hinunter war im ersten Teil völlig zerstört. Ein Abstieg wäre lebensgefährlich. Es ging zehn, wenn nicht gar zwanzig Meter hinunter. Die Reste eines zerstörten Lastenaufzugs waren zu erkennen. Mit diesem Aufzug hätte man ganze LKW im Bunker verschwinden lassen können, möglicherweise auch eine Zar-Bombe.

»Es ist komplizierter, als Sie sich das vorstellen«, erwiderte Sobolev.

»Warum?«

»Zunächst müssen Sie mir versichern, dass alles, was ich Ihnen nun sagen werde, unter uns bleibt.«

Hannes nickte. Er hatte kein Problem mit Geheimnissen. Gar keins.

»Wir möchten daraus keinesfalls eine offizielle Angelegenheit machen. Weder der BND, noch das BKA dürfen informiert werden. Versprechen Sie mir das?«

»Ich weiß nicht einmal, wofür diese Abkürzungen überhaupt stehen«, griente Hannes. Er musste einen Mord aufklären. Alles andere interessierte ihn nicht. Sobolev nickte, sie hatten sich verstanden. Sie verließen den Eingangsbereich des Bunkers und stiegen den Erdhügel hinauf. Sobolov setzte sich auf die Reste einer Mauer und schnaufte laut. Von hier aus schauten sie auf ein Feld mit Resten aus Stahl und Beton. Hannes hatte keine Ahnung, was hier früher mal gestanden hatte. Nun war es jedenfalls weg. Vor ihnen lag nur noch eine trostlose Wüste aus Bauschutt.

»Die mobilen Mittelstreckenraketen, die fünfhundert Kilogramm schwere Atomsprengköpfe tragen konnten«, begann Sobolev. »Von diesen Raketen waren einige auch in der Kaserne bei Vogelsang stationiert. Diese Sprengköpfe wurden später über diesen Flughafen nach Sibirien ausgeflogen. Sie sollten verschrottet werden. Ein ganz normaler Vorgang im Rahmen der Abrüstungsvereinbarungen. Doch eines unserer Flugzeuge stürzte in die Ostsee. Es gab keine Überlebenden. Drei Sprengköpfe konnten geborgen werden. Der vierte wird bis heute vermisst. Wir suchen ihn seitdem. Auch die Amerikaner und diverse andere Mächte und Geheimdienste suchen ihn. Wer diesen Sprengkopf findet, besitzt eine grausame und fürchterliche Macht.«

Hannes überlegte.

»Und Sie glauben, Jens Kohlhaas wusste etwas darüber?«

»Sie brauchen nur ein paar Dinge zusammenzuzählen«, antwortete Sobolev. »Erstens: Kohlhaas hatte Kontakte zu Offizieren der Roten Armee in Vogelsang. Es ist anzunehmen, dass zumindest einige von ihnen mit Raketen und Nuklearwaffen zu tun hatten. Zweitens: Kohlhaas war korrupt. Für Geld hätte er seinen eigenen Vater an den KGB geliefert, wenn er es nicht sogar getan hat. Und drittens: Kohlhaas arbeitete für den KGB und bekam dort einiges mit.«

Langsam verstand Hannes, was Sobolev ihm zu verstehen geben wollte. »Sie glauben, Kohlhaas hatte etwas mit der verschwundenen Atombombe zu tun?«

»Es gibt Gründe, die mich vermuten lassen, dass sich jemand der Bombe bemächtigt hat, bevor sie abtransportiert werden sollte. So besteht unter anderem der Verdacht, dass dieser Bomber nicht ganz von allein vom Himmel gefallen ist. Also Sabotage. Möglicherweise ist dieser Sprengkopf sogar noch in Deutschland. Das ist sogar wahrscheinlich. Besser, wir finden heraus, wo er geblieben ist. Dass er heute noch auf dem Meeresgrund liegt, halten wir für unwahrscheinlich.«

Auf dem Rückweg liefen Sobolev und Hannes schweigend nebeneinander. Hannes grübelte. Es war klar, dass Sobolev ihm diese Informationen nicht nur gegeben hatte, um ihm bei der Aufklärung seines Mordfalls zu helfen. Sobolev wollte etwas anderes. Er wollte wissen, wo der atomare Sprengkopf geblieben war und dachte, Hannes würde ihm dabei helfen. Im Grunde war das also ein Angebot zu einem Deal. Sobolev würde ihm den Mörder liefern, wenn er ihm half, die verschwundene Bombe zu finden. Hannes konnte mitmachen oder es bleiben lassen.

13 - ТРИНАДЦАТЬ

Auf der Straße in Groß Dölln, 7. Januar 1977, 8.56 Uhr

Wassilij hatte nur einen Schatten bemerkt, als ihm klar wurde, dass es ein Mädchen mit einem Fahrrad war. Und dass Vladim sie fast erwischt hatte. Der Idiot war viel zu schnell in die Kurve gegangen, war auf die Gegenfahrbahn geraten und hatte das Mädchen von der Straße gedrängt. Im Rückspiegel sah Wassilij noch, wie das Mädchen fast unter die Räder des zweiten Transporters geraten wäre.

»Verdammt Vladim. Halt an! Verflucht nochmal!«

Vladim war so müde wie alle seine Leute. Sie hatten auf Befehl des Majors die Raketen noch bis zum Morgen einsatzbereit gehalten. An Schlaf war nicht zu denken gewesen. Dann hatten sie endlich den Befehl zum Abrücken bekommen. Alle waren todmüde, aber das entschuldigte nicht Vladims Fahrweise. Das kam nur von dieser ewigen Sauferei. Vladim hatte sich in den letzten Stunden mehr als einen halben Liter Wodka eingeflößt. Und das am Steuer eines zweiunddreißig Tonnen schweren Monsters auf gummierten Rädern mit einer tonnenschweren Feststoff-Rakete.

»Halt endlich an, Vladim! Halt an!«

Der Transporter quietschte und fauchte und kam nach zweihundert viel zu langen Metern endlich zum Stehen. Hinter ihm stiegen die Fahrer der anderen Transporter ebenso scharf auf die Bremsen.

Es war schon hell, kurz vor 9.00 Uhr. Wassilij öffnete die Tür des Transportes und blickte besorgt zurück. Alles war ruhig. Kein Mensch zu sehen. Auf der Straße hinter ihnen lag ein Fahrrad. Ein Verkehrsunfall mit russischen Militärfahrzeugen hatte zumeist keine Folgen, auch wenn die Soldaten noch so besoffen waren. Sie konnten deutsche Polizisten einfach stehen lassen oder sogar erschießen, wahrscheinlich hätten sie auch dann nichts zu befürchten. Die DDR war immer noch sowjetisch besetzte Zone. Russische Militärangehörige waren für die deutsche Volkspolizei unerreichbar. Trotzdem konnte Wassilij das Mädchen nicht einfach liegenlassen. Er musste sie finden und sehen, wie es ihr ging. Möglicherweise hatte sie sich verletzt und brauchte Hilfe.

Als er sich dem Fahrrad näherte, sah er das Mädchen im dahinter liegenden Straßengraben sitzen. Sie hatte beide Hände um ihren rechten Knöchel gelegt. Das Mädchen war noch jung, aber schon eine richtige Frau. Mit einem sehr schönen Gesicht, wie er fand. Ihre Mütze lag neben ihr. Sie hatte lange blonde Haare. Er nahm ihre Mütze und sprach sie auf Deutsch an.

»Haben Sie sich verletzt?«

»Ich weiß nicht?«, sagte sie. Sie war erstaunt, dass er deutsch sprach.

»Der Knöchel.«

»Lassen Sie mich sehen.«

Er kniete sich nieder und betastete ihr Bein. Es schien nicht gebrochen zu sein. Dabei spürte er die grinsenden Blicke seiner Kameraden hinter seinem Rücken. Den Männern aus dem letzten Transporter entging nichts.

»Tut es weh?«

»Ein wenig.«

»Versuchen Sie aufzustehen. Ich werde Ihnen helfen.«

Als sie es versuchte, knickte sie sofort wieder ein, und er musste sie stützen. Mit schmerzverzerrtem Gesicht hielt sie sich an ihm fest. Sie konnte das Bein nicht belasten. Lautes Johlen aus dem letzten Fahrzeug.

»Soll ich einen Krankenwagen rufen?«

»Nein, nicht nötig, ich wohne nur ein paar Meter von hier. Ich komme zurecht. Sehen Sie, ich kann schon allein stehen.«

Wassilij hob ihr Fahrrad auf und drückte es ihr in die Hand. Er reichte ihr auch ihre Mütze. Er konnte sie unmöglich allein lassen, das Bein war womöglich doch gebrochen.

»Bitte entschuldigen Sie. Wir haben Sie von der Straße gedrängt. Das hätte nicht passieren dürfen. Ich bin Offizier. Ich werde den verantwortlichen Fahrer hierfür zur Rechenschaft ziehen«

In diesem Augenblick wunderte er sich über die Wahl seiner Worte: Zur Rechenschaft ziehen. Auf Deutsch hörte sich das zackig an. Auf Russisch klangen solche Worte viel weicher, wenn es sie überhaupt gab. Zudem bezweifelte er, ob er wirklich das tun würde, was er gerade versprochen hatte. Vladim zurechtzuweisen war gar nicht möglich. Das hübsche Mädchen schien jedoch beeindruckt, und das war ihm in diesem Augenblick wichtiger.

»Können Sie laufen?«

Sie versuchte es, hielt aber schon nach dem ersten Schritt mit schmerzverzerrtem Gesicht inne.

»Wie weit ist es?«

»Nur ein paar hundert Meter.«

Er überlegte einen Augenblick, dann nahm er das Fahrrad in die Linke und hielt sie in der Taille mit der Rechten fest.

»Gehen wir.«

Sie legte ihren Arm über seine Schulter. Es klappte. Eng umschlungen kamen sie voran. Wassilij hörte seine Leute hinter sich laut pfeifen. Sie riefen ihm einiges zu, was das Mädchen besser nicht verstehen sollte. Vierundzwanzig Männer und fünf Fahrzeuge mit drei nuklearen Mittelstreckenraketen mussten warten, bis ihr Kommandant ein Mädchen nach Hause brachte, das sich den Knöchel verstaucht hatte. Er spürte ihren warmen Körper, ihre schlanke Taille und wie sich ihre jungen Brüste mit jedem Schritt bewegten. Sie sprachen nicht. Es dauerte viele kostbare Minuten, bis sie ihn losließ.

»Vielen Dank. Hier ist es.«

Sie lächelte. Es war ein offenes Lächeln. Sie schien nicht eingeschüchtert.

»Keine Ursache.«

Er lächelte zurück. Seit fast sechs Monaten war er keiner Frau näher als drei Meter gekommen. Er schaute sich um, ob sie beobachtetet wurden. Natürlich wurden sie das, von der ganzen verdammten gaffenden Meute.

»Mein Name ist Wassilij. Darf ich ...«, begann er » ... darf ich fragen, ob ich Sie später besuchen kann. Ich möchte gern wissen, wie es Ihnen geht. Wenn ich noch etwas für Sie tun kann...«

Das Mädchen schaute ihn an, erst verwundert, dann lachte sie.

»Du hast mich ja nicht mal nach meinem Namen gefragt!«

»Ja, das stimmt ...«, beeilte sich Wassilij. Offensichtlich musste man in Deutschland die Mädchen zunächst nach ihrem Namen fragen.

»Wie heißt du, schönes Mädchen?«

»Schönes Mädchen?« Sie hielt verlegen ihre Hand vor dem Mund.

»Ich heiße Elena.«

Sie lächelte.

»Elena ist ein schöner Name. Ich heiße Wassilij.«

Wassilij spürte, wie die Welt um ihn herum verblasste. Da gab es nicht mehr viel, keine wartenden Kameraden, keine Müdigkeit, kein Manöver. Alles wich zurück vor diesem Lächeln.

»Ich würde dich gern mal besuchen, wenn ich darf...«

»Das geht nicht.«

»Warum nicht?«

»Mein Vater ...«, flüsterte sie. Dabei schaute sie sich um, als könnte ihr Vater jederzeit aus der Tür treten und sie ins Haus zerren.

»Nicht jetzt, später.«

»Später?«

»Ich komme, wenn es dunkel ist, heimlich ...«

Wassilij musste alles auf eine Karte setzen, er hatte keine Zeit für Erklärungen, seine Leute warteten.

»Hm« Sie schien unschlüssig. »Wenn er dich sieht, wird er wütend. Sehr wütend und böse.« Ihr Gesichtsausdruck verfinsterte sich. Sie schien Angst zu haben.

»Ich bin wie ein Indianer. Indianer hört und sieht man nicht. Warte auf mich hinter dem Haus, sagen wir am Samstag? Ich komme und warte auf dich. Ich schau nur nach deinem Bein und will wissen, wie es dir geht. Wirst du da sein?«

Elena schüttelte den Kopf.

»Ich werde da sein. Und ich werde auf dich warten.«

Dann strich er ihr kurz durchs Haar.

»Schönes Mädchen« sagte er noch mal.

Sie lächelte schwach.

Dann wandte er sich ab. Sie schaute ihm noch eine Weile nach und ging erst ins Haus, als die Fahrzeugkolonne losgefahren und nach einer weiteren Straßenbiegung nicht mehr zu sehen war.

Für Wassilij erschien dieser Tag in einem völlig neuen Licht. Er fühlte im trüben Brandenburger Winter eine ihm unbekannte Hitze, ein Verlangen und eine unbezwingbare Freude. Es verging kaum eine Minute, in der er nicht an *Elena* dachte.

14 - ЧЕТЫРНАДЦАТЬ

Bei Elena, Groß Dölln, 8. November 2001, 9.47 Uhr

Elena schien ein ganz besonderes Faible für Inneneinrichtungen zu haben. Auf dem Tisch im Wohnzimmer stand - wie selbstverständlich - ein Strauß mit frischen Blumen. Die Farben der Wände harmonierten wunderbar mit dem beigefarbenen Teppich, im Wohnzimmer klang leise ein Glockenspiel, das durch einen sanften Luftzug am Kamin erzeugt wurde. An der Wand einige echte Bilder und auf dem Boden - wie zufällig verteilt - ein paar ihrer Skulpturen. Hannes bemerkte einen kleinen Salamander auf einem wunderbar leuchtenden Stein. Daneben amorphe schwarze Krieger, mit Lanzen und Schildern bewaffnet. In einem Regal stampften schwarze Elefanten aus dunklem Holz durch die Savanne. Alles sehr geschmackvoll und durch und durch harmonisch, warm und positiv. Hannes versuchte, die Erinnerung an seine Datscha und die vergangene, kalte und schlaflose Nacht zu verdrängen.

»Nehmen Sie Zucker?«

Vor ihm stand eine Tasse mit herrlich duftendem italienischem Espresso. Hannes hatte ganz und gar nicht das Gefühl, dass er in Groß Dölln war, einem kleinen, vergessenen Dorf im Norden von Brandenburg, in dem es sonst nur Rentner und Sozialhilfe-Empfänger gab, von denen die meisten auch schon über fünfzig waren.

»Nein, danke.«

Elena setzte sich in einen überdimensionalen Love-Seat, während Hannes versuchte, auf einem plüschigen Designer-Sofa Platz zu nehmen.

»Und? Was möchten Sie heute wissen?«

Hannes spürte, dass sie sich ihrer Wirkung auf ihn sehr bewusst war. Wie sie da saß, ein Bein über das andere verschränkt. Eine Künstlerin mit kurzen, blond gefärbten Haaren, ungeschminkt und trotzdem auf eine ganz eigene Art attraktiv. Um sie herum hätte ein ganzes Meer toben können, nichts davon hätte ihre Aufmerksamkeit stehlen können. Ihr Blick war fest, ruhig und selbstbewusst.

»Ich denke, es wird Sie interessieren, dass wir jetzt in einem Mordfall ermitteln«, begann Hannes vorsichtig.

»Ich habe ihn jedenfalls nicht umgebracht.«

Elena lächelte.

»Frau Kohlhaas, ich muss Sie was fragen. Und ich möchte, dass Sie mir genau zuhören und mir eine ehrliche Antwort geben. Ich habe mich ein wenig informiert. Über Sie und über ihren Vater. Er war Bürgermeister im Dorf. Und SED-Parteimitglied. Er war auch nicht gerade beliebt bei den Leuten. Nach der Wende wurde er bei erster Gelegenheit abgewählt. Dazu war er ein Informant des KGB und machte Geschäfte mit dem russischen Militär. Sie werden das alles wissen, schließlich lebten Sie jahrelang mit ihm unter einem Dach. Ich habe mir mal Ihre Meldeunterlagen kommen lassen.«

Hannes blätterte in seinen Notizen.

»Sie haben sich erst am 12. März 1990 zu dieser Adresse umgemeldet. Stimmt das?«

»Kann sein, so genau weiß ich das nicht mehr.«

Elena nippte ihren Tee.

»Gehen wir mal davon aus, dass meine Informationen richtig sind. Dann haben Sie bei Ihrem Vater gelebt bis Sie dreißig waren. Das ist doch recht ….«

»Recht lange?«

»…recht ungewöhnlich!«

»Ich hatte ein Kind zu versorgen.«

»Ach ja, ihr Sohn Tobias. Wer ist übrigens sein Vater?

»Schauen Sie doch in ihre Meldeunterlagen!«

»Das habe ich schon. Da steht: Vater unbekannt.«

»Eben.«

»Und Sie wollen mir nicht sagen, wer der Vater ist?«

Elena schwieg.

»Frau Kohlhaas. Elena. Ich darf doch Elena sagen? Warum helfen Sie mir nicht? Ich will herausfinden, wer ihren Vater umgebracht hat. Das kann Ihnen doch nicht egal sein! Das wollen Sie doch auch.«

Elena blickte genervt zur Decke, schien sich jedoch dann wieder zu beruhigen. Sie stand auf, trat in ihre stilvolle Küche, öffnete eine Schublade und holte ein Päckchen Zigaretten heraus. Sie steckte sich eine an und kam zurück. Irgendwie schien das Rauchen nicht zu ihr zu passen. Sie wirkte unwillig, als müsste sie über etwas nachdenken, woran sie nicht mehr erinnert werden wollte.

»Darf ich?«, fragte Hannes und zog seine Zigaretten aus der Innentasche seiner Lederjacke. Sie nickte und bemerkte dabei das Pistolenhalfter, das Hannes unter seiner Lederjacke trug. Darin steckte seine Sig Sauer, eine schwere und überaus durchschlagskräftige Waffe, die Standardwaffe der Brandenburger Polizei.

»Was wollen Sie denn wissen über meinen Vater?«

»Alles.«

Sie blies blauen Dunst aus.

»Also gut. Alles. Er war ein russischer Agent. Ja. Er war auch ein Säufer. Stimmt. Er beschiss seine eigenen Angestellten und Freunde. Richtig! Er war ein verdammtes Arschloch. Ja! Noch was? War das schon alles oder fällt ihnen noch etwas ein?« Sie war beim Reden immer lauter geworden.

»Hat er Feinde gehabt?«

»Oh ja! Er gab so Einige, die ihn hätten umbringen wollen, als er noch sein Amt und seine Ziegelei hatte. Aber jetzt? Das alles ist solange her. Wissen Sie, ich habe das alles so satt. Das habe ich alles hinter mir. Können Sie das nicht verstehen?« Sie zog an ihrer Zigarette.

Hannes tat unbeirrt.

»Die Geschäfte mit den Russen: Welche Art von Geschäften war das?«

»Weiß ich nicht. Was weiß ich! Ist doch auch egal. Anfangs hatte es was mit Frauen zu tun, aber später nicht mehr. Da weiß ich nicht mehr, als die anderen im Dorf. Er hat nie mit mir darüber geredet. Ich weiß nur, dass er seine Leute aus der Ziegelei für die Russen arbeiten ließ. Später besorgte er sich sogar noch Arbeiter aus dem Osten.«

»Arbeiter aus dem Osten? Warum?

»Die machten die Arbeit, die die Deutschen nicht machen wollten. Schwere Arbeit. Ein junger Mann aus dem Dorf ist dabei ums Leben gekommen, sagt man. Andere sagten, er wäre einfach nur weggezogen.«

Hannes nickte zum Zeichen, dass er verstanden hatte.

»Elena, haben Sie Ihren Vater gehaßt?«

Elena blickte ihn scharf an und nahm noch einen Zug, paffte den Qualm aus.

»Steht das nicht auch in Ihren Unterlagen? Schauen Sie mal rein, da finden Sie sicher die Antwort!«

»Der Tod ihrer Mutter?«

Elena erwiderte nichts. Sekunden vergingen.

»Sie geben Ihrem Vater die Schuld am Tod ihrer Mutter. Ist es nicht so?« Hannes hatte in der Polizeiakte gelesen, dass Elenas Mutter 1970 erhängt in einer Scheune gefunden worden war. Elena hatte ihre Mutter dort selbst gefunden. Damals war sie zehn Jahre alt gewesen. Das muss ein großer Schock für Sie gewesen sein. Die Polizei hatte Selbstmord festgestellt.

Elena warf ihm einen scharfen, verärgerten Blick zu. Sie mochte es nicht, wenn jemand in ihrer Vergangenheit herumschnüffelte.

»Sie verdächtigen mich also.«

Sie strich ihre Haare mit der Linken beiseite, während sie ihre Zigarette ausdrückte. Hannes sah ihr in ihre klaren grauen Augen, in die ein Anflug von Müdigkeit getreten war. Ein Schatten, etwas Melancholisches, das schwer zu deuten war.

»Ich stelle nur Fragen. Das ist mein Job.«

Hannes bemerkte, wie sie schmunzelte.

»Amüsiert Sie das?«

»Nein. Ich dachte nur daran, dass ich mir früher so oft gewünscht hatte, mein Vater wäre tot. Und nun ist er tot und ich spüre nichts. Das ist eigenartig. Es ist verrückt. Es ist – ja – auch komisch.«

»Warum wollten Sie, dass Ihr Vater tot ist?«

Elena schaute eine Weile vor sich hin. Möglicherweise würde sie ihm jetzt ihre Geschichte erzählen, aber nicht, wenn sie ihn dabei direkt ansehen müsste. Sie blickte hinaus in den Garten.

»Meine Mutter hat meinen Vater geliebt. Er war ein schwieriger Mensch. Er zog sich zurück, fing an zu trinken, hatte andere Frauen. Dann kam er nach Hause und schrie rum. Später war er tagelang wieder der beste Vater, den man sich vorstellen konnte. Kaufte mir Spielzeug, brachte mir das Reiten bei. Dann blieb er wieder tagelang weg. Ich kann bis heute nicht erklären, warum er so war. Vielleicht konnte er den Frieden und das Glück einfach nicht ertragen. Er musste immer wieder weg, flüchten. Wenn er in einer solchen Phase war, war er ein schrecklicher Mensch. Selbstzerstörerisch, gefährlich und grausam. Fast schon diabolisch. Jemand, der immer vor dem Abgrund stand, zu allem fähig war, das Risiko suchte und keine Rücksicht nahm. Und dabei konnte er so verdammt grausam sein. Heute würde man ihn wahrscheinlich als krank bezeichnen, aber damals …«

»Was ist mit Ihrer Mutter geschehen?«

»Sie hat es nicht mehr ausgehalten mit ihm. Sie war zu schwach. Ich habe sie gefunden, als ich von der Schule kam.«

»Das muss furchtbar für Sie gewesen sein.«

»Das ist lange her.«

»Was denken Sie heute von ihrem Vater?«

»Ich hasse ihn nicht. Er war mir irgendwann nur noch ….. gleichgültig. Ich weiß nicht, ob Sie das verstehen.«

Hannes versuchte es, aber es gelang ihm nicht.

»Aber Sie haben doch mit ihrem Vater noch lange Jahre zusammen gelebt! Warum? Sie hätten das nicht tun müssen.«

»Ich hatte keine andere Wahl. Er war meine Vater.«

»Keine Wahl? Sie lebten in seinem Haus. Irgendwann waren Sie erwachsen und eine junge, attraktive Frau, die sicher nicht länger bei ihrem Vater leben musste. Sie hätten einfach gehen können.«

»Sie finden mich attraktiv?«

Ein spöttisches Lächeln flog über ihr Gesicht.

»Ich werde nicht der erste Mann sein, der Sie attraktiv findet.«

Dabei tat er so, als würde er etwas in sein Notizheft schreiben. Er überlegte, ob er ihr sagen sollte, dass er allein war, so wie sie, dass seine Frau ihn nach zehn Jahren Ehe verlassen hatte und er in einer Datscha lebte, in der er sich im Winter den Arsch abfrieren würde. Im Grunde genommen war er gerade ganz unten angekommen. Alles, was er im Augenblick noch leisten konnte, war die Polizeiarbeit. Ein Privatleben hatte er nicht mehr. Und wenn, dann bestand es nur aus unangenehmen Telefongesprächen mit einer Frau, die beschlossen hatte, ihn aus ihrem und dem Leben seiner Tochter zu verbannen. Er wusste sehr gut, was Verbitterung sein konnte. Wie sehr es an einem nagte und zehrte, wie es sich von hinten anschlich und einen plötzlich überfiel. Möglicherweise würde das Eingeständnis seiner Lage ihr den Mut geben, den sie brauchte, um sich zu öffnen. Sie musste ihn nicht als Polizisten sehen, sondern als einen Menschen, der ihr helfen wollte. Aber durfte sie das? Würde er wirklich ihre persönlichen Angelegenheiten aus den Ermittlungen raushalten? Als Mensch vielleicht, aber als Polizist auf keinen Fall. Diese Frau war tatverdächtig und wollte ihm nicht sagen, was sie wusste. Das durfte er nicht vergessen.

»Und was genau finden Sie an mir attraktiv?«, flirtete sie.

»Bleiben wir doch bei der Sache«, erwiderte er kühl und ohne aufzusehen. Ihr Lächeln war noch da, ganz so, als hätte sie für einen Augenblick bemerkt, dass er nur so tat, als würde er sich ausschließlich für den Fall interessieren.

»Glauben Sie wirklich, ich hätte meinen Vater umgebracht?«

»Haben Sie denn schon mal daran gedacht?«

Elena schaute ihm zum ersten Mal direkt ins Gesicht.

»Zwischen denken und es tun liegt ein ganz entscheidender Unterschied.«

»Ich möchte ja nur wissen, warum Sie so viele Jahre mit ihrem Vater zusammengelebt haben. Warum weichen Sie mir hier immer wieder aus?«

»Das sagte ich doch schon. Weil Tobias noch klein und ich in der Ausbildung war. Ich hatte einfach kein Geld für eine eigene Wohnung. Reicht Ihnen das nicht?«

»Nein.«

»Dann kann ich Ihnen auch nicht helfen.«

»Wo ist Ihr Sohn überhaupt? Kann ich ihn sprechen?«

»Nein, er schläft. Er ist krank.«

»Das tut mir leid, was hat er denn?«

»Es geht ihm nicht gut.« Elena macht wieder dicht. Ihr Ton war kühl.

Hannes sah ein, dass er hier nicht weiterkommen würde. Tobias musste er bei einer anderen Gelegenheit befragen. Da kam ihm plötzlich eine Idee. Er schlug sein Notizbuch auf.

»Ich habe eine Bitte. Es ist ganz einfach, und es würde mir sehr helfen. Sagen Ihnen folgende Namen etwas?«

Er las die Namen der russischen Offiziere vor, die er aus den KGB-Berichten ihres Vaters an seinen Führungsoffizier abgeschrieben hatte. Jeden Namen einzeln und langsam, denn es waren russische Namen, nicht alle waren leicht auszusprechen. Bei einem Namen spürte er bei Elena ein Aufhorchen

»Wassilij Danilowich Belov. Kommt Ihnen der Name bekannt vor?«, wiederholte er.

Elena zögerte.

»Können Sie mir etwas über diesen Mann sagen? Er war Soldat in einer Raketenbrigade.«

»Nein, er war Offizier und Kommandant einer Raketen-Abteilung. Und er war Lette.«

»Sie kennen diesen Mann? Machte ihr Vater etwa Geschäfte mit ihm?

»Nein, sicher nicht.«

»Warum sind Sie da so sicher? Ihr Vater hatte gute Beziehungen zum Militär, insbesondere zu Offizieren.«

»Bei den Russen war jeder Fünfte ein Offizier, das hatte nichts zu bedeuten. Glauben Sie mir. Offizier sein war in der russischen Armee nichts Besonderes.«

»Woher wissen Sie das so genau?«

»Sagen Sie mir erst mal, woher Sie den Namen haben …«

»Hier stelle ich die Fragen! Wenn Sie mir Informationen verschweigen, werde ich Sie zu einem Verhör auf das Revier vorladen müssen.«

Hannes versuchte, sich an seinen Plan zu halten. Dies war eine Vernehmung, kein Privatgespräch.

»Und dann? Meinen Sie, die Umgebung ihrer Dienststelle würde meine Erinnerungen wieder zurückbringen? Wohl kaum. Sagen Sie mir lieber, woher Sie den Namen haben, vielleicht fällt mir dann wieder ein, woher ich ihn kenne.«

Hannes verzog das Gesicht, sie hatte Recht. Eine Vernehmung auf dem Revier würde nicht viel bringen. Möglicherweise hatte dieser Belov auch nichts mit dem Fall zu tun. Sein Name war einer von vielen aus der Akte, die man für Kohlhaas vor vielen Jahren beim KGB angelegt hatte. Das musste nicht unbedingt etwas bedeuten.

»Sagen wir, der Name stammt aus einer Akte der russischen Administration.«

»Das reicht mir nicht.«

»Mehr kann ich Ihnen nicht sagen.«

»Dann werden Sie auch nicht mehr erfahren!«

Hannes bemerkte die Härte und Entschlossenheit in ihrer Stimme.

»Glauben Sie das wirklich? Glauben Sie, dass ich ohne ihre Hilfe nichts herausfinde? Elena, Sie wissen, in so einem Dorf wird immer geredet. Ich denke, da wird so einiges herauskommen, wenn ich nur die richtigen Fragen stelle …«

Elena zögerte. Sie überlegte, ob es nicht besser war, der Kommissar würde die Wahrheit von ihr erfahren, als irgendwelche Halbwahrheiten von einem der alten Zausel aus dem Dorf.

»Sie wollen also wissen, woher ich Wassilij Belov kenne?«

»Ja.«

»Sie müssen einen Mord aufklären und daher ist alles wichtig, selbst wenn es schon lange her ist. Wollen Sie das damit sagen?«

»Genauso ist es.«

Elenas Lippen begannen leicht zu zitterten. Sie wich seinem Blick aus und knetete den Daumen ihrer rechten Hand.

»Versprechen Sie mir, dass Sie das für sich behalten?«

Sie zündete sich eine weitere Zigarette an.

»Wann immer es geht«, sagte er und wusste, dass er damit schon zu viel versprochen hatte. Falls dieser Belov tatsächlich etwas mit dem Fall zu tun hatte, würde er das nicht für sich behalten können.

»Wassilij Belov sprach gut Deutsch, da seine Mutter eine Deutsche war. Er kam aus Lettland und wollte nach seiner Militärzeit dort studieren.

»Aha.«

»Er wollte mich nach dem Militär nach Lettland mitnehmen.«

»Und? Wollten Sie das auch?«

Elena schaute ihn nur an.

»Sie waren also ein .... Liebespaar?«, fragte Hannes ungläubig.

»Das war vor über zwanzig Jahren. Eine halbe Ewigkeit. Ich war noch sehr jung.«

Sie blickte versonnen, fast traurig.

»Das war damals nicht so selbstverständlich, wie Sie sich das heute vielleicht vorstellen. Den russischen Soldaten, auch den Offizieren war der Umgang mit deutschen Mädchen verboten. Und auch bei uns im Dorf durfte sich kein Mädchen mit einem Russen einlassen. Da haben alle ganz genau darauf geachtet. Wenn die Russen sich mit Frauen trafen, dann kamen die meist nicht von hier.«

»Aber Sie und dieser Belov haben sich getroffen.«

»Ja, heimlich.«

»Was machte dieser Belov genau? Können Sie mir das sagen?«

»Viel hat er mir darüber nicht erzählt. Er war in einer Eliteeinheit, Kommandant einer Raketenabteilung.«

»Mit Atomwaffen bestückte Raketen?«

»Das weiß ich nicht. Ich war erst sechzehn oder siebzehn. Das hat mich nicht interessiert. Über so etwas haben wir nicht gesprochen. Es war auch nicht wichtig. Wassilij hatte ganz anderes im Sinn. Er hasste das Militär und wollte es verlassen, um nach Riga zu gehen. Um zu studieren. Das war sein großer Traum.«

»In welchem Jahr war das?«

»1977.«

»Wie lange ging das zwischen Ihnen?«

»Es lief den ganzen Sommer lang, ich glaube bis in den August hinein. Ich durfte seine Kaserne nicht betreten, und er durfte nur selten raus. Trotzdem waren wir so häufig zusammen wie es ging. Mein Vater war in dieser Zeit viel unterwegs und kam nur selten nach Hause. So hatten wir das ganze Haus für uns. Wassilij kam erst, wenn es dunkel war. Er gab sich immer große Mühe, dass ihn keiner von unseren Nachbarn sah.«

»Was ist dann passiert?«

»Eines Abends klingelte die russische Militärpolizei an unserer Tür und holte ihn ab.«

Elena zögerte, als würde sie überlegen müssen. Scheinbar fiel es ihr schwer, sich zu erinnern. Oder sie überlegte, was genau sie ihm erzählen sollte.

»Bitte, erzählen Sie weiter …«

»Die Militärpolizei wusste genau, dass sie Wassilij bei mir finden würde. Irgendjemand hatte Wassilij verraten. Der Umgang mit deutschen Frauen war verboten. Und nun hatten sie ihn erwischt. Sie legten ihm Handschellen an und nahmen ihn mit. So einfach war das. Da sah ich ihn zum letzten Mal.«

»Sie haben ihn seitdem nicht mehr gesehen?

»Nein.«

»Haben Sie vielleicht später etwas von ihm gehört? Oder wissen Sie, wo ich ihn heute finden kann?«

Elena schüttelte den Kopf. Doch dann schien ihr etwas einzufallen. »Warten Sie…«, sagte sie, drückte ihre Zigarette im Aschenbecher aus und machte sich daran, die leeren Tassen wegzuräumen. Sie stellte sie in der Küche ab und ging dann die Treppe hinauf ins zweite Stockwerk. Hannes war für einen Moment allein. Er stand auf, lief herum und schaute sich den einen oder anderen Gegenstand in diesem Raum an. Das Glockenspiel, den aus Stein gehauenen Salamander, die amorphen schwarzen Krieger mit Lanzen und Schildern und den schwarzen Elefanten aus dunklem Edelholz. Die Gegenstände in einer Wohnung konnten viel über einen Menschen erzählen. Hannes fiel ein, dass es beim LKA einen Spezialisten gab, der aus der persönlichen Umgebung eines Menschen ablesen konnte, ob er fähig wäre, einen Mord zu begehen oder nicht. Und auch wie er es tun würde: Mit einem Messer, einem Beil oder Gift; oder im Affekt mit einem Schlag auf den Kopf. All das war schon von der Wohnung eines Täters abzulesen, denn hier lag meist auch sein innerstes Wesen verborgen. In Elenas Haus war fast alles neu. Vieles war aufwendig modernisiert worden. Die Zwischenwände des Hauses waren entfernt und das Dach nach oben ausgebaut worden. Holzdielen, Glastüren und eine komplette Kücheninsel sahen noch sehr neu aus. Hannes konnte sich kaum vorstellen, wie das Haus zu DDR-Zeiten ausgesehen haben mochte. Es schien, als hätte Elena hier ordentlich aufgeräumt. Auch mit ihrer Vergangenheit. Sie kam die Treppe wieder herunter und legte eine Plastikdose auf den Tisch.

»Das hat er mir an dem Abend gegeben, an dem er abgeholt wurde«, erklärte sie. »Ich sollte das für ihn aufbewahren, es wäre sicherer, sagte er.«

Hannes sah sich die Dose an. Seltsam grünlich gefärbt, wahrscheinlich aus russischer Produktion, jedenfalls fehlte diesem Plastikding jegliche Eleganz. Vorsichtig nahm Hannes die Dose in die Hand und schüttelte sie. Es klapperte. Als er sie aufmachte, fand er ein Stück Kernseife und darunter einen zusammengefalteten Zettel. Darauf standen drei Zeilen mit jeweils sechzehn Buchstaben und Zahlen. Kein Kommentar oder Hinweis, der ihm weiterhalf. Es hätten Codes zu einem Internet-Router sein können. Doch im Jahr 1977 gab es weder Internet-Router noch das Internet. Hannes nahm an, dass es militärische Codes sein mussten. Und dass diese Codes so wichtig waren, dass Wassilij sie verstecken musste. In einer Seifendose! Ein russischer Raketen-Offizier hielt es für sicherer, geheime militärische Codes in einer Seifendose bei seinem Mädchen aufzubewahren. Eine erstaunliche Einschätzung, die Hannes noch eine ganze Weile beschäftigen sollte.

15 - ПЯТНАДЦАТЬ

Raum Brandenburg, LKA Eberswalde, 8. November 2001, 12.28 Uhr

Der Mann vom BKA hatte sich mit dem Namen »Müller« vorgestellt. Kein Vorname. Er kam aus Wiesbaden, war mit dem Sechs-Uhr-Flieger aus Frankfurt gekommen. Nun saß er am Tisch im Besprechungsraum »Brandenburg«. Warum dieser Müller bei der Kripo in Eberswalde war, hatte er allerdings nicht gesagt. Überhaupt war dieser Müller eher der ruhige Typ. Dafür sprach Beckmann umso mehr. Hannes trug wie üblich Turnschuhe und die Sig Sauer im Halfter unter seiner Lederjacke. Der dezent graue Anzug des BKA-Mannes war, verglichen mit diesem Outfit oder auch dem der anderen Kollegen - und überhaupt für einen Bullen - ausgesprochen modisch und schick. Zwei Beamte der Spurensicherung und auch Franka saßen noch mit am Tisch und lauschten Beckmanns endlosem Redeschwall. Er sprach ohne Luft zu holen. Müller füllte die wenigen Pausen mit Fragen und passenden Einwürfen. Hannes hatte es längst aufgegeben, dem Gespräch zu folgen. Er war erst mittags ins LKA gekommen, da sein morgendlicher Besuch des Flughafens und das Gespräch mit Elena ihn mehr Zeit gekostet hatten als gedacht. Seine Verspätung wurde von Beckmann missbilligend zur Kenntnis genommen. Beckmann hatte Hannes bei seinem Erscheinen Müller gegenüber als zuständigen Ermittler und Leiter der Mordkommission Kohlhaas vorgestellt. Das wäre auch vollkommen in Ordnung gewesen, wenn Beckmann im Folgenden nicht die Leitung des Gesprächs an sich gerissen hätte. Hannes war stinksauer und gleichzeitig abgelenkt. Er hatte entsetzliche Kopfschmerzen und wünschte sich, man würde hier mal ordentlich lüften. Der ungarische Wein. Dann konzentrierte er sich wieder darauf, dem ununterbrochenen Redeschwall zu folgen. Warum war dieser Müller überhaupt hier? Hannes hatte dafür nur eine Erklärung: Beckmann musste das BKA angerufen und etwas von russischer Mafia gefaselt haben, worauf das BKA dann diesen Müller geschickt hatte. Für das organisierte Verbrechen war bekanntermaßen das BKA zuständig.

Und nun war er da, der Müller. Der Mann hatte sich von Beckmann und Franka sicher schon das Wichtigste zum Fall Kohlhaas erklären lassen. Viel Papier lag ausgebreitet auf dem Tisch vor den Ermittlern. Darunter Fotos vom Tatort und der fertige Autopsie-Bericht der Pathologie, den Hildegard in Rekordzeit fertiggestellt hatte.

»Und nicht die geringsten DNA-Spuren«, bemerkte Beckmann an Müller gewandt. »Also können wir nicht mal ausschließen, dass es ein Unfall war. Sie sehen, wie schwierig sich der Fall darstellt. Die Befragungen im Dorf haben auch nicht viel gebracht. Wenn es ein Mord war, dann wurde alles so geschickt arrangiert, dass es wie ein Unfall aussieht.«

Der Müller-Mann nickte. Scheinbar hatte er keine Fragen mehr. Hannes nahm an, dass sie den Kohlhaas-Fall in seiner Abwesenheit schon hundert Mal durchgegangen waren. Warum hatte sie ihn eigentlich nicht vorher informiert? Man hätte ihn doch mobil erreichen können; da bemerkte Hannes, dass sein Mobiltelefon abgeschaltet war. Die Batterie war am Ende. Er hatte vergessen, sein Telefon ans Netz zu legen. Eine Todsünde für einen Kriminalpolizisten. Genauso hätte er seine Dienstwaffe in einem Kindergarten liegen lassen können. Es gab einfach Dinge, die durften einem Kripo-Mann nicht passieren.

»Der Autopsie-Bericht lässt da jedoch einiges offen.«

Der Müller-Mann faltete seine Hände übereinander und wandte sich mit kollegialem Lächeln an die Runde.

«Der Mann von der Botschaft. Wie war doch gleich sein Name?«

»Dieses Gespräch hat Kollege Keppler geführt«, antwortete Beckmann und wandte sich Hannes zu. Alle Augen richteten sich auf Hannes, der gerade dabei war, die KGB-Akten aus seiner Tasche zu kramen. Die Akten hatten offensichtlich etwas gelitten. Zerknickt und zerfleddert mit deutlich sichtbaren Rotweinflecken.

»Herr Keppler?«

Warum war sein Mobiltelefon bloß nicht aufgeladen gewesen? Er musste sich in Zukunft einfach mehr zusammenreißen.

»Herr Keppler, können Sie sich möglicherweise an den Namen des Herrn erinnern?«

Hannes stellte seine Tasche zurück auf den Boden. Meinte dieser Müller, er hätte Alzheimer? Idiot!

»Sobolev.«

»Ganz sicher?«

»Ja. Ganz sicher.«

»Aha.«

»Ist das irgendwie wichtig?«

Als Antwort klappte der Mann vom BKA seinen Laptop auf und fingerte daran herum, bis der Beamer ein Bild an die Wand gegenüber warf. Die Präsentation war mit dem dicken Logo des Bundeskriminalamts versehen. Eine Präsentationsfolie hatte die Überschrift F.S.B. - Föderaler Sicherheitsdienst der Russischen Föderation.

»Lassen Sie uns mal schauen, was wir da haben.«

Er suchte nach der richtigen Folie.

»Sie sagten Sobolev, nicht wahr? Wissen Sie, was der F.S.B. ist? Der F.S.B ist eine der Nachfolgeorganisationen des KGB, die sitzen heute sogar im gleichen Gebäude«, begann Müller. »Früher wurde das Gebäude Lubjanka genannt. Zu Stalins Zeiten wurden dort Tausende gefoltert und hingerichtet. Aber ich wollte Ihnen eigentlich etwas ganz anderes zeigen.«

Er suchte immer noch nach der richtigen Folie.

»Ah. Hier ist es: Die Sonderabteilung des F.S.B., die Direktion zur Infiltration krimineller Organisationen, genannt URPO. Die Aufgabe der URPO besteht darin, in kriminelle Strukturen – sprich in die russische Mafia - einzudringen und dort zu ermitteln. Also Undercover-Leute. Die Abteilung hat hundertfünfzig Leute. Die meisten arbeiten verdeckt, aber es gibt auch andere. Und sehen Sie mal, wen wir hier haben ...«

Müller klickte noch ein paar Folien weiter, bis das ernste Gesicht eines mindestens zehn Jahre jüngeren Vitali Mikailowitsch Sobolev von der Wand blickte.

»Sobolev gehört dem sichtbaren Teil der URPO an. Ein alt gedienter und erfahrener Mann. Ehemaliger Militär, wechselte später zum KGB. Dann, in der Gorbatschow-Ära enger Vertrauter des sowjetischen Präsidenten. Gehen Sie mal davon aus, dass er und Gorbatschow sich gut kannten. War militärischer Berater von Gorbatschow während der Abrüstungsverhandlungen mit den Amerikanern in den 80ern. Sie wissen, das START-Abkommen, das Ende des Kalten Krieges. Die Mittelstreckenraketen in Europa wurden auf beiden Seiten abgerüstet. Dann fiel Gorbatschow in Ungnade und mit ihm sein Berater Sobolev. Er wurde abgelöst. Erst Jahre später tauchte er wieder auf, beim F.S.B. der russischen Föderation. Er spricht fließend Deutsch und auch noch ein paar andere Sprachen. Ein brillanter Mann. Darum wurde er als offizieller Kontaktmann in der russischen Botschaft in Berlin stationiert. Er pflegte die Kontakte zu den westlichen Diensten. Aber nicht unbedingt ein Mann, dem man trauen sollte.«

»Warum nicht?«

»Nun ja, ich verstehe, die Landeskriminalämter haben keinerlei Erfahrung beim Umgang mit ausländischen Geheimdiensten. Deswegen bin ich ja heute hier. Wir können Sie hier aber nur beraten. Wir wollen Ihnen diesen Fall nicht wegnehmen. Und ich werde Ihnen auch sagen warum: Ich glaube nicht, dass die Mafia in diesen Mord verwickelt ist. Dass sich der russische Geheimdienst für den Tod eines alten Mannes interessiert, der in einem Straßengraben gestorben ist, ist zwar ungewöhnlich, aber dafür gibt es sicher

Gründe. Ich nehme an, er ist an Sie herangetreten und hat Ihnen Informationen versprochen oder sogar schon ausgehändigt?«

»Akten des KGB aus den 70ern und 80ern.«

Hannes zeigte auf die beiden Aktenorder auf dem Tisch.

»Warum wundert mich das nicht?«

»Glauben Sie, die sind gefälscht?«

»Nein, das glaube ich nicht. Was hat Sobolev denn dazu gesagt?«

»Dass Kohlhaas der Botschaft noch etwas mitteilen wollte, es jedoch nicht mehr geschafft hat.«

»Was wollte Kohlhaas denn mitteilen?«

»Das wollte Sobolev auch gern wissen.«

Müller schien die provokante Art von Hannes nicht im Geringsten zu imponieren.

»Wie auch immer, was immer Sobolev Ihnen da aufgetischt hat, ist mit Vorsicht zu genießen. Ich glaube kaum, dass der F.S.B. sich an die deutsche Polizei wendet, um einen Mordfall aufzuklären. Der F.S.B. ist nur ein neues Wort für KGB. Wenn die etwas über die 70er und 80er Jahre wissen wollen, dann brauchen sie nur eine Treppe tiefer in den Keller ihres Hauptgebäudes in Moskau zu gehen. Dort stapeln sich alle Geheimnisse im KGB-Archiv. Erst nach dreißig Jahren werden die Informationen veröffentlicht, manche Informationen vielleicht noch später oder nie. Wenn Sie wissen wollen, wer Kennedy ermordet hat, dann werden Sie dort wohl eher eine Antwort auf ihre Fragen bekommen, als sonst irgendwo auf dieser Welt. Der F.S.B. hat die Möglichkeit, im Archiv alles nachzulesen. Schwarz auf weiß. Nein, die wollen keine Informationen abluchsen, die haben sie zur Genüge, die wollen Sie nur für ihre Sache einspannen. Das ist alles.«

»Das ist alles?«

»Ja, das ist alles. Und nun entschuldigen Sie mich, meine Herren, ich muss zu meinem Flieger zurück nach Frankfurt und dann nach Wiesbaden. Nach allem, was ich gehört habe, ist der Fall Kohlhaas kein Fall für das BKA. Hier sind wir nicht zuständig. Das ist kein organisiertes Verbrechen. Nur ein gewöhnlicher Mordfall oder gar ein Unfall. Haben Sie denn schon die Familie unter die Lupe genommen? Aber sicher haben Sie das, oder werden es noch tun, nicht wahr? Was Sobolev angeht, so scheint man hier gewisse informelle Kontakte zur Polizei aufbauen zu wollen. Eine Hand soll hier die andere waschen. Sie wissen ja, wie das geht. Informationen gegen Informationen. Ich rate Ihnen dringend, schaffen Sie Abstand zu diesem Herrn. Das wäre eher was für den Bundesnachrichtendienst oder den Verfassungsschutz. Die hätten Sie besser anrufen sollen. «

»Nein, nein, das wird nicht notwendig sein ...«, lenkte Beckmann ein, offensichtlich bestürzt darüber, in welche Richtung sich das Gespräch entwickelte. Statt den Fall an das BKA abtreten zu können, musste er nun befürchten, dass das LKA beschuldigt werden könnte, Informationen mit dem russischen Geheimdienst auszutauschen. Hannes konnte sich eine gewisse Häme nicht verkneifen.

»War auch nicht so ganz ernst gemeint, Herr Kollege«, grinste Müller. »Aber bitte entschuldigen Sie mich, mein Rückflug geht in zwei Stunden von Berlin Tegel aus. Und Sie wissen ja, die Anbindung ist nicht gerade ideal. Mein Taxi wartet schon ...«

Müller fing an, Hände zu schütteln.

Beckmann wünschte ihm eine gute Fahrt und bemerkte scherzend, dass in Brandenburg schon bald ein neuer Flughafen gebaut werde, der dann sicher eine bessere Anbindung bieten werde. Allerdings würde er im Südosten außerhalb von Berlin gebaut, so dass die Reise von Frankfurt nach Eberswalde dann noch eine Stunde länger dauern würde. Der engen Zusammenarbeit mit Wiesbaden würde das jedoch sicher kein Abbruch tun. Mit der Entfernung komme man sich ja manchmal auch näher.

Müller lachte zustimmend. »Ja, ja«, pflichtete er bei.

»Auf gute Zusammenarbeit.«

Donnerwetter, dachte Hannes, soviel hintergründige Ironie hatte er Beckmann gar nicht zugetraut.

»Und viel Erfolg bei Ihren weiteren Ermittlungen.«

Müller war kaum eine Stunde da gewesen. Und dafür der teure Flug auf Kosten der Steuerzahler? Einen Augenblick überlegte Hannes, ob er etwas von der Zar-Bombe erzählen sollte. Und von einem in der Ostsee verschwundenen Nuklearsprengkopf, von den Geschäften, die Kohlhaas mit dem russischen Militär betrieben hatte oder von den Kontakten, die der Tote mit Angehörigen und Staatslenkern der alten SED unterhalten hatte.

Dann lächelte er und wünschte Herrn Müller einen guten Flug.

Wenig später erwischte er Franka auf dem Flur, als Beckmann sich schon verabschiedet hatte.

»Franka. Nur auf ein Wort. In der Akte gab es einen Umschlag.«

»Du meinst den mit den russischen Briefen? Habe ich in die Übersetzung gegeben, das wird noch eine Weile dauern.«

»Ja, genau den meine ich. War das ein Briefwechsel?«

»Ich nehme es an. Was ist damit?«

»Na ja. Ich kann ja kein Russisch. Du hattest einige Passagen angestrichen und übersetzt. Darunter auch die Worte Verseuchung und Plutonium. Was ist damit?«

»Ach das! Das hat mich auch gewundert. Eine Stelle namens SSDV fragt an, ob es möglich wäre, dass Atomwaffenlager in der DDR die Bevölkerung gefährden könnten. Sie fragten, ob eine Plutonium-Versuchung möglich wäre.«

»Und?«

»Die Antwort lautete nein. Es bestünde keine Gefahr.«

»Und das ist alles? Mehr nicht? Nur diese Antwort auf eine Frage. Kommt der Name Kohlhaas darin vor?«

»Nein.«

»Und warum liegen dann diese Briefe in seiner Akte?«

»Das musst du mich nicht fragen, frag doch deine Botschaft.«

Da musste er Franka zustimmen. Diese Briefe waren mit Sicherheit nicht versehentlich in die Akte gerutscht. Möglicherweise hatte der Müller-Mann vom BKA ja recht. Wenn Sobolev dem F.S.B. angehörte, war er in erster Line daran interessiert, Informationen zu lancieren. Was sollte dann dieser Brief, der scheinbar nichts mit Kohlhaas zu tun hatte, auch nicht mit einer verschwundenen Atomwaffe, dafür aber mit Atomwaffenlager in der DDR? Wollte man ihn da auf eine bestimmte Spur bringen? Hannes wollte sich Sobolev dazu nochmals vorknöpfen.

»Kriege ich die Übersetzung, wenn sie vorliegt?«

»Hm. Muss ich mir noch überlegen .....«

Franka tat scherzhaft, als müsse sie tatsächlich nachdenken.

»Was muss ich denn machen, damit Beckmann sie nicht zu Gesicht bekommt?«

»Ist das etwa ein Bestechungsversuch?«

»Sagen wir besser, ein dringliches dienstliches Interesse zur Erhöhung der Aufklärungsrate von Gewaltverbrechen.«

»Mensch Hannes, du kannst ja richtig fies sein!«

Nein, eigentlich nicht. Er wollte nicht fies sein, er wollte nur seine Arbeit machen. Und das war leichter, wenn er es auf seine Art tat und ohne Beckmann.

16 - ШЕСТНАДЦАТЬ

KGB, Vogelsang, 10. August 1977, 19.57 Uhr

Wassilij wäre fast gestürzt, als er aus dem Laster sprang. Er fluchte innerlich. Mit den Handschellen war es nicht leicht, sich auf den Beinen zu halten. Und seine Bewacher taten nicht das Geringste, um ihm behilflich zu sein. Sie standen nur herum und blickten finster und böse. Ihren Gesichtern fehlte jeglicher Ausdruck von Mitgefühl. Die Abendsonne schien auf Wassilijs Gesicht. Im August war Brandenburg völlig ausgetrocknet. Es hatte seit Wochen nicht mehr geregnet. Dennoch war dies ein wunderbarer Sommer gewesen. Der schönste Sommer seines Lebens. Was immer nun auch geschah, diesen Sommer konnte ihm keiner mehr nehmen.

In der Nähe flogen zwei MiGs im Tiefflug vorüber, das Donnern dröhnte in seinen Ohren. Die Offiziersmütze mit dem Emblem der Raketen-Gardeeinheit, die er immer mit Stolz getragen hatte, war ihm beim Sprung in den Staub gefallen. Er bückte sich, nahm die Mütze und setzte sie sich wieder auf. Erst jetzt erkannte er, wo man ihn abgesetzt hatte. Dies war nicht irgendein Gebäude der Militärpolizei, dies war das Haus des KGB. Jeder Soldat in der Kaserne wusste, dass dieses Haus am Waldrand in der Sperrzone lag. Es war in einem Radius von zweihundert Metern mit einem vier Meter hohen Metallzaun mit aufgesetzten Stacheldrahtrollen umzogen. An der Durchfahrt standen Wachen, selbst in der Nacht. Jeder neugierige Soldat, der sich nur einen Moment zu lang am Zaun aufhielt, wurde sofort mit Pfiffen verjagt. Offiziell war das Haus als Lager für gefährliche Substanzen deklariert, und doch wusste jeder, dass gefährliche Substanzen nicht der Grund waren, warum dieses Haus so weit weg von den anderen lag. Hier war Sperrgebiet und nur KGB-Angehörige durften es betreten.

»Geh!«

Sie stießen Wassilij weiter Richtung Eingang. Seine Knie schmerzten und seine Nase blutete. Als sie ihn bei Elena gefaßt hatten, war er ihnen unbewaffnet und bereitwillig entgegengetreten. Dennoch hatten sie ihm mit dem Gewehrkolben immer wieder ins Gesicht geschlagen und zu Boden getreten. Verzweifelt hatte er versucht, sich mit den Händen zu schützen. Er hoffte, dass sie ihm dabei keinen Finger gebrochen hatten. Er spürte sie nicht mehr, alles an seinem Körper schien geschwollen und schmerzte. Er ging willenlos hinter seinen Bewachern her. Erst ging es zum Haupteingang hinein und dann hinauf in die erste Etage des Gebäudes. Nachdem eine schwere Metalltür hinter ihm zugefallen war, fand er sich in einem Flur wieder. Alle vier Meter links und rechts gab es Türen zu winzigen Zellen. In den Türen eingelassene Sehschlitze ermöglichten es den Wachen, ins Innere zu schauen.

»Stopp!«

Ein Schlüssel rasselte im Schloss. Eine der Zellentüren öffnete sich. Eine Wache stieß Wassilij unsanft in die Zelle, und die Tür fiel quietschend und krachend hinter ihm zu.

Es sah sich um. In der Zelle befanden sich eine Kloschüssel und eine schmale Holzbank zum Sitzen. Etwa 60 x 170 cm groß. Insgesamt umfasste die Zelle kaum mehr als vier Quadratmeter. In jeder Sekunde wuchs jetzt seine Angst. KGB. Verdammt! Das war übel. Wer hier gelandet war, den würde man sich vornehmen, ob es dafür einen Grund gab oder nicht. Der KGB und alle anderen Geheimdienste der Armee waren berüchtigt dafür, nicht zimperlich zu sein. Der KGB war eine völlig autonome Welt, die jedem das Fürchten lehren konnte. Helfen konnte ihm hier drinnen niemand. Selbst wenn er hier rauskäme, würde er nicht weit kommen. Er hatte nicht einmal einen Pass. Man würde ihn jagen, bis sie ihn dann doch wieder fassen würden. Wohin sollte er auch fliehen? Außerdem war er Lette. Das machte es nicht einfacher. Wenn sie ihn jetzt aus dem Militär entließen, war das immer noch das Beste, was ihm passieren konnte. Aber daran glaubte er nicht mehr.

Erst am nächsten Tag holten sie ihn zum Verhör. Seine Knochen schmerzten, als er aus der Zelle trat. Er hatte die Nacht zusammengekauert auf der schmalen Holzbank verbracht. Irgendwer hatte nachts immer wieder geschrien, in einer Sprache, die er nicht verstand. Es klang verzweifelt, wie ein Heulen, und nahm kein Ende. Die Männer in den anderen Zellen verhielten sich ruhig. Möglicherweise waren viele der Zellen auch leer. Wassilij hörte nur ab und zu ein Schnarchen oder Husten. An Schlafen war aber trotzdem nicht zu denken gewesen. Jede Stunde ging das Licht in seiner Zelle für zwei Minuten an. Dann wurde es wieder dunkel und das Jammern und Wimmern begann erneut. Wassilij dachte fieberhaft nach und gab sich wieder und wieder Antworten auf Fragen, die ihm noch gar nicht gestellt worden waren. So lagen sein Nerven schon am Morgen blank, bevor das Verhör überhaupt begonnen hatte.

»Name?«

»Wassilij Belov.«

»Wassilij Danilowitsch Belov?«

»Ja. Wassilij Danilowitsch Belov.«

Ein Mann im Hintergrund tippte seinen Namen in ein Formular. Der Mann war klein und unscheinbar, mit einem Mausgesicht. Er tippte mit zwei Fingern und unglaublich langsam, als hätte er dafür den ganzen Vormittag Zeit. Nur um ein einziges Formular auszufüllen. Sie benutzen immer noch Schreibmaschinen beim KGB. In der Militärverwaltung in Moskau war man bereits auf PCs aus amerikanischer Produktion umgestiegen. Wassilij hatte auch schon Computer aus der DDR gesehen. Die waren sehr groß, taugten aber nichts. Hier beim KGB war man nationalistisch und stolz, hier würde man erst auf Computer umstellen, wenn es einen russischen Computer gab. Also womöglich nie. Eigenartig, dachte Wassilij, das war schon erstaunlich: Die Sowjetunion konnte atomare Sprengköpfe auf Paris stürzen lassen und dabei direkt den Eifelturm treffen. Aber einen Computer bauen, das konnten sie nicht. In der Verhörtechnik war der KGB allerdings meisterhaft. Das Mausgesicht buchstabierte seinen Namen nun schon zum dritten Mal. Er spürte das Zittern in seiner Stimme, das er einfach nicht unterdrücken konnte. Nur die Ruhe, sagte er sich immer wieder. Nur die Ruhe.

»Rauchen Sie?«

Der zweite Mann war nicht mal unsympathisch. Er trug zivile Kleidung und eine schwarze Hornbrille, die ihn irgendwie älter aussehen ließ. Sein Äußeres war gepflegt, die Haare gescheitelt. Möglicherweise war er sogar gebildet und hatte studiert, was beim Geheimdienst eher selten war. Die meisten KGB-Männer hatten nicht viel im Kopf. Wenn sie eine höhere Schule besucht hatten, zählte bei der Bewerbung in die KGB-Zentrale meist nur die gute Note im Sport. Während der Militärzeit kam dann noch das Nahkampftraining dazu. Bei Dienstantritt waren die meisten KGB-Agenten dann mühelos in der Lage, einem Mann die Kehle aufzuschlitzen, wann immer sie wollten, durften oder mussten. Doch dieser Mann im braunen Hemd ohne Krawatte wirkte anders, selbstsicher und gebildet.

»Nein.«

Wassilij spürte, wie seine Lippen zitterten. Der Mann mit der Brille setzte sich auf den Tisch vor Wassilij und steckte sich eine Zigarette an, eine russische Sobranie, die - wie Wassilij gehört hatte - auch nicht schlechter waren als die amerikanischen Zigaretten, die überall leicht auf dem Schwarzmarkt zu bekommen waren.

»Aber Sie wissen doch sicher, warum Sie hier sind?«

Wassilij nahm all seinen Mut zusammen und versuchte, seiner Stimme Kraft zu verleihen.

»Nein, sagen Sie es mir.«

»Das will ich aber von Ihnen hören.«,

Wassilij wurde wieder etwas unsicherer.

»Ich soll mich selbst beschuldigen?«

Der Mann mit der Brille schaute ernst und betroffen zu ihm herab.

»Genau. Das ist die Chance, die ich Ihnen gebe. Aber ich will ganz offen sein. Selbst wenn Sie uns alles erzählen, was wir wissen wollen, werden Sie doch lange hinter Gitter kommen.«

»Erzählen? Aber ich habe doch nichts getan!«

Wassilij bemerkte, wie seine Stimme bebte. Ruhe bewahren. Nur die Ruhe bewahren, sagte er sich.

»So, Sie haben also nichts getan? Wollen Sie leugnen, dass wir Sie gestern in einem Haus festgenommen haben, in dem Sie ein Treffen mit einer westdeutschen Spionin hatten und mit der Sie zusammen Ihre Flucht ins imperialistische Ausland planten?«

Er machte eine kurze Pause, zog an seiner Sobranie. »Wir haben Aussagen, die das unzweifelhaft bestätigen.«

Aussagen? Das konnte er sich kaum vorstellen. Elena würde ihn nie verraten. Sein Mädchen liebte ihn, so wie er sie liebte. Sie waren unzertrennlich. Und sie war auch keine westdeutsche Spionin. Sie lebte von Geburt an in Groß Dölln. Ihre Eltern kamen aus dem Dorf. Ihr Vater war sogar ein überzeugter Kommunist und Mitglied der deutschen kommunistischen Partei, deren Namen er wieder vergessen hatte.

»Sie wissen, dass Ihnen als Offizier Kontakte zur deutschen Bevölkerung strengstens verboten sind. Dazu hören auch sexuelle Kontakte. Ganz besonders sexuelle Kontakte. Wollen Sie leugnen, dass Sie solche unterhalten haben?«

Wassilij schüttelte den Kopf. Es war sinnlos, das zu leugnen. Zu viele im Dorf könnten etwas davon mitbekommen haben. Sie hatten sich seit dem Winter häufig getroffen. Mindestens drei-, viermal im Monat, immer wenn es sein Dienstplan irgendwie zuließ. Meist kam er am Abend oder auch erst in der Nacht. Ihr Vater war oft unterwegs gewesen und kam erst nach Tagen zurück. Trotzdem hatten sie immer darauf geachtet, dass keiner aus dem Dorf ihn sah. Er war mit einer Deutschen zusammen, ja. Aber dafür konnten sie ihn nicht ins Gefängnis stecken. Er war nicht der einzige Offizier, der ein Mädchen bei den Deutschen hatte. Wenn sie alle Offiziere einsperren würden, die sich bei den deutschen Frauen umtaten, wäre die Kaserne bald führungslos.

»Dieses Mädchen ist eine westdeutsche Spionin, nicht wahr?«

»Nein ….«

»Sie brauchen gar nicht versuchen, das zu leugnen. Wir wissen es. Wir haben Sie gestern Abend bei diesem Mädchens festgenommen. Offensichtlich wollten Sie die Nacht dort bei ihr verbringen. Sie hatten also eine sexuelle Beziehung. Erzählen Sie uns jetzt etwas, was wir noch nicht wissen!«

»Ich hatte eine Beziehung mit einem deutschen Mädchen, das gebe ich ja zu«, versuchte Wassilij. Er hatte sich ein wenig gefasst. »Mehr kann ich nicht sagen. Mehr ist da auch nicht gewesen. Was wollen Sie denn noch wissen?«

»Sagen Sie uns nur, wem Sie die Codes gegeben haben?«

Wassilij wurde blass.

»Ich habe keine Codes ausgehändigt. Das habe ich nicht getan!« schwindelte er.

Wut stieg in ihm auf, aber auch Verzweiflung und bodenloses Entsetzen.

»Hören Sie Belov, Sie können es sich einfach machen und uns alles erzählen«, sagte der Mann mit der Hornbrille. Er schien sich seiner Argumente sicher, nahm seine Brille, hielt sie gegen das Licht und putzte sie.

»Wir werden alles zu Protokoll nehmen. Und es wird so aussehen, als hätten Sie das Geständnis von sich aus gemacht und sich selbst bezichtigt. Das wird für Sie sprechen und Ihnen den Hals retten.«

Er setzte die Brille wieder auf und fuhr fort.

»Sie wissen, auf Spionage steht der Tod. Oder ist Ihnen das völlig neu? Sie werden alles rückhaltlos gestehen. Sie werden Einsicht und Reue zeigen und um ein gerechtes Urteil bitten. Sie werden nach Moskau überführt, und man wird Sie vor ein Militärgericht stellen. Wenn Sie Glück haben, kommen Sie mit zwanzig Jahren davon, möglicherweise werden es auch nur fünfzehn. Wenn der Richter einen schlechten Tag hat, können es aber auch dreißig werden. Nur eines kann ich Ihnen mit Gewissheit sagen: Ohne ein Geständnis haben Sie bis zu Ihrer Verurteilung eine sehr unangenehme Zeit vor sich. Es liegt ganz bei Ihnen.«

Wassilij war entsetzt. Er glaubte kaum, was er da hörte. Die Angst und das Zittern waren wieder da. Seine Stimme überschlug sich.

»Ich bin kein Spion! Ich habe nichts verraten, auch kein Codes! Ich bin unschuldig! Ich bin ein Patriot und glaube an den Sozialismus. Ich würde mein Vaterland niemals verraten!«

Der Mann mit der Brille lachte hämisch.

»Warum hatten Sie dann vor, die Armee zu verlassen, um nach Lettland zurückzugehen, wenn Sie so ein großer Patriot sind?«

Wassilij musste sich Mühe geben, seine Überraschung zu verbergen. Das konnte dieser Mann nur von seinem Mädchen haben. Nur ihr hatte er erzählt, dass man ihn versetzen wollte. Und dass er die Armee ihretwegen sogar verlassen würde, wenn es tatsächlich so weit kommen sollte. Aus Liebe zu ihr. Nichts sollte sie trennen. Wie konnte die Hornbrille das wissen? Hatten sie sein Mädchen etwa auch verhört? War sie auch hier eingesperrt? Durften sie das überhaupt? Schließlich war sein Mädchen Staatsbürgerin der DDR. Und die DDR war ein Bündnispartner.

»Ich weiß, warum Sie die sowjetische Armee verlassen wollten. Sie wollten mit dem Westen kollaborieren, damit Sie mit Ihrem Mädchen zusammenleben können. Dass ich das weiß, hilft Ihnen aber nicht weiter. Ich muss es von Ihnen hören.«

»Ich bin unschuldig!«

Hornbrille stand auf. »Überlegen Sie sich jetzt erst mal in aller Ruhe, was Sie mir sagen wollen. Ich bin gleich wieder da.«

Dann verließ er den Raum. Wassilij blieb mit dem Mausgesicht an der Maschine allein. Der tippte vor sich hin. Minuten vergingen. Wassilij bemerkte die Fotos von Lenin und Breschnew an der Wand. Er versuchte, sich weiter zu beruhigen, konzentrierte sich auf seine Atmung und dachte gleichzeitig nach. Was sollte er tun? Was wollten die von ihm? Mausgesicht stand auf und setzte sich ihm gegenüber.

»Genosse. Freund. Wir müssen reden. Du würdest es nicht glauben. Weißt du, wie ich mich fühle?«

Wassilij antwortete nicht, schaute ihn nur misstrauisch an.

»Zum Kotzen! Ich habe schon so viele junge Patrioten wie dich gesehen. Ob unschuldig oder nicht, am Ende waren sie immer weg. Entweder von hinten mit einen Kopfschuss erledigt oder auf immer hinter Schloss und Riegel. Das ist zum Kotzen.

Und weißt du, warum ich das zum Kotzen finde?«

Wassilij schwieg weiter.

»Weil es auch anders geht. Die meisten der armen Schweine hatten etwas anzubieten, sie kannten Namen und Zusammenhänge. Doch sie schwiegen. Sie hofften auf irgendwas, was sie retten würde. Doch da kam nichts. Nie.«

Wassilij überlegte fieberhaft. Warum wollte man ihm das anhängen? Oder sollte er besser fragen, wer wollte ihm das anhängen?

»Nun doch eine Zigarette?«

Wassilij schüttelte den Kopf.

War es einer aus seiner Brigade gewesen? Einer, der was mitbekommen hatte von seinen nächtlichen Ausflügen? Das wäre nicht schwer gewesen. Es könnte jemand aus seinem Flur gewesen sein. Jemand, der ihn weg haben wollte, den es nervte, dass er Kommandant war. Einer seiner Leute, der sich ungerecht behandelt fühlte. Aber Wassilij konnte sich niemanden vorstellen. Die meisten waren dazu nicht gerissen genug. Er hatte auch niemanden provoziert. Oder doch? Etwa Vladim oder dieser Pjotr? Oder war es womöglich doch der Vater von Elena gewesen …?

»Am Ende war es dann meist zu spät«, monologisierte Mausgesicht weiter. »Sie winseln, erzählen, gestehen alles. Aber dann ist es zu spät. Und glaube mir: Das waren alles Genossen, so wie du und ich. Aufrichtige Kommunisten. Verstehst du? Und das kotzt mich einfach an. Ich werde dir helfen.«

Mausgesicht stand auf, ging zu seinem Tisch zurück und nahm sich ein neues Blatt Papier, zog es in die Schreibmaschine ein und tippte im Zweifingersystem. Minuten vergingen. Das Fenster war ein Spalt breit offen. Von draußen klangen Befehle und Stiefelschritte. Ein ganzer Trupp von Soldaten marschierte im Gleichschritt am Elektrozaun vorbei. Junge Männer mit blassen Gesichtern und braunen Uniformen. Es waren Hunderte. Alle stolz, patriotisch, abenteuerlustig und unschuldig, so wie einst Wassilij es gewesen war. Doch nun war er hier drinnen. Niemals hätte er gedacht, dass es ausgerechnet ihn erwischen würde. Mussten sie sich ausgerechnet ihn aussuchen – den Kommandanten einer Garde-Raketenabteilung? Tiefe Verzweiflung und Resignation überfielen ihn. Nie hätte er gedacht, dass er mal auf der anderen Seite stehen würde. Sein Vater kam ihm in den Sinn.

Die Tür sprang auf und Hornbrille kam wieder herein. Er fragte seinen Kollegen, ob er fertig wäre. Mausgesicht nickte eifrig und zog das Blatt Papier aus der Maschine. Hornbrille legte Wassilij das Blatt so auf den Tisch, dass er die Schrift lesen konnte.

Dort las er, dass er - Wassilij Danilowitsch Belov – von einer westdeutschen Agentin mit dem falschen Namen Elena Kohlhaas überredet wurde, in den Westen zu flüchten. Die Westdeutschen hätten ihm einen Pass mit neuem Namen und einer Aufenthaltserlaubnis im Westen angeboten. Im Gegenzug hätte er sich dazu verpflichtet, geheime Codes der nuklearen Sprengköpfe, die ihm das Oberkommando der russischen Streitkräfte persönlich ausgehändigt hatte, an die Westdeutschen preiszugeben.

Dann standen da noch einige Sätze, die sein Bedauern ausdrückten, das sowjetische Volk heimtückisch betrogen zu haben und dass er bereit sei, seine gerechte Strafe zu akzeptieren.

»Unterschreiben Sie das!«

»Und wenn ich es nicht tue?«

Die Worte kamen so schnell über seine Lippen, wie er sie gedacht hatte.

»Dann kommen Sie nach Moskau. Die wissen schon, wie man das das Geständnis aus Ihnen herausbekommt. Also, unterschreiben Sie hier und jetzt!«

Hornbrille war laut geworden. Wassilij nahm erschrocken und wie betäubt den Kugelschreiber, den der Mann ihm hinhielt, setzte die Spitze auf die gestrichelte Linie, unter der sein Name in Maschinenlettern stand.

»Einfach nur unterschreiben«, sagte Mausgesicht mit ermutigender Stimme. Wassilij dachte an Elena, an seinen Vater, an seine Mutter und an den Tod, der ihm begegnen würde. Der Tod würde mit seinem spitzen Knochenfinger auf das Blatt Papier zeigen und ihn fragen, warum er unterschrieben hätte. Im Hintergrund würden abgetrennte Gliedmaßen liegen, und Wassilij würde versuchen zu sprechen, aber es würde ihm nicht gelingen. Kein Ton käme aus seiner Kehle, bis der Sensenmann ungeduldig nach der Sense greifen würde. Das Bild verschwand so schnell, wie es gekommen war.

Wassilij legte den Kugelschreiber auf den Tisch, lehnte sich zurück und legte seine Hände in den Schoß. Er hatte seinen inneren Frieden gefunden, er würde das nicht unterschreiben. Was immer Hornbrille und Mausgesicht auch beschworen und ausmalten, die Worte erreichten ihn nicht mehr. Er fühlte sich, als wäre er bereits abgeurteilt. Leichtigkeit überkam ihn, die Furcht war verschwunden. Er nickte nicht mehr und schüttelte auch nicht den Kopf. Er hörte nur zu. Über eine Stunde lang. Wassilij schwieg, selbst als Hornbrille ihm mit dem eingerollten Papier, das sein falsches Geständnis trug, ins Gesicht schlug.

Am Ende hieß es, man würde ihm eine letzte Chance geben. Eine Allerletzte. Er möge die nächsten Stunden noch einmal über sein Handeln nachdenken. Er solle dabei an seine Familie denken und die Schande, die er heraufbeschwören würde, wenn man ihn in Moskau als Spion hinrichtete. Mit oder ohne Unterschrift unter dem Geständnis, morgen würde man ihn nach Moskau fliegen. Und damit wäre der Fall dann erledigt. So oder so.

Dann brachten sie ihn zurück in seine Zelle.

17 - СЕМНАДЦАТЬ

Kantine, LKA Eberswalde, 8. November 2001, 13.45 Uhr

Gegen Mittag fragte Franka, ob Hannes mit ihr Essen gehen würde. In der Kantine. Das war ungewöhnlich, ging sie doch sonst mit anderen Kollegen. Hannes überlegte kurz, welchen Grund so wohl dazu hatte. Sie tat auch etwas geheimnisvoll, als würde sie gern mal unter vier Augen mit ihm sprechen. Vorher war sie bei Beckmann im Büro gewesen, was Hannes sehr wohl bemerkt hatte. Sie stellten sich beide in die Schlange für Menü 1: Königsberger Klopse mit Kartoffeln. Das war zumindest gesünder als die Pommes, die es hier üblicherweise zu jedem Essen gab, egal welches Menü man bestellte. Franka suchte einen freien Tisch, an dem sie ungestört reden konnten.

»Was ist eigentlich aus deinem Urlaub geworden?«, fragte sie ganz beiläufig. »Du sieht aus, als könntest du den gebrauchen.«

Sie lächelte und nahm ihrer Bemerkung damit alle Schärfe. Zum Glück. Eine solche niederschmetternde Bemerkung wäre sonst nur schwer zu ertragen gewesen.

»Wieso?«, grummelte Hannes gereizt.

»Hm, nur so.«

Das war wieder mal typisch. Er musste sich immer noch an Frankas unverblümte und direkte Art gewöhnen. Für ihn grenzte das schon an Körperverletzung. Was sah an ihm denn so aus, als würde er Urlaub brauchen? Und wenn er tatsächlich so fertig und kaputt aussah, dann wollte er sich erst recht nicht auch noch solche Bemerkungen anhören müssen.

»Was heißt denn hier »nur so«? Was willst du eigentlich damit andeuten?« Hannes war sauer.

»Sei doch nicht gleich beleidigt. Das war doch nur eine Frage. Aber du hast wirklich schon mal besser ausgesehen.« Franka zögerte. » … irgendwie ausgeglichener.«

Sie grinste und zerlegte den ersten Klops mit einem konsequenten Schnitt. Was soll das: ausgeglichener! Franka sah auch nicht immer aus, als hätte man sie frisch aus dem Ei gepellt. Sie waren Bullen im Außendienst. Sie hatten Nachtdienste und mussten Verbrecher jagen. Sie mussten nicht *ausgeglichen* sein. Das hatte niemand verlangt. Auch wenn Franka meist guter Laune war, hatte er sie auch schon anders erlebt. Das war gerade erst vor zwei Wochen gewesen. Franka hatte den Telefonhörer mit einem angewiderten Gesichtsausdruck auf die Gabel geknallt. Das konnte nur ihr Mann gewesen sein. Hannes hatte jedoch keine Ahnung, worum es bei diesem Streit gegangen war. Gesprochen hatte er mit Franka darüber nicht. Hätte er auch nicht gewollt. Streitereien gab es in den besten Beziehungen. Überhaupt war Hannes froh, dass er über das Privatleben seiner Kollegen nicht so viel wusste. Er spürte ja auch kein Verlangen, sich mit seinen Kollegen privat auszutauschen.

»Was Privates?«, fragte Franka neugierig.

»Herr Gott noch mal, ja!«, explodierte Hannes. Einige Leute vom Nebentisch schauten aufgeschreckt zu ihnen rüber, erkannten Franka und grüßten sie. Sie grüßte freundlich zurück. Hannes schaute sich um und wartete, bis niemand mehr zu ihnen herüberschaute.

»Wen interessiert das?«, fragte er leiser.

»Mich.«

»Bist du sicher?«

»Ja.«

»Aber das spielt doch überhaupt keine Rolle.«

»Spielt es doch! Der Fall Kohlhaas wird immer brisanter und du bist völlig von der Rolle. Das denkt zumindest Gert von dir.«

»Ich bin von der Rolle? Nur weil ich nicht immer das mache, was Beckmann will? Deswegen bin ich doch nicht von der Rolle. Was war das denn neulich am Telefon bei dir? Du hat einfach den Hörer aufgeknallt. Das wirkte auf mich auch nicht gerade ausgeglichen.«

»Du lenkst vom Thema ab.«

»Ja.«

»Du hast private Probleme.«

»Mag sein. Kommt in den besten Familien vor.«

»Und?«

Hannes war sein Unwille definitiv anzumerken.

»Meinetwegen«, sagte er. »Ich trenne mich von meiner Frau. Das ist es. So, jetzt weißt du es. Oder eigentlich ist es eher umgekehrt: Sie trennt sich von mir. Aber tu mir einen Gefallen, das muss nicht gleich das ganze LKA erfahren.«

Franka sprach jetzt leiser. Wenigstens nahm sie ein wenig Rücksicht, dachte Hannes. Der Nebentisch schien wieder mit sich selbst beschäftigt.

»Hannes, ich kann schweigen wie ein Grab, das weißt du. Aber im Ernst: Das tut mir leid. Das muss schwer für dich sein. Du hast doch eine Tochter?«

»Ja.«

»Wie alt?

»Zehn.«

In diesem Augenblick kam Beckmann mit einem voll beladenen Tablett vorbei. Er blickte nur kurz zu ihnen rüber, nickte kurz, lief vorbei und setzte sich in der hintersten Ecke der Kantine allein an einen Tisch.

»Was hat er denn?«, fragte Hannes.

»Stress.«

»Weshalb?«

»Es gibt Stellenstreichungen.«

»Na, du bist ja wieder mal gut informiert.«

»Du lenkst schon wieder vom Thema ab!«

»Nein, tu ich nicht. Mir fällt nur wieder mal auf, dass Beckmann dir was erzählt, was er mir nie erzählen würde. Anscheinend haben wir da ein Kommunikationsproblem.«

»Kommunikationsproblem? Ich nenne das normale menschliche Interaktion. Schon mal gehört? Ich versuche das Gleiche gerade mir dir. Anders kommt man auch nicht weiter.«

Franka zerlegte den zweiten Klops, der Erste war schon verschwunden. Hannes nahm sein Besteck. Ein Augenblick überlegte er, wie Franka das gemeint haben könnte, dann probierte er die Klopse. Sie waren wie üblich vollkommen fade, als hätte der Koch in stundenlangem Kochen versucht, jegliche Reste von Geschmack herauszudestillieren.

»Egal ob menschliche Interaktion oder Kommunikation. Ist mir Schnuppe. Bei dienstlichen Angelegenheiten müsste das in jedem Fall angewendet werden«, bemerkte Hannes mürrisch. »Ein wenig mehr Information durch meinen direkten Vorgesetzten wäre nicht schlecht. Ich habe jedenfalls keine Lust, alles Wichtige von dir in der Kantine zu erfahren. Ich hoffe nur, es geht bei den Streichungen nicht um unsere Abteilung.«

»Kein Sorge. Es betrifft die Verwaltung.«

Franka steckte sich einen halben Kloß in voller Größe in den Mund und kaute genüsslich darauf herum. Vieles war eben reine Geschmackssache. Oder Anpassung. Hannes hingegen war immer noch am Zerteilen der Klopse und reihte die Stückchen sorgfältig auf seinem Teller aneinander.

»Aha, die Verwaltung. Also die Personalabteilung, der Einkauf, die Buchhaltung und so.«

»Im Augenblick eher die Pressestelle.«

»Die Pressestelle? Warum denn die?«

Hannes sah, dass sich Beckmann ebenfalls für die Königsberger Klopse entschieden hatte. Sein gequälter Gesichtsausdruck ließ vermuten, dass er diese auch schon probiert hatte. Offenbar lagen Gert Beckmann und er in manchen Dingen doch auf einer Linie, auch wenn das nicht immer so offensichtlich wurde. Auch ohne menschliche Interaktion!

»Gert ist jedenfalls der Meinung, dass der Kontakt zur Presse in Zukunft besser werden muss. Auch der Polizeipräsident macht da mächtig Druck. Idealerweise soll die Kommunikation zur Presse von den jeweiligen Ermittlern selbst übernommen werden, die wissen wenigstens, wovon sie reden.«

»Aha.«

»In letzter Zeit ist da wohl einiges schiefgelaufen. Man hat sich beim Innenminister darüber beschwert, dass die Brandenburger Polizei der Presse immer nur auf Anfrage und häufig auch noch die falschen Informationen zur Verfügung stellt. Das soll sich nun ändern, insbesondere, wenn es um interessante Fälle geht.«

»Wir sollen jetzt also die Kommunikation zur Presse selbst übernehmen? Und was macht dann die Pressstelle? Löst die dann unsere Fälle?«, stänkerte Hannes.

Von den Klopsen auf Frankas Teller war nur noch ein einziger übrig geblieben. Auch die Kartoffeln waren schon stark dezimiert.

»Beschwer dich deswegen beim Polizeipräsidenten, nicht bei mir! Ich habe damit nichts zu tun. Ach, von wegen Presse …« Sie legte einen Zettel auf den Tisch. » … hier, diese Leute haben bei mir angerufen. Das sind alles Journalisten. Sie wollen mehr Informationen zum Kohlhaas-Fall. Du weißt ja, wir haben dazu eine Pressemeldung herausgegeben und gemeldet, dass wir Ermittlungen aufgenommen haben. Einige der Journalisten haben jedoch gesteckt bekommen, dass Mitglieder der ehemaligen SED in diesen Fall verwickelt sein könnten.«

»Nein!«

»Doch. Kohlhaas war ein SED-Parteimitglied mit vielen persönlichen Kontakten zu einigen alten Genossen, die heute für die PDS im Brandenburger Landtag sitzen. Der Polizeipräsident hat heute einen Anruf aus dem PDS-Parteipräsidium bekommen. Man erwartet eine Erklärung, wie es zu diesem Gerücht kommen konnte. Der Polizeipräsident und Gert sind stinksauer. Er sagte mir, du solltest dich um diese Leute mal kümmern. Wir sollen mit der Presse zusammenarbeiten, so gut es geht. Bisher hatte unsere Pressestelle nur gesagt, dass wir noch keine weiteren Erkenntnisse haben. Der Mörder sei noch auf freiem Fuß.«

»Ach herrje!«, fluchte Hannes.

»Es kommt noch dicker«, beeilte sich Franka. »Einige einflussreiche PDS-Mitglieder aus dem Brandenburger Landtag haben sich schon beim Innenminister beschwert, dass man versucht, die PDS über diese Kampagne in ein kriminelles Licht zu rücken. Sie fordern vom Innenminister eine rückhaltlose und sofortige Klarstellung und Aufklärung des Falles.«

»Die PDS? Sag mal, ist der Brandenburger Innenminister nicht auch ein Mitglied der PDS?«

»Das war einmal. Vor ein paar Monaten ist er in die SPD gewechselt. Aber der Polizeipräsident ist ein aktives PDS-Mitglied. Das wissen nur die Wenigsten.«

Hannes kam nicht umhin, Franka eine gewisse Bewunderung zu zollen. Es war schon erstaunlich, über welche Drähte sie verfügte und was sie mit ihrer Art der normalen menschlichen Interaktion so alles herausfinden konnte. Möglicherweise war sie in der Lage, den Mord an Kohlhaas mit ein paar Anrufen aufzuklären. Hannes wollte das nicht ausschließen.

»Ich hätte wohl doch besser Urlaub nehmen sollen.«

»Vielleicht. Aber nun fährt erst mal Gert in den Urlaub.«

»Im November? Wo will er denn da hin?«

»Nach Thailand mit seiner Familie. In einer Woche geht´s los. Du sollst dich bis dahin vorrangig und mit aller Kraft um den Fall Kohlhaas kümmern. Er erwartet, dass die Sache abgeschlossen ist, bevor er in den Urlaub fährt.«

»Was meint der denn, was ich hier mache und warum ich nicht in den Urlaub fahre? Warum sagt er mir das eigentlich nicht selber?!«

»Hm.«

Franka blickte betreten, als wüsste sie es nicht, oder zumindest nicht so genau. Arschloch, dachte sich Hannes. Beckmann hielt sich für einen großen politischen Strategen, für Hannes war er jedoch nur ein einfacher Speichellecker. Wie es aussah, würde der Fall Kohlhaas nun eskalieren, und Beckmann fuhr seelenruhig nach Thailand und ließ sich seinen Bürzel von der Sonne bescheinen. In Deckung gehen, wenn es brenzlig wurde. Das war sein Fachgebiet, dachte Hannes verbittert.

Er nahm Frankas Zettel und warf einen Blick darauf. Acht Telefonnummern von Journalisten, die seinen Fall aufbauschen wollten. Eine prima Gelegenheit für einen Generalangriff gegen einige ganz bestimmte Politiker, über die man bei dieser Gelegenheit wieder mal herrlich herziehen konnte. Hannes wusste, dass er in gefährliches Fahrwasser geraten war. Die Presseleute verlangen Informationen und Transparenz, um gegebenenfalls in letzter Konsequenz Köpfe rollen zu lassen, sollte sich die politische Dimension in diesem Fall bestätigen. Beckmann tauchte ab und war bereit, stattdessen Hannes in die erste Reihe zu stellen. Hannes überlegte, wie er diesen Plan durchkreuzen konnte. Oder bildete es sich das nur ein? War er schon paranoid? Egal, ob Beckmann ihn nun reinlegen wollte oder nicht. Er hatte keine Idee, wie er sich dagegen wappnen konnte. Er war Ermittler, kein Politiker, kein Folienmacher oder Pressesprecher. Er hätte einen ganzen Stab von Leuten zur Unterstützung gebraucht, die er nicht hatte und auch nicht bekommen würde.

»Franka, was meinst du, was soll ich jetzt machen?«

»Nicht viel. Gert sagt, du sollst Herrn Friedrichs aus dem PDS-Parteipräsidium mal einen Besuch abstatten. Nicht telefonieren, sondern gleich hinfahren. Du müsstest ihm den Stand der Ermittlungen in allen Details auseinandersetzen und ihn wieder beruhigen.«

»Aber das geht doch nicht! Die Ermittlungsergebnisse sind doch vertraulich …«

»Ein Vier-Augen-Gespräch ist absolut vertraulich!«

Es sollte diesen PDS-Mann also weichkochen und bezirzen, indem er ihm vertrauliche Informationen gab. Das behagte Hannes nicht, andererseits hatte er auch keine bessere Idee.

»Aber das wird am Ende auch nicht reichen …«

»Nein, das wird es nicht. Um den Rest kümmern sich Gert, der Polizeipräsident und ich. Es wird eine Pressekonferenz geben.«

»Eine Pressekonferenz?!«

»Lass das mal unsere Sorge sein. Wir halten dir den Rücken frei. Du müsstest allerdings bei der Konferenz anwesend sein. Sie ist für übermorgen Vormittag angesetzt.«

Hannes nickte schwach. Ihm schwante Übles. Bis zur Pressekonferenz musste er dem PDS-Parteipräsidium einen Besuch abgestattet haben. Und dann müsste er den Fall aufklären oder zumindest eine heiße Spur aufweisen. Bisher hatte er nichts. Es war nicht mehr viel Zeit bis übermorgen.

Frankas Teller war leer, während sich auf Hannes Teller die zerkleinerten Klopseteile häuften.

Da trat eine Kollegin an den Tisch. Franka sprang auf.

»Tschuldige. Ich muss jetzt gehen. Ich melde mich«, sagte sie und schnappte sich den Zettel mit den Telefonnummern.

»Ist wohl besser, wenn ich mich um die Journalisten kümmere, oder? Du hast ja einen Fall zu lösen.« Dann nahm sie ihr Tablett und verließ den Tisch. Die beiden Frauen bewegten sich tänzelnd an den Kantinentischen vorbei und grüßten dabei die meist männlichen Kollegen, bis sie ihre Tabletts ablegten und hinter der Tür zur Cafeteria verschwanden. Hannes sah zu Beckmann rüber, der immer noch allein saß und die geschmacklich fragwürdigen Klopse in sich hineinstopfte. Die Entfernung war recht groß, doch Hannes meinte, selbst auf diese Distanz den Anflug eines Grinsens entdecken zu können.

18 - ВОСЕМНАДЦАТ

Dannenwalde, 14. August 1977, 12.57 Uhr

Der Himmel über Dannenwalde verfinsterte sich. Dunkle Wolken zogen aus dem Nordosten in den Ort hinein, die Luft fühlte sich ungewöhnlich schwül und drückend an. Wladimir Tadlin hatte beide Fenster heruntergekurbelt, damit der Fahrtwind seine Unterarme kühlte. Er war noch nicht lange in Deutschland stationiert und hatte noch nicht viel gesehen von diesem eigenartigen und fremden Land. Im Grunde genommen interessierte ihn das auch nicht. Weder das Land, noch die Leute oder gar dieses Dorf. Er hatte andere Sorgen. Er musste seinen Job machen, und der langweilte und demotivierte ihn. Er war nicht in die Armee eingetreten, um Lastwagen mit Munition hin und her zu fahren. Er wollte zur Eisenbahn, das war sein Ziel, darum war er in die Eisenbahn-Transport-Brigade eingetreten. Aber bisher durfte er nur LKW fahren, und das wurmte ihn. In diesem Augenblick wusste er nicht mal, wie das Dorf hieß, dass er gerade durchquerte.

Später würde sich der Name Dannenwalde in seine Erinnerung eingebrannt haben. Auch das Gefühl des eigenen Versagens würde ihn von da an sein Leben lang beschämen und quälen, auch wenn er lange nicht darüber sprechen würde. Der Name des Dorfes, das er an diesem Vormittag des 14. August 1977 mit einem fünfzehn Tonnen schweren und voll beladenen LKW durchquerte, ging als eine der unrühmlichsten Episoden der sowjetischen Armee in die Geschichtsschreibung ein. Und der Tag, an dem dies geschah, würde den Bewohnern des Dorfes noch für Generationen in Erinnerung bleiben. Denn die Ereignisse hätten das Dorf Dannenwalde an diesem Tag vollends vernichten können. Und eigentlich auch noch viel mehr als nur das Dorf.

Davon ahnten die Bewohner jedoch nichts, als der schwere und überladene LKW mit brüllendem Motor mitten am Tag durch die Hauptstraße des Dorfes jagte. Wladimir saß ebenso nichtsahnend am Steuer. Er grinste zufrieden, als zwei deutsche Jungen von ihren Fahrrädern stiegen, damit sein Lastwagen die Straße für sich allein beanspruchen konnte. Vom Gehweg schauten zwei ältere Frauen eher geringschätzig als verärgert zu ihm herüber. Schließlich war das nichts Neues. Sie waren die russische Armee und den Lärm, den das beständige militärische Treiben mit sich brachte, gewohnt. Sollten die doch schauen, dachte Wladimir. Er machte seinen dämlichen Job auch für diese Frauen. Er sicherte den Weltfrieden. Und dieser Job war hart. Lange genug hatte es gedauert, den Transporter zu beladen. Auf dem Bahnhof. Das war schon eine verdammte Knochenarbeit gewesen, so ganz ohne eine vernünftige Krananlage. Und gefährlich obendrein. Denn Munitionstransporte waren die gefährlichsten Jobs in der sowjetischen Armee. Es war – wie bei den Minensuchern - nur eine Frage der Zeit, bis einer im falschen Augenblick mit der falschen Hand zufasste. Und dann wollte Wladimir besser nicht dabei sein.

Sein Transporter war mit dreihundert hochexplosiven Katjuscha-Raketen voll beladen. Die hatten sie mühevoll aus einem Munitionszug aus Minsk umgeladen, der schon seit Tagen auf dem Bahnhof in Dannenwalde stand. Die etwa zwei Meter langen Raketen waren jeweils etwa fünfundachtzig Kilo schwer. Sie hatten sie alle per Hand umgeladen. Das hatte Stunden gedauert. Auf der Ladefläche seines Transporters türmten sich jetzt Geschosse, die ausreichten, eine ganze Stadt - und erst recht dieses kleine Dorf - in Schutt und Asche zu verwandeln.

Wenige Meter hinter dem Dorf nahm er einen Abzweig in den Tannenwald. »Zutritt nur für Militär«, stand dort in kyrillischen Buchstaben. Wladimir hatte keine Ahnung, ob die Deutschen das verstanden oder nicht. Er hatte jedoch gehört, dass man im deutschen Bruderstaat auch Russisch lernte. Besser, die Deutschen würden sich von hier fernhalten, denn was sich im Wald verbarg, war das größte geheime Munitionslager auf deutschem Boden, möglicherweise in ganz Europa. Gefährlich und nichts für Zivilisten.

»Wie geht's, Genosse«, fragte ihn der Kamerad an der ersten Absperrung zum Lager.

»Verdammt heiß heute, oder?«

Der Kamerad kam schwitzend aus seinem Wachhäuschen. Wladimir kannte den Mann. Er hieß Dimitri. Wladimir reichte ihm seinen Militärausweis, aber Dimitri machte nicht die geringsten Anstalten, den Schlagbaum zu öffnen. Entweder, weil er einfach nur stur war oder weil er ein wenig plaudern wollte. Oder beides zusammen. Wladimir fragte ihn nach einer Zigarette. Dimitri gab ihm eine. Und Feuer dazu. Dimitri steckte sich auch eine an, lehnte sich an Wladimirs LKW, inhalierte tief und blickte in den Himmel.

»Da braut sich was zusammen«, sagte Dimitri. Und tatsächlich, in der Luft lag eine eigenartige, fast spürbare elektrische Spannung. Es war immer noch heiß, aber nun kam ein Wind dazu, und die Sonne versteckte sich hinter düsteren Wolken.

»Würde mich nicht wundern, wenn da bald was losgeht. Ist schon unheimlich. Diese Hitze und diese dunklen Wolken. So etwas habe ich noch nicht gesehen.«

Wladimir nickte kurz und wartete, bis Dimitri ihm endlich seinen Ausweis zurückgab. Es dauerte einen Moment, bis Dimitri verstand, dass Wladimir keine Lust auf ein Schwätzchen hatte. Deprimiert und mit gespielter Trägheit trat er zurück und öffnete den Schlagbaum. Wladimir zog kräftig an seiner Zigarette und gab Gas.

»Hey, warte. Rauchen verboten, hörst du!«, rief Dimitri ihm hinterher. Doch Wladimir kümmerte sich nicht drum. Seine Raketen konnte man nicht mit einer brennenden Zigarette anzünden, wie eine Stange Dynamit. Und das galt auch für die anderen Granaten und Bomben, die hier im Depot gelagert wurden. Wenn er einmal in die Luft fliegen würde, dann bestimmt nicht, weil er eine Zigarette geraucht hatte.

Wladimir fuhr seinen LKW ins Innere des Depots, vorbei an einem zweiten Kontrollposten, der erstaunlicherweise unbesetzt war. Bisher hatte es dort immer eine zweite Kontrolle vor dem inneren Ring des Depots gegeben. Schlamperei, dachte Wladimir. Die Kameraden aus dem Munitionsdepot hatten den ganzen Tag nichts zu tun. Es waren meist Trunkenbolde und Kartenspieler. Wahrscheinlich saßen sie alle irgendwo zusammen im Gras und zockten. Egal. Wladimir war froh, so schneller voranzukommen. Sein Vorgesetzter hatte ihm gesagt, dass ihn ein ganzer Trupp einer Raketenbrigade am Bunker 11 zum Entladen erwarten würde. Er hatte nicht vor, einen Anschiss zu riskieren, nur weil er diese Leute zu lange warten ließ. Die Wegweiser am Straßenrand zeigten ihm, wohin er fahren musste. Links und rechts gingen nummerierte Wege zu den Bunkern ab. Hier war schon Bunker 8. Irgendwann musste auch Bunker 11 kommen.

Plötzlich sah er das Heck eines Fahrzeugs auf sich zukommen. Ein LKW fuhr ihm rückwärts direkt in den Weg. Wladimir stieg blitzartig auf die Bremse, doch sein Laster war zu schnell. Die Trägheit der fünfzehn Tonnen ließ die Bremsen kreischen und schob den Laster unaufhörlich voran. Mit einem Knall riss ein Bremsseil, eine Trommelbremse blockierte, und dennoch verlor der Transporter kaum an Fahrt. Schließlich blockierten sämtliche Hinterräder und warfen weißen Staub hinter sich. Das Heck seines Lasters scherte nach links aus. Wladimir versuchte dagegen zu lenken. Jeden Moment konnte das Heck mit der gesamten Breitseite gegen eine Tanne knallen. Doch wie durch ein Wunder traf das Heck keinen Baum. Er raste weiter. Wladimir schrie, als er das andere Fahrzeug immer näher kommen sah. Der Laster verlor jetzt zwar Meter für Meter an Fahrt, am Ende konnte er es jedoch nicht verhindern, dass die Front seines Transporters mit einem hässlichen Knirschen auf den kleineren LKW traf und ihn noch ein paar Meter vor sich her schob.

Dann war es überstanden.

Kein Feuer, keine Schreie, nur ein leises Zischen aus dem Motorraum.

»Was fällt dir ein, du Vollidiot!«

Jemand riss seine Seitentür auf. Wladimir schaute verdutzt. Die angezündete Zigarette hing in seinem unrasierten Mundwinkel. Überall war Staub aufgewirbelt, der dazu noch vom Wind verweht wurde. Er konnte kaum etwas erkennen. Draußen stand ein Mann in zivil, was er überhaupt nicht verstand. Was hatte ein Zivilist hier zu suchen?

»Sind Sie etwa besoffen? Raustreten, verdammt nochmal!«

Wladimir stieg unsicher aus der Fahrerkabine. Im Hintergrund standen einige Soldaten betreten herum, aber es waren nicht die Leute, die Wladimir hier erwartete hatte. Diese Soldaten gehörten zu einer Garde-Brigade, was er an ihren Abzeichen erkennen konnte. Und der Mann in zivil konnte nur vom KGB sein. Der schien hier das Sagen zu haben. Der Wind hatte zugenommen und jagte in heftigen Böen den Waldweg entlang. Die Sonne wurde von schnell ziehenden Wolken verdeckt. Mitten am Tag war es finster geworden. Blätter und sogar kleine Äste flogen herum, die der Wind von den Bäumen gerissen hatte.

»Nehmen Sie den verdammten Glimmstengel aus dem Mund, oder ich vergesse mich!«

Wie in Trance nahm Wladimir seine Zigarette aus dem Mund, hielt sie eine Weile vor sich und ließ sie dann fallen. Augenblicklich kam einer der Soldaten herbei und trat sie mit dem Fuß aus. Erst jetzt bemerkte Wladimir das ausgelaufene Benzin. Das Fahrzeug vor ihm war ein Tankwagen oder ein Gefahrenstofftransporter, jedenfalls war es an allen Seiten mit gelben Feuerverbotsschildern versehen.

»Name, Dienstgrad und Einheit, tobte der Mann in zivil. Er trug eine schwarze Lederjacke und war offensichtlich völlig außer sich vor Wut.

»Wladimir Tadlin, Hauptgefreiter der 197. Eisenbahn-Transport-Brigade«, rief Wladimir zurück. Der Wind pfiff inzwischen so laut, dass er schreien musste.

»Eisenbahn-Transport-Brigade? Ich fasse es nicht! Wäre ja wunderbar, wenn Sie hier auf Schienen daher gekommen wären. Aber warum fahren Sie als Eisenbahner mit einem Transporter? Haben Sie überhaupt einen Führerschein? Was haben Sie da überhaupt geladen, Sie Würstchen!«

Einer der Soldaten, der den Lastwagen in der Zwischenzeit schon genauer untersucht hatte, kam zurück und flüsterte dem KGB-Mann etwas zu.

»Raketen? Du hast Raketen geladen? Und dann rast du gegen einen Tanklastwagen? Bist du denn von allen guten Geistern verlassen?!«

»Ich äh ..«

In diesem Augenblick blitzte es, gefolgt von einem gewaltigen Donnerschlag. Die umstehenden Männer zuckten zusammen und blickten erschrocken in den Himmel. Die Spitzen der Fichten bogen sich immer stärker im Wind. In den Baumkronen knackte es, Holz brach. Ein Ast krachte herunter. Eine Windböe fegte über die Straße.

Noch ein Soldat rannte heran.

»Genosse Leutnant. Ein Sturm kommt auf. Wir sollten besser sehen, dass wir aus dem Wald kommen, sonst wird noch einer erschlagen«, rief er. Der Mann in zivil schaute ihn verständnislos an. In diesem Augenblick fuhr der Wind - wie zur Bestätigung - mit unbändiger Kraft durch die Waldschneise. Die umstehenden Soldaten mussten sich hinknien, um sich gegen den Wind zu behaupten. Wieder krachte es laut in den Baumkronen. Der Leutnant sah zu den Baumwipfeln hoch und fasste einen Entschluss.

»Fahren Sie die Fahrzeuge aus dem Wald!«

»Geht nicht Genosse Leutnant, der LKW der Transport-Brigade steht uns im Weg.«

»Sie ...« Der Leutnant wandte sich an Wladimir.

« ...fahren Sie ihre verdammte Schüssel hier weg!«

Wladimir sprang zurück auf seinen Fahrersitz und versuchte, den Motor zu starten. Doch der Anlasser drehte durch. Wahrscheinlich stimmte etwas nicht mit der Benzinzufuhr.

»Geht nicht«, brüllte er dem Leutnant zu. Dem wehten die Haare ins Gesicht, als er, eher besorgt als verärgert, zu den Wolken hinaufblickte und sich dann wieder an seinen Leute wandte. Sämtliche Wut war aus seinem Gesicht entwichen und hatte Fassungslosigkeit Platz gemacht. Die Natur spielte verrückt und entlud ihre enorme Kraft direkt über ihren Köpfen. Ein unglaubliches Schauspiel, das Sekunde für Sekunde dem Höherpunkt entgegenstrebte. Wladimir wusste nicht, ob der Leutnant ihn überhaupt noch hörte. Der tosende Wind übertönte alles. Die Soldaten waren zu ihren Fahrzeugen zurückgelaufen. Motoren wurden angelassen.

»Wir müssen ihn wegschleppen«, rief ein Soldat, zeigte auf Wladimirs LKW und versprach, ein Seil zu holen. Die Frage war nur, welches Fahrzeug sollte den fünfzehn Tonnen schweren Transporter abschleppen und wohin?, dachte Wladimir.

Wieder ein Donnern, erst von fern und dann ganz nah mit einem zischenden Blitz. Fast konnte man riechen, wie der Blitz die Stelle zu Asche verbrannte, an dem er mit all seiner Energie in den Boden gefahren war.

Plötzlich ein Surren wie von elektrischen Leitungen. In den tief hängenden Wolken direkt über ihren Köpfen knisterte es. Leuchtende, zuckende Entladungen. Die Männer schauten fasziniert nach oben. Das Leuchten spiegelte sich in ihren Gesichtern. Ihre Münder standen noch offen, als sich ein gewaltiger Blitz entlud und krachend in eine mächtige Tanne fuhr. Der Baum schien in sprühende Funken zu explodieren. Wladimir sah, wie die eine Hälfte der Baumkrone als riesiger Feuerball zu Boden fiel. Wenn nicht noch ein Wunder geschah, würde die brennende Krone auf den Tankwagen stürzen und das darunter ausgelaufene Benzin entzünden.

Gott, steh uns bei, dachte er noch. Dann rannte er los. Er rannte und rannte. Als ihn der Druck der gewaltigen Explosion erfasste, spürte er, wie er durch die Luft getragen wurde und wie die Hitze seinen Nacken verbrannte. Dann schlug er auf und verlor das Bewusstsein.

19 - ДЕВЯТНАДЦАТЬ

Kanzlei Günther & Friedrichs, Potsdam, 8. November 2001, 15.15 Uhr

Zwei Stunden, nachdem er Franka in der Cafeteria aus den Augen verloren hatte, meldete sich Hannes beim Empfang der Anwaltskanzlei »Günther & Friedrichs« in der Gregor-Mendel-Straße in Potsdam. Ein goldener Klingelknopf. Ansehnliches Haus, neu renoviert, wahrscheinlich mit EU-Mitteln. Die Geschäfte der Kanzlei schienen also recht gut zu laufen. Der Job als honoriger Landtagsabgeordneter und Volksvertreter brachte dem Abgeordneten Friedrichs wahrscheinlich zu wenig ein, als dass es ihm in den Sinn kam, seine Tätigkeit als Anwalt in der Kanzlei einzustellen. Ganz im Gegenteil. Der Job als Volksvertreter mochte seine anwaltlichen Tätigkeiten womöglich sogar noch beflügeln. Letztendlich war ihm allerdings nicht anzukreiden, dass er Politik und Geschäft verbunden hatte. Außerdem war es auch völlig legal. Jeder war ja frei, aus seinem Leben das zu machen, was er wollte, dachte Hannes. Er war kein neidischer Mensch.

Bevor er die frisch renovierte Treppe aus der Zeit um 1890 hinaufstieg, gönnte er sich noch eine Zigarette. Nur kurz. Er war unsicher, ob er in der vornehmen Kanzlei noch eine Gelegenheit dazu finden würde.

»Nehmen Sie doch bitte Platz. Herr Doktor Friedrichs ist noch in einem Gespräch. Er wird gleich Zeit für Sie haben«, flötete wenig später eine Anwaltsgehilfin mit verwirrend engem Oberteil. Dann schwirrte sie davon. Hannes blieb allein mit seinem Kaffee und einem Glas Wasser. Er sah sich um. Ein Besprechungsraum, an der Wand schwarz-weiße Fotografien aus der Zeit kurz nach dem ersten Weltkrieg. Die Zeit der KPD, der USPD, der Generalstreiks, der Straßenkämpfe in Berlin. Hier ein Bild von Rosa Luxemburg, da eines von Lenin. Außerdem ein Foto einer Gruppe von lächelnden Frauen und Männern mit dem Titel : *4. Februar 1990 Neugründung der Partei des demokratischen Sozialismus PDS*. Der Kaffee war schwarz und süß, genauso, wie Hannes es brauchte. Auf der Fahrt von Eberswalde nach Potsdam hätte er viel Zeit gehabt, um über den Fall Kohlhaas, die KGB-Akten und den möglichen Zusammenhang mit einer Seifendose nachzudenken. Doch er hatte es nicht getan. Hannes musste die ganze Fahrt über nur an eine Frau denken. Nicht etwa an Frederike, was er noch verstanden hätte, sondern an Elena Kohlhaas. Diese Frau irritierte ihn. Er verstand es selbst nicht, aber er musste sich eingestehen, dass er sich zu ihr hingezogen fühlte. Dabei stand sie unter Mordverdacht. Im Grunde genommen war es durchaus möglich, dass sie ihren Vater umgebracht hatte. Und dennoch glaubte Hannes, dass sich zwischen ihnen etwas verändert hatte. Es war nur eine Eingebung, nicht mehr. Mit ihm über ihre Vergangenheit zu sprechen, war Elena bestimmt nicht leicht gefallen. Trotzdem hatte sie es getan. Sie hatte ihm sogar eine Seifendose mit rätselhaften Codes überlassen. Das konnte wichtig sein. Er musste ihr nur mehr Zeit geben, damit sie ihm vertrauen konnte.

»Herr Keppler, nehme ich an?«

Ein für einen Anwalt ausgesprochen locker gekleideter Mann riss ihn aus seinen Gedanken. Friedrichs war eher klein und schien ihm zwischen fünfzig und sechzig Jahre alt zu sein. Er setzte sich entspannt an den Tisch und bot Hannes einen weiteren Kaffee an.

»Sie müssen entschuldigen, ich wurde aufgehalten. Sehen sie mich nur an, dieses Wetter wird mich noch umbringen«, bemerkte er scherzhaft. Friedrichs verlor noch ein paar weitere Worte über das schauerliche Wetter und einige Kollegen aus der Fraktion. Sie waren nass wie begossene Pudel ins Landesparlament gekommen, um noch rechtzeitig zu einer Abstimmung zu erscheinen.

»Wir hatten das Wetter gegen uns und haben die Wahl trotzdem gewonnen. Was kann uns jetzt noch passieren?«, scherzte er und lachte ausgiebig über seinen eigenen Witz. Friedrichs war Fraktionsvorsitzender und stellvertretender Parteivorsitzender der PDS, geübt darin, mit Worten Eindruck zu machen. Er spielte seine Rolle, als wäre dies ein Fernsehinterview und vergaß dabei völlig, dass er selbst um dieses Gespräch gebeten hatte. Auf Umwegen kam er langsam auf den Fall Kohlhaas zu sprechen, und die Gerüchte, die es um ihn gab.

»Sie sind doch der Leiter der Kommission Kohlhaas«, begann er, als müsse er das gar nicht erst nachfragen. Erstaunlicherweise wollte er dann über den Stand der Ermittlungen gar nicht mehr viel wissen, sondern nur einige Botschaften loswerden.

»Wissen Sie, mir kann es ja egal sein, wer diesen ehemaligen Bürgermeister umgebracht hat. So was kommt vor. Ich hoffe, Sie werden das schnell aufklären. Oder anders gesagt: Ich *wünsche mit Nachdruck* und *verlange,* dass Sie diesen Fall schnell aufklären. Aber wissen Sie, was mich daran wirklich stört: Kaum wird festgestellt, dass ein Bürgermeister und ehemaliges SED-Parteimitglied zu DDR-Zeiten unbeliebt und möglicherweise sogar korrupt und kriminell war, schon wird angenommen, dass das für alle anderen auch gegolten hat. Das sehen Sie doch auch, wie irrsinnig das ist ... «

»Ja, aber ... «

»Alle, die jemals mit diesem Kohlhaas zu tun hatten, stehen nun unter dem Generalverdacht der Kumpanei. Die SED wird in der Öffentlichkeit wieder einmal nur als Ansammlung von Kriminellen dargestellt. Und das ganz bewusst und ohne jeden Beweis! Das muss aufhören! Ich verlange von Ihnen, dass das aufhört!«

»Was soll aufhören?«

»Diese Verleumdungen!«

»Aber es wurde niemand verleumdet. Wir ermitteln nur.«

»Etwa gegen die PDS?«

»Nein, nicht gegen die PDS. Wie kommen Sie überhaupt darauf, dass dieser Fall etwas mit der PDS zu tun hat. Wir - die Ermittler - sehen da derzeit überhaupt keinen Zusammenhang. Wer hat denn behauptet, dass es da einen Zusammenhang gäbe?«

Friedrichs schwieg.

»Ich möchte Ihnen versichern, dass wir hier nur auf der Suche nach einem Mörder sind. Im Augenblick gibt es überhaupt keine Veranlassung zu denken, dass dieser Fall mit der SED zusammenhängt.«

Friedrichs war perplex.

»Aber die Presse schreibt doch, dass dieser Bürgermeister SED-Mitglied und kriminell war. Woher haben die das?«

»Nicht von uns.«

»Hm, aber woher haben die es dann?«

Friedrichs sah so aus, als würde er selbst noch über seine Frage nachdenken. Das gab Hannes die Gelegenheit, das Gespräch in eine andere Richtung zu lenken.

»Herr Friedrichs, kannten Sie Jens Kohlhaas? Hatten Sie jemals mit ihm zu tun oder haben Sie etwas über ihn gehört?«

Friedrichs war über diese Frage erstaunt. Offenbar hatte er nicht damit gerechnet, selbst zu diesem Fall vernommen zu werden.

»Kohlhaas? Mag sein. Mir laufen viele Leute über den Weg. Das liegt an meinem Beruf. Möglich, dass ich diesem Mann mal über den Weg gelaufen bin. Aber wenn, dann ist dies lange her.«

»Wie lange her?«

»Sehr lange. Es wird Sie nicht verwundern, dass ich vor ´89 selbst SED-Parteimitglied war. Und ich schäme mich nicht deswegen. Wir haben das System von innen verändern wollen und letztendlich ist es uns ja auch gelungen. Wir waren die Reformer, auch wenn wir nicht im Politbüro saßen.«

»Ich nehme an, Jens Kohlhaas gehörte nicht gerade zu dem Kreis dieser Reformer?«

Friedrichs schaute Hannes an. Er nahm noch einen Schluck Kaffee und stellte die Tasse dann sorgsam zurück auf den Unterteller, bevor er weiter sprach.

»Das kann man sicher nicht gerade sagen.«

Friedrichs macht dazu ein eindeutiges Gesicht.

»Das glauben wir nämlich auch nicht«, sagte Hannes. »Wir haben Informationen, dass Kohlhaas für den KGB gearbeitet hat und das russische Militär bespitzelte. Wissen Sie, ob er auch für die Stasi gearbeitet hat?«

Friedrichs musste spontan lachen. »Glauben Sie wirklich, nur weil ich SED-Mitglied war wüsste ich, wer für die Stasi gearbeitet hat und wer nicht. Ich bitte Sie! Sie wissen doch, wie viele SED-Mitglieder es gab. Zwei Millionen.«

»Ich habe nicht gefragt, ob jedes Parteimitglied es wusste, ich habe gefragt, ob Sie es wussten.« Friedrichs war anzusehen, dass ihm diese Fragen unangenehm wurden. Er schaute auf seine Armbanduhr, als müsse er gleich in einen anderen Termin verschwinden.

»Ich will es kurz machen: Ich wusste es nicht. Ich hoffe, Sie glauben mir und geben sich mit dieser Antwort zufrieden. Ich - und auch viele andere - wussten natürlich, dass es Leute wie Kohlhaas in der Partei gab. Im Grunde genommen gemeine Verbrecher, die von höherer Stelle protegiert wurden. Sie bekamen Ämter und Posten und haben sich daran auch noch bereichert. Dass einige von ihnen ihre Privilegien dem Umstand verdankten, dass Sie für die Stasi oder den KGB arbeiteten, lag ja auf der Hand. Nur machen konnte man dagegen nichts.«

»Halten Sie es denn für möglich, dass Kohlhaas bestimmte Informationen hatte, die jemanden dazu bringen könnten, ihn umzubringen?«

»Was meinen Sie mit bestimmten Informationen?«

»Informationen aus der Vergangenheit, die einen persönlichen Schaden zufügen, wenn sie an die Öffentlichkeit gelangen«, gab Hannes zurück und bemerkte, dass er mit dieser Frage Friedrichs verärgert hatte. Natürlich gab es solche Informationen, nur war der Fraktionsvorsitzende der PDS die falsche Person, um das im Detail zu diskutieren.

»Herr Kommissar. Ich bitte Sie. Natürlich kann niemand einen Mord ausschließen. Verrückte gibt es immer wieder. Viele haben seit der Wende ihre Posten und Jobs verloren. Andere haben gewonnen. Aber es gibt uns alle noch. Sie wissen doch, was ich meine. Deswegen begeht man nicht gleich einen Mord. Dann hätte es schon sehr viele Leichen geben müssen in diesem Land. Das verstehen Sie doch genauso gut wie ich. Sie sind doch nicht erst seit gestern bei der Volkspolizei.«

Hannes war in Hamburg aufgewachsen und hatte viele Jahre in West-Berlin gelebt und bei der Polizei gearbeitet. Die Volkspolizei der DDR war ihm völlig fremd. Friedrichs öffnete eine kleine blaue Wasserflasche und schenkte sich ein Glas ein.

»Ich finde, dieser ganze Presserummel steht nicht mehr im richtigen Verhältnis zu dem, was sich der eine oder andere tatsächlich vorzuwerfen hat«, fuhr Friedrichs fort. »Das wird von der Presse nur immer aufgebauscht. Sofort denken alle, da ist was gewesen, da hat jemand Dreck am Stecken. Dass es vor ´89 ganz normal war, SED-Parteimitglied zu sein, wenn man vorankommen und Verantwortung übernehmen wollte, das haben plötzlich alle vergessen.«

Friedrichs ging Hannes langsam auf die Nerven. Eigentlich wollte er nur einen Mordfall klären und sich keine politischen Vorträge anhören.

»So richtig Dreck am Stecken hatten doch nur die kriminellen Leute wie dieser Bürgermeister«, lamentierte Friedrichs weiter. »Die haben doch aus ihren Beziehungen auch noch Profit geschlagen. Diese Leute waren doch die wirklich bösen Buben, nicht wir aus der SED, die an das Gute im Sozialismus glaubten und immer noch glauben. Sicher, ich gebe es zu. Auch wir hatten unsere kleinen Verfehlungen. Kleine schwarze Punkte auf der weißen Weste. Aber keine Verbrechen, eher moralische Verirrungen, die aus heutiger Sicht - sagen wir mal - problematisch sind. Und das ist ja immer eine Frage, wie das in vielleicht tausend Jahren mal bewertet wird. Möglicherweise hat sich der Sozialismus dann durchgesetzt und die moralischen Verirrungen sind gar keine moralischen Verirrungen mehr.«

Hannes verlor langsam die Geduld. Für ihn war Friedrichs ununterbrochener Redeschwall kaum noch zu ertragen. Er würde entweder sofort gehen oder dem Gespräch eine andere Richtung geben müssen.

»Gehörte das Verschwinden von Atomwaffen auch zu den kleinen moralischen Verirrungen, von denen Sie da sprechen?«, warf er ein. Der Satz war ihm einfach rausgerutscht. Er bereute es schon in dem Augenblick, als er in das erstaunte Gesicht von Friedrichs sah.

»Atomwaffen? Das klingt ja schauerlich. Vermuten Sie, dieser Bürgermeister hatte etwas mit Atomwaffen zu tun? «

Friedrichs schwieg nun erstaunlicherweise und wollte eine Antwort. Jetzt gab es kein Zurück mehr. Hannes ging zum Angriff über.

»Möglicherweise ja. Russische Atomwaffen, die zu DDR-Zeiten verschwunden sind. Vieles ist noch unklar. Wir tappen im Dunklen. Aber am Ende könnten der KGB, die Stasi und sogar die SED darin verwickelt sein. Da gab es doch bestimmt Kontakte. Kennen Sie Namen und Personen, die sich hier besser auskennen? Möglicherweise könnten ihre Kontakte uns helfen, diesen Fall aufzuklären. Und das ist es doch, was Sie sich wünschen. Eine schnelle Aufklärung des Falles.«

Friedrichs Mund war nur noch ein Strich. Ihm war anzusehen, was er gerade voller Verachtung dachte. Er hatte große Lust, diesen Polizisten einfach hinauszuwerfen. Er würde sich anschließend noch beim Polizeipräsidenten über die Unverfrorenheit dieses Mannes beschweren. Atomwaffen! Was für ein Irrsinn. Dieser Polizist hatte wohl den Verstand verloren.

20 - ДВАДЦАТЬ

Birkenwerder, 14. November 2001, 6.55 Uhr

Er fand sich auf dem Sofa seiner Datscha wieder. Irgendwas hatte ihn geweckt, er wusste nur nicht was. Ein Geräusch? Ein schmaler Lichtstreifen fiel von draußen durch einen Vorhangspalt in den Raum. Da war doch mit Sicherheit ein Geräusch gewesen, oder sollte er sich getäuscht haben? Hannes setzte sich auf. Er schaltete die Stehlampe an und lauschte. Nichts. Seine Armbanduhr zeigt kurz vor sieben. War das Geräusch überhaupt von draußen gekommen? Und war es überhaupt ein Geräusch gewesen? Es war ihm eher wie ein Blitz vorgekommen. Aber wo sollte hier ein Blitz herkommen? Hannes konnte sich nicht einmal daran erinnern, überhaupt eingeschlafen zu sein. Der Fernseher in der Datscha war ausgeschaltet. Er musste ihn also am Abend zuvor ausgeschaltet haben. Demnach war er also nicht vor dem Fernseher eingeschlafen, wie schon so viele Abende vorher.

Hannes stand auf, ging zum kleinen, tiefliegenden Fenster des Wohnzimmers hinüber und schob den Vorhang beiseite. Draußen war noch alles ruhig. Das Morgenlicht erhellte einen dünnen, orangefarbenen Streifen am Horizont. Alles normal. Im Garten flog ein braunes Kastanienblatt vorbei. Der Wind trug es genau vor sein Fenster. Er schaute es an. Eigenartig, für einen Augenblick schien es Hannes, als würde das Blatt schweben. Dann blies es der Wind fort. Es war Herbst geworden, dachte Hannes, der Winter war nicht mehr fern. Ob er im Winter noch immer hier draußen leben würde? Hannes fröstelte bei diesem Gedanken. Ein ganzer Schwarm kleinerer Blätter fegte ums Haus. Ein weiterer Windzug wehte sie aus seinem Garten. Eine Böe ließ die Fensterläden klappern. Hannes bemerkte eine Plastiktüte, die sich im Kirschbaum seines Gartens verfangen hatte. Die kahlen Äste des Baumes hatten sie umklammert und wollten sie nicht mehr freigeben.

Da! Er hörte etwas. Doch ein Geräusch! Tatsächlich! Noch ganz leise und fast unhörbar. Etwas näherte sich. Leise und doch so unaufhaltsam wie ein anrückender ICE. Es klang wie ein ständiges Gemurmel, lauter und wieder leiser werdend, auf- und abwiegend. Der Wind wurde stärker. Woher kam nur dieser Wind? Der Stamm des Kirschbaumes ächzte und knarrte. Sollte sich das etwa zu einem Sturm auswachsen?

Hannes ging zur Tür. Als er hinaus trat, fegte der Wind ein paar Blätter ins Haus hinein. Zum Teufel, dachte Hannes. Dann trat er in seinen Garten und lauschte in die Ferne. Das dünne Rauschen war hier draußen unüberhörbar. Vielleicht eine Fernbahn? Hannes versuchte, die Richtung genauer zu bestimmen. Aber das war unmöglich. Das Geräusch schien von überall herzukommen.

Es wurde lauter und immer lauter. Es wandelte sich von einem unsteten Gemurmel zu einem lauten, durchdringenden Ton. Alles fing plötzlich an zu vibrieren. Der Boden unter ihm schien zu wanken. Der Lärm wuchs langsam aber unaufhörlich zu einem Grollen an, bei dem man sein eigenes Wort nicht mehr verstand. Hannes war entsetzt. Was war das zum Teufel? Er hörte in der Ferne noch andere, weitaus beunruhigende Geräusche. Es klang wie brechende Baumstämme, sirrende Stahlseile und berstendes Metall.

Dann wurde es mit einem Schlag dunkel.

Das Licht in seiner Datscha war erloschen. War der Strom ausgefallen? Nun spürte Hannes, aus welcher Richtung das Grollen kam. Es näherte sich von Norden. Irgendetwas verfinsterte den Himmel dort links neben der aufgehenden Sonne.

Und dann sah er es.

Er rannte zurück ins Haus, knallte die Tür hinter sich zu und hockte sich schnell unter das Fenster. Nur einen Augenblick später traf ein heftiger Stoß das Haus. Ein unbeschreibliches Sausen brach herein. Die Fensterscheiben klirrten, als sie zerbarsten. Kleine Steine, Äste und Blätter hagelten gegen die Dachziegel. Im Dachstuhl über ihm knackte und knirschte es. Eine dunkle Masse aus Ästen, Pflanzen und Laub wehte am Fenster vorbei. Rasender feiner Staub macht das Atmen fast unmöglich. Hannes wagte einen Blick aus dem Fenster, dem inzwischen die Scheiben fehlten. Ein Carport fiel vom Himmel in seinen Garten und wurde im nächsten Moment wieder davon gerissen. Halbe Tannen und entwurzelte Fichten flogen in Augenhöhe an seinem Fenster vorbei, ohne dass sie den Boden berührten. Unglaublich! Der übermächtige Sog riss alles weg, was sich nicht halten konnte. Die Hälfte seines Gartenzauns war auch schon nicht mehr da. Das Prasseln auf dem Dach verstärkte sich zu einem ohrenbetäubenden Krachen und Bersten, so laut wie Pistolenschüsse. Von oben fielen zerbrochene Ziegel in den Garten. Ein kleiner struppiger Hund fiel vom Himmel und verkroch sich unter der Treppe. Dort winselte er kläglich, auch wenn Hannes ihn nicht hören konnte. Eine Mülltonne flog heran, schlug auf dem Rasen auf, entleerte ihren Inhalt und wurde wieder weggerissen.

Und dann war es plötzlich überstanden.

Der Wind verstummte.

Ruhe trat ein.

Das Brausen verzog sich und wurde leiser. Der Strom schaltete sich wieder ein, das Licht fiel durch die zerborstenen Scheiben in den Garten. Hannes erhob sich zögernd und unsicher. War es vorbei? Er war froh, unverletzt zu sein. Die Datscha hatte es jedoch übel erwischt. Er hatte im Dachboden das Splittern von Holz und Ziegeln gehört. Die Fenster im Wohnzimmer waren durchschlagen. Mitten auf dem Teppich lagen Glassplitter und Ziegelsteine.

Er trat ins Freie. Der Hund blickte ihn verängstigt an und traute sich nicht unter der Treppe hervor. Vom Süden her tönte immer noch ein leises Grollen. Der Garten war übersäht mit kleinen Zweigen, Ästen und diversem Müll. Hannes bemerkte eine Plastikpuppe, zwei Raviolidosen, ein Glas Nutella und einige gebrauchte Papiertaschentücher. Er drehte sich um und sah besorgt zum Dach der Datscha hinauf. Er musste blinzeln, denn er sah gegen ein Licht. Doch was dort hinter dem kahlen und wie ausgebrannt wirkenden Dachstuhl blitzte, war nicht die aufgehende Sonne.

Nein, es war ein über 20 Kilometer in den Weltraum emporgestiegener Atompilz!

Hannes traute seinen Augen nicht. Fassungslos und wie geblendet trat er einen Schritt zurück. Tonnen von Staub und Geröll wurden nur wenige Kilometer entfernt von der Erde aufgesogen und mit unglaublicher Geschwindigkeit in die Höhe gezogen. Die Säule des Atompilzes stand etwa 30 Grad links neben der aufgehenden Sonne. Drumherum entluden sich atmosphärische Spannungen. Grelle Blitze schlugen aus schwarzen Wolken und beleuchteten das furchterregende aber gleichzeitig auf eine unheimliche Weise auch anmutige Bild.

War das seine Bombe?

War seine Bombe explodiert, bevor er sie finden konnte?

Aus den Nachbarhäusern traten Menschen und starrten mit offenen Mündern wie paralysiert auf den gigantischen und immer noch anwachsenden Atompilz. Nein, schrie einer immer wieder. Nein! Oh Gott, rief ein anderer. Die Leute standen in Morgenröcken, manche auch nur in Unterwäsche vor ihren Häusern. Auf der Straße sammelten sich ein paar Kinder. Sie schossen Fotos mit ihren Kleinbildkameras. Einer der Jungen hatte sogar eine Digitalkamera dabei, mit der er die Szene in aller Ruhe filmte. Der Hund kam unter der Treppe hervor und lief weg.

Hannes überlegte, was er tun sollte. Der Atompilz war weit genug weg, der konnte im Augenblick nicht gefährlich werden. Hannes versuchte, sich an alles zu erinnern, was er über Atomexplosionen wusste. Im ersten Moment erzeugte die Explosion ein weißes gleißendes Licht, das einem die Augen verbrannte, wenn man hineinsah. Das wusste er noch. Dieses Licht musste ihn geweckt haben. Dann kam die Druckwelle. Als die Welle bei ihm ankam, musste sie schon sehr langsam geworden sein, denn die Welle hatte seine Datscha erst Minuten nach dem Blitz erreicht. Seine Datscha stand noch, auch wenn fast alle Ziegel vom Dach gefegt worden waren.

Warum gerade jetzt?

Warum war seine Bombe gerade jetzt explodiert?

Hannes zwang sich, einen klaren Gedanken zu fassen. Wie weit war es bis zum Explosionsherd? Vielleicht zwanzig oder auch dreißig Kilometer? Das war schwer zu sagen. Die Bombe musste irgendwo im Norden zwischen Fürstenberg und Eberswalde explodiert sein. Er musste sofort an seine Kollegen denken. Die meisten von ihnen wohnten in Eberswalde oder nicht weit davon entfernt. In einem Abstand von wenigen Kilometern konnte man eine solche Explosion nicht überleben.

Radioaktiver Fallout, war der nächste Gedanke, der ihm kam. Die von der Explosion in die Stratosphäre aufgeschossenen Partikel waren hochradioaktiv. Sie würden schon bald durch den Wind vom Explosionsherd weggetragen werden und an anderer Stelle herunterkommen. Der radioaktive Fallout war tödlich. Die Menschen, die mit dem Staub in Kontakt kamen, würden an der Strahlenkrankheit sterben. Ihre Haare würden ausfallen, die Strahlung würde sie von innen verbrennen. Sie waren schon jetzt nicht mehr zu retten. Der Fallout würde Brandenburg auf Jahre verseuchen.

Aber was sollte Hannes jetzt verdammt nochmal tun? Er war Polizist. Er musste etwas tun. Ihm fiel nur eines ein. Er wollte telefonieren. Mit Frederike und dann mit Franka. Er wollte wissen, ob sie noch lebten. Frederike war sicher nichts passiert. Sie war in Berlin. Franka hingegen lebte in Eberswalde. Gab es Eberswalde überhaupt noch? Hannes ging zurück ins Haus und nahm sein Mobiltelefon vom Tisch. Doch er bekam keine Verbindung. Erst dachte er, dass er kein Netz hatte, dann wurde ihm klar, dass das ganze Telefon im Eimer war. Und nicht nur seines, der elektromagnetische Impuls der Bombe hatte sicher alle zerstört. Er trat wieder vor die Tür und sah einen Mann in einiger Entfernung, der ihm aufgeregt zuwinkte. Der Mann hielt sein Mobiltelefon hoch und zeigt darauf. Offensichtlich wollte er wissen, ob Hannes Mobiltelefon noch funktionierte. Hannes schüttelte deutlich den Kopf. Der Mann verstand.

Auf der anderen Straßenseite ging die Tür eines Hauses auf. Ein Mann erschien mit einem kleinen Mädchen. Dahinter eine Frau. Sie hatten es eilig. Die Frau verschloss das Haus. Der Mann öffnete einen Wagen und drängte das Mädchen auf die Rückbank. Er lief eilig zum Heck des Wagens und verstaute die mitgebrachten Koffer und Taschen im Kofferraum. Die Mutter lief zum Wagen und stieg mit versteinertem Gesicht ein. Der Motor startete, und wenig später fuhren sie mit quietschenden Reifen davon. In Richtung Berlin. Aber was wollten sie in Berlin? Wenn die Bombe nur wenige Kilometer von hier explodiert war, würde auch Berlin nicht verschont bleiben. Hannes überlegte. Dann wurde ihm klar, was er tun konnte. Er wollte versuchen, nach Eberswalde zum LKA zu kommen. Wenn es das LKA noch gab, dann war das der richtige Ort für ihn. Dort würde man sicher auch wieder Kommunikationsmöglichkeiten haben. Hier allein in der Datscha konnte er nichts tun. Hannes nahm sich ein paar Sachen aus dem Haus, darunter auch seinen Rasierer und eine Zahnbürste, und stieg in seinen Opel. Wenn er Eberswalde erreichen wollte und vorausgesetzt, dass es diesen Ort überhaupt noch gab, dann musste er die Explosion umfahren. Hannes startete und fuhr über den Berliner Ring in Richtung Bernau. Normalweise hätte er die Autobahn am Kreuz Schwanebeck verlassen und wäre nach Norden gefahren, doch diese Autobahn schien genau in den Explosionsherd hineinzuführen. So ging es weiter bis zum nächsten Autobahnabzweig bei Ahrensfelde und von da aus die Landstraße in Richtung Werneuchen entlang.

Es war immer noch früh am Morgen. 7 Uhr 45 zeigte die Uhr in seinem Wagen. Die Sonne war nun ganz aufgegangen, trotzdem blieb es in Brandenburg dunkel. Im Norden zuckten gewaltige Blitze. Hannes sah immer wieder Menschen in kleinen Gruppen am Straßenrand stehen und fassungslos zum Himmel blicken. Andere liefen umher und hielten Mobiltelefone in der Hand, die völlig nutzlos waren. Ein Art Schockstarre hatte eingesetzt. Niemand tat etwas. Die Straßen waren frei.

Noch.

Hannes fuhr, so schnell er konnte. Es gab keinen Grund zu stoppen, und niemand versuchte, ihn anzuhalten. Links von ihm und der Landstraße war der riesige Atompilz besonders deutlich sichtbar. Fast schien es, als wäre er in den letzten Minuten noch gewachsen. Der obere Rand löste sich bereits auf. Die Konturen vermischten sich mit den umliegenden Wolken des Himmels. Tonnen von radioaktivem Staub wurden dort oben in alle Winde verteilt. Es blitzte und donnerte aus dieser Richtung. Jeden Augenblick konnte es anfangen zu regnen. Der Regen würde den Tod bringen. Hinter ihm lag Berlin. Dort gab es Millionen Menschen, von denen die meisten nicht mal ahnten, was sich hier abspielte.

Ein paar Sonnenstrahlen durchbrachen für einen kurzen Augenblick die Wolkendecke. Das Licht ließ den Umfang des Atompilzes noch besser erkennen. Er musste am Boden im Durchmesser mehrere Kilometer umfassen. Der Pilz ragte links vor ihm auf, während er von Süden aus auf Eberswalde zusteuerte. In der Richtung des Pilzes lagen also Templin, Groß Dölln und Vogelsang. Hannes hatte keinen Zweifel mehr, was geschehen war.

Warum gerade jetzt?

Warum war seine Bombe gerade jetzt explodiert?

Wenn er in Erfahrung bringen wollte, was passiert war, musste er das LKA erreichen. Hannes fuhr durch mehrere kleine Dörfer. Erst Tiefensee, dann Heckelberg. Auch hier hatten viele Häuser keine Dachziegel mehr. Er sah zuckende Blaulichter von Feuerwehr und Rettungskräften. Mitten auf einem Dorfplatz wurden Verletzte verarztet. Sie saßen auf Parkbänken und trugen frische Verbände. Auf einer Straßenkreuzung lagen tote Tiere auf einem Haufen. An einer Kreuzung versuchte ein Feuerwehrmann, ihn mit einer leuchtenden Kelle anzuhalten. Hannes gab Gas. Er hatte keine Zeit für Diskussionen. Ihm war kalt. Als er an sich herunterschaute, sah er, dass er nur eine Unterhose und ein T-Shirt trug. Auch seine Schuhe hatte er vergessen.

Endlich das Ortsschild von Eberswalde. Auch hier standen Menschen auf den Straßen. Immer wieder versperrten ihm ausgerissene Bäume oder umgekippte Autos den Weg. Dennoch kam er gut voran. Er bog auf die Straße zum LKA ein und fand den Parkplatz für

Mitarbeiter völlig unversehrt vor. Vor der Schranke hielt er seinen Dienstausweis gegen den Leser. Die Schranke öffnete sich, wie an einem ganz normalen Arbeitstag. Erst jetzt fiel ihm auf, dass der Parkplatz fast völlig leer war. Seine Kollegen waren also noch nicht da. Die meisten würden wahrscheinlich auch nicht kommen, dachte er. Sicher war ihnen auch das Dach vom Haus abgerissen worden, oder sie hatten Verletzte in der Familie. Einer der wenigen Wagen, die auf dem Parkplatz standen, war der Mercedes von Beckmann. Hannes staunte. Beckmann war also da. Waren sie beide heute Morgen die einzigen, die ihren Dienst angetreten hatten? Hannes parkte seinen Opel und stieg aus.

Kein Zweifel, das war das Auto von Beckmann. Er erkannte es am Nummernschild. Hannes lief auf Socken zum Haupteingang. Normalerweise wurde im LKA auch in der Nacht gearbeitet. Selbst morgens fand man sonst immer noch ein Büro mit Licht. Doch nicht an diesem Morgen. Das ganze Gebäude lag im Dunkeln. Aber stand da nicht jemand am Haupteingang? Hannes glaubte, die Umrisse einer Person zu erkennen. Mit einem aufgespannten Regenschirm. Der Mann stand direkt vor dem Haupteingang und war ihm zugewandt. Als würde er auf ihn warten. Als Hannes näher kam, erkannte er Beckmann. Er sah so aus wie immer, nur das er einen Regenschirm trug, obwohl es nicht regnete. Er stand ganz ruhig und ließ ihn nicht aus den Augen, bis Hannes schließlich direkt vor ihm stand.

»Du hier und auf Socken?«

»Und Du? Was soll der Regenschirm?«,

»Wegen dem radioaktiven Fallout. Nur eine Schutzmaßnahme. Da muss man vorsichtig sein, auch wenn es etwas lächerlich aussieht.«

»Äh ja. Sicher eine gute Idee. Aber was ist hier los? Warum stehst du hier?«

»Ich habe meinen Dienstausweis zu Hause liegen lassen. Wahrscheinlich wegen der Aufregung. Die Explosion hatte mich geweckt. Und da war ich wohl etwas kopflos. Ich hoffe, du hast deinen Ausweis dabei, sonst kommen wir nicht rein.«

»Ja, habe ich.«

»Dann mach bitte auf!«

»Und warum ist das ganze Gebäude leer? Wo sind die anderen?«

»Ich nehme an, die meisten sind tot.«

»Tot?!«

»Ja, viele sind sicher tot. Und das nur wegen diesem Wahnsinn.«

Beckmann wies auf den Atompilz im Westen.

»Schau dir das nur an! Schau es dir an!«

»Ja ich sehe es, es ist schrecklich ...«

»Schrecklich?! Ich dachte, es würde dir gefallen. Immerhin ist das ja auch irgendwie dir zu verdanken. «

»Mir?! Sag mal, was ist denn los?«

»Du hast es doch gewusst, oder? Du wusstest doch von dieser Bombe. Nur hast du es für dich behalten. So war es doch. Du wolltest sie ohne uns finden und dann gut dastehen. Hannes Keppler, der Superbulle. Der Mann, der die Bombe fand und uns alle rettet. Weißt du was Hannes, ich werde jetzt tun, was ich schon lange hätte tun sollen. Kannst du bitte mal den Regenschirm halten?«

Hannes nahm den Regenschirm.

Beckmann holte aus. Ehe Hannes noch reagieren konnte, traf ihn eine Faust seitlich am Kinn. Hannes spürte, wie sein Kopf wie in Zeitlupe zur Seite gerissen wurde und er nach hinten zu Boden fiel. Im Fallen sah er noch die schwarzen Wolken am Himmel, die zuckenden Blitze und den Atompilz, der wie ein riesiger Krake das Brandenburger Land in seinen Fängen hielt. Dann schloss er die Augen und wartete auf den Aufprall.

Doch der kam nicht.

Alles blieb still.

Er wartete noch einen Augenblick, doch nichts geschah.

Dann öffnete er die Augen. Er sah eine Reihe von Holzpanelen. Zunächst glaubte er, er würde noch fallen und jeden Augenblick aufschlagen. Dann merkte er, dass er überhaupt nicht fiel. Er lag ausgestreckt auf seinem Sofa und blickte zur Decke. Sofort sprang er auf und schüttelte sich. Sein Herz raste, er spürte kalten Schweiß auf seiner Stirn. Von links plötzlich eine Stimme. Jemand erklärte, dass sie völlig unschuldig war. Sie hätte Jessika nicht umgebracht. Die Polizei glaubte ihr nicht. Der Fernseher, irgendeine amerikanische Serie. Ein Traum, nur ein Traum, dachte Hannes erleichtert, als er seine Datscha erkannte. Er stand auf und stellte den Fernseher ab. Dann lauschte er. Kein Grollen. Alles war ruhig. Er überlegte, ob er zur Sicherheit aus dem Fenster schauen sollte, dann verwarf er den Gedanken. Er hatte geträumt, das war alles.

Hannes schaute auf die Uhr, es war kurz vor 7.40 Uhr. Auf dem Tisch neben dem Sofa lag die Akte von Kohlhaas, die ihm Sobolev gegeben hatte. Nicht etwa, weil Sobolev ein so freundlicher Mensch war und ihm bei seinem Fall unterstützen wollte, sondern weil die russische Föderation auf der Suche nach einer verschwundenen Atombombe war. Konnte diese Bombe tatsächlich explodieren, so wie er es geträumt hatte? War es möglich, dass mitten in Brandenburg eine Wasserstoffbombe aus dem kalten Krieg explodierte? Wenn der Sprengkopf nicht in der Ostsee versunken war, was Sobolev ja annahm, dann lag der Gedanke nicht fern, dass diese Bombe Brandenburg nie verlassen hatte. Und wenn sie noch hier war, dann konnte sie auch explodieren. Hannes konnte sich das jedoch nicht vorstellen. Eine solche Bombe hätte man längst gefunden. Das war doch alles ein ausgemachter Unsinn.

Da kam ihm ein Gedanke. Er nahm sein Handy und rief die Auskunft an. Er verlangte das Bundesamt für Strahlenschutz und wurde verbunden. In der Sache konnte man ihm dort zwar nicht weiterhelfen, aber er erhielt die Telefonnummer einer Strahlenmessstelle in Brandenburg. Hannes stellte sich dort als Oberkommissar des LKA vor und kam schnell auf sein Anliegen zu sprechen. Hier war man sofort bereit, ihm zu helfen.

»Wir messen natürlich regelmäßig die Gewässer von Brandenburg, ...«, behauptete eine Stimme. Hannes glaubte, es wäre die eines älteren Mannes. » ... aber nur in einigen Seen konnten wir überhaupt etwas messen. In den meisten Fällen lagen die Cäsiumwerte unter acht Millibecquerel, so dass wir sie nicht messen konnten. Aber das ist regional sehr unterschiedlich. Manchmal liegen die Werte auch wesentlich höher, bis hin zu dreißig Millibecquerel.«

»Und haben Sie dafür eine Erklärung?«

»Vielleicht. Für welche Region interessieren Sie sich denn?«

»Templin im Norden von Berlin.«

»Ja. Warten Sie mal, ich schaue gerade mal auf unsere Messkarten. Sie können die Werte auch selbst aus dem Internet abrufen. Versuchen Sie das doch mal.«

»Ich verfüge über kein Internet.«

»Das LKA hat kein Internet? «

»Nein, nur ich persönlich habe kein Internet. Im Augenblick. Ich bin gerade unterwegs.«

»Aha, unterwegs, hm. Dann gebe ich Ihnen die Messwerte mal durch. Moment. Templin sagten Sie? Da messen wir nicht. Aber es gibt Messwerte von einigen Gewässern in der Umgebung. Warten Sie, hier habe ich was. Stechlinsee, Werbelinsee und Grimnitzsee. Das müsste doch da in der Nähe liegen.«

»Ja, ich denke, das kommt in etwa hin.«

»Nun ja. Ich sagte Ihnen ja bereits, in einigen Gewässern konnten wir tatsächlich radioaktives Cäsium messen. Diese Seen gehören dazu. Das Wasser hat dort ausgesprochen hohe Werte. Insbesondere im Werbelinsee und im Grimnitzsee.«

»Und? Gibt es eine Erklärung dafür?«

»Tja, möglicherweise ist immer noch Tschernobyl daran schuld. Die Messungen schwanken von Jahr zu Jahr. Aber es gibt auch andere Ursachen. In Rheinsberg gab es bis 1990 ein Atomkraftwerk. Das Kraftwerk gehörte zur ersten Generation von Forschungskraftwerken für die Stromerzeugung. Wir vermuten, dass damals über die Jahre eine ganze Menge Radioaktivität ins Umland entwichen ist.«

»Rheinsberg? Aber da liegt doch nur der Stechlinsee. Der Werbelinsee und der Grimnitzsee liegen ganz woanders, viel weiter östlich von Rheinsberg. Fast vierzig Kilometer. Und da ist die radioaktive Strahlung höher als im Stechlinsee? Da stimmt doch etwas nicht, das passt nicht zusammen.«

»Hm, das sind nun mal die Messwerte. So ist es. Das ehemalige Atomkraftwerk liefert dafür auch eine halbwegs passable Erklärung. In Templin haben wir tatsächlich noch nie gemessen. Vielleicht sollten wir das mal tun. Aber nun erzählen Sie mir doch mal, um was es geht? Haben Sie irgendeinen Verdacht?«

Hannes stand in seiner Datscha und schaute auf die Kohlhaas-Akte. Plutonium und Verseuchung waren die Worte, die Franka an den Rand der Dokumente mit den russischen Texten geschrieben hatte.

»Verdacht? Nein. Es gibt keinen Verdacht. Ich ermittle in einem Mordfall, das ist alles. Es geht hier nicht um Umweltverbrechen oder um radioaktive Abfälle. Aber eine letzte Frage hätte ich noch. Messen Sie eigentlich auch Plutonium?«

»Wir messen Strontium, Cäsium und ein paar Zerfallsprodukte des Radon, Pb-212 und Pb-214. Das sind alles Beta-Strahler. Alpha-Strahler messen wir nicht. Plutonium ist ein Alpha-Strahler. Von daher messen wir also kein Plutonium.«

»Aber warum messen Sie denn keine Alpha-Strahlung?«

»Das müssen Sie nicht mich, das müssen Sie die Politik fragen. Wir haben nur den Auftrag, die leichter und billiger messbare Beta-Strahlung zu messen. Mehr will ich dazu gar nicht sagen.«

Hannes hatte verstanden. Er bedankte sich für das Gespräch.

Dann setzte er sich hin und zündete sich eine Zigarette an. Das tat gut. Er nahm die russischen Berichte mit den angestrichenen Worten Plutonium und Verseuchung zur Hand. Ein Gedanken fuhr ihm durch den Kopf und nistete sich darin ein. Eine Atombombe in Brandenburg. Explosion. Tote. Verseuchung. Messwerte. Das Ganze konnte ein Zufall sein und völlig ohne Bedeutung. Und trotzdem. Er schaute auf die Uhr. Es war schon fast halb neun. Er musste unbedingt mit Elena Kohlhaas sprechen. Jetzt gleich.

21 - ДВАДЦАТЬ ОДИН

Bei Elena in Groß Dölln, 9. November 2001, 9.30 Uhr

»Was ist mit diesem Belov passiert, als er an diesem Morgen von der Militärpolizei abgeholt wurde?«

Hannes bemerkte, dass er verärgert und fast schon laut geworden war. Aber er nahm sich sofort ein Stück zurück. So würde er bei Elena nichts erreichen. Er hatte sich vorgenommen, in aller Ruhe mit ihr sprechen. Leider hatte sich das Gespräch anders entwickelt. Das lag vielleicht auch daran, dass er frustriert war. Er kam einfach nicht weiter. Niemand wollte ihm Informationen geben. Das Gespräch mit Dr. Friedrichs war nicht so gelaufen, wie Hannes sich das vorgestellt hatte. Friedrichs hatte sich geweigert, überhaupt zu irgendetwas Auskunft zu geben, erst recht nicht zu den Verbindungen der SED zum KGB. Hannes war von Friedrichs am Ende sogar vor die Tür gesetzt worden. Jetzt wurde die Zeit langsam knapp. In kaum mehr als vierundzwanzig Stunden war die Pressekonferenz im LKA angesetzt. Hannes hatte außer Gerüchten und Vermutungen nichts in der Hand. Das war der eigentliche Grund, warum er jetzt wütend war. Er brauchte etwas Handfestes oder zumindest eine heiße Spur, die er verfolgen konnte. Elena Kohlhaas musste doch einfach mehr wissen. Zum Beispiel von den Atomwaffen, mit denen dieser Raketenoffizier Belov zu tun gehabt hatte. Er war sicher, die entscheidenden Puzzlestücke zur Aufklärung des Mordes lagen in diesem Haus und in der Vergangenheit dieser Frau. Aber sie redete nicht, sie erzählte ihm nichts.

»Was hat denn diese Frage mit dem Tod meines Vaters zu tun?«, erwiderte sie kühl. Hannes registrierte, wie sie sich ihm wieder mal entzog. Sie wollte definitiv nicht über ihren Vater sprechen. Aber gerade deswegen hatte er das Gefühl, dass er hier auf der richtigen Fährte war.

»Warum muss die Polizei das so genau wissen? Ich will das nicht. Ich will nicht darüber sprechen.«

»Sie fragen, warum ich das wissen will? Das ist im Grunde genommen recht einfach, Elena. Sie müssen sich nur mal in meine Lage versetzen. Nehmen wir nur mal die Fakten: Die in der DDR stationierten Raketen trugen atomare Sprengköpfe und waren auf mitteleuropäische Großstädte gerichtet. Es gab Hunderte davon. Mit diesem Arsenal hätten die Russen Westeuropa innerhalb von Stunden zu Staub verwandeln können. Das ist die traurige Wahrheit, die damals jeder hier im Dorf kannte. Sie auch. Erzählen Sie mir nicht, Sie hätten das nicht gewusst. Und dennoch interessierte das hier anscheinend niemanden. Denn das Ziel dieser Bedrohung lag irgendwo im Westen, zu weit entfernt, um sich darüber Sorgen zu machen. Und Ihr russischer Freund war Kommandant solcher Raketentruppen. Einer der Soldaten, die auf den Knopf drücken würden, wenn es notwendig war. Aber das hat Sie damals gar nicht gestört. Und dieser Offizier vertraute ausgerechnet Ihnen geheime Codes in einer Seifendose an. Dann verschwindet er. An demselben Abend. Ohne eine Spur. Für immer. Und Sie? Was machen Sie? Nichts! Als wäre es das Normalste der Welt, dass sich ein Mensch in Luft auflöst. Würden Sie mir glauben, wenn ich Ihnen das auftischte?«

»Nein. Aber es ist trotzdem wahr.«

»Wieso habe ich dann das Gefühl, dass Sie mich die ganze Zeit über anlügen?«

Elena war anzumerken, dass sie sich unwohl fühlte.

Sie seufzte.

»Wassilij ist an diesem Abend abgeholt worden. Das habe ich doch schon gesagt.«

»Und dann? Was ist dann passiert?«

»Ich weiß nicht genau.«

»Aber Sie vermuten etwas ...«

Elena schaute ihn an.

»Nun ja. Ich tat tagelang nichts, außer zu hoffen, er würde wiederkommen. Ich wusste ja nicht mal, warum sie ihn überhaupt abgeholt hatten. Ich dachte, weil er bei mir war und nicht in seiner Kaserne. Ich dachte auch, dass er vielleicht irgendwelche Befehle oder Vorschriften missachtet hatte. Er hatte ja mal davon gesprochen, die Armee zu verlassen. Möglicherweise hatte ihn auch jemand verraten. Jemand aus der Kaserne, der ihn anschwärzen wollte. Zumindest dachte ich das damals.«

»Und was denken Sie heute?«

Sie saßen sich am Esstisch in Elenas Haus gegenüber. Sie hatte ihm einen Tee angeboten, den er bisher jedoch nicht angerührt hatte. Elena blickte auf den Tisch und dachte eine Weile nach. Dann schaute sie wieder zu Hannes.

»Heute weiß ich, dass er sich gemeldet hätte. Ich kannte ihn. Er hätte alles versucht, um sich mit mir in Verbindung zu setzen. Doch es passierte nichts. Kein Brief, keine Nachricht. Einfach nichts. Ich dachte, sie hätten ihn nach Moskau gebracht und vor ein Militärgericht gestellt. Als Deserteur. Ich habe alles Mögliche befürchtet. Er hatte mir von den Raketen und den Manövern erzählt. Und dass er das alles für Wahnsinn hielt. Er sagte, dass er das nicht mehr länger mitmachen wollte, dass die ganze Welt davon erfahren sollte, was hier geschah. Er sagte, dass manche Generäle alles taten, damit es einen dritten Weltkrieg gäbe. Und er - Wassilij Belov - müsste am Ende ihre Befehle ausführen und die ganze Welt vernichten. Ja, das waren seine Worte: *die Welt vernichten.* Und darum glaube ich nicht, dass sie ihn an diesem Abend nur meinetwegen abgeholt haben. Es ging um mehr. Wassilij war ein Andersdenkender.«

»Was war mit diesen Codes? Warum hat er sie Ihnen gegeben? Er muss einen Grund dafür gehabt haben.«

Elena rührte in ihrem Tee.

»Ich weiß nicht mal, wofür diese Codes benötigt wurden. Ich hatte das Gefühl, dass er auf keinen Fall wollte, dass diese Seifendose in die falschen Hände gerät. Und dabei dachte er wohl weniger an Agenten aus dem Westen, als an seine eigenen Leute.«

Hannes sah sich um. Die Renovierung des Bauernhauses musste eine Menge Geld gekostet haben. Woher hatte Elena dieses Geld? Wahrscheinlich hatte sie es von ihrem Vater gekommen. Wäre Elena in der Lage, ihren Vater deswegen zu töten? Wegen Geld? Hannes wollte sich das nicht vorstellen. Er nahm nun doch einen Schluck Tee und spürte, wie gut das tat.

»Und? Hat sich Belov auch später nicht bei Ihnen gemeldet?«

»Nein. Und das war für mich der Beweis, dass er tot sein musste. Wassilij war nicht jemand, der einfach verschwand und sich nicht mehr meldete. Er war sehr gefühlvoll und manchmal auch verschlossen, aber innen drin lebte er mit großer Leidenschaft und Tiefe. Ich habe später niemanden mehr kennengelernt, der so war wie er.«

»Und Sie denken deswegen, man hat ihn umgebracht?«

Elena blickte ihn an, tiefe Traurigkeit und Gewissheit im Blick.

»Jahre später - es muss so Mitte der 80er gewesen sein – brauchte ich mehr Gewissheit. Ich hatte gehört, dass es in der Kaserne in Vogelsang eine Stelle für Familienangelegenheiten gab, und dass man sich als Deutsche an diese Stelle wenden konnte. Sie ließen mich zu dieser Stelle vor. Ich fragte nach Wassilij. Man gab sich dort wirklich viel Mühe. Sie fanden auch seinen Namen in den Akten. Doch sie konnten nicht herausfinden, was mit ihm passiert war. Ich hatte nicht den Eindruck, dass sie mir etwas verschwiegen. Sie haben einfach nichts gefunden. Sie versprachen mir, weiter nach ihm zu suchen und sagten mir, ich sollte mich in ein paar Wochen wieder melden.

Beim nächsten Mal wurde ich dann von einem Major empfangen. Der sprach gut deutsch. Der Major war der Nachfolger von Wassilijs damaligem Vorgesetzten. Er sagte, man hätte Wassilij damals lange im Gebäude des KGB untergebracht. Er sagte ´untergebracht´, nicht ´gefangen gehalten´. Doch auch dieser Major konnte mir nicht sagen, was aus Wassilij geworden war. Möglicherweise war er nach Moskau zu einem Militärgericht überführt worden. Möglicherweise auch nicht. Bei schweren Vergehen gegen das Vaterland wurden meist langjährige Gefängnisstrafen verhängt. Was nicht heißen sollte, dass Wassilij unbedingt verurteilt worden war. Hätte man das getan, wären nur seine engsten Angehörigen über das Strafmaß informiert worden. Der Major sagte, selbst die Armee hätte davon nichts erfahren. Und so wüsste er es auch nicht. Die Armee würde erst dann informiert, wenn man die Soldaten nach Verbüßung ihrer Strafe wieder an ihre Einheit übergab. Das könnte jedoch lange dauern, je nachdem, wie viele Jahre Haft ein Soldat verbüßen musste. Das müsste also nicht bedeuten, dass Wassilij tot war.«

»Und das haben Sie ihm geglaubt? Dass selbst die Armee nicht wusste, wo einer ihrer Offiziere geblieben ist?«

»Damals glaubte ich das. Schließlich war der KGB bekannt dafür, dass er Menschen einfach verschwinden lassen konnte. Der Major entschuldigte sich dafür, dass er mir nicht weiterhelfen konnte. Er würde alles tun, was in seine Macht stände. Er sagte, er selbst hätte einen Brief an den KGB geschrieben. Jede Information würde er sofort an mich weiterleiten. Meine Adresse hätte er ja. Dann gab er mir die Hand und ging. Ich glaube, spätestens an dieser Stelle fing ich an zu weinen. Eine Frau von der Stelle für Familienangelegenheiten brachte mich zurück zum Haupttor.«

»Und? Haben Sie nicht versucht, mehr herauszufinden?«

»Ich habe auf den Brief des Majors gewartet, aber der kam nicht. Und mein Gefühl sagte mir längst, dass Wassilij tot war.«

»Ihr Gefühl?«

»Ja. Als wir vor dem Haupttor standen, sagte die Frau noch, ich sollte besser nicht mehr auf Wassilij warten. Ich sollte versuchen, mein eigenes Leben zu führen. Ich war natürlich entsetzt und fragte, warum sie dachte, Wassilij würde nicht wiederkommen. Wo doch der Major etwas ganz anderes gesagt hatte. Da erzählte sie mir von der Krankmeldung.«

»Eine Krankmeldung?«

»So habe ich auch gefragt. Wenn ich heute so darüber nachdenke, kommt mir alles noch eigenartiger vor als damals. Die Frau sagte, sie wäre bei ihrer Suche nach Wassilij auf eine Krankmeldung gestoßen. Wassilij wurde gemäß dieser Meldung von einem Arzt untersucht und in ein Krankenhaus eingeliefert. Von dort aus hatte man ihn auf eine andere Krankenstation verlegt. Es war eine Art Lazarett. Den Akten nach ist er von dort niemals entlassen worden. Und das war kein gutes Zeichen.«

»Sie versuchte damit zu sagen, das Belov tot war?«

»Ja.«

»Und sie sagte tatsächlich Lazarett? Sie benutzte dieses Wort? Lazarett?«

»Sie zeigte mir sogar, wo es war. Es war ein kleines Gebäude mit einem Flachdach, nicht weit entfernt vom eigentlichen Krankenhaus. Sie sagte, es wurde nur für eine kurze Zeit als Lazarett genutzt.

Hannes dachte nach. Elena hatte keinen Grund, ihn anzulügen. Sie wusste nicht, was für ihn wichtig war und was nicht. Vor ihm lag das Puzzle. Sie hatte ihm ein weiteres Steinchen dazu geliefert. Es fehlten noch einige Steine, aber Hannes glaubte, der Lösung einen entscheidenden Schritt näher gekommen zu sein. Er hatte eine Vermutung. Und möglicherweise auch mehr als das.

22 - ДВАДЦАТЬ ДВА

Ankunft in Dannenwalde, 14. August 1977, 15.46 Uhr

Der Konvoi raste mit hohem Tempo durch das Dorf. Dannenwalde war wie ausgestorben. Keiner der Bewohner war auf den Straßen zu sehen. Entweder hatten sie sich in ihre Keller geflüchtet oder waren schon vor Stunden aus dem Ort geflohen. Das mussten sie aus eigenem Antrieb getan haben, denn es sah nicht so aus, als hätte sie jemand gewarnt oder gar instruiert. Von der deutschen Polizei war nichts zu sehen. Genauso wenig wie von russischen Uniformen. Am Himmel über dem Dorf lagen dunkle Wolken voller Ruß und verfinsterten die Nachmittagssonne. Der schwarze Rauch reizte zum Husten und verätzte die Lunge. Wassilij Belov sah einen halbverbrannten Dachboden eines Hauses, doch ansonsten war kein offenes Feuer zu erkennen. Die anderen Häuser im Dorf schienen völlig unbeschädigt. Und dennoch, hier war etwas Gewaltiges und Schreckliches passiert.

Der Bus, in den sie Wassilij gesetzt hatten, fuhr in der Mitte der Kolonne. Vor und hinter ihnen kleinere Lastwagen und Löschfahrzeuge. In seinem Fahrzeug saßen weitere Männer, eng zusammengedrängt, schweigend und mit verschlossener Miene. Alle Männer trugen zivil. Wassilij konnte nicht mal sagen, ob es Deutsche oder Russen waren. Die ganze Fahrt über von der Kaserne bis hierher war nicht ein einziges Wort gefallen. Die Fahrzeuge wirbelten hinter sich noch zusätzlichen Staub auf und rasten durch die Straßen, ohne das Tempo herunterzunehmen, ganz so, als gäbe es dieses Dorf gar nicht.

Vor über einer halben Stunde waren sie in Richtung Fürstenberg aufgebrochen. Hinter ihnen fuhren noch einige Löschfahrzeuge vom Flugplatz Templin. Diese Löschfahrzeuge konnten normalerweise nur auf ebenen Lande- oder Startpisten operieren. Dass sie nun auf den Waldwegen eines Munitionslagers zum Einsatz kommen sollten, zeigte, wie verzweifelt die Situation hier sein musste.

Vor einer Stunde hatten sie Wassilij aus seiner Zelle geholt. Als er das Verhörzimmer zum zweiten Mal betrat, konnte er sein Erstaunen kaum verbergen. Denn neben dem KGB-Mann mit der Hornbrille und seinem Schreiberling mit dem Mausgesicht saß noch ein weiterer Mann. Diesen Mann kannte er bereits. Es war Alexander Sobjelski, die rechte Hand seines Majors. Sobjelskis Blick war kühl und distanziert. Wassilij hatte zuvor kaum je ein Wort mit ihm gewechselt. Bisher hatte er seine Befehle immer vom Major selbst bekommen. Was hatte dieser Sobjelski hier zu tun? Spionage war ein Fall für den KGB. Wassilij konnte sich nicht erklären, warum man nun auch noch seine Vorgesetzten involviert hatte.

Er wurde gebeten, auf einem Stuhl Platz nehmen. Er war ungepolstert und hart.

»Nun? Haben Sie es sich überlegt? Unterschreiben Sie Ihr Geständnis?«

Die Hornbrille blätterte während seiner Fragen in einer Akte und zeigte sich beiläufig und uninteressiert. Wassilij schwieg. Dies war die beste Strategie, dachte er. Er hatte keine andere. Irgendwie war er ja so oder so geliefert.

»Belov.« Hornbrille schlug die Akte zu und sah ihm jetzt direkt ins Gesicht. »Wir haben beschlossen, Ihnen noch eine zweite Chance zu geben. Aber hierzu brauchen wir von Ihnen ein deutliches Zeichen des guten Willens.«

Eine zweite Chance? Das klang gut. Also nicht nach Moskau. Die Dinge schienen sich zu seinen Gunsten zu verbessern. Nach längerem Nachdenken beschloss Wassilij, sein beharrliches Schweigen zu brechen. Die Frage war nur, ob er diesen Leuten überhaupt trauen durfte. Aber in seiner Situation hatte er nichts zu verlieren.

»Ich bin unschuldig«, sagte er. »Ich werde alles sagen, was ich weiß. Ich habe Fehler gemacht. Aber ich bin kein Spion. Bitte glauben Sie mir!«

»Gut! Wir interpretieren das mal als Zeichen dafür, dass Ihnen klar ist, mit welcher Schuld Sie sich beladen haben«, sagte die Hornbrille.

»Sie haben gegen die Regeln der sowjetischen Armee verstoßen. Sie haben diese ruhmreiche Armee beleidigt und mit Fußen getreten. Wir geben Ihnen nun die Gelegenheit, dies wieder gutzumachen und sich zu bewähren. Sie können sich und der sowjetischen Armee einen wichtigen und ehrenvollen Dienst erweisen. Sind Sie dazu bereit?«

»Ja. Ich mache alles, was Sie von mir verlangen.«

»Dann komme ich zur Sache. Es gab einen Unfall in unserem Munitionslager in Dannenwalde. Einen Großbrand. Wir haben dort auch kleinere Strahlenprobleme. Leutnant Sobjelski und ich werden Sie sofort dorthin bringen. Sie sind Offizier. Bewähren Sie sich und geben Sie Ihr Bestes! Dann werden wir weitersehen.«

Kleinere Strahlenprobleme?, dachte Wassilij. Das klang nicht gut. Aber wenn diese Probleme ihn vor einem Prozess in Moskau retten sollten, dann waren sie ihm willkommen.

Wenig später fand er sich in einem Transporter wieder, der scheinbar nur auf ihn gewartet hatte. Als sie am Bahnhof von Dannenwalde vorbeifuhren, bemerkte Wassilij eine Gruppe deutscher Männer in zivil. Die meisten von ihnen waren schon älter. Sie hatten gerade einen Waggon eines im Bahnhof eingefahrenen Zuges abgekoppelt und schoben ihn aus dem Ort. Es war ein Zug mit kyrillischen Schriftzügen. Er kam also aus der Sowjetunion oder gehörte zumindest zum sowjetischen Militär. Warum die Männer das taten, wurde Wassilij erst klar, als er die Aufschrift des Waggons las: Ein Munitionstransport! Die Explosion der Munition in dem Waggon konnte das ganze Dorf dem Erdboden gleichmachen. Der Waggon musste daher aus dem Gefahrenbereich herausgebracht werden. Die Männer schoben und zogen verzweifelt. Dabei halfen ihnen keine Soldaten, Feuerwehrleute oder Polizisten. Scheinbar handelten die Männer aus eigenem Antrieb. Sie wollten ihr Dorf und ihre ganze Habe vor dem Feuer retten.

Sobjelski und der Offizier des KGB saßen direkt neben dem Fahrer des Busses. Auch ihnen war eine gewisse Nervosität anzumerken. Ihnen allen kam ein leichter Brandgeruch in die Nase, obwohl das Munitionslager noch ein ganzes Stück entfernt lag. Hinter dem Dorf wurde ihre Fahrzeugkolonne von einem Militärpolizisten in einen Waldweg gewinkt. Die Sicht wurde von da ab von Minute zu Minute schlechter. Plötzlich eine laut krachende Explosion und ein sirrendes Zischen. Einmal, zweimal, dreimal. Dann sauste etwas über ihre Köpfe und schlug kaum hundert Meter vom Konvoi entfernt in den Boden. An der Aufschlagstelle entstand sofort ein kleines Feuer.

»Katjuschas! Katjuschas!«

Der ältere Mann sprach Russisch in einem Dialekt, den Wassilij nicht einordnen konnte.

»Haben Glück. Nicht explodiert. Aber nächstes Mal.«

»Ruhe dahinten.«

Selbst der entschiedenen Stimme von Hornbrille war die Nervosität anzumerken. Katjuschas waren gefährlich. Diese Raketen wurden normalerweise von Werferfahrzeugen in Salven abgeschossen und besaßen eine Reichweite von mehreren Kilometern. Im zweiten Weltkrieg waren sie von den Deutschen *Stalinorgeln* genannt worden und waren der Schrecken jedes Landsers an der Ostfront gewesen. Die Raketen wurden mit lautem Geheul abgeschossen und gruben den Boden um ihre Feinde im Umkreis von wenigen Metern mit dicht aneinander liegenden Explosionen um. Vor diesem Raketenhagel gab es kein Entrinnen. Die Raketen sprengten jedes Deckungsloch mit in die Luft. Tausende deutsche Soldaten wurden unter dem konzentrierten Feuer von Katjuschas erbarmungslos unter die Erde gebombt. Was übrig blieb, reichte meist kaum noch für eine Beerdigung.

Wieder das Grollen und Zischen der Katjuschas. Sie hielten die Luft an, doch diesmal gab es keinen Einschlag. Die Katjuschas rasten über ihre Köpfe hinweg anderen Zielen entgegen. Der Konvoi fuhr weiter unbeirrt auf das Munitionslager zu, das nun schon ganz nah sein musste. Der Brandgeruch war jetzt ganz deutlich. Minuten später passierten sie das erste mit Stacheldraht und Wachtürmen gesicherte Eingangstor. Die Wachtürme waren unbesetzt, das Tor stand weit offen. Die Kolonne fuhr ungebremst hindurch. Wenige Meter dahinter passierten sie den zweiten Sicherungskreis. Hinter diesem Tor lagerten bereits Tonnen von Munition, Granaten und Bomben in kleineren Erdbunkern. Hier sahen sie auch Luftminen und Raketen, die für die Erdbunker zu groß waren und die daher einfach draußen herumlagen. Die Sicht wurde immer schlechter, das Atmen fiel schwer. Umherschwirrende Rußpartikel verfinsterten den Himmel.

Sie fuhren bis zum inneren Teil des Lagers. Hier lagerten die gefährlichsten, giftigsten und explosivsten Stoffe. Am Eingangstor zum inneren Kreis versperrten ihnen einige Fahrzeuge den Weg. Zwei riesige Räumungspanzer mit Baggerschaufeln hatten sich festgefahren. Ihnen entgegen kamen zwei tonnenschwere 8-Rad-Transporter mit OTR-Raketen. Ob mit konventionellen oder nuklearen Sprengköpfen bestückt, konnte man nicht erkennen. Wassilij hoffte, dass sich die Strahlenprobleme, von denen Hornbrille gesprochen hatte, mit diesem Abtransport gelöst hatten. Doch die ernsten und fast panischen Gesichter der umherlaufenden Soldaten ließen auf eine ganz andere Lage schließen.

Bremsen wurden zischend angezogen. Ihr Konvoi stoppte. Ein Offizier und einige Feuerwehrmänner erwarteten sie schon. Der Offizier befahl den Männern, ihre Ausrüstung entgegenzunehmen. Wassilij bekam eine Gasmaske, Asbest-Handschuhe und einen grünen Stoffanzug aus dickem Kunststoff mit einer Kapuze. Noch dazu einige Plastiktüten, von denen er nicht mal ahnte, was er damit anfangen sollte. Der Offizier führte Wassilij und die Männer mit der Ausrüstung in ihren Händen durch das Tor in den inneren Kreis des Munitionslagers. Sie liefen zunächst einen schmalen Waldweg entlang. Am Himmel sahen sie schwarz lodernde Rauchfahnen, jedoch immer noch kein offenes Feuer. Dennoch war die Luft schon so voller Rußpartikel, dass sich ihr Hustenreiz immer weiter verstärkte. Ihnen kamen Soldaten mit rußgeschwärzten Gesichtern entgegen, die Schläuche und anderes Material schleppten. Sie wirkten erschrocken und verstört, als würden sie am liebsten auf der Stelle weglaufen. Die Kommandos ihrer Offiziere, mit vor Ruß krächzenden und sich vor Panik überschlagenden Stimmen gebrüllt, ließen ihnen dafür jedoch keine Möglichkeit.

Als sie eine Waldlichtung betraten, bemerkte Wassilij die ersten Leichen. Man hatte sie am Rand des Waldes unter den Bäumen abgelegt. Mit den Köpfen nach unten in das Gras. Es waren viele Leichen. Mindestens zehn. Manche waren zugedeckt, andere nicht. Zum Teil waren es nur einzelne Körperteile. Ein Bein, ein halber Rumpf, eine einzelne Hand, ein Finger. Einige der Männer aus dem Bus wendeten sich entsetzt und angewidert ab, als sie die Toten sahen.

»Der erste Löschzug.«

Ein Mann in Feuerwehrmontur.

Er saß erschöpft und rauchend ein Stück abseits der Leichen und sah übel aus.

Seine Hand zitterte beim Halten der Zigarette. Eine Antwort auf eine Frage, die niemand zu stellen wagte.

»Plötzlich eine Explosion. Alle tot.«

Sein Gesicht war schwarz, zwei weiße Ringe um die Augen. Diese Augen hatten die Hölle gesehen.

Sprachlos folgten die Männer dem Offizier auf eine Lichtung voller Soldaten und Fahrzeuge. Wasserschläuche wurden hektisch verlegt. Feuerwehrleute und Soldaten liefen umher. Kommandos ertönten. Wassilij hatte nicht den Eindruck, dass man die Situation im Griff hatte. Ganz im Gegenteil, es schien ihm alles völlig planlos.

Jetzt konnten sie auch die Brandstelle sehen. Die Flammen schlugen mitten auf einer Wiese gellend und schwarz lodernd etwa fünfzig Meter in die Höhe. Der Lärm des fauchenden Feuerwindes war ohrenbetäubend. Überall lagen umgekippte Fahrzeuge herum, darunter auch einige Löschfahrzeuge. Zwei der noch verbliebenen Löschfahrzeuge hielten ihren Wasserspritzen in die Flammen. Angesichts des riesigen Feuers schien das jedoch völlig wirkungslos. Das Wasser versiegte sofort in dieser Höllenwand aus Feuer.

Da gab es eine gewaltige Explosion. Ein leuchtender Flammenball stand für einen kurzen Augenblick hell am Himmel. Eine Katjuscha jagte im flachen Winkel aus dem Flammenmeer heraus und direkt über ihre Köpfe in den hinter ihnen gelegenen Wald. Dort brannte es schon an vielen Stellen.

Dann hatten sie ihr Ziel endlich erreicht. Der Offizier befahl ihnen, sich ihre Schutzanzüge anzuziehen. Die Plastiktüten sollten sie über die Schuhe ziehen. Der Offizier machte vor, wie er das meinte. Sie sollten die Plastiktüten auch um den Hals legen und zwischen die Ärmel stopfen. Schnell, schnell. Die Männer taten wie ihnen befohlen.

Wenige Meter entfernt sah Wassilij den Major seiner Raketenbrigade. Er stand in einer Gruppe von Offizieren. Drumherum standen ein paar einfache Soldaten, sie waren bewaffnet. Die Offiziere beobachteten die Lage aus sicherem Abstand. Viele waren von hohem Rang. Der Major sah nun zu Wassilij herüber. Hornbrille ging zum Major und sprach mit ihm. Der Feuerwind heulte und trug ihre Worte nur in Fetzen herüber. Auf einen Wink des Majors kam ein Soldat zu Wassilij und forderte ihn auf, mitzukommen. Wassilij lief herüber und stellte sich in seinem Schutzanzug vor den Major.

»Kommandant Belov meldet sich zur Stelle.«

»Genosse Belov, ich bin froh, dass Sie es sind, der sich freiwillig gemeldet hat. Wir brauchen Männer wie Sie, die auch in kritischen Situationen den richtigen Einsatzwillen zeigen. Mein Respekt.«

Richtiger Einsatzwille? Entweder wusste der Major nicht Bescheid, oder er spielte nur den Unwissenden. Hornbrille schaute auf den Fußboden, als gäbe es dort etwas Interessantes zu entdecken.

»Herr Major, ich weiß nicht ….«

»Sie wissen, Genosse Kommandant! Sie wissen genau! Ich dulde hier keinen Widerspruch. Das Einzige, was Sie noch nicht wissen, ist das, um was es hier geht. Sie haben die sowjetische Armee beleidigt. Die Armee gibt Ihnen eine zweite Chance. Und diese Chance werden Sie nutzen, weil ich das so will! Wollen Sie das noch mal mit mir diskutieren?«

»Nein.«

»Na also. Sehen Sie den Bunker mit der Nummer 11, dort drüben am Waldrand?«

Wassilij sah zunächst nur dunklen Rauch. Dann erkannte er die Umrisse eines Erdbunkers, nur hundert Meter von ihm entfernt, recht nahe am Feuerherd. Aus dem Bunker stieg weißer Rauch auf. Die Tür zum Bunker war offen und aus den Angeln gehoben.

»Eine Katjuscha ist durch die Tür in den Bunker geflogen und hat dort drinnen einen Brand verursacht. Später gab es auch noch eine Explosion. In diesem Bunker werden zwei Atomsprengköpfe unserer Brigade gelagert. Der Brand im Innern dauert noch an. Die Sprengköpfe müssen dringend aus der Gefahrenzone gebracht werden. Sie müssen, verstehen Sie? Sie müssen! Das wird Ihre Aufgabe sein. Sie bekommen fünf Männer. Die werden die Arbeit für Sie machen. Sie müssen nur sagen, was sie zu tun haben. Haben Sie verstanden, Genosse Belov?«

Wassilij überlegte schnell. Wenn die atomaren Sprengköpfe dem Feuer ausgesetzt wurden, konnten sie explodieren. Oder es explodierte irgendeine andere Munition in diesem Bunker. Das war enorm gefährlich, ein Himmelfahrtskommando. Doch was sollte er machen? Hornbrille trug eine Pistole am Gürtel.

»Wurde die Strahlung vor dem Bunker gemessen, Genosse Major?«

»Nein, drinnen kann es aber Strahlung geben. Das ist jedoch harmlos. Allenfalls Alpha-Strahlung, die strahlt nur zehn Zentimeter. Das wissen Sie ja besser als ich. Es kommt auch immer darauf an, wie lange man sich der Strahlung aussetzt. Für ein paar Stunden im Strahlenschutzanzug wird es schon gehen. Tun Sie Ihre Pflicht.«

Strahlenschutzanzug? Wassilij stand in etwas, das er eher für einen Taucheranzug hielt, in seinen eigenen Schuhen, die mit Plastiktüten umwickelt waren. Ein paar Meter hinter ihm im Gras lag seine ganz normale Gasmaske. Ein Strahlschutzanzug sah anders aus.

»Hierfür bin ich nicht ausgebildet, Genosse Major.«

»Hören Sie, Genosse Belov. Ich brauche dort drinnen einen Spezialisten. Sie waren in Moskau. Sie wissen mehr über die Sprengköpfe der OTR-22 als ich. Sie wissen, wie sie funktionieren und vor allem, wie sie entschärft werden können. Ich gebe zu, der Einsatz ist gefährlich, aber er ist auch notwendig.«

Wassilij ahnte, was der Major damit andeuten wollte. Eine atomare Explosion war nicht ausgeschlossen, wenn man nichts tat. Im Grunde genommen konnte das jede Sekunde passieren.

»Die fünf Männer. Sind das ausgebildete Feuerwehrleute?«

»Nein, die meisten von den Feuerwehrleuten sind tot und der Rest ist nicht mehr zu gebrauchen. Aber das macht nichts, Belov. Kümmern Sie sich nicht um das Feuer. Das spielt jetzt keine Rolle. Sehen Sie dort die Schienen, die in den Bunker führen? Sie werden einen Rollwagen bekommen, um die Sprengköpfe herauszubringen. Sie müssen zweimal fahren. So ein Sprengkopf ist schwer. Fünfhundert Kilogramm. Dieses Gewicht müssen ihre Leute auf den Wagen stemmen. Innen gibt es elektrische Kräne, damit können Sie die Sprengköpfe auf den Wagen heben. Falls der Strom im Bunker dafür nicht mehr ausreicht, bekommen ihre Leute Stemmhebel. Die Sprengköpfe liegen in einem kleinen Raum im Innern, aufgebockt. Sehen Sie, hier.«

Der Major schlug einen Plan des Bunkers auf und tippte auf einen kleinen Raum im Zentrum der Bunkeranlage. Dann faltete er den Plan zusammen und gab ihn Wassilij.

»Gehen Sie los, Kommandant! In einer halben Stunde kann das schon erledigt sein. Sie melden sich anschließend bei mir persönlich zurück.«

»Bekomme ich ein Strahlenmessgerät?«

»Wir haben nur eins, und das brauche ich selbst. Ich habe schon weitere angefordert, aber so lange können wir nicht warten.«

»Ohne ein Gerät gehe ich nicht!«

Der Major knurrte und konnte seinen Unmut über diesen Widerspruch nur schwer zurückhalten. Doch dann befahl er einem der herumstehenden Soldaten, das Messgerät zu holen. Einen Augenblick später stand das Gerät vor ihnen auf dem Waldboden. Es war rechteckig, hatte einen Tragegriff und eine Messsonde. Wassilij kannte diese Geräte von seiner Ausbildung in Moskau.

»Und nun gehen Sie! Viel Glück!«

23 - ДВАДЦАТЬ ТРИ

In der ehemaligen Kaserne bei Vogelsang, 9. November 2001, 13.57 Uhr

Als Hannes das Gerät zum ersten Mal sah, machte er sich nur wenig Hoffnung, dass es etwas taugen würde. Franka hatte es in einem Koffer mitgebracht. Es sah eher aus wie ein Baukasten für ein Minensuchgerät aus dem zweiten Weltkrieg. Oder wie ein Weltempfänger, mit dem man Radiosender rund um den ganzen Globus empfangen konnte. RAM II stand auf dem schweren, olivgrünen Koffer. Das Gerät hatte eine zwanzig Zentimeter lange Sonde, die man an einem Griff zur Hand nahm und auf Menschen oder Gegenstände richten konnte. Die Sonde wurde über ein Kabel mit dem Gerät verbunden, das einige Anzeigen und Schaltknöpfe besaß: Alpha 1, Alpha 2, Betta 1 und Betta 2 stand neben einem Schaltknopf mit vier Einstellungen und daneben rätselhafte Symbole und russische Schriftzüge. Das Unglaublichste an diesem Gerät war jedoch die Batterie, die man brauchte, damit das Ding überhaupt funktionierte. Sie wog mehr als sechs Kilo.

»Was willst du hier überhaupt finden?«, fragte Franka.

»Das wirst du gleich sehen.«

»Doch nicht etwa eine verschwundene Atomwaffe?«

»Wer weiß, vielleicht haben wir ja Glück.«

Er hatte Franka am Vormittag nach einem Geigerzähler gefragt. Zunächst hatte sie ihn nur amüsiert angeschaut. Nach zwanzig Minuten hatte sie ihm jedoch diesen Koffer auf den Schreibtisch gestellt. Hannes war begeistert gewesen. Dann hatte er Franka gebeten mitzukommen. Es wäre streng genommen nicht dienstlich, hatte er ihr gesagt, und dass er sie trotzdem gern dabei haben wollte.

»Hannes, da mache ich nicht mit. Warum willst du das tun?«, hatte Franka erwidert.

»Ich hatte einen schlechten Traum«, hatte Hannes zur Antwort gegeben.

»Einen schlechten Traum?! Bist du jetzt von allen guten Geistern verlassen?«

»Ich erkläre es dir auf dem Weg. Komm jetzt!«

Auf der Fahrt hatte er ihr von seinem Atompilztraum erzählt. Aber auch von Sobolevs Andeutungen, was den vermissten Nuklearsprengkopf anging und dem Gespräch, das er mit Elena geführt hatte. Er erzählte Franka auch von dem Verhältnis, das Elena mit einem sowjetischen Offizier der nuklearen Streitkräfte gehabt hatte und wie dieser Mann auf rätselhafte Weise verschwunden war. Verschleppt oder sogar umgebracht vom KGB. Und das ausgerechnet zu der Zeit, als in Dannenwalde ein rätselhafter Großbrand viele Menschenleben gefordert hatte. Im August 1977.

Franka überlegte und gab zu bedenken, dass dies nicht unbedingt etwas mit dem erschlagenden Vater von Elena zu tun haben müsse. Stimmt, hatte Hannes gesagt, aber sie müssten trotzdem zur alten Kaserne in Vogelsang. Sie fuhren bis kurz vor Vogelsang, bogen am Ortseingang nach links auf einem asphaltierten Weg ab, der an einem alten Werksgelände vorbei führte. Dann bog Hannes nach rechts in einen kleinen Waldweg ab. Der Haupteingang zur Kaserne war versperrt, aber über diesen Waldweg konnten sie problemlos auf das Gelände gelangen. Hannes folgte dem Waldweg ein paar hundert Meter, bis sie zu einer alten verrosteten Schranke kamen, die ihnen den Weg versperrte. Er parkte seinen Opel direkt neben der Schranke. Sie stiegen aus und liefen auf einem Asphaltweg weiter in Richtung Kaserne. Hannes schleppte den Koffer mit dem Geigerzähler. Sie liefen eine Zeitlang an verfallenen Gebäuden vorbei, bis Hannes vor einem besonders großen, völlig verwahrlosten Gebäudekomplex stehen blieb.

»Das könnten die Gebäude für Fahrzeuge gewesen sein ...«

»Woher willst du das wissen? Für mich sehen diese Gebäude alle gleich aus.«

»Ich weiß es. Das sieht hier doch nach einer Art Garage aus. Ich habe mich mal im Internet schlau gemacht. Die Atomwaffen, die hier stationiert waren, waren alle mobil, sie konnten also von Fahrzeugen aus abgeschossen werden.«

Hannes öffnete den Koffer. Er verband die Sonde und die Batterie mit dem Messgerät. Jetzt würde es spannend werden. Wenn die Batterie leer war, würden sie heute nichts mehr erreichen. Schließlich würde dieses museumsreife Ding aus dem Bestand der Volksarmee kaum mit einer Autobatterie funktionieren.

»Und? Was soll ich hier nun machen?«

»Mir helfen.«

»Wenn du hier die verlorene Atomwaffe finden willst, warum lässt du das nicht durch unsere Fachleute machen?«

»Beckmann würde mich steinigen.«

»Stimmt«, sagte Franka und lachte amüsiert.

»Hilf mir einfach. Okay? Nimm es als eine Art Freundschaftsdienst. Ich will einfach nur sicher sein, dass ich Unrecht habe. Ich hatte diesen Traum wirklich. Und ich will auf jeden Fall sicher gehen, dass nichts von dem passiert, was ich geträumt habe. Ich weiß, das klingt etwas eigenartig, aber ich kann nicht anders. Hilf mir einfach.«

»Einverstanden. Aber weißt du eigentlich, wie groß dieses Gelände ist? Willst du hier alles untersuchen? Wie lange soll das dauern? Wo wollen wir überhaupt anfangen?«

»Soviel ich weiß, gab es auf diesem Gelände einen Raketenbunker, in dem Munition, Sprengstoffe und auch die Raketen selbst gelagert wurden. Ich glaube jedoch kaum, dass wir da etwas finden werden. Wenn jemand eine Bombe verstecken wollte, dann bestimmt nicht da, wo man sie als allerserstes suchen würde.«

Hannes blickte nach vorn auf ein weiteres auffallend hohes Gebäude mit einem Schornstein, der sicher mehr als fünfzig Meter hoch war.

»Siehst du das große Gebäude da vorn? Mit dem Schornstein. Das ist das ehemalige Kraftwerk, und das daneben sieht doch wirklich wie ein Krankenhaus aus. Und da, das Haus mit den Säulen vor dem Eingang, das sind bestimmt keine Mannschaftsunterkünfte gewesen. Möglicherweise war das eine Kommandantur. Oder die Offiziere wurden dort untergebracht. Irgendwo müssen wir ja anfangen.«

Franka sah sich um. In dieser verkommenen Kaserne gab es haufenweise Schornsteine, Schuppen und Gebäude, die meisten mit vergitterten Fenstern und eingefallenen Dächern. Die Türen standen meist offen. Und ob das zerfallende Gebäude neben dem Kraftwerk tatsächlich mal ein Krankenhaus war, blieb noch zu bezweifeln. Hannes legte den Schalter ganz links am Geigerzähler um, und tatsächlich, das Gerät summte, die Anzeige blinkte rot auf. Die Batterie war noch intakt.

»Was hast du denn gedacht? Dass die Ossi-Armee nur Schrott in ihrem Arsenal hatte? Das Ding ist zwar schwer, wird aber auch in zwanzig Jahren noch seinen Dienst tun. Russische Produktion. Es ist sogar schon digital.«

»Das sehe ich. Kannst du das bitte nehmen?«, fragte Hannes und übergab Franka die Sonde und das Messgerät, während er sich die schwere Batterie auflud.

»Das soll *ICH* nehmen?«, beschwerte sich Franka. »Ich habe wirklich alles getan, um dir dieses Ding aus dem Keller zu besorgen und nun soll ich das Ding auch noch schleppen?«

»Halt die Sonde vor dich, immer möglichst dicht an den Boden und lass uns erst einmal das Gebäude da vorn checken.«

Franka nahm die Sonde und hielt sie vor sich auf einer Höhe von fünfzig Zentimetern. Der Stab der Sonde war nicht lang genug und ließ sich auch nicht weiter ausziehen.

»Halt die Sonde tiefer! Ich schalte jetzt auf Alpha-Strahlung, die reicht nicht sehr weit.«

»Wo würdest du eigentlich eine Atombombe verstecken? Glaubst du, die haben die Atombombe hier einfach liegen lassen? In einem solchen Schuppen? Und was zum Teufel ist Alpha-Strahlung?«

»Atombomben enthalten Uran-235 und meist auch Plutonium-239. Diese Stoffe sind radioaktiv und geben Alpha-Strahlung ab. Wenn es hier eine Atombombe gibt, dann müssten diese Stoffe hier messbar sein. Insbesondere, wenn die Bombe Plutonium-239 enthält, denn das angereicherte Plutonium strahlt sehr intensiv und lange.«

»Du glaubst also wirklich, dass hier noch eine Atombombe vergraben liegt und wir mit diesem museumsreifen Ding radioaktive Strahlung finden?«

»Ich sehe, du kannst mir folgen. Aber ehrlich gesagt, ich weiß es nicht. Möglicherweise liegt die Bombe auch ganz woanders oder sie existiert gar nicht. Dann habe ich nur schlecht geträumt. Im Traum war die Bombe jedenfalls hier und ist tatsächlich explodiert. Halt die Sonde noch tiefer!«

»Was ist das mit diesem Belov und dem Lazarett. Glaubst du, das hat was mit der verschwundenen Bombe zu tun?«

»Wenn ich ehrlich bin, keine Ahnung«, sagte Hannes und zeigte auf die nächstgelegene Baracke.

»Lass uns mit dem Geigerzähler da mal reingehen.«

In den nächsten Stunden klapperten sie ein Gebäude nach dem anderen ab, stiegen durch Türen oder Fenster ein und überprüfen jeden Raum und jeden Quadratmeter. Franka hielt die Sonde dicht über dem Boden, denn alles was klein und schwer wie Metall war, würde am Ende auf dem Boden landen. Wenn es hier tatsächlich eine Atombombe gab, dann war es überhaupt fraglich, ob sie das messen konnten. Die Strahlung von Plutonium oder Uran würden sie jedenfalls nur aus nächster Nähe messen können. Sie mussten also sehr sorgfältig und konzentriert arbeiten. Gebäude für Gebäude wurde abgesucht. Dabei redeten sie nur wenig. Nachdem Hannes und Franka zehn Gebäude von oben bis unten abgesucht hatten, nahmen sie sich das letzte Gebäude in diesem Block vor. Auch hier konnten sie keine Strahlung feststellen. Franka blieb für einen Moment stehen und strich sich durch die Haare. Man sah ihr an, dass sie keine Lust mehr hatte.

»Was macht eigentlich deine Trennung?«, fragte Franka. »Ich habe gar nicht den Eindruck, dass dich das beschäftigt.«

»Ich bin halt ein Verdrängungskünstler«, erwiderte Hannes. »Halt die Sonde noch mal ganz dicht über den Boden. Bitte. Es gibt hier überall Stahltüren. Hier könnte mal Munition gelagert worden sein. Das wäre ein geeigneter Ort, um eine Bombe zu verstecken.«

Franka tat es.

»Und?«

»Nichts.«

Hannes seufzte und gab ihr ein Zeichen, dass sie aufhören sollte. Es hatte keinen Zweck mehr. Sie hatten beide Stockwerke des Gebäudes gründlich geprüft. Es war unmöglich, alle Gebäude oder sogar das ganze Gelände abzusuchen. Bisher hatten sie nichts gefunden. Es war wie bei der Suche nach einer Nadel im Heuhaufen: Zum Verzweifeln.

Sie traten hinaus ins Freie. Mittlerweile dämmerte es schon. Der Himmel war bedeckt und grau. Zu dieser Jahreszeit wurde es immer früher dunkel. »Warum habt ihr euch eigentlich getrennt?«, fragte Franka.

Hannes verspürte kein Verlangen, mit einer Kollegin über seine Beziehungsprobleme zu sprechen, aber er hatte das Gefühl, ihr für ihre Unterstützung etwas schuldig zu sein. Allerdings wäre ihm jedes andere Thema lieber gewesen.

»Du weißt ja, wie das ist: Nachtschichten, dringende Fälle, den Kopf niemals frei. Kaffee, um wach zu blieben und dann todmüde nach Hause, und am nächsten Tag das gleiche Programm.«

»Kenne ich.«

Franka warf die Sonde auf den Boden und setzte sich ins feuchte Gras. Hannes blieb stehen.

»Soll ich dir sagen, was mein Mann mir da immer sagt? Er behauptet, ich wäre nicht interessiert an unserer Familie. Ich würde immer nur arbeiten wollen. Es gibt immer wieder Stress deswegen.«

»Tja, die meisten verstehen nicht, was unser Job eigentlich mit uns macht. Das ist ein Problem.«

»Stimmt.«

»Aber ihr seid noch zusammen«, stellte Hannes klar. »Das ist der Unterschied zu mir. Dein Mann liebt dich trotzdem.«

»Mag sein.«

»Na also.«

Franka gähnte.

»Meinst du eigentlich, wir finden auf dem Gelände noch was? Wir haben doch jeden Zentimeter im Umkreis von fünfhundert Metern abgesucht. Mehr schaffen wir nicht. Wenn wir hier was finden wollen, brauchen wir wesentlich mehr Leute.«

Hannes zögerte. Sie hatte Recht, es machte wirklich keinen Sinn mehr. Das Gelände war einfach zu groß. Und solche winzigen Strahlenmengen würden nur schwer zu finden sein, selbst wenn es hier tatsächlich Radioaktivität gab, was er langsam bezweifelte.

»Weißt du eigentlich, wo wir hier gerade sind?«, fragte Hannes und sah sich um. »Siehst du da vorn, das könnte das Krankenhaus gewesen sein. Und dieser Flachbau hinter uns. Das könnte das Lazarett gewesen sein, in dem Raketenoffizier Belov behandelt wurde.«

»Mag ja sein. Aber was hat das mit der verschwundenen Atombombe zu tun?«

»Wahrscheinlich nichts. Du hast die Nase voll, nicht wahr?«

»Richtig. Lass uns hier verschwinden«, schlug Franka vor.

»Ich muss noch die Pressekonferenz vorbereiten. Ich hoffe, du weißt, was wir denen morgen erzählen werden. Und ich hoffe, nichts von verlorenen Atomwaffen.«

Franka erhob sich, nahm das Messgerät und wollte nach der Sonde auf dem Boden greifen. Da stutzte sie.

»Moment mal.«

»Was ist?«, fragte Hannes, griff nach der Batterie und trat zu ihr.

Franka starrte auf die Anzeige.

»Ich werde verrückt. Ein Ausschlag!«

24 - ДВАДЦАТЬ ЧЕТЫРЕ

Munitionslager Dannenwalde, 14. August 1977, 16.15 Uhr

Sie hatten ihre Gasmasken aufgesetzt und gegenseitig überprüft, ob sie auch richtig saßen. Dann waren sie langsam und sehr vorsichtig Schritt für Schritt auf den Eingang des Bunkers zugegangen. Im Vergleich zu den anderen war dies ein besonders auffälliger Bunker. Bunker 11 war tiefer in die Erde gelegt als die anderen und hatte eine fünfzig Zentimeter dicke, runde Stahltür. Die stand jetzt weit offen. Wassilij ging als Erster durch den Eingang, um ihn herum wurde es sofort dunkler. Durch das zerkratzte Glas der Gasmasken konnten sie schon bei Sonnenlicht nicht viel sehen, erst recht nicht hier drinnen im Dunkeln. Sie schalteten ihre Taschenlampen an. Schon nach wenigen Metern kam ihnen immer mehr weißer Qualm entgegen. Der Qualm war so undurchdringlich, dass die Strahlen ihrer Lampen nur noch wenige Zentimeter weit reichten. Wassilijs Männer waren stehengeblieben. Wassilij musste vorangehen, von allein würden sie sonst keinen Meter weitergehen. Warum hatten sie ihm ausgerechnet diese Männer gegeben? Diese Leute waren keine Feuerwehrmänner und sie hatten offenbar noch nie einen Brand gelöscht. Es waren Polen, die scheinbar keine Ahnung hatten, warum sie hier waren und was sie überhaupt machen sollten. Ihr Russisch war so schlecht, dass Wassilij ihnen jeden Befehl mit einfachen Worten vorsprechen und mehrfach wiederholen musste. Und selbst das half nicht immer. Hinter ihm schoben die Polen einen Wagen auf Schienen voran. Die Schienen führten durch den Eingang in den Bunker und in den Qualm hinein. Wassilij blickte auf die Anzeige des Strahlenmessgeräts: Kein Ausschlag, das war gut. Trotzdem war das, was sie taten, sehr gefährlich, denn sie liefen in einen Munitionsbunker hinein, in dem es offensichtlich brannte und in dem Tonnen von hochexplosiver Munition lagerten. Das war kompletter Wahnsinn. Etwas Ähnliches mussten auch die Polen gedacht haben, das musste er ihnen nicht übersetzen.

Wassilij ging sehr langsam und behutsam weiter voran. Schritt für Schritt, wie bei einer Exkursion auf dem Mond. Seine Polen folgten ihm zögerlich. Sie hatten offensichtlich Angst. Der Major hatte ihnen Stemmhebel und ein paar tragbare Löschpulvergeräte gegeben. Sie gingen ohne einen Wasserschlauch, was sie erst recht nicht verstanden hatten. Doch Wasser war gefährlich, wenn es im Bunker noch Strom gab. Es hätte lebensbedrohliche Kurzschlüsse geben können.

Wassilij blickte durch die Plexiglas-Linsen seiner Gasmaske auf den Plan, den er in seinen dicken Handschuhen hielt. Im ersten Vorraum des Bunkers wurde keine Munition gelagert, dies war nur ein Geräteraum. Es gab dort drinnen nur einige Systeme zur Versorgung des gesamten Bunkerkomplexes. Und richtig, als er durch einen weiteren Durchgang von fünf Metern Breite in den Vorraum trat, konnte er links und rechts an den Wänden Geräte erkennen. Es waren Sicherungskästen, Hebel, Leitungen, Potentiometer, Druckmesser und drehbare Handverschlüsse zu erkennen. Irgendetwas konnte damit gesteuert und geregelt werden. Wassilij wusste jedoch nicht, ob er damit auch den Strom wieder einschalten konnte. Die Rakete musste durch diesen Vorraum hindurch und weiter ins Innere des Bunkers geflogen sein.

Ein erster Anflug von Panik überrollte ihn. Seine Leute erwarteten von ihm, dass er wusste was er tat, dass er ihnen einen Befehl gab. Dabei war er nicht mal in der Lage, etwas zu sehen. Er konnte sich nur langsam voran tasten. Mit seiner rechten Hand drückte er ein paar Knöpfe in einem Kasten. Wie erwartet, tat sich nichts. Die Explosion im Inneren des Bunkers musste den Strom unterbrochen haben. Ohne Strom würden sie jedoch niemals den Kran in Bewegung setzen können, den sie für den Abtransport der Sprengköpfe brauchten.

Wassilij bekam kaum noch Luft. Der Qualm wurde immer dichter. Er nahm all seinen Mut zusammen und trat noch zwei Schritte weiter in die Finsternis hinein. Hier drinnen stieg die Temperatur merklich an. Wassilij rann der Schweiß. Da! Ein Schatten. Erst als er schon fast dagegen stieß, sah er, was er gefunden hatte:

Ein riesiger Motor, daneben ein Tank, zehn Meter lang und zwei Meter im Durchmesser. Das war das Notstromaggregat, wahrscheinlich voll mit Diesel, der jeden Augenblick explodieren konnte. Wassilij dachte fieberhaft nach. Atomsprengköpfe mussten gekühlt werden. Das Uran und das Plutonium im Inneren der Sprengköpfe erzeugten ständig Energie und damit Hitze. Diese Hitze musste abgeführt werden, ansonsten bestand Explosionsgefahr. Denn Uran - und viel mehr noch Plutonium - neigte zur Selbstentzündung, falls eine gewisse Temperatur überschritten wurde. Und dann gute Nacht. Das Notstromaggregat war genau für solche Fälle wie diesen vorgesehen. Es sollte automatisch für die nötige Kühlung sorgen, wenn der Strom ausgefallen war. Ein Stromausfall in einem Atomwaffenlager war etwas, was auf keinen Fall passieren durfte. Und dieses verdammte Notstromaggregat lief nicht. Wassilij begann zu verstehen, was die Männer hinter ihm nicht mal ahnten. Hier bestand die Gefahr einer atomaren Explosion, die sie in jedem Moment erwischen konnte.

Wassilij hielt die Sonde des Geigerzählers vor sich und lenkte seine Taschenlampe auf das Strahlenmessgerät. Er sah, dass der Zeiger leicht ausschlug. Nicht viel, aber hier gab es definitiv eine erhöhte radioaktive Strahlung, auch wenn diese noch nicht lebensgefährlich war. Der Kleinste der Polen trat neben Wassilij. Er ging vorsichtig noch einen Meter weiter zum Dieselmotor vor.

»Kenne Maschine. Ist DDR-Maschine mit Diesel!«

In seiner Gasmaske sah der Pole aus wie ein Bewohner einer Welt, in der es nur Ruß und Feuer gab. Selbst als Wassilij den Lichtstrahl seiner Taschenlampe aus wenigen Zentimetern direkt auf die Maske des Polen lenkte, waren dessen Augen kaum zu erkennen. Und trotzdem war Wassilij froh, dass der Pole ihm helfen wollte. Sie mussten ein Team sein, wenn sie hier drinnen überleben wollten.

In diesem Augenblick gab es draußen eine gewaltige Explosion. Feiner Sand rieselte von der Decke. Ein paar weitere Katjuscha-Raketen mussten hochgegangen sein. Wassilij dachten an die abgetrennten Gliedmaßen der Feuerwehrleute, die am Rande des Waldes im Gras lagen.

»Kriegst du sie in Gang?«

»Muss ich sehen. Warte!«

Die anderen Polen rückten nach und beobachteten, was ihr Kumpel anstellte. Scheinbar wusste der genau, was zu tun war. Kaum eine Minute später tuckerte der Dieselmotor des Notstromaggregats. Bei allen kam ein euphorisches Gefühl auf, als wenig später flackerndes Licht den Raum erhellte. Alles würde gut gehen, dachte Wassilij, möglicherweise was es einfacher als gedacht. Hier drinnen konnte es nicht so schlimm sein, wenn sogar das Licht noch funktionierte. Auch der Qualm schien nicht mehr so dick. Vom Dieselmotor führte ein Abgasrohr nach oben durch die Decke des Bunkers ins Freie. Der Motor saugte ganz ordentlich. Bald würden sie auch besser sehen können.

Vorsichtig und immer auf den Vordermann bedacht gingen sie weiter in den Bunker hinein. Schon nach wenigen Schritten versperrte eine Stahltür ihnen den Weg. Rauch drang unter den Türritzen hervor. Daneben erkannten sie das, was einmal die Stromversorgung gewesen sein musste. Die Katjuscha-Rakete war direkt in den Verteilerkasten neben der Tür eingeschlagen und hatte ganze Arbeit geleistet. Die Reste der Rakete lagen vor dem Verteiler, und die schwarzen Brandspuren der Explosion waren deutlich zu erkennen.

Wassilij befahl seinen Männern, diese zweite Tür zu öffnen. Die zentimeterdicke Stahltür wurde normalerweise mit einem Elektromotor geöffnet. Der funktionierte jetzt aber nicht mehr. Seine Leute fanden ein Handrad und öffneten die schwere Tür manuell. Ihnen kam sofort so viel Qualm und Hitze entgegen, dass sie sich auf den Boden knien mussten. Der Raum im Inneren des Bunkers war nicht beleuchtet. Scheinbar versorgte der Dieselmotor nur die Räume außerhalb mit Strom und Licht. Als sich der Qualm verzogen hatte, leuchtete Wassilij mit seiner Taschenlampe hinein. Das Erste, was er sah, waren schwach glühende Punkte. Sofort befahl er seinen Leuten zurückzubleiben. Die Punkte leuchteten gelborange und waren überall im Raum verteilt. Vorsichtig tastete sich Wassilij vorwärts. Der Raum hatte eine Tiefe von etwa zehn Metern, war fünf Meter breit und zwei Meter hoch. Er stand hier im innersten Kern des Bunkers. In diesem Raum mussten die Atomwaffen gelagert sein. In der Mitte bemerkte er etwas Massives und Schweres. Die Wände waren rußgeschwärzt. Er leuchtete nach oben. An der Decke hing eine Kranvorrichtung. Doch Wassilij konzentrierte sich wieder auf die kleinen glühenden Punkte auf dem Boden. Es waren hunderte oder gar tausende. Wassilij hielt sein Strahlenmessgerät darüber. Es schlug laut surrend Alarm. Radioaktivität von hoher Intensität. Die Punkte waren siedendes Plutonium, glühend heiß und gefährlich. Einer der Sprengköpfe musste explodiert sein. Der Ausfall der Kühlung hatte bewirkt, dass sich das Plutonium im Innern des Sprengkopfs erhitzt und den konventionellen Sprengstoff zur Explosion gebracht hatte. Die Reste der explodierten Bombe lagen verteilt im Raum herum. Der Radiumkern war in eine Ecke des Raumes geschleudert worden. Es war ein glatter Zylinder, etwa hundertfünfzig Zentimeter lang und dreißig Zentimeter dick. Auch dieser strahlte stark radioaktiv. Und überall lagen Plutoniumsplitter herum. Tausende von winzigen Teilchen verglühten hier vor seinen Augen bei Temperaturen von mehreren hundert Grad. Zum Glück hatte diese Explosion keine atomare Kettenreaktion ausgelöst, aber damit war die Gefahr noch lange nicht gebannt. Seit die Tür geöffnet worden war, hatten sie sich der massiven Strahlung des Plutoniums ausgesetzt. Nun zählte jede Sekunde. Seine Leute starrten ihn an und wollten von ihm hören, was sie tun sollten. Sie ahnten wohl nicht, dass sein Gerät radioaktive Strahlung messen konnte. Würde er es ihnen sagen, wären sie sicher nicht mehr hier.

»Keine Sorge. Das ist nicht gefährlich. Aber bleibt weg von den glühenden Steinen. Auf keinen Fall anfassen!«, rief Wassilij.

Das war nicht mal gelogen. Plutonium gab Alpha-Strahlung ab. Die Wirkung dieser Strahlung auf den menschlichen Körper war zwar zehnmal stärker als Betta- oder Gamma-Strahlung, allerdings nur in einem Wirkungskreis von wenigen Zentimetern. Man durfte Plutonium jedoch auf keinen Fall berühren. Das wäre tödlich. Wassilij blickte auf das zweite Objekt, das dort noch immer bedrohlich in der Mitte des Raumes lag. Der konventionelle Sprengstoff der ersten Bombe war zwar explodiert, hatte den Sprengkopf der zweiten Bombe jedoch nicht zur Explosion gebracht. Das war zwar ein kleines Wunder, aber kein Grund für übertriebenen Optimismus. Wassilij wusste, dass der zweite Sprengkopf ebenso glühend heiß war und jeden Augenblick explodieren konnte.

»Löschen! Schnell, nutzt die Feuerlöscher für dieses Ding hier!«

Sofort waren seine Leute dabei, ihre Feuerlöschbehälter über den zweiten Sprengkopf zu entleeren. Es schien jedoch eher wie ein Akt der Verzweiflung. Es zischte, als das Löschpulver auf das heiße Metall traf. Wassilij musste den zweiten Sprengkopf unbedingt weiter abkühlen, sonst würden sie durch die nächste Explosion pulverisiert werden.

»Versucht die Klimaanlage in Gang zu bringen. Die Klimatisierung muss laufen! Schnell!«

Wassilij zeigte auf die Rohre der Klimaanlage an der Decke und hoffte, seine Polen würden verstehen. Wie durch ein Wunder summte einige Minuten später die Klimaanlage und führte kühlere Luft von außen in den Raum. Jetzt würde es einfacher werden. Zumindest würden sie nicht in den nächsten Minuten in die Luft fliegen.

Der Kran wurde in Gang gebracht. Mit ihm gelang es, den zweiten fünfhundert Kilogramm schweren Sprengkopf an zwei Ketten anzuheben und vorsichtig in Richtung Tür zu fahren. Hier wurde er auf den mitgebrachten Wagen verladen. Dazu nutzen sie ihre Stemmhebel. Seine Polen erledigten das, als hätten sie zuvor nie etwas anderes getan. Als einer der Männer seinen Handschuh ausziehen wollte, um den Kran zu bedienen, befahl ihm Wassilij, den

Handschuh wieder anzuziehen. Einen anderen, der seine Gasmaske abnehmen wollte, beschimpfte er, wobei der ihm daraufhin nur unwillig gehorchte.

Eine knappe Stunde, nachdem sie den Bunker betreten hatten, verließen sie ihn und schoben dabei keuchend und schwitzend einen Wagen auf Schienen, der die Last von einer halben Tonne trug. Soldaten und Feuerwehrleute sprangen herbei und klopften ihnen auf die Schulter. Gut gemacht, hieß es. Die Polen blinzelten aus rußgeschwärzten Gesichtern und lächelten erschöpft zurück. Der Brand draußen war nicht kleiner geworden, aber es gab inzwischen noch mehr Soldaten und Fahrzeuge, wie Wassilij bemerkte.

»Gratuliere Belov«, rief der Major, als sich Wassilij zurückmeldete. »Ich wusste, Sie kriegen das hin. Aber was ist mit dem zweiten Sprengkopf?«

»Explodiert.«

Belov atmete schwer. In seiner Brust spürte er einen stechenden Schmerz. Gasmaske hin oder her, er hatte das Gefühl, dass seine Lunge völlig ruiniert war. In Wassilijs verdrecktem Gesicht spiegelte sich Erschöpfung. Seine Lippen zitterten.

»Hm, das ist schlecht.«

Der Major sah für einen Moment an ihm herab, als überlegte er, was dieser Mann überhaupt noch in der Lage war, zu leisten. Doch was immer er auch in diesem Moment dachte, sein Entschluss stand fest.

»Sie müssen da nochmal rein.« Sein Ton war eisern. Wassilij blickte ihn entsetzt an. Er sprach so laut, dass ihn alle gut hören konnten.

»Genosse Major. Im Bunker liegt Plutonium offen herum. Es glüht, es gibt Strahlung und giftige Gase. Niemand kann da so lange ….«

»Kein Widerspruch! Sie gehen da nochmal rein und holen das übrige Zeug. Sie müssen das Plutonium einsammeln. Wir müssen es von hier wegbringen, dahin, wo es keinen Schaden anrichten kann. Jede Minute zählt. Der Wind treibt den Qualm und den Ruß des Feuers bis ins Dorf. Das Plutonium muss weg!«

»Es brennt dort drinnen, es ist lebensgefährlich, die Hitze, die Strahlung, die Gase ..«, versuchte es Wassilij noch einmal.

»Unsinn!«

Der Major hatte das Wort so laut gebrüllt, dass selbst in diesem Lärm und Chaos einige Soldaten kurz herüberschauten, bevor sie fortfuhren, das immer noch lodernde Feuer zu bekämpften.

»Haben Sie wenigstens Atemgeräte?«

»Die paar, die wir haben, braucht die Feuerwehr für die Brandbekämpfung. Was glauben Sie, was wir hier draußen tun? Die Katjuschas explodieren und töten. Das sind IHRE Kameraden. Sie sind doch ein Sowjetmensch, ein Mensch, der für seine Genossen lebt. Sie brauchen doch keine Sauerstoffgeräte, während hier draußen gestorben wird! Ihre Leute können weiter mit Gasmasken und Handschuhen arbeiten. Dann wird ihnen schon nichts passieren.«

»Das Plutonium ist stark radioaktiv …«

»Nur Alpha-Strahlung. Die ist harmlos. Das wissen Sie so gut wie ich!«

»Das kann Stunden dauern.«

»Dann dauert es eben Stunden!«

Wassilij dachte fieberhaft nach. Tat der Major nur so ahnungslos oder wusste er, was er da von ihm verlangte?

»Genosse Major, ich habe wirklich große Bedenken …«

Der Major stellte sich näher an Wassilij heran und zeigte auf die Bunkeröffnung, aus dem noch immer weißer Qualm aufstieg.

»Zur Kenntnis genommen. Sie gehen da jetzt sofort wieder rein! Das ist ein Befehl!«

Wassilij blickte sich hilfesuchend um. Hinter dem Major standen zwei junge Soldaten mit Kalaschnikows. Die waren eine Art Begleitschutz des Majors. Und Hornbrille, der das Gespräch verfolgt hatte, zuckte nicht mal.

»Besser wir warten, bis Leute mit Strahlenanzügen und Sauerstoffgeräten …«

Der Major stemmte seine Hände in die Taille.

»SIE gehen da rein und nicht irgendwelche anderen Leute! Haben Sie vergessen, dass Sie sich bewähren müssen? Sie haben kein Recht zu erwarten, dass andere das für Sie tun. Das hier ist ihre Bewährungschance. Ich habe ihnen einen Befehl erteilt, Soldat. Wollen Sie diesen Befehl aus Feigheit verweigern!?«

Der Major gab den zwei hinter ihm stehenden Soldaten einen kurzen Wink, worauf diese ihre Maschinenpistolen auf Wassilij anlegten. Einfache Bauerngesichter. Die würden Wassilij einfach niedermähen, ohne weitere Fragen zu stellen. Der Major wusste, mit welchen Leuten er sich umgeben musste, wenn es darauf ankam. Hornbrille schaute kalt. Sein Blick schien zu sagen: Besser du gehst und hast eine Chance. Wenn du nicht gehst, hast du jedenfalls keine. Es wäre ein verdammt sinnloser Tod, denk nicht mal daran!

Wassilij senkte den Kopf und überlegte. Plutonium strahlte nur in einem geringen Abstand. Es stimmte, was der Major sagte. Sie mussten einfach nur aufpassen, dass sie diesem Zeug nicht zu nahe kamen und ihre Gasmasken aufbehalten. Kein Milligramm durfte auf die Haut kommen. Dann könnten sie es schaffen. Es war nicht unmöglich.

Er nickte fast unmerklich.

25 - ДВАДЦАТЬ ПЯТЬ

Konferenzsaal, LKA Eberswalde, 10. November 2001, 10.00 Uhr

Die Pressekonferenz hatte eigentlich ganz harmlos begonnen. Kurz vor 10 Uhr trafen ein paar Journalisten ein, die Franka tags zuvor per E-Mail informiert hatte. Die meisten schrieben für Lokalzeitungen aus Berlin oder Potsdam oder sie berichteten für‘s Radio. Überregionale Zeitungen oder Fernsehjournalisten waren nicht vertreten. Einige Journalisten telefonierten sogar noch, als der Polizeipräsident persönlich die Konferenz eröffnete. Er sprach über die verstärkten Bemühungen der Polizei, neben den laufenden Ermittlungen und der Aufklärungsarbeit auch die Öffentlichkeitsarbeit voranzutreiben und zu verbessern. Er bedankte sich bei seinen Mitarbeitern und lobte insbesondere die Arbeit der Pressestelle, räumte dann allerdings ein, dass neue Herausforderungen und eine veränderte Erwartungshaltung den Anlass für weitere Verbesserungen geben würden. Er kündigte mehr Nähe zu den Vertretern der Presse an, indem er in Zukunft der Öffentlichkeit einen noch direkteren und schnelleren Zugriff auf die Ergebnisse der Ermittlungen schaffen wollte. Die dafür notwendige Umstrukturierung im Hause sei selbstverständlich schon im Gange.

Hannes bemerkte, dass dieses Thema die anwesenden Journalisten eher weniger zu interessieren schien. Sie zeigten erst mehr Aufmerksamkeit, als der Polizeipräsident das Wort an Beckmann übergab, der den augenblicklichen Stand der Ermittlungen im Fall Kohlhaas erläutern sollte. Beckmann stellte in gewohnt eloquenter Manier den Sachstand dar. Von den Ergebnissen der Obduktion bis hin zu den Befragungen im Dorf, die ja nichts gebracht hatten, verdeutlichte er, mit welcher Priorität und Kompetenz man in diesem Fall vorging. Er verwies auf die schwierige Spurenlage aufgrund des Tatzeitpunktes und des andauernden Regens. Die wenigen Fragen der Anwesenden wurden kompetent und umfassend beantwortet.

Hannes musste dazu nichts beitragen. Er fühlte sich überflüssig und hing seinen eigenen Gedanken nach. Das Ende der Konferenz war schon fast erreicht, als sich überraschend eine eher schmächtig wirkende Journalistin zu Wort meldete. Sie fragte, ob man bestätigen könnte, dass erstens, der ermordete Kohlhaas ein einflussreiches Mitglied der SED war, zweitens der Ermordete ein verdeckter Mitarbeiter des sowjetischen KGB und drittens der Ermordete etwas zum Verbleib einer verlorenen russischen Atomwaffe gewusst hatte.

Sofort wurde es still im Raum. Als wäre eine Bombe geplatzt. Alle starrten die Frau an. Und dann richteten sich die fragenden Blicke auf das Podium. Der Polizeipräsident blickte zu Beckmann, Beckmann blickte zu Franka und Franka zu Hannes, der sich in Gedanken schon auf die nächste Zigarette im nächstgelegenen Raucherraum gefreut hatte.

Es war Beckmann anzusehen, dass er am liebsten im Boden versunken wäre. Woher hatte die Frau diese vertraulichen Informationen? Entweder vom LKA, oder es gab ein Leck beim Bundeskriminalamt in Wiesbaden. Doch diesen Gedanken verwarf er sofort wieder. Das BKA wusste von der SED-Mitgliedschaft und den Kontakten zum KGB, aber was war das für ein Bull-Shit mit einer verschwundenen Atomwaffe? Das war ihm selbst völlig neu. Beckmann stand auf, ging zu Hannes rüber und beugte sich zu ihm hinunter, so dass niemand im Raum von ihren Lippen ablesen konnte.

»Was ist das für ein Mist mit dieser russischen Atomwaffe?«

»Wir wollten gerade mit dir darüber sprechen«, warf Franka ein, die die Frage gehört hatte. Hannes nickte.

»Verdammt!«, zischte Beckmann. »Verdammte Scheiße noch mal.«

Dann ging er mit zusammengekniffenen Lippen zurück zu seinem Platz, wandte sich den Journalisten zu und bestätige die SED-Mitgliedschaft und die Arbeit für den KGB. Zur Frage nach der verschwundenen Atomwaffe wollte er sich zum derzeitigen Stand der Ermittlungen nicht äußern, da hierzu noch kein Sachstand vorliege, wie er es ausdrückte. Er warnte jedoch vor voreiligen Schlüssen und versprach rasche Aufklärung.

Dann beendete Beckmann die Pressekonferenz und machte Anstalten, den Raum zu verlassen. Der Polizeipräsident und seine überraschten Kollegen schlossen sich ihm an, auch wenn einige der Journalisten protestierten und ihnen empört hinterher riefen. Sie alle waren von der Frage und der Antwort überrascht worden. Und jetzt waren alle Journalisten dabei, sich auszumalen, was das bedeuten konnte: Eine verlorene russische Atomwaffe auf deutschem Boden? Waren die nicht längst schon alle weg? Es gab doch nur noch amerikanische Waffen in Deutschland. Was würde es bedeuten, wenn ein solche verloren gegangen war? Und welches akute Gefährdungspotenzial lag vor? Musste die Bevölkerung gewarnt werden? Wie gefährlich war die Situation? Die Presseleute hatten viele Fragen, bekamen aber keine Antworten.

»Ich hatte heute Morgen versucht, dich anzurufen … .«, versuchte es Hannes im Gang. Beckmann lief mit hohem Tempo.

«Ich habe dich aber nicht erreicht. Ich konnte ja nicht wissen ….«

»Nicht hier«, erwiderte Beckmann. Sie waren bei Beckmanns Büro angekommen. Der Polizeipräsident war noch immer bei ihnen. Er wirkte verärgert und würde erwarten, dass man ihm sofort erklärte, was hier vorging.

»Lass uns das in Ruhe in meinem Büro besprechen«, sagte Beckmann. Ihm war deutlich anzumerken, wie verärgert er war. Dort angekommen erklärte Hannes im Beisein des Polizeipräsidenten die Situation. Er gab zu, dass dem LKA nicht nur die KGB-Akten der russischen Botschaft vorlagen, die beweisen konnten, dass Kohlhaas für den KGB gearbeitet hatte. Sondern auch, dass die russische Botschaft angedeutet hatte, dass ein Nuklearsprengkopf vermisst wurde. Und dass die Botschaft annahm, dass Kohlhaas gewusst hatte, wo der Sprengkopf zu finden war.«

Beckmann explodiert fast.

»Und warum rückst du erst jetzt damit raus? Warum habe ich nichts davon gewusst? Ich dachte, wir wären ein Team, wir müssen doch zusammenarbeiten! Und wir arbeiten erst dann zusammen, wenn wir auch zusammen arbeiten! Erst recht in dieser Sache, die von so großer Bedeutung ist!«

Hannes suchte nach Worten. Er konnte Beckmann ja nicht sagen, dass er ihn mit Absicht im Unklaren gelassen hatte.

»Ich war mir halt nicht sicher. Es gab keinen weiteren Anhaltspunkt, der diesen Verdacht bestätigte. Es gab nur Andeutungen von einem Vertreter der Botschaft. Was hätte ich denn deiner Meinung nach mit diesen Andeutungen machen sollen? Sollte ich euch davon informieren? Habt ihr nicht sogar gesagt, dass wir diesem Sobolev nicht trauen dürften? Ihr hättet mich doch alle für verrückt gehalten!«

Nun mischte sich auch der Polizeipräsident ein.

»Herr Beckmann, Herr Keppler. Würden Sie bitte die Güte besitzen, mich ins Bild zu setzen? Was mich angeht, halte ich Ihre Zweifel für durchaus angemessen, Herr Keppler. Und zwar so lange, bis Sie mir handfeste Beweise und Hinweise liefern können, dass dieser Fall tatsächlich mit Atomwaffen zu tun hat. Von daher habe ich durchaus Verständnis für Ihr Verhalten. Haben Sie denn Beweise?«

Hannes und Franka schauten sich an.

»Nun ja. Es ist so …«, versuchte es Franka mit einem Seitenblick auf Hannes. »Ich sag mal einfach, wie es ist. Hannes hatte mich gestern gebeten, ihn zur alten Kaserne in Vogelsang zu begleiten. Er wollte, dass ich einen Geigerzähler mitbringe ....«

»Einen Geigerzähler?« brachte Beckmann bestürzt hervor.

Franka schwieg und schaute ertappt zu Boden

»Was Franka damit sagen will ...«, sprang Hannes ein. »Wir haben gestern auf dem Gelände der Kaserne in Vogelsang radioaktive Strahlung gemessen. In einer Intensität, die nicht gefährlich ist. Wir wollten direkt nach der Pressekonferenz ein Team dorthin schicken, um die Sache weiter zu verifizieren. Möglicherweise ist alles auch nur ein Fehlalarm. Ich halte das für sehr wahrscheinlich. Es war ein altes Messgerät aus dem Bestand der Volksarmee und ... «

»Gut«, unterbrach Beckmann. »Klären wir das mit der Strahlung, bevor wir weitere Schritte unternehmen. Schicken wir ein Team hin. Aber ohne viel Aufmerksamkeit zur erzeugen. Am besten sofort. Sonst sind diese Presse-Heinis vor uns da. Franka, bitte kümmere dich darum. Nimm dir zwei Leute. Zeig ihnen die Stelle. Sie sollen auch Bodenproben nehmen und ein wenig tiefer graben.«

Franka nickte und ging in ihr Büro. Der Polizeipräsident nickte ebenfalls zustimmend. »Herr Beckmann, ich sehe, Sie haben die Sache hier im Griff. Sorgen Sie dafür, dass es so bleibt. Wir müssen aufpassen, wie wir mit der Presse umgehen und was wir der Presse dazu sagen. Die werden nicht locker lassen. Halten Sie mich in jedem Fall auf dem Laufenden.«

Dann verabschiedete er sich zu einem Folgetermin. Beckmann stand neben Hannes und blickte dem Präsidenten hinterher.

»Hannes, jetzt musst du mir mal was erklären.«

»Was?.«

»Warum wart ihr beide in der Kaserne in Vogelsang? Ich meine, wie seid ihr denn überhaupt auf die Idee gekommen, da mit einem Geigerzähler herumzulaufen. Ich meine - na ja - ich wusste auch, dass wir im Keller noch so einen alten Geigerzähler der Volksarmee haben, aber ich wäre doch niemals auf die Idee gekommen, mit diesem Ding nach einer Atombombe zu suchen.«

Hannes war schon im Begriff zu gehen. An der Tür von Beckmann Büro blieb er stehen und schaute zu Beckmann.

»Das erkläre ich dir ein anderes Mal.«

»Wann denn?«
Beckmann war sichtlich verärgert.
»Wenn wir wissen, was dort vergraben liegt.«

26 - ДВАДЦАТЬ ШЕСТЬ

Ausgrabungsstelle auf dem ehemaligen Kasernengelände bei Vogelsang, 11. November 2001, 6.46 Uhr

Erst am Morgen des zweiten Tages der Ausgrabungen wurde ihnen langsam klar, auf was sie da gestoßen waren. Kaum mehr als ein heller Schein am Horizont kündigte den neuen Tag an, der genauso düster, kalt und verregnet werden sollte wie der übrige November. Zwischen den verfallenen Unterkünften der sowjetischen Kaserne sammelte sich das Regenwasser in großen Pfützen auf dem brüchigen, von Grasbüscheln durchfurchten Asphalt. Graue Wolken hingen tief über dem Gelände. Sie ließen den über fünfzig Meter hohen Schlot des ehemaligen Kraftwerks im Dunst verschwinden. Von der Stelle der Ausgrabung aus konnte man das Krankenhaus nur noch als Schatten wahrnehmen. Ganz im Gegensatz zum grellen Licht der Scheinwerfer, die mit ihrem bläulichen Schein dem Bodennebel etwas Gruseliges gaben. Das Zentrum des fahlen Lichts konzentrierte sich auf eine fünf mal fünf Meter große Grube, die auf einer Tiefe von etwa eineinhalb Metern ausgehoben war. Das kalte Licht ließ das ohnehin blasse Gesicht von Hannes mehr als nur übermüdet erscheinen. Dunkle Augenränder zeichneten seine Gesichtszüge und gaben ihm etwas Leichenhaftes.

Hannes hatte die Nacht kaum geschlafen. Eine herannahende Erkältung quälte ihn. Er schniefte. Die letzten Nächte in seiner Datscha waren besonders kalt gewesen. Die nasse Witterung fing an, ihren Tribut zu fordern. Tags zuvor war er noch bis kurz vor Mitternacht bei der Fundstelle geblieben. Erst als Hannes sich erschöpft schlafen legte, merkte er, dass er Halsschmerzen hatte und Gliederschmerzen einsetzten. Am nächsten Morgen hatte er das Gefühl, dass er ein wenig fieberte.

Während der Fahrt zur Kaserne war es noch dunkel gewesen. Seinen Wagen hatte er auf dem Gelände geparkt, wie auch die anderen Polizisten. Alle Zufahrten zum Gelände waren gesperrt. Niemand außer der Polizei durfte das Gelände betreten oder befahren. Blinkendes Blaulicht versperrte auch alle Zufahrten aus dem Wald. Eigentlich hatte Hannes auch Journalisten hier erwartet, sogar vom Fernsehen, wenn er ehrlich war. Mit Übertragungswagen, CNN und so weiter. Doch nichts. Die missglückte Pressekonferenz hatte offenbar nicht dafür gesorgt, dass die Presse sie verfolgte. Alles war ruhig. Keine fremden Fahrzeuge standen im Wald, keine Fotografen. Noch waren sie ganz unter sich. Aber das würde sicher nicht so bleiben. Die Berichterstattung in den Zeitungen als Ergebnis von gestern war ja erst für heute zu erwarten.

Als Hannes sein Auto abgeschlossen hatte und sich näherte, konnte er von der Fundstelle zunächst nur wenig erkennen. Von dort schien nur der Schein der Lampen bis hierher. Hannes lief weiter. Er war nicht erstaunt, als er schon bald die Silhouette von Beckmann erkannte. Auch Franka war da, und er zählte mindestens sechs weitere Leute von der Spurensicherung. Hier und da standen auch noch ein paar Leute von der Schutzpolizei. Viele Gesichter kannte er schon, die meisten waren auch gestern schon hier gewesen und hatten - wie Hannes - den Fundort nur zum Schlafen verlassen. Dies hier war eine kleine Sensation. So was kam vielleicht alle paar Jahre mal vor. Jeder wollte ganz vorn mit dabei sein.

Hannes nickte einem Kollegen von der Spurensicherung kurz zu. Dabei bemerkte er zwei neue Plastiksäcke, die vor der angestrahlten Ausgrabungsstelle neben den anderen Säcken lagen. Gestern hatten die noch nicht da gelegen.

»Nun sind es schon sechs ...«, empfing ihn Franka mit unterdrückter Stimme, um nicht das angespannte Gespräch zu stören, das Beckmann gerade mit einem Mann von der Spurensicherung führte.

»Seit wann seid ihr denn schon wieder hier?«, fragte Hannes.

»Seit sechs. Du siehst übrigens schlecht aus.«

»Ich weiß«, sagte Hannes und zündete sich eine Zigarette an. »Nur ne Erkältung.«

Die Leute von der Spurensicherung hatten die vormals hellen, jetzt mit Erde verdrecken Säcke behutsam nebeneinander gelegt. Sie waren voller kleiner Löcher. Kyrillische Buchstaben auf den Säcken zeugten von ihrer russischen Herkunft. Aber das war gar nicht das wirklich Erschreckende. Vielmehr waren es Größe und Form, die unzweifelhaft auf einen grausigen Inhalt schließen ließen.

Der Mann von der Spurensicherung erläuterte Beckmann gerade die Situation. Die Ausgrabung war eine enorme Schufterei gewesen, denn sie hatten keinen Bagger verwenden können. Im Grunde genommen hatten sie die Säcke mit Schaufeln und bloßen Händen freigelegen müssen. Dabei hatten sie Handschuhe und Schutzanzüge getragen, denn selbst kleinste radioaktiv verstrahlte Teilchen auf bloßer Haut konnten gefährlich werden. Für die Ausgrabung hatten sie gestern den halben Tag und die ganze Nacht gebraucht. Die erste Leiche war in einer Tiefe von anderthalb Metern gefunden worden. Vorsichtig hatte man den Fund von der restlichen Erde befreit. Der erste Sack war größtenteils noch intakt gewesen. Einer der Beamten hatte sein Messer genommen und den Sack aufgestochen. Keine gute Idee, denn der Mann hätte sich sofort abwenden müssen, um sich nicht auf der Stelle zu übergeben. So gestunken hätte es. Hannes konnte sich gut vorstellen, was sein Kollege da gerochen hatte. Ein menschlicher Körper, der viele Jahre in einem Plastiksack lag, musste sich in einem besonders unangenehmen Zustand der Verwesung befinden. Das Plastik hatte die Zufuhr von Sauerstoff verhindert, was im Allgemeinen eher dazu beitrug, die Leichen künstlich zu balsamieren. Doch diese Leichen waren von unzähligen Maden von innen heraus zerfressen worden, was die kleinen Austrittslöcher in den Säcken belegten. Erst als sich die Leichen in einen schimmeligen und stinkigen Brei verwandelt hatten, suchten sich die Maden ein anderes Ziel, um ihr gefräßiges Werk weiterzuführen. Bei ihrer Flucht hatten sie die kleinen Löcher hinterlassen.

Hannes wollte zu gern wissen, was Beckmann dachte. Sechs Leichen. Das war ja fast schon ein Massengrab. Er fühlte sich an Katyn erinnert, den Ort, an dem nach dem zweiten Weltkrieg die Leichen von tausenden polnischer Intellektuellen und Offizieren gefunden worden waren. Die hatte Stalin ermorden lassen, nachdem er sich 1939 den östlichen Teil Polens einverleibt hatte. Oder an die Leichen russischer Kriegsgefangener, die im Konzentrationslager Sachsenhausen von KZ-Häftlingen kurz vor Ende des Krieges wieder ausgegraben worden waren, um diesen Massenmord vor den anrückenden Russen zu verbergen. Alles grausige Massengräber. Etwas in diese Art schienen sie hier auch gefunden zu haben.

»Habt ihr auch alles vollständig abgesucht?«, fragte Beckmann. »Mehr Leichen gibt es wirklich nicht?«

»Zumindest nicht hier«, antwortete der Mann von der Spurensicherung. »Schau dir mal an, wie hier gegraben wurde: Vom Fund des ersten Sacks aus haben wir die Grube kreisförmig erweitert und sind dabei auf die weiteren Säcke gestoßen. Möglicherweise haben wir noch was übersehen, aber das glaube ich eigentlich nicht.«

Beckmann nickte. Zumindest war nun sicher, dass es kein Massengrab war. Nur sechs Leichen. Die Situation war wieder unter Kontrolle. Franka, Beckmann und Hannes blickten zusammen hinab in die Grube.

»Arme Schweine«, bemerkte Hannes leise und zog an seiner Zigarette. Es war kalt, man konnte den nahenden Winter schon spüren.

»Wissen wir schon, wer sie waren?«

»Alles nur Männer, man sieht es an den Resten der Kleidung«, antworte der Mann von der Spurensicherung auf die Frage von Beckmann.

»Bisher haben wir bei ihnen sonst nichts Brauchbares gefunden: Keine Papiere, keine Eheringe. Bei einigen sind sogar die Zähne ausgeschlagen. Es gibt also nichts, woran man sie identifizieren könnte. Im Augenblick wissen wir nicht einmal, ob es überhaupt

Soldaten waren. Klar ist nur, dass sie hier schon ein paar Jahre liegen. Wie lange können wir noch nicht sagen. Muss noch genauer untersucht werden. Zwanzig Jahre mindestens, würde ich schätzen.«

Beckmann bedankte sich und schickte den Mann zurück an seine Arbeit. Dann wandte er sich an Hannes.

»Die Presse war noch nicht hier. Aber ich denke, irgendwas müssen wir denen sagen. Sechs Leichen sind kein Pappenstiel.«

»Ja sicher. Das müssen wir. Nur können wir im Augenblick nicht mehr sagen, als wir wissen. Nämlich, dass wir sie gefunden haben. Das wird diese Leute aber nicht zufrieden stellen …«

»Hannes, gestern hast du etwas von Radioaktivität gesagt, nichts von irgendwelchen Leichen ...«, fing Beckmann an.

»Richtig, wir sind hier auf Radioaktivität gestoßen.«

Hannes nahm den Geigerzähler, trat neben die Leichen und hielt die Messsonde darüber. Sofort knisterte es aus dem eingebauten Lautsprecher des Messgeräts. Die Leichen selbst waren radioaktiv.

»Wie seid ihr nur darauf gekommen an diesem Ort nach Radioaktivität zu suchen? Ausgerechnet hier, in dieser verlassenen Kaserne?«

Beckmann blickte Franka an.

»Lass dir das mal besser von Hannes erklären«, antwortete die ausweichend.

Hannes zögerte. Es hätte ihn nicht überrascht, die Leiche von Wassilij Belov hier zu finden. Wassilij war in ein Lazarett gebracht worden und vermutlich hier auf diesem Gelände gestorben. Und das genau zu der Zeit, als in Dannenwalde ein Munitionslager in die Luft gegangen war. Dass sie nun sechs Leichen statt einer gefunden hatten, konnte er sich jedoch auch nicht erklären. Wieder einmal hatten sie nur ein weiteres Puzzlestück. Der Mord am KGB-Agenten Kohlhaas, der verlorene Atomsprengkopf, das Unglück in Dannenwalde, das rätselhafte Verschwinden eines Raketen-Kommandanten, die Dose mit den Codes und nun diese verstrahlten Leichen.

»Franka und ich haben hier Radioaktivität gemessen, um sicher zu gehen, dass die Atombombe der Russen nicht doch noch irgendwo hier vergraben war. Dass wir hier Leichen finden würden, hatten wir gar nicht vermutet.«

»Aha, und alles im Rahmen der Ermittlungen im Fall Kohlhaas, nehme ich an?«

»Exakt.«

»Aber es muss doch einen Hinweis gegeben haben.«

»Gab es auch: Elena Kohlhaas hat mich auf diese Idee gebracht.«

»Was? Sie hat dir gesagt, du sollst hier nach Radioaktivität suchen?«

»Nicht direkt. Diese Männer sind doch offenbar hier verscharrt worden, weil sie radioaktiv verseucht waren. Scheinbar wollte die russische Armee etwas vertuschen, das liegt doch auf der Hand.«

»Willst du damit sagen, dass diese Leichen und der Fall Kohlhaas zusammenhängen?«, fragte Beckmann.

»Das kann durchaus sein. Ich halte das eigentlich für sehr wahrscheinlich.«

»Und wie sollen diese Fälle zusammenhängen?«

»Elena Kohlhaas hatte einen Jugendfreund. Dieser Freund war Wassillij Belov. Er war Kommandant einer Raketenabteilung, die mit Atomwaffen ausgestattet war. 1977 wurde er vom KGB abgeholt. Das Letzte, was Elena Kohlhaas über ihn erfahren konnte, war, dass er krank war und in ein Lazarett gebracht wurde. Dieses Lazarett lag nur wenige Meter von hier entfernt. Und ausgerechnet hier finden wir radioaktiv verstrahlte Leichen. Ich glaube nicht, dass dies ein Zufall ist. Es ist doch viel wahrscheinlicher, dass es damals einen Unfall gegeben hat, bei dem Radioaktivität freigesetzt wurde. Das wäre zumindest erst mal eine Theorie.«

»Der KGB und ein atomarer Unfall. Und das alles hat dir diese Elena Kohlhaas erzählt. Sag mal Hannes, geht´s noch ein bisschen dicker?«

»Es sieht zumindest danach aus. Ich kann auch nichts dafür, dass dieser Fall nicht eine Nummer kleiner gestrickt ist.«

»Hannes, ich fürchte, ich kann dir da nicht folgen. Dass diese Leichen radioaktiv sind, ist sicher der Grund, warum sie hier verscharrt wurden. Aber das muss nicht unbedingt mit dem Mord an Kohlhaas zusammenhängen. Das hier kann genauso gut ein normaler Unfall gewesen sein. Es sind sechs Leichen. Wer diese Leute waren, können nur die Russen selbst in Erfahrung bringen. Das wäre etwas für die Militärpolizei.«

»Aber die Russen sind nicht mehr hier.«

»Egal. Wir waren damals nicht zuständig und sind es auch jetzt nicht. Dazu fehlt auch jeder Beweis, dass diese Leichen etwas mit Kohlhaas zu tun haben. Das sind alles nur Vermutungen. Beweise existieren dafür nicht. Oder?«

Hannes konnte seinen aufkeimenden Ärger nur schwer unterdrücken.

»Eines ist zumindest schon klar«, erwiderte er. »Elena Kohlhaas hat zugegeben, dass sie ein Verhältnis mit einem russischen Raketenoffizier hatte. Dieser Mann liegt womöglich vor uns. Wenn wir das beweisen können, dann ….«

»Was dann? Ist dann der Mörder von Kohlhaas überführt? Wer sollte Kohlhaas denn ermordet haben? Ich kann gar nicht erkennen, in welche Richtungen deine Ermittlungen hier gehen sollen? Wurde diese Elena Kohlhaas eigentlich mal ins Revier vorgeladen? Immerhin scheint sie mir eine Verdächtige zu sein. Ich fürchte, du siehst das Nächstliegende hier nicht.«

»Sie war es nicht.«

»Wer war es dann? Der KGB? Das wäre wohl ein gefundenes Fressen für die Journalisten. Das bringen die glatt im Fernsehen. Nur dafür brauchen wir auch Beweise. Handfeste Beweise, keine Vermutungen!«

»Die werde ich schon noch finden. Ich brauche nur ein wenig mehr Zeit. Wir müssen über diesen Belov mehr herausfinden, mehr über die Rolle von Kohlhaas. Wenn wir das wissen, kennen wir das Mordmotiv. Haben wir das Motiv, finden wir auch den Mörder.«

»Und was sagen wir der Presse? Nein. Schluss jetzt! Ich will mir das gar nicht mehr anhören. Mag sein, dass es hier tatsächlich einen Zusammenhang gibt. Mag sein, dass der Fall Kohlhaas mit diesem Fund etwas zu tun hat, aber offiziell gibt es diesen Zusammenhang jetzt erst mal nicht. Das ist eine dienstliche Anweisung.«

»Was soll das nun wieder heißen?«

»Das heißt, ihr teilt euch die Arbeit auf. Du bleibst beim Fall Kohlhaas, und Franka übernimmt diesen Leichenfund hier. Offiziell sind das zwei getrennte Fälle.«

»Du willst also, dass ich bei diesem Fall die Leitung übernehme?«, meldete sich Franka erstaunt zu Wort.

Hannes wollte widersprechen, spürte jedoch, wie zwecklos das wäre. Beckmann hatte sich entschieden. Aus seiner Sicht bewies diese Vorgehensweise das notwendige politische Fingerspitzengefühl. Bei einem sensiblen Fall dieser Art durfte man nicht einfach lospreschen, erst recht nicht, wenn die Presse schon auf den Fall angesprungen war. Womöglich hatte er damit sogar Recht. Hannes war sicher, dass es einen Zusammenhang gab, doch es würde schwer werden, das zu beweisen. Ein gewisses Verständnis konnte Hannes für Beckmanns Entscheidung daher aufbringen, auch wenn er annahm, dass diese absolut falsch war. Das war umso schlimmer, als es hier nicht nur um einen Mord ging, sondern auch um eine verschwundene Atomwaffe.

»Okay, wie du meinst«. Hannes wandte sich Beckmann zu. »Ich bleibe also Leiter der Mordkommission Kohlhaas, und Franka übernimmt den Leichenfund. Aber wir müssen zusammenarbeiten. Immerhin ist es recht wahrscheinlich, dass wir unter diesen Leichen Wassilij Belov finden. Dann gibt es hier definitiv einen Zusammenhang. Und wenn wir mehr zur radioaktiven Strahlung wissen wollen, müssen die Knochen der Leichen untersucht werden. Wir müssen dazu das BKA einweihen. Franka sollte denen ein paar Knochenproben schicken. Wir sind in Eberswalde für eine solche Analyse nicht ausgerüstet. Wir müssen wissen, wann genau sie gestorben sind und woran. Und das möglichst schnell.«

»Ist schon erledigt«, sagte Franka.

Beckmann nickte. Gemeinsam gingen sie zu den Autos zurück, denn im Augenblick gab es hier nicht mehr viel zu tun. Die Spurensicherung würde noch bis Mittag weitermachen und dann abbauen. Dass man hier noch mehr Leichen finden würde, war unwahrscheinlich. Franka war diesmal mit ihrem eigenen Auto gekommen, wie Hannes bemerkte. Als sie weggefahren war, nahm Beckmann Hannes noch mal zur Seite.

»Auf ein Wort. Ich habe Franka den Job gegeben, damit sie sich einmal beweisen kann. Bitte nimm es mir nicht übel, aber alles zusammen wäre doch auch ein wenig zu viel für dich, oder?«

Hannes antwortete nicht. Beckmann schien völlig zu übersehen, wie bedeutsam dieser Leichenfund war. Er war geradezu sensationell und einmalig in Brandenburg und hatte eine politische Dimension. Und ausgerechnet dieser Fall wurde jetzt von einer jungen Hauptkommissarin geleitet, die nur wenig Berufserfahrung hatte.

»Aber wir müssen natürlich auch im Fall Kohlhaas vorankommen«, ergänzte Beckmann. »Was gedenkst du nun zu tun?«

Hannes ließ sich seine Enttäuschung, wenn er sie überhaupt empfand, nicht anmerken. Es war auch nicht nur Enttäuschung, er hatte einfach ein schlechtes Gefühl bei der Sache.

»Ich werde noch mal mit Sobolev sprechen, unseren Kontaktmann vom russischen Geheimdienst.«

»Gut. Aber warum?«

»So wie ich das sehe, geht es hier immer noch um eine verschwundene Atomwaffe. Das heißt, die beiden Fälle hängen miteinander zusammen.«

»Hannes, jetzt fang nicht schon wieder davon an ...«

»Es wäre wirklich dumm, anzunehmen, dass dem nicht so ist. Dieser Sobolev kennt die Zusammenhänge und will, dass wir die Atomwaffe für ihn finden. Es würde mich auch gar nicht wundern, wenn die russische Botschaft der Presse den Tipp gegeben hat.«

Beckmann machte ein besorgtes Gesicht. Er schien von Hannes Theorie immer noch nicht überzeugt.

»Das könnte schon sein, Hannes. Aber bitte nicht nur in diese Richtung ermitteln. Nimm dir doch auch nochmal das Dorf vor. Irgendwer muss den Kohlhaas am Tag seines Verschwindens doch gesehen haben. Nimm dir auch seine Tochter nochmal vor. Nimm sie härter ran. Sie ist und bleibt eine Verdächtige. Du wirst das schon machen.«

»Sicher, das werde ich.«

»Gut.« Beckmann schien zufrieden und machte sich auf den Weg zu seinem Auto, das er ein paar Meter weiter weg geparkt hatte.

Dann drehte er sich nochmal um. Hannes saß bereits in seinem Opel.

»Ach, und grüß deine Frau von mir. Wie hieß sie doch gleich?«

»Frederike«, sagte Hannes.

»Ja, grüß mir Fredericke. Du siehst übrigens nicht gut aus. Ihr solltet mal in den Urlaub fahren, wenn das hier vorbei ist. Vergiss nicht, das hier ist nur ein Job.«

»Ja sicher. Nur ein Job«, murmelte Hannes und startete den Motor. Wenig später sah er Beckmanns Gestalt im Rückspiegel im dichten Nebel verschwinden.

27 - ДВАДЦАТЬ СЕМЬ

Sonderlazarett, Kaserne bei Vogelsang, 24. August 1977, 10.20 Uhr

Er hätte es von Anfang an verhindern müssen, dachte Wassilij. Er musste sich eingestehen, dass er im entscheidenden Augenblick versagt hatte. Dabei war er als Raketenoffizier genau für einen solchen Fall ausgebildet worden. In Moskau hatte er vieles über radioaktive Strahlen gelernt, auch über Plutonium. Er wusste, in Wasserstoffbomben wurde waffenfähiges Plutonium 239 verwendet. Vierzig Nanogramm davon reichten schon aus, um einen Menschen krank zu machen. Das Tausendfache dieser Menge konnte als Staub mit einem einzigen Atemzug aufgenommen werden. Die tödliche Dosis lag bei ein bis zwei Milligramm. Und die Strahlenwirkung von Plutonium war noch gefährlicher.

»Haben Sie Schmerzen?«

»Nein.«

Das war nicht mal gelogen, hatte aber auch nichts zu bedeuten. Die α-Strahlung des Plutoniums traf auf lebende Zellen und zerstörte sie. Wer mit Plutonium in Berührung kam, lief Gefahr, strahlenkrank zu werden. Dabei fühlte man sich schon nach wenigen Stunden schwindelig und musste sich erbrechen. Es folgten Krämpfe und Bewusstlosigkeit. Bei einem milderen Verlauf traten Apathie, Durchfall und Fieber auf. Dann verschwanden die Symptome wie durch ein Wunder. Für ein paar Tage fühlte man sich besser, bis es wieder anfing: Erbrechen, Durchfall, blutender Schleimhautzerfall in Rachen, im Kehlkopf und im Darm, hohes Fieber und völlige Appetitlosigkeit. Das Schlimmste: Die Haut fing an zu jucken, überall und an jeder Stelle, man konnte nicht aufhören sich zu kratzen, mochte sich die Haut vom Körper schälen. Aber das wirklich Entsetzliche war die Gewissheit, dass man auf grausame und schmerzvolle Weise sterben musste.

Neunzig Prozent der Strahlenkranken überlebten die zweite Woche nicht. Magen und Darm kollabierten und lösten sich einfach auf. Blut trat aus allen Körperöffnungen. Und das war dann das Endstadium.

Schmerzen waren also jederzeit zu erwarten.

»Fieber?«

»Nein.«

Die Ärzte standen um ihn herum. Er gehörte offenbar nicht zu den hoffnungslosen Fällen, und so betrachteten sie ihn wie einen Patienten zweiter Klasse. Im Grunde genommen konnte er froh darüber sein, dass es ihn nicht so übel erwischt hatte wie die anderen. Trotzdem fühlte er sich elend und ausgestoßen. Denn die Polen sprachen kein Wort mit ihm, wandten sich ab, wann immer er versuchte, ihnen in die Augen zu sehen. Er konnte nur vermuten, warum. Er hatte sie als russischer Offizier zum Arbeiten in den Bunker geführt und ihnen befohlen, das glühende Plutonium zu bergen. Dabei hatte er sich selbst vom Plutonium ferngehalten. Nicht weil er nicht arbeiten und nur kommandieren wollte, sondern weil er wusste, dass diese Steine krank machten. Er - Wassilij Belov - hatte sie den Strahlen ausliefert. Er war schuld daran, dass sie sterben mussten. Nur eines hatten sie dabei noch nicht verstanden. Wenn er doch alles gewusst hatte und sich fern gehalten hatte, warum war er nun auch krank geworden?

»Nasenbluten?«

»Nein.«

Die Ärzte kamen jeden Morgen zu Fuß aus dem Krankenhaus der Kaserne hierher in das Lazarett, einen kleinen flachen Bau, der nur ein paar Zimmer hatte. Nur, um immer wieder die gleichen Fragen zu stellen. Draußen vor der Tür standen zwei bewaffnete Wachmänner. Zugang hatte nur das ärztliche Personal.

»Wann kann ich hier raus?«

»Sie kommen hier nicht raus«, sagte die Ärztin lapidar, wobei ihr noch einzufallen schien, wie endgültig das in Wassilijs Ohren klingen musste. Dennoch sah sie keinen Grund dafür, weitere Erklärungen zu geben.

»Kann ich telefonieren?

»Ist verboten.«

Die Ärzte wandten sich von Wassilijs Bett ab und umringten das nächste Bett. Sie blätterten auf einem Klemmbrett in den Notizen vom Vortag. Vor ihnen lag einer der Polen mit rot aufgekratzter Haut, auffällig zitternd und schwer atmend.

»Haben Sie Schmerzen?«

Der Pole gab keine Antwort, nicht weil er nicht verstand, sondern weil er einfach keine Antwort mehr geben konnte. Sein Gesicht war eine einzige rot zerkratzte Kraterlandschaft.

Im Bunker hatte es an vielen Stellen gebrannt. Der Qualm des schwelenden Feuers hatte sich mit dem erhitzten Plutonium vermischt und giftigen Staub gebildet. Wer seine Gasmaske nur für ein paar Atemzüge abgenommen hatte, hatte Teilchen von Plutonium eingeatmet. Im dichten Qualm im Innern des Bunkers war es auch nicht zu verhindern gewesen, dass winzige Teilchen durch die Filter der Gasmasken drangen. Berührte der Plutoniumstaub eine offene Stelle auf der Haut am Hals oder den Fußgelenken, wurden winzige Teile des Giftes direkt in den Körper aufgenommen.

»Erste Gruppe«, sagte einer der Ärzte. Die anderen nickten, notierten die Namen und Dosierungen von Medikamenten, die Wassilij nicht verstand. Noch weniger verstand es der Pole. Dann gingen die Ärzte weiter von Bett zu Bett, und das Tag für Tag. Nach zwanzig Minuten waren sie meist wieder weg.

Tagsüber redeten die Polen miteinander. Wassilij verstand nicht viel. Er hatte offenbar weniger Plutonium abbekommen als sie. Am ersten Tag im Lazarett hatte er sich übergeben. Doch dann ging es ihm bald wieder besser. Bei den Polen hingegen wurde es immer schlimmer. Stundenlang waren die Arbeiter wieder und wieder in den Munitionsbunker gelaufen und hatten mit Schaufeln oder bloßen Händen jedes der winzigen Stücke des Plutoniums aufgelesen, nach draußen getragen und auf einem Lastwagen gesammelt. Der Major hatte zufrieden daneben gestanden.

In den ersten Tagen nach ihrer Ankunft im Lazarett waren die Polen noch wütend, als sie bemerkten, dass man sie betrogen hatte. Keiner hatte ihnen gesagt, wie gefährlich die Arbeit im Bunker gewesen war. Sie protestierten und wollten einen Verantwortlichen sprechen. Der Jüngste musste von den Wachen sogar mit Gewalt gepackt werden, damit er sich wieder in sein Bett legte. Die Ärzte und Schwestern wiederholten jeden Tag aufs Neue, dass niemand das Lazarett verlassen durfte und bald ein Verantwortlicher kommen würde, um mit ihnen zu reden.

Doch der Verantwortliche kam nicht. Stattdessen bemerkte nicht nur Wassilij, dass die Fenster ihres Zimmers vergittert waren.

Die Nächte waren für Wassilij das Schlimmste. Er lag auf dem Rücken und sprach leise ins Dunkle des Krankenzimmers. Von den Polen schlief kaum einer. Dazu waren die Schmerzen zu stark.

»Sie haben mich gezwungen.«

»Sie haben mich gezwungen.«

»Sie haben mich gezwungen.«

Er sagte es immer wieder vor sich hin, wiederholte es, weil er einfach nicht anders konnte. Als Antwort vernahm er manchmal polnisches Getuschel, das er nicht verstand. Eine Front aus Ablehnung und Hass.

»Ruhe«, rief einer zurück.

»Wir wollen schlafen.«

Dass es den Polen jeden Tag schlechter ging, sahen sie auch in den Augen der Krankenschwestern. Denn den Aussagen der Ärzte zum Trotz merkten sie, dass es keinem von ihnen besser ging. Eher wurde es immer schlimmer. Aber noch ahnten sie nicht, dass sie sterben mussten. Später wurde es noch viel schlimmer, es kamen die Schmerzen, das Jucken. Sie schrien, wollten telefonieren, doch man ließ sie nicht. In der Nacht wimmerten sie, beteten oder murmelten leise die Namen ihrer Frauen, Mütter und Kinder vor sich hin. Bald bekamen sie nur noch mehr Morphium und schliefen viel.

Wassilijs Zustand blieb hingegen konstant. Er dachte in diesen Tagen viel an Elena. Hatte der KGB sie verhaftet? Würde sie ihn suchen? Hatten sie ihr gesagt, wo er war? Das bezweifelte er. Das Lazarett wurde streng bewacht. Alle Türen und Fenster waren verschlossen. Wahrscheinlich wusste nur Wenige, dass sie überhaupt hier waren, und mehr sollten es auch nicht wissen.

Eines Morgens kamen die Schwestern und hoben einen der Polen auf eine Bahre, drückten ihm die Augen zu und schlugen eine Decke über ihn. Sein Bettlaken war blutgetränkt. Sie nahmen das schmutzige Laken mit und trugen es vor den Augen der anderen hinaus. Hohle verängstigte Gesichter mit dunklen Augenrändern.

»Kann ich etwas zum Schreiben haben?«, fragte Wassilij bei einer anderen Gelegenheit.

»Ist nicht erlaubt.«

»Nur ein Blatt Papier und ein Kugelschreiber.«

»Ich sagte doch, ist nicht erlaubt.«

Die älteste Schwester war ein Drachen und unerbittlich. Eine von den Überzeugten, die immer das Richtige tun wollen und das Falsche taten. Sie hatte kurze blonde Haare, blasse Haut und war massiv gebaut. Sie hätte Wassilij in seinem Zustand problemlos zwischen ihren kräftigen Schenkeln zerquetschen können.

»Nur ein Brief nach Lettland, an meine Mutter.«

»Später.«

»Dann wenigstens ein Kugelschreiber.«

»Wozu?«

»Es juckt.«

Wassilij war überrascht, als sie ihm wenig später einen Kugelschreiber und ein Stück Papier auf den Nachttisch legte. Die beiden Wachsoldaten schauten nur selten in den Krankensaal hinein. Es war ihnen sichtlich unangenehm. Sie hofften, dass man sie bald abkommandierte. Es würde nicht mehr lange dauern, dann würde man das Sonderlazarett wieder schließen, hatte man ihnen gesagt.

In der Nacht des sechsten Tages glitt Wassilij aus dem Bett und schlich ohne einen Laut vorsichtig zum Fenster. Nachts wurden die Fensterläden von innen zusätzlich mit einer Kette und einem Schloss verriegelt. Doch die Läden waren an der Wand in Haken eingehängt und mit Schrauben gesichert. Wassilij versuchte, die Schrauben mit der Hand zu lösen. Dann versuchte er es mit dem Kugelschreiber. Sollte es ihm gelingen, die Fensterläden abzuhängen, war der erste Schritt in die Freiheit getan. Dahinter lag ein vergittertes Fenster, das nicht sehr robust war. Möglicherweise konnte er das Gitter aushebeln oder ausschlagen. Er durfte nur nicht so viel Lärm machen.

»Hier, nimm.«

Wassilij drehte sich um. Einer der Polen hielt einen Schraubenzieher in der Hand. Wassilij hatte keine Ahnung, wie der Mann es geschafft hatte, den hier rein zu schmuggeln.

»Du nicht sterben. Du leben!«

Dabei griente er mit von kleinen weißen Bläschen übersäten Lippen. Er war der Älteste und Kräftigste von den Polen, der auch ihr Anführer und Sprecher war. Jetzt sah er schrecklich blass aus, hatte hohes Fieber, konnte kaum noch sprechen. Wassilij war in dem Augenblick so gerührt, das er eine Weile brauchte, um zu verstehen. Er tastete sich im Halbdunkeln an das Bett des Polen und nahm den Schraubenzieher. Dann schlich er zurück an den Fensterladen und versuchte, die Schrauben zu lösen. Er schwitze und musste mehrmals aufhören. Die Arbeit kostete ihn seine letzte Kraft. Dass es ihm noch gut ging, konnte er wirklich nicht mehr sagen. Er hatte Fieber und fühlte sich schwach. Es war Zeit, von hier zu verschwinden.

Er brauchte fast eine halbe Stunde, bis er die Schrauben gelöst hatte und den Fensterladen abhängen konnte. Das Fenster war nun nach innen geöffnet. Jetzt gab es nur noch das außenliegende Gitter, und das war anscheinend nachträglich in den Fenstersims einzementiert worden. Da hatte sich jemand nicht viel Mühe gegeben. Die Zementierung bröckelte schon. Ein kräftiger Schlag mit einem Hammer würde das Gitter aus der Verankerung reißen.

Doch woher sollte er hier einen Hammer bekommen? Wassilij macht sich mit dem Schraubenzieher daran, sein Bettgestell auseinander zu nehmen. Das dauerte eine halbe Ewigkeit. Während der ganzen Zeit hörte er das Stöhnen der Polen. Einige bekamen nicht mal mit, was überhaupt vorging, doch der alte Pole forderte ihn mit Gesten auf, weiterzumachen und nicht aufzugeben.

Nach einer Stunde hatte Wassilij das Kopfgestell von seinem Bett abgetrennt. Nach einer kurzen Pause der Konzentration nahm er das Gestell und schlug es mit aller Kraft gegen das Fenstergitter. Doch das Gitter hielt. Er versuchte es noch einmal und dann immer wieder. Das Gitter bewegte sich nicht keinen Zentimeter. Er schlug weiter auf das Gitter ein, bis der Strahl einer Taschenlampe ihn erfasste. Wassilijs geweitete Augen starrten entsetzt in das weiße Licht.

28 - ДВАДЦАТЬ ВОСЕМЬ

Raum 'Berta' im LKA Eberswalde , 12. November 2001, 10.32 Uhr

»Ich nehme an, Sie haben keine Ahnung, was ein *Broken Arrow* ist?« Herr Schneider blickte in die Reihen der Ermittler. Seine Augen blieben schließlich auf die neu ernannte Leiterin der *Kommission Vogelsang* gerichtet.

»Nein«, gestand Franka, da sie das Gefühl hatte, dass irgendwer antworten müsse, im Zweifelsfall eben die Leiterin der Kommission.

»Als *Broken Arrow*, als gebrochener Pfeil, bezeichnen wir einen Unfall mit nuklearen Waffen.«

Aha, ein Klugscheißer, dachte Hannes. Der Mann hatte Beckmann eine Visitenkarte von der »*Bundesstelle für Fernmeldestatistik*« überreicht. Die Karte hatte Beckmann an Hannes mit einem Augenzwinkern weitergereicht. Kein Name, keine Telefonnummer und keine Postanschrift, nur der Name der Behörde und eine E-Mail-Adresse. Das war typisch für diese Fritzen vom Bundesnachrichtendienst. Selbst der Name »*Bundesstelle für Fernmeldestatistik*« war nur Tarnung. Eine solche Bundesstelle gab es gar nicht. Vermutlich hieß der Mann auch nicht Schneider, wie er sich vorgestellt hatte.

»Und Sie glauben wirklich, so was haben wir hier? Einen Broken Arrow?« Beckmann tat sich schwer mit der Aussprache des Englischen. Das klang schon fast peinlich in Hannes Ohren. Russisch wäre Beckmann sicher leichter gefallen.

»Glauben erscheint mir hier etwas untertrieben, Herr Beckmann, Wissen trifft es schon eher. Unser Dienst verfügt über Informationen, die uns wissen lassen, glauben bringt uns nicht weiter. Daher wissen wir, dass die aufgefundenen Leichen mit waffenfähigem Plutonium kontaminiert wurden.«

Ei, was für ein aufgeblasener Fatzke, dachte Hannes und malträtierte seinen Kugelschreiber. Er war bei dieser Besprechung mit dem BND nur als Gast geladen. Er musste froh sein, dass Franka ihn überhaupt eingeladen hatte. Immerhin war sie die Leiterin der Kommission Vogelsang, während Hannes der Leiter der Kommission Kohlhaas blieb, wobei diese Fälle ja offiziell nichts miteinander zu tun hatten. Er sollte also besser seine Klappe halten. Am Tisch saßen viele der Beamten, die auch bei der Ausgrabung in Vogelsang dabei gewesen waren. Die Kommission Vogelsang brauchte von Tag zu Tag mehr Leute und Franka schien als Leiterin der Kommission jede Menge Personal zu bekommen.

»Können Sie das überhaupt so exakt messen?«, fragte einer der Anwesenden.

»Gute Frage. Nur so viel dazu: Waffenfähiges Uran U235 und Plutonium Pu239 sind Isotope, die in der Natur nicht vorkommen. Die Produktion solcher Stoffe ist sehr aufwendig und teuer. Nicht jeder Staat auf dieser Welt hat dazu überhaupt das notwendige Know-how und die Mittel, Gott sei Dank. Und wir können das in der Tat ganz exakt messen.«

Schneider schaute ernst in die Runde.

Hannes hatte gelesen, dass der BND über 6000 Mitarbeiter verfügte. Das waren nur 3000 Leute weniger als der gesamten Brandenburger Polizei zur Verfügung standen, Verkehrspolizei eingerechnet. Diese Zahlen hatte er im Internet gefunden. Was diese Leute da so trieben dagegen nicht.

»Wir wissen heute sehr genau, welche Anreicherungsanlage auf der Welt welche Stoffe hergestellt hat«, fuhr Schneider fort. »Denn jede dieser Anlagen kann diese Stoffe nur zu einem bestimmten Reinheitsgrad erzeugen. Das Plutonium-Isotop in den untersuchten Knochenproben der Leichen in Vogelsang stammt aus Krasnojarsk, einer Anreicherungsanlage in Sibirien. Das konnten wir mit Messungen zweifelsfrei nachweisen. Das Plutonium wurde wahrscheinlich zu Beginn der 70er Jahre produziert.«

»Und was heißt das genau?«

Wieder eine aufgeregte Stimme.

»Nun ja, ich sagte ja, wir vermuten hier einen Broken Arrow, das heißt eine atomare Beinahe-Katastrophe.«

Schneider stoppte seine Rede und wartete die Wirkung seiner Worte ab. Es blieb eine ganze Weile still. Nur ein unterdrücktes Hüsteln war zu hören. Dann fuhr er fort.

»Der Gehalt an Plutonium in den Knochen der Leichen war absolut toxisch. Eine solch hohe Menge an Plutonium tritt in der Regel nur bei direkter Einnahme oder bei einer Explosion auf.«

»Eine atomare Explosion in Brandenburg? Das kann doch nicht ihr Ernst sein! Wann soll das denn gewesen sein? Das hätten wir doch gemerkt!«, behauptete jemand von der Spurensicherung. Fassungslosigkeit war zu spüren.

»Nicht unbedingt. Sehen Sie, in der Zeit des Kalten Krieges wurden Unfälle mit Kernwaffen streng geheim gehalten. Gebiete mit Hunderttausenden von Menschen waren davon betroffen. Den wohl bekanntesten Vorfall dieser Art gab es in der Plutoniumfabrik Majak in den 50er Jahren in der ehemaligen Sowjetunion. Zwanzigtausend Quadratkilometer und über eine Viertelmillion Menschen wurden dabei radioaktiv belastet. Erst jetzt, viele Jahre nach der Zeit des Kalten Krieges kommt die Wahrheit ans Licht. Auch die NATO hat ihre Einstellung zur Geheimhaltung von Unfällen mit Nuklearwaffen geändert. Die radioaktive Verseuchung einiger Regionen auf dieser Welt kann nicht länger verschwiegen werden. Es gab da in der Vergangenheit unglaubliche Fälle. Haben Sie schon mal von einem Ort namens Palomares gehört?«

Niemand antwortete.

»Sehen Sie, nur die Wenigsten kennen diesen Ort. Dabei können sie das heute im Internet nachlesen. Palomares ist ein kleiner Ort an der Ostküste von Spanien in der Provinz Almeria. Irgendwann in den 60ern – ich glaube, es war das Jahr 1966 – kollidierte ein amerikanisches Tankflugzeug und ein mit Atombomben beladener B52-Bomber der US Air Force über diesem Ort. Beide Flugzeuge stürzten ab. Drei von vier Wasserstoffbomben an Bord des B-52-Bombers zerschellten am Boden in der Nähe von Palomares. Tags darauf versuchte ein Team von amerikanischen Experten herauszufinden, was passiert war. Sie staunten nicht schlecht, als sie sahen, dass zwei der Atombomben beim Aufprall explodiert waren. Dies war die gefährlichste Beinahe-Explosion nuklearer Waffen in der Geschichte der US-Air Force.«

Die Zuhörer waren in diesem Augenblick geschockt, fast jeder der Kollegen musste zunächst einmal schlucken.

»Meine persönliche Anmerkung zu dieser Sache will ich ihnen auch nicht vorenthalten: Erst in den 90ern wurde bekannt, dass es nur den allerletzten Sicherheitsvorkehrungen in der Bombe selbst zu verdanken war, dass es damals nicht zu einer thermonuklearen Explosion kam. Die Explosion des konventionellen Sprengstoffs der Bomben konnte die atomare Kettenreaktion daher nicht auslösen. Dies ist meiner Ansicht nach der einzige Grund, warum Palomares heute noch existiert. Ansonsten wäre ein großer Teil Spaniens heute eine auf hunderten von Jahren radioaktiv verstrahlte Wüste. Ein Super-Gau.«

»Das ist ja unglaublich!«

Ein aufgeregter Zwischenruf.

»Sie sagen es! Nur war damit das Problem nicht aus der Welt. Die Bomben waren Wasserstoffbomben. Sie waren so konstruiert, dass eine durch Kernspaltung erzeugte nukleare Explosion eine zweite, noch gewaltigere Explosion auslösen sollte, die auf dem Prinzip der Kernfusion basiert. Ich weiß nicht, ob Ihnen diese Begriffe etwas sagen …. ich will da auch gar nicht ins Detail gehen. Wichtig ist nur, dass man für die Erzeugung einer solchen Wasserstoff-Explosion einen Explosionsbeschleuniger benötigte. In diesem Fall bestand der Beschleuniger aus Plutonium Pu239. Dieses hochgiftige und radioaktive Material war bei der Explosion gasförmig geworden und drohte, die ganze Gegend zu verseuchen. Die Amerikaner sammelten daher die mit Plutonium belastete Erde aus der Umgebung der Bomben, füllte sie in Tonnen und versenkte sie im Meer. Den Bewohnern der Region wurde gesagt, die Gefahr einer radioaktiven Verseuchung hätte niemals bestanden, was definitiv gelogen war. Viel später wurde festgestellt, dass der am Unfalltag herrschende Wind plutoniumhaltigen Staub aufgewirbelt hatte und dass das ganze Ausmaß der damals herrschenden Bedrohung nie in Erfahrung zu bringen war. Bis heute ist die Region verseucht. Keiner weiß, was sich daraus noch für Folgen ergeben können.

»Was hat das mit den Leichen aus Vogelsang zu tun?« Wieder einer aus der Ermittler-Gruppe.

»Weil etwas in dieser Art auch hier passiert sein muss. Das sollte doch nunmehr klar sein«, gab Schneider zurück.

»Meinen Sie einen atomaren Zwischenfall in Brandenburg in der Zeit der sowjetischen Militärpräsenz? Ein Unfall, bei dem Plutonium freigeworden ist, genau wie damals in Spanien?«

»Genau das meine ich. Das liegt doch sehr wohl im Rahmen des Möglichen. Wir können Ihnen auch sagen, wann und wo dies passiert sein könnte: Am 14. August 1977 in einem Munitionslager in Dannenwalde.«

Allgemeines Erstaunen. In diesem Raum hatte noch niemand etwas von diesem Ort gehört. Bis auf Hannes, aber der wartete erst mal ab. Jemand sagte, der Ort würde in der Nähe von Fürstenberg liegen. Ein ganz kleiner Ort.

»Bis heute ist uns nicht bekannt, was damals in Dannenwalde passiert ist«, fuhr Schneider fort. »Wir wissen nur, dass erstaunlich viele – etwa siebzig – russische Soldaten bei einem Großbrand ums Leben kamen, und dass die Ursache dafür bis heute geheim gehalten wird.

Hannes hatte bisher nur zugehört. Nun glaubte er, eine Frage stellen zu müssen und hob die Hand. Nur eine ganz kleine Frage, sonst würde ihm der Kragen platzen.

»Moment mal!«, rief er.

»Ja, Herr äh ...«

Hannes hatte kein Namensschildchen, wie seine Kollegen. Dafür war er der einzige, der noch seine Dienstwaffe unter der Jacke trug.

»Das BKA hat erst gestern von uns eine Probe von den Leichen bekommen. Und sicher wurde der Bundesnachrichtendienst sofort vom BKA informiert. Und heute, nur wenige Stunden später, wissen Sie schon ganz genau, dass es sich um waffenfähiges Plutonium aus Krasnodingens handelt, das in einem Munitionslager in Dannenwalde explodiert ist. Alle Achtung, Kollege. Sie sind ja von der ganz schnellen Sorte. Sonstige Anfragen dieser Art dauern sonst Monate. Das ist ja mal'n kleiner Rekord. Eine absolute Spitzenleistung!«

Schneider blieb ausgesprochen freundlich.

»Dies war ja auch ein dringender Fall. Sie sehen, wir können auch mal schnell sein, wenn es notwendig ist. Wir bemühen uns, wo wir nur können.«

Halt doch einfach deine Klappe, dachte Hannes. Oder sag zur Abwechslung mal die Wahrheit.

»Dringender Fall? Okay. Tut mir leid, wenn ich da doch nochmal nachfragen muss«, fing er an. »Kann es sein, dass Ihr Kollegen von der Fernmeldestatistik zu diesem Fall schon ein paar mehr Information vorliegen habt als wir? Oder über diesen Brand in Dannenwalde? Ich meine, wie kann es sein, dass Ihr innerhalb von Stunden Ergebnisse zu einer solchen Anfrage vorweisen könnt? Das scheint mir - mit Verlaub Herr Kollege - nicht ganz plausibel.«

»Hannes, bitte halte dich etwas zurück!« Beckmann war schon fast aufgesprungen. Franka rollte mit den Augen.

»Es ist doch allen klar, dass wir erst mal alle Informationen zusammentragen müssen«, fuhr Beckmann fort. »Herr Müller ...«

»Ich heiße Schneider.«

» ... Herr Schneider – entschuldigen Sie – Herr Schneider versorgt uns hier mit Informationen, die für die Aufklärung des Falles sehr wichtig sein können ...«

»Wie wäre es mit Akteneinsicht in diesem Fall?«, unterbrach Hannes forsch. Beckmann war perplex, während Schneider versuchte, eine Antwort zu geben.

»Herr äh..., ich will Ihnen ganz offen sagen, dass wir natürlich über einiges Vorwissen zu diesem Fall verfügen. Die Details dazu kann ich Ihnen hier nicht darlegen. Dazu bin ich auch gar nicht befugt. Akteneinsicht können wir Ihnen natürlich nicht gewähren. Der Schutz unserer Informationsquellen geht vor, ich muss Ihnen das doch nicht wirklich erläutern? Das Gesetz …«

»Oberkommissar Keppler ist über die Grundsätze des Austauschs zu nachrichtentechnischen Stellen bestens informiert. Das können wir uns also sparen. Fahren Sie also fort, Herr Mü.., äh Schneider.« Beckmann warf Hannes einen scharfen Blick zu.

Hannes schaute in die Runde und blickte in verständnislose und auch schon leicht genervte Gesichter. Seine Bemerkungen schienen allen überflüssig. Anscheinend wollte man über diesen heiklen Punkt schnell hinweggehen. Selbst Franka gab ihm mit einem Blick zu verstehen, dass er auf seine bissigen Kommentare besser verzichten sollte. Offenbar war keiner seiner Kollegen daran interessiert zu wissen, woher der BND seine Informationen hatte. Mag sein, dass das amerikanische CIA Informationen zu diesem Vorfall an seinen westlichen Bündnispartner weitergegeben hatte. Viel wahrscheinlicher war es jedoch, dass einige Akten über das Ministerium für Staatssicherheit der DDR zum BND gelangt waren und der BND diese Akten nur durchblättern musste. Wahrscheinlich hatten sie diese Stasi-Akten schon vor Jahren bekommen, nur hatte die bisher keiner gelesen.

»Wenn unsere Vermutungen stimmen, dann besteht jetzt die einmalige Gelegenheit, diesen Fall endgültig aufzuklären«, versprach Schneider. »Wir wollen vor allem wissen, wo das waffenfähige Material geblieben ist. Möglicherweise ist es noch hier in Brandenburg. Und in jedem Fall ist es gefährlich. Und das noch für mehrere hundert Jahre. Plutonium ist der giftigste Soff, den wir kennen. Meine Damen und Herren, ich danke Ihnen für ihre Aufmerksamkeit.«

Damit beendete BND-Schneider seine Ansprache und Franka trat als Leiterin der Kommission Vogelsang vor die Ermittler-Gruppe. Sie hatte einen Einsatzplan vorbereitet, den sie nun genauer erläuterte.

Hannes hörte nur mit einem Ohr zu. Schließlich war er ja nicht betroffen. Das Vorhaben wuchs sich zu einer größeren Operation aus, die Franka - und nicht er - leiten würde. Er würde an dieser Operation nicht mal teilnehmen. Zwei Hundertschaften sollten das gesamte Gelände um Vogelsang Schritt für Schritt abgehen. Man würde von der Bundeswehr hierfür noch einige Geigerzähler bekommen, wie auch immer Franka das gelungen war. Die Hubschrauberstaffel sollte das Gelände überfliegen und aktuelle Luftaufnahmen mit hoch auflösenden Kameras machen. Warum sie das machen sollten, vergaß Franka allerdings zu erläutern. Es klang aber irgendwie notwendig. Der BND würde mit einer speziellen Truppe der Bundeswehr anrücken, die Fahrzeuge mit sehr sensiblen Messgeräten einsetzen konnten, die wiederum so geheim waren, dass eigentlich niemand etwas darüber wissen durfte. Auch nicht die Brandenburger Polizei und erst recht nicht die russische Botschaft. Und Beckmann half dabei, einen Pressestab zu berufen, der ab morgen diesen auffälligen Einsatz von Personal und Material der Öffentlichkeit erläutern sollte.

Man sei auf der Suche nach leicht radioaktiven Giftstoffen der ehemals sowjetischen Armee, so wurde die Sprachregelung festgelegt. Dabei durfte auf keinen Fall der Eindruck entstehen, dass irgendwelche Gefahren für die Bevölkerung bestanden. Was nicht so einfach war, wenn Plutonium mit im Spiel war. Sollte es tatsächlich vorhanden sein, war das Gelände natürlich auf Jahrzehnte toxisch und damit radioaktives Sperrgebiet. Man entschloss sich daher, das Wort Plutonium vorerst nicht zu verwenden. Auch wollte man nicht sagen, dass man auf der Suche nach einer Atombombe war. Das würde bei der Bevölkerung nur die schlimmsten Ängste hervorrufen. Darüber hinaus sollte das gesamte Areal um Vogelsang mit Ausnahme des Dorfes abgesperrt werden. Dazu wären mindestens fünfzig Polizisten mit Streifenwagen erforderlich, denn es handelte sich hier um ein recht großes Gelände. Die erwarteten Schaulustigen durften auf keinen Fall auf das Gelände gelangen. Die Mehrheit der Fahnder befürwortete diesen Einsatz und Beckmann versprach, noch zusätzliche Hilfe bei den Berliner Kollegen anzufragen.

Hannes packte indessen schon vor Ende der Besprechung seine Sachen ein und ging. Nur wenige hatten überhaupt bemerkt, dass er fehlte.

29 - ДВАДЦАТЬ ДЕВЯТЬ

Vor dem LKA in Eberswalde, 12. November 2001, 16.04 Uhr

Hannes verließ das Büro diesmal früher als sonst. Es wurde bereits dunkel, obwohl seine Uhr erst wenige Minuten nach vier zeigte. Als er seinen Opel aufschloss, sich setzte und in den Rückspiegel schaute, sah er die hell erleuchteten Fenster im dritten Stock des LKA. Viele seiner Kollegen würden heute noch bis in die Nacht arbeiten. Selbstverständlich auch Franka. Morgen war ihr großer Tag. Einen so großen Polizeieinsatz zu leiten, hieß, alles genau zu bedenken und vorzubereiten. Nichts durfte dem Zufall überlassen werden. Die Einsatzpläne mussten wieder und wieder durchgegangen werden. Hannes kannte das. Wie viele solcher Einsätze hatte er selbst schon geleitet? Er konnte sich nicht mehr erinnern. Es mussten an die zwanzig gewesen sein. Alle Einsätze bei der Berliner Polizei. Er kannte also das Geschäft. Die tagelangen Einsätze, der fehlende Schlaf. Nicht selten war er tagelang nicht zu Hause gewesen, weil er dabei sein wollte, wenn der Täter endlich verhaftet wurde. Das hieß Einsatz mit scharfer Munition und Schutzweste. Oder das SEK - das Sondereinsatzkommando - kam mit Helm und vermummten Gesichtern.

Danach war die Arbeit für ihn meist erst richtig losgegangen. Verhöre. Stundenlang. Bis in den Morgen. Da musste er dran bleiben, wenn nötig die ganze Nacht. Wenn der Täter dann endlich gestanden hatte und sie ihn endlich wegsperrten konnten, war er meist völlig erledigt nach Hause gekommen und hatte sich ausgeschlafen. Die Leere, die einen umfing, wenn alles vorbei war, war alles, woran er sich noch erinnerte. Und das vorwurfsvolle Gesicht von Frederike. Wie oft hatte er ihr schwören müssen, dass sich so etwas nicht wiederholen, dass alles anders werden würde – irgendwann einmal.

So kam es auch, es wurde anders. Nur dass es nicht seine Entscheidung gewesen war, dieses Leben hinter sich zu lassen. Seine Wohnung und seinen Job in Berlin war er los. Auch Frederike. Und am Ende würde er sogar noch seine Tochter verlieren. Hannes hatte nicht gerade das Gefühl, dass er sein Leben im Griff hatte. Ein kurzer Blick auf sein Mobiltelefon. Keine SMS von Frederike.

In diesem Moment wusste er nicht, wohin. Es würden ihn nur ein Fernseher, ein leerer Kühlschrank und bestenfalls eine angefangene Flasche ungarischer Rotwein erwarten. Ein paar Minuten saß Hannes im Wagen auf dem Mitarbeiterparkplatz des LKA und beobachtete, wie seine Kollegen der Reihe nach zu ihren Familien aufbrachen.

Dann griff er zum Telefon.

Er wollte gerade schon wieder auflegen, als Elena endlich abnahm. Als sie hörte, dass Hannes mit ihr reden wollte, blieb es lange Zeit still in der Leitung. Er dachte schon, sie hätte wieder aufgelegt.

Ein paar Minuten später fuhr er von Eberswalde nach Groß Dölln. Diese Strecke kannte mittlerweile schon auswendig. Er musste lächeln. Elena hatte ihn zum Abendessen eingeladen. Hannes hielt an der nächsten Tankstelle und suchte dort nach einer guten Flasche Wein. Hier gab es jedoch nur Moselwein und Portugieser Weißherbst in der Literflasche. Das Beste war noch ein chilenischer Rotwein, den er auch kaufte.

In Groß Dölln stellte er sein Auto da ab, wo er auch das erste Mal geparkt hatte. Der Graben, in dem sie Kohlhaas gefunden hatten, war inzwischen zugeschüttet. Die Baustelle hatte sich etwa hundert Meter in Richtung Dorfausgang verschoben. Die alten

DDR-Straßenlaternen glimmten mit schwachem Schein durch ihre erblindeten Gläser. Im Augenblick regnete es nicht mehr. Die beleuchteten Schriftzüge am *Deutschen Haus* waren noch das Auffälligste in dieser Straße. Ansonsten war alles wie gewohnt: dunkel und ruhig.

»Das wäre doch nicht nötig gewesen«, empfing ihn Elena mit einem Lächeln und nahm ihm die Flasche aus der Hand. Sie hatte eindeutig etwas Make-Up aufgelegt und wirkte auch sonst sehr aufgeschlossen und umgänglich. Sie hatte zum ersten Mal Hosen an, die ihr nicht eine Nummer zu groß waren. »Setzen Sie sich … ich mach nur schnell den Wein auf.«

Hannes stand jetzt vor dem Esstisch in der Wohnküche. Er kannte diesen Tisch schon von seinen früheren Besuchen. Diesmal war er gedeckt und eine Kerze brannte darauf. Er setzte sich.

»Ich will wirklich keine Umstände machen …«

»Das tun Sie nicht, Sie müssen sich nur beeilen. Sie wollen ja gleich wieder weg, haben Sie am Telefon gesagt.«

Hatte er das tatsächlich gesagt? Nun gut, dann musste er wohl dabei bleiben. Er hatte es also eilig.

»Wo ist denn Ihr Sohn? Wie heißt er doch gleich?«

»Tobias.«

»Ja, wo ist Tobias?«

»Er ist oben und will nicht gestört werden. Es gibt solche Tage. Ich glaube, er will einfach für sich bleiben. Er kommt sicher später und holt sich was vom Rest. Haben Sie auch Kinder?«

Elena lief unaufhörlich in der Küche rum.

»Ja, eine Tochter, sie ist zehn.«

»Na dann wissen Sie ja, wie das ist.«

Hannes bekam etwas aus einem Tongefäß aufgetan, der vorher im Backofen gestanden hatte. Es roch herrlich. Ein Mix aus Reis, Fleisch und Gemüse.

Hannes bemerkte, wie Elenas Brüste beim Auftun dicht neben ihm zitterten, als Sie den Rest des Essens aus dem Topf kratzte. Eine ungewollte und beiläufige Intimität, die ihn verwirrte.

»Marokkanisch«, sagte Elena stolz.

»Schmeckt sicher großartig.«

In der nächsten halben Stunde redeten sie viel. Vom Dorf, dem Wetter hier draußen, den Unterschieden zwischen dem Leben in der Stadt und dem auf dem Land. Wie man als Bildhauerin Geld verdienen konnte, von den Kindern in Groß Dölln und was sie anstellen mussten, um von hier aus zur Schule zu kommen. Von den Leuten im Dorf und warum viele nach der Wende hier geblieben und nicht nach Berlin gegangen waren. Wie man hier draußen Abstand von der Hektik der Stadt gewinnen konnte, und was die Nachbarn von Elena dachten. Sie tranken den chilenischen Wein und fanden beide, dass der für eine Tankstelle gar nicht mal so schlecht war.

Als er fragte, ob sie denn für immer in Groß Dölln bleiben wollte, sagte Elena, sie wäre ein Landkind, selbst wenn sie es wollte, könnte sie nicht in einer Stadt leben.

»Warum nicht?«, fragte Hannes.

»Zu viele Menschen.«

Sie sagte es, als wäre es tatsächlich der Grund, warum sie nicht in einer Stadt leben konnte. Und Hannes nickte, auch wenn er es nicht glaubte.

»Aber was ist mit Ihnen? Ich habe gehört, es hat Sie aus Berlin nach Brandenburg verschlagen.« Elena lächelte spitzbübisch.

»Woher...?«, fragte Hannes verblüfft.

»Wissen Sie, Ihre Kollegen reden mehr über Sie, als sie ahnen. Und sie reden so laut, dass man es mitbekommt.«

Hannes dachte an Franka und an die Beamten, die hier im Dorf von Tür zu Tür gegangen waren.

»Es stimmt. Ich wohne erst kurze Zeit hier draußen. In Birkenwerder. Aber ich werde vielleicht bald wieder zurück nach Berlin gehen.«

»Ich verstehe. Es ist auch manchmal unerträglich hier draußen. Man fühlt sich gelegentlich recht einsam.«

Hannes fühlte sich ertappt. Diese Frau konnte in ihm lesen, wie in einem Buch. Elena sah ihm in die Augen. Er hatte das Gefühl, er müsse gar nichts mehr sagen. Sie wusste es schon: Seine Einsamkeit und seine Melancholie. Er hatte das Gefühl, dass er ihr nichts verheimlichen konnte. Wenn sie so etwas bei ihm spürte, musste sie etwas Ähnliches erlebt haben.

»Ich würde eigentlich gern weiter hier draußen leben. Schließlich arbeite ich hier.«

»Warum holen Sie dann Ihre Familie nicht einfach hierher? Sie haben doch eine?«

»Das ist eine sehr persönliche Frage.«

»Stimmt.«

Hannes musste irgendetwas Passendes antworten. Er zögerte und suchte nach den richtigen Worten.

»Ich suche eine Wohnung, weil meine Frau mich auf die Straße gesetzt hat. Vielleicht nicht auf die Straße, aber in eine Gartenlaube in Birkenwerder. Mit einem Heizlüfter und ohne Dusche.«

Hannes lachte, als hätte er einen Witz gemacht.

Elena wartete ab. Sie wollte mehr hören.

»Lassen Sie es mich so ausdrücken«, ergänzte er. »Bei mir ist alles etwas durcheinander geraten. Es gab definitiv schon bessere Tage in meinem Leben. Ich glaube, im Augenblick würde ich mir wünschen, ich könnte mich ein wenig mehr um mich selbst kümmern. Das ist dringend notwendig. Eigentlich hatte ich mir vorgenommen, Urlaub zu nehmen, habe es mir dann aber anders überlegt. Ich wollte den Mörder Ihres Vaters finden. Aber ich habe ihn noch nicht gefunden. Tja, so einige meiner guten Vorsätze bleiben immer nur gute Vorsätze. Das Rauchen konnte ich mir auch noch nicht abgewöhnen.«

Elena lächelte amüsiert. Dann holte sie einen Aschenbecher. »Tschuldige. Du kannst hier übrigens rauchen. Das macht mir nichts aus. Es ist übrigens okay, wenn wir uns duzen. Ich glaube, wir sind fast ein Jahrgang. Ich bin Elena, 1960.«

»Ich bin Hannes. 62.«

Sie stießen nochmals mit dem chilenischen Rotwein an, der einen pelzigen Geschmack auf der Zunge hinterließ.

»Ich muss dir noch etwas sagen«, sagte Elena plötzlich. »Es hat mit meinem Vater zu tun.«

»Wenn es sein muss ..«

»Es muss sein.«

Hannes bemerkte, wie ihre Lippen leicht zu zitterten begannen. Das kannte er schon von ihr. Sie kämpfte mit sich, schien etwas überwinden zu müssen, dass groß und dunkel war. So groß und dunkel wie ihre Augen, wenn sie zum Sternenhimmel aufschauten und die Milchstraße erblickten, die man hier auf dem Land noch mit bloßen Augen ausmachen konnte.

Hannes wartete geduldig, bis sie sich wieder gefangen hatte.

»Ich habe über meinen Vater nachgedacht. Jetzt, da er tot ist, haben sich die Dinge für mich verändert. Ich sehe jetzt einiges klarer.«

»Klarer?«

»Ja. Es ist viel einfacher, jemanden zu hassen, wenn er tot ist.«

»Das kann ich mir gut vorstellen, würde mir genauso gehen.«

»Glaubst du eigentlich immer noch, dass ich meinen Vater umgebracht habe?«

»Ich wäre ein schlechter Polizist, wenn ich jetzt nein sagen würde.«

»Und wenn du mal kein Polizist bist?«

Hannes hatte gehofft, dass sie das fragen würde. Denn das bedeutete, dass sie ihn als Menschen wahrgenommen hatte, an dessen Meinung ihr etwas lag. Aber er war Polizist. Und konnte das nicht so einfach abstellen. Insbesondere, wo sie noch als Verdächtige im Mordfall Kohlhaas galt.

»Nein, ich glaube nicht, dass du jemanden umbringen könntest. Es ist auch gar nicht so einfach, jemanden zu töten. Ich habe einige Menschen gekannt, die das konnten. Du gehörst nicht dazu. Das hoffe ich zumindest.«

Hannes lachte dabei, aber Elenas Blick verfinsterte sich.

»Ich wünschte wirklich, ich hätte es getan. Mein Vater hatte den Tod mehr als verdient. Er war eine skrupellose egoistische Ratte.«

Elena Augen blitzten hasserfüllt. Es stimmte nicht, dass ihr Vater ihr gleichgültig war. Wenn sie das sagte, log sie.

»Wirklich?«

»Ja. Er hatte den Tod verdient. Eines will ich dir aber noch erzählen. Ich glaube, es ist wichtig, wenn du diesen Fall jemals aufklären willst. An jenem Abend, bevor Wassilij von der Militärpolizei abgeholt wurde, geschah noch etwas, was ich dir bisher verschwiegen hatte. Das tut mir leid.«

»Das macht nichts, dann erzähl es mir jetzt.«

Elena sammelte sich noch einmal.

»An dem Abend, als ich Wassilij zuletzt gesehen hatte ... Mein Vater kam völlig betrunken nach Hause und hat ihn bei mir erwischt. Es war fürchterlich. Er tobte und drohte ihn umzubringen. Mein Vater war groß und kräftig, weißt du? Wenn er betrunken war, raste er wie ein Berserker. Er schlug auf Wassilij ein, bis der kein Wort mehr herausbekam und blutete.«

Hannes bemerkte, wie Elenas Lippen wieder zu zittern begannen. Sie wich seinem Blick aus und knetete den Daumen ihrer rechten Hand.

»Dann nahm er mich und sperrte mich in mein Zimmer. Wassilij nahm er mit in die Scheune. Ich hatte große Angst um ihn, ich dachte wirklich, er würde ihn umbringen. Ich hörte das Gebrüll meines Vaters, das Splittern von Glas und Wassilijs Schreie. Es war entsetzlich.«

Elena stockte, kämpfte mit den Tränen, bekam sich dann aber wieder unter Kontrolle. Hannes überlegte, ihre Hand zu nehmen, tat es aber nicht.

»Was ist dann passiert?«

»Irgendwann kam mein Vater zurück ins Haus. Er telefonierte. Einige Zeit später kam die russische Militärpolizei und holte Wassilij ab. Sie legten ihm Handschellen an. Sein Gesicht war ganz geschwollen und blutverschmiert.«

Sie sah an Hannes vorbei, als würde sie sehen, was in ihren Erinnerungen immer wieder geschehen war. Sie hörte ihren Vater unten im Wohnzimmer telefonieren, hörte, wie er russisch sprach, sah das Blut auf dem Teppich.

»Mein Vater hat dafür gesorgt, das Wassilij als Spion verurteilt wurde. Er hat ihn auf diese Weise umgebracht. Ich weiß, dass Wassilij tot ist. Ich spüre es. So, nun weißt du, wer ihn verraten hatte. Möglicherweise hilft dir das ja weiter.«

Hannes bemerkte, dass er an einem Punkt angelangt war, der es ihm schwer machte, nur zuzuhören. Er nahm ihre Hand, und sie zog sie nicht weg. Gut, dachte er. Ich halte ihre Hand. Das ist gut.

»Danke, dass du mir das gesagt hast.«

Er spürte ihre erstaunliche Zerbrechlichkeit. Ihren Puls und ihr Herzklopfen. Einen Augenblick war Stille.

Sie schauten sich an.

Hannes berührte ihr Gesicht.

Sein Kopf neigte sich zu ihr. Seine Lippen berührten die ihren. Wie von allein. Sie fing an, seinen Kuss zu erwidern.

Da klingelte ein Mobiltelefon. In seiner Lederjacke. Er war zu sehr Polizist, als dass er anders reagieren konnte. Er löste sich von Elena und fluchte. Das Telefon klingelte noch immer. Er ging ran.

»Es gibt was Neues von der Forensik«, hörte er die Stimme von Franka. Sie klang überspannt, die Uhr zeigte nach neun.

»Das wird dich überraschen.«

»Bist du etwa IMMER noch auf dem Revier?«, fragte Hannes. Das war eher für Elena gedacht. Er wollte nicht, dass sie glaubte, Polizisten würden immer nur arbeiten. Doch Franka ignorierte seine Frage.

»Einer unserer Leute hat im Garten von Kohlhaas einen Spaten mit Blutspuren gefunden«, schallte es an sein Ohr. »Möglicherweise die Tatwaffe, das wird gerade mit den Verletzungen abgeglichen. Und es kommt noch besser: Am Spaten wurde DNA sichergestellt. Das heißt, wir haben vielleicht einen Beweis, wer der Täter ist.«

Hannes sagte nichts. Er überlegte, ob ihn das im Augenblick überhaupt interessierte. Vor allem wollte er, dass dieses Gespräch so schnell wie möglich zu Ende war. Elena holte aus dem Kühlschrank noch eine zweite Flasche Wein.

»Hannes? Bist du noch dran? Jetzt ist doch klar, dass wir nur noch diese DNA mit der DNA von Elena Kohlhaas vergleichen müssen. Dann wäre sie überführt. Das heißt, wenn sie denn die Täterin war. Gert sagt, du sollst die Kohlhaas morgen früh ins Revier bringen, um den DNA-Test zu machen. Zur Not auch mit einer richterlichen Verfügung, wenn sie sich weigert.«

»Ja. Gut.«

Hannes sah zu Elena, wie sie den Korken aus der zweiten Flasche zog. Entweder sie tat beschwipst oder sie war es tatsächlich. Ihr Blick sagte, dass er sich beeilen sollte.

»Und noch was, Hannes. Wir sollten auch eine Hausdurchsuchung bei der Kohlhaas machen. Genehmigung wäre kein Problem.«

»Ich kümmere mich darum.«

»Wo bist du überhaupt? Bist du noch auf dem Revier? In deinem Büro bist du jedenfalls nicht. Wir haben uns schon Sorgen gemacht. Wo bist du zum Teufel?«

Hannes lächelte zu Elena.

»Alles klar, habe verstanden, danke dir«, antwortete Hannes, obwohl das in diesem Zusammenhang überhaupt keinen Sinn ergab. Dann legte er auf und machte ein bekümmertes Gesicht.

Elena hatte die Gläser noch mal aufgefüllt. Hannes überlegte, ob er es ihr sagen sollte. Dass die Polizei - dass er selbst - sie morgen früh abholen würde, weil sie verdächtigt wurde, ihren Vater umgebracht zu haben. Nein, das konnte er nicht. Jedenfalls nicht jetzt. Wenn sie tatsächlich die Mörderin war, durfte er ihr nicht vertrauen. Aber er konnte nun auch nicht mehr hierbleiben und so tun, als wäre nichts geschehen.

Elena schaute ihn fragend an.

»Ich muss leider gehen. Ein Notfall. Es tut mir leid.«

Elena stellte keine Fragen. An der Tür gab sie ihm noch einen flüchtigen Kuss auf die Wange, dann schloss sie die Tür hinter ihm.

In dieser Nacht lag Hannes noch lange wach. Viele Gedanken kamen und gingen. Konnte es sein, dass Elena ihren Vater umgebracht hatte? Sie hasste ihren Vater. Er hatte ihren Freund an die Militärpolizei verraten. Aber war das der Grund, warum sie ihn nach über zwanzig Jahren umbrachte? Hannes setzte sich auf und machte das Licht an. Er nahm sich die Übersetzung des russischen Teils der Kohlhaas-Akte nochmal vor. Die hatte Franka ihm mitgegeben. Er las die Übersetzung zweimal komplett durch. Es war ein Bericht des Verbindungsoffiziers von Kohlhaas an eine Stelle namens SSDV. In diesem Bericht aus dem Jahr 1980 kam der Name Kohlhaas gar nicht vor. Der Bericht stellte fest, dass die Lagerung von Atomsprengköpfen in Deutschland absolut sicher genug gehandhabt werde. Dann wurden sogenannte Sonderlager in der DDR aufgelistet, in denen Atomwaffen sicher aufbewahrt wurden. Dannenwalde war nicht dabei, aber der Flughafen Templin und die Kaserne in Vogelsang wurden genannt. Dazu wurden diverse Sicherheitsmaßnahmen erläutert. Insbesondere der Zutritts- und Zugangsschutz zu den Sonderlagern wie auch das Codeverfahren zur Aktivierung der mobilen Lenkwaffen der Raketenbrigaden. Dieses Verfahren sei zuverlässig und unüberwindbar.

Codeverfahren zur Aktivierung der mobilen Lenkwaffen? Hannes las weiter. Es sei undenkbar, dass atomare Sprengköpfe unbemerkt gestohlen oder gar genutzt werden könnten. Sprengköpfe, die eine fortwährende Kühlung benötigten, waren mit einem Mechanismus versehen, der dafür sorgte, dass eine Überhitzung selbst bei unsachgemäßer Lagerung ausschloss. Die Sprengköpfe würden sich quasi selbst abschalten und entschärfen, wenn die Temperatur über die Norm anstiege. Eine Explosion, der Austritt von radioaktiven Materialien oder gar eine Versuchung seien mit großer Sicherheit ausgeschlossen.

Nachdem Hannes den Bericht noch ein drittes Mal gelesen hatte, war er sich sicher, dass damit etwas nicht stimmte. Zum einen war der Bericht nicht von einem Techniker oder einem Soldaten geschrieben. Es klang eher wie eine Presseerklärung, nicht wie ein Sicherheitsbericht. Der Text strotzte nur so von Worten wie »absolut zuverlässig«, »ausgeschlossen« und »sicher«. Wie aus einem Werbekatalog der Waffenindustrie. Der Verfasser wollte der SSDV gegenüber versichern, dass alles in bester Ordnung sei, als hätte diese Stelle genau daran ihre Zweifel. Die eigentliche Frage war daher eher, wer oder was war die oder der SSDV? Im Bericht standen nur diese Buchstaben ohne eine Ergänzung oder eine Adresse.

Und warum kam dieser Bericht in die KGB-Akte von Kohlhaas? Was hatte Jens Kohlhaas damit überhaupt zu tun? Sein Name wurde im Bericht nicht mal genannt.

Hannes versuchte zu ordnen: Warum lag dieser Bericht in der Kohlhaas-Akte des KGB? Der ermordete Kohlhaas hatte Wassilij Belov beim KGB angezeigt und der Spionage beschuldigt. Below war Kommandant in einer Raketen-Abteilung gewesen. Die atomaren Raketensprengköpfe seiner Abteilung wurden in Sonderlagern aufbewahrt, die in diesem Bericht für sicher erklärt wurden. Der

Verfasser des Berichts war wiederum der KGB-Führungsoffizier von Kohlhaas. Hier schloss sich der Kreis.

Doch einiges blieb rätselhaft: Dannenwalde stand nicht auf der Liste der Sonderlager. Dass es jedoch in Dannenwalde einen Unfall mit Kernwaffen gegeben hatte, durch den Plutonium freigesetzt worden war, stand fest. Sechs verstrahle Leichen waren heimlich verscharrt worden. Aber warum schrieb der KGB dann später an einen SSDV, dass solche Unfälle nicht passiert seien und auch nicht passieren konnten? Und wer sorgte dafür, dass ein russischer Bomber auf dem Flug nach Sibirien ins Meer stürzte?

30 - ТРИДЦАТЬ

Verhörraum im LKA Eberswalde . 13. November 2001, 9.43 Uhr

Elena starrte fassungslos auf das Mikrofon, das man vor ihr aufgestellt hatte. Sie musste die Frage wohl missverstanden haben. Sie spürte die aufkommende Wut fast körperlich. Wie konnte Hannes ihr nur so eine intime Frage stellen? Sie hatte gedacht, dass sie ihm vertrauen konnte. Doch offenbar durfte sie das nicht. Die Kameras und Aufnahmegeräte im Verhörraum des LKA surrten und zeichneten jede ihrer Regungen auf. Und das seit fast einer Stunde.

»Diese Frage verstehe ich nicht«, sagte Elena widerspenstig

Hannes hatte am frühen Morgen bei Elena geklingelt. Er hatte ihr erklärt, dass es notwendig sei, sie zum Revier zu bringen. Sie sollte einen DNA-Test machen. Nur, um ganz sicher zu gehen, dass sie als Täterin nicht in Frage kam. Einen Augenblick hatte sie gezögert, dann hatte sie eingewilligt, ins LKA nach Eberswalde zu fahren. Etwas stimmte nicht, das spürte Elena deutlich. Sie hatten auf dem Weg dorthin kaum ein Wort gewechselt. Die DNA-Abnahme war schnell erledigt. Dann hatte Hannes sie in diesen Verhörraum geführt und angefangen, ihr Fragen zu stellen. Dabei war ihm anzumerken, dass er dies nicht gern tat.

Eine Polizistin war auch dabei gewesen. Die Polizistin hatte sich als Hauptkommissarin Franka Bernd vorgestellt und sich neben Hannes gesetzt. Einen Anwalt würde sie sicher nicht benötigen, dies sei ja nur eine Zeugenaussage, hatte sie gesagt, gelächelt und das Aufnahmegerät eingeschaltet. In der letzten Stunde waren sie dann alles immer wieder durchgegangen. Elena musste viele Fragen doppelt und dreifach beantworten: Wie war ihr Verhältnis zu ihrem Vater? Wann hatte sie ihn zum letzten Mal gesehen? Was hatte ihr Vater mit den Russen zu schaffen? Warum hasste man ihn im Dorf? Immer weitere Fragen wurden ihr gestellt. Fragen zu ihrem Vater. Was sie von seiner Vergangenheit wusste. Alles wurde wiederholt, als hätte sie das alles nicht schon längst beantwortet.

Elena war gereizt, aber auch verunsichert. Innerlich kochte sie vor Wut und Empörung. Hannes Annäherungsversuche am gestrigen Abend hatten offensichtlich nur den Zweck gehabt, sie aus der Reserve zu locken. Er glaubte also offenbar immer noch, dass sie ihren Vater umgebracht hatte. Eine andere Erklärung gab es nicht. Sie sah, dass Hannes es vermied, ihr in die Augen zu sehen.

Möglicherweise brauchte sie tatsächlich einen Anwalt. Der Polizei konnte sie nicht trauen, und erst recht nicht diesem Hannes Keppler, der ihr Vertrauen auf übelste Weise missbraucht hat. Dass sie auf diese miese Tour reingefallen war.

»Diese Frage verstehe ich nicht,« wiederholte Elena.

Hannes überlegte. Er versuchte, die Frage anders zu formulieren. Dabei sprach er leise, denn er fühlt sich nicht ganz wohl in seiner Haut. Und er wollte, dass Elena das spürte.

»Was Sie uns zu Protokoll gegeben haben, zeigt, was für ein Mensch Ihr Vater war: Er war ein Informant des KGB. Er machte Geschäfte mit russischen Offizieren. Er verschacherte Material, Arbeiter und Frauen aus Polen an die Russen. Er wirtschaftete in seiner Ziegelei in die eigene Tasche und hatte Kontakte in die Spitze der SED. Er war ein Säufer und neigte zu Gewaltausbrüchen. Das alles kann durch andere Aussagen bestätigt werden.«

Hannes machte eine Pause und versuchte, Elena direkt anzuschauen, doch Elena blickte an ihm vorbei.

»Eines erklärt es jedoch nicht«, fuhr er fort. »Und zwar das, was mit Wassilij Belov passiert ist. Ihr Vater verprügelte ihn und zeigte ihn bei der Militärpolizei an. Aber warum tat er das? Andere Menschen hatte er kaltblütig und skrupellos betrogen, wenn er sich davon einen Vorteil versprach. Aber was störte ihn an Belov? Kann es sein, dass er sie nur beschützen wollte? Denn Sie - Elena - waren der einzige Mensch, der ihm wirklich etwas bedeutete. Ihnen hat er sich nah gefühlt. Sie wollte er nicht verlieren. Ihr Vater wollte Sie für sich haben. Er hat Sie geliebt. Doch Sie haben ihn gehasst. Ich will einfach wissen, warum? Warum hassten Sie Ihren Vater so sehr?«

Elena überlegte, ob sie überhaupt etwas dazu sagen sollte. Aber warum nicht? Alle im Dorf kannten ihren Vater, alle wussten, zu was er fähig war. Warum sollte sie es nicht zugeben? Nur weil er ihr Vater war?

»Weil er Menschen auf dem Gewissen hatte«, erwiderte Elena. »Weil er der Grund für den Selbstmord meiner Mutter war, weil er meinen Freund ans Messer geliefert hat. Reicht das nicht? Was muss er denn noch tun, damit ich ihn hassen darf?«

Elena hatte etwas die Fassung verloren. Ihre Stimme brach. Hannes merkte, dass er an einem Punkt angelangt war, der es ihm schwer machte, weiter zu fragen. Er sah, wie Elenas Lippen zu zittern begannen. Dabei wich sie seinem Blick weiterhin aus und knetete den Daumen ihrer rechten Hand.

In diesem Augenblick hätte Hannes das Verhör gern abgebrochen, wusste aber nicht wie. Sekunden vergingen. Hannes blätterte in seinem Notizbuch. Elena blicke stur vor sich hin. Hannes verglich einige Daten aus seinem Notizbuch miteinander. Elena war 1960 geboren und bekam ihren Sohn, als sie 18 Jahre alt war. Am 9.3.1978, nur ein paar Monate, nachdem Wassilij Belov von der Militärpolizei abgeholt wurde. Das war ihm bisher gar nicht aufgefallen.

»Einen anderen Grund gibt es nicht?«, warf Franka ein.

»Nein.«

»Auch keinen persönlichen Grund?«

»Nein.«

»Sind Sie sicher«, hakte Franka nach.

»Ja.«

Franka schaute zu Hannes rüber, der machte jedoch keine Anstalten sie aufzuhalten.

»Frau Kohlhaas«, fuhr Franka streng fort. »Ich will mal Klartext mit Ihnen reden. Wir werden schon bald in der Lage sein, Ihre DNA mit der DNA auf der Tatwaffe zu vergleichen. In wenigen Tagen haben wir das Ergebnis. Es wird also Zeit, uns die Wahrheit zu sagen. Wenn Sie Ihren Vater getötet haben, dann erzählen Sie uns, wie es dazu gekommen ist. Sonst müssten wir annehmen, dass Sie Ihn kaltblütig ermordet haben. Sollen wir das?«

Elena blickte verzweifelt zu Hannes.

»Warum sollte ich denn meinen Vater ermorden?«, flehte sie. »Nach so vielen Jahren? Was hätte ich denn davon gehabt?«

»So viele Jahre nach *was*?«, hakte Franka sofort nach.

Elena war anzusehen, dass sie sich ertappt fühlte. Sie zog sich zurück in ihr Schneckenhaus, in ihr gewohntes Einsiedlerdasein und starrte nur noch vor sich hin. Franka blieb unerbittlich.

»Frau Kohlhaas, ich muss Sie das fragen: Hat Ihr Vater Sie sexuell missbraucht?«

Elena ignorierte diese Frage, tat, als würde sie darauf keine Antwort geben wollen. Dann schüttelte sie den Kopf.

»Elena ...«, versuchte es Hannes vorsichtig. »Du brauchst nicht, wenn du nicht ....«

»WEN INTERESSIERT DAS?«, schrie Elena plötzlich. Alles an ihr zitterte. Mit einer Geste versuchte Hannes, sie zu beruhigen, doch sie war jetzt nicht mehr zu bremsen. Es platzte aus ihr heraus, sie war nicht mehr in der Lage, es zurückzuhalten, selbst wenn sie es gewollt hätte.

»Das war nur eine Frage«, lenkte Franka ein.

»DAS GEHT NIEMANDEN WAS AN!«, schrie Elena nochmal.

»Was ist passiert? Erzählen Sie es uns!«, versuchte es Franka mit weicherer Stimme.

Eine erste Träne floss über Elenas Gesicht. Sie wischte sie mit dem Handrücken weg. Hannes suchte nach einem Taschentuch und war froh, als er tatsächlich eins fand. Er reichte es ihr. Es schien Minuten zu dauern, bis Elena sich wieder etwas beruhigt hatte.

»Was eben passieren kann, wenn ein kleines Mädchen allein bei ihrem Vater lebt.« Es war nur ein Flüstern. Alle schwiegen, die Stille zog sich hin. Elena fasste sich wieder. Sie straffte ihren Rücken und setzte sich wieder gerade auf ihren Stuhl.

Sie wirkte jetzt selbstbewusster. Es schien, als hätte sie entschieden, dass sie für heute nichts mehr erzählen würde. Hannes ahnte, dass sie von ihr heute nichts mehr erfahren würden. Aber Elena hatte es ausgesprochen, allein das zählte. Hannes hätte am liebsten ihre Hand genommen, so wie er es gestern schon mal getan hatte. Doch diesmal hätte sie ihre Hand wohl zurückgezogen.

»Was ist an diesem Abend passiert?«

Frankas Frage zerbrach die Stille.

Elena blicke auf, verstand nicht.

»An welchem Abend?«

»An dem Abend, als Ihr Vater starb. Wo waren Sie da?«

»Welcher Tag war das überhaupt? Ich habe wirklich keine Ahnung.«

Hannes wusste: Wenn eine Leiche über Wochen in der Erde lag, war es schwer, auf den Tag genau festzustellen, wann der Tod eingetreten war. Um das herauszufinden brauchte es einen hervorragenden Forensiker und viel Zeit. Beides war Mangelware im LKA. Kohlhaas war möglicherweise in der Nacht vom 23. auf den 24. Oktober umgebracht worden, aber beweisen konnten sie das nicht. Und ohne ein Geständnis würde es wohl auch keine Verurteilung geben. Sie tappten im Dunkeln und waren vielleicht auch noch auf der falschen Fährte. Warum sollte Elena ihren Vater umgebracht haben? Sie hatte das Dorf nie verlassen, sie hatte sich stattdessen ihr Leben neben ihrem Vater eingerichtet. Sie blieb in einem Dorf, das ihr die Sicherheit gab, die sie brauchte. Und das seit vielen Jahren. Elena hasste ihren Vater, aber der Hass brannte nicht mehr in ihr.

»Sie waren im Garten. Ihr Vater kam zu Ihnen. Er war betrunken …«.

Franka sprach ganz ruhig.

»Nein, so war es nicht!«

»Wie war es dann?«

»ICH HABE MEINEN VATER NICHT GETÖTET! Und ich weiß auch nicht, wer ihn umgebracht hat.«

Elena war wieder laut geworden. Franka ließ nicht locker. Sie legte einen Spaten auf den Tisch, der in einer durchsichtigen Plastiktüte eingewickelt war.

»Frau Kohlhaas, diesen Spaten haben wir im Garten ihres Vaters gefunden. Wollen Sie sagen, dass Sie den noch nie gesehen haben?«

»Den habe ich noch nie gesehen.«

»Und wie erklären Sie es, wenn wir Ihre DNA an diesem Spaten finden werden?«

»Keine Ahnung. Ich habe den Spaten nicht angefasst. Ich habe ihn bisher nicht mal bemerkt. Und meinen Vater habe ich auch nicht umgebracht!«

Es war zwecklos, das musste auch Franka einsehen. So kamen sie nicht weiter. Nicht ohne den DNA-Vergleich.

»Elena, ist dir jemand aufgefallen, der in letzter Zeit Kontakt mit deinem Vater hatte?«, versuchte Hannes, das Verhör vorsichtig in eine andere Richtung zu lenken. »Möglicherweise jemand von früher. Vielleicht ein Russe?«

Elena spürte, dass Hannes ihr helfen wollte, warum sonst sollte er ihr eine solche Frage stellen? Und trotzdem, Hannes stand nicht auf ihrer Seite, sie musste sich vor ihm in Acht nehmen.

»Mein Vater trank immer allein. Die Leute im Dorf wollten nichts mit ihm zu tun haben. Er bekam auch keinen Besuch, jedenfalls habe ich davon nichts mitbekommen.«

Hannes kam näher an Elena heran, als er sich über den Tisch beugte. Jede Bewegung wurde weiterhin von den Kameras im Raum erfasst.

»Elena, kannst du dich noch erinnern, wer ihn früher mal besucht hatte? Als du noch bei ihm gewohnt hast. Gab es da Leute, die nicht aus dem Dorf kamen? Leute, die damals bei der Stasi waren? Oder beim KGB?«

»Kann sein, dass er mal Besuch bekam von einem seiner alten Genossen. Leuten, die hier früher das Sagen hatte, so wie er. Aber davon habe ich nichts bemerkt. Es hätte mich auch nicht interessiert.«

In diesem Augenblick öffnete sich die Tür. Beckmann steckte seinen Kopf herein. »Kann ich euch bitte kurz sprechen?«

Wenig später standen Beckmann, Hannes und Franka im Nebenraum. Elena war durch eine Spiegelscheibe zu sehen. Von hier aus hatte Beckmann das Verhör mitverfolgt.

»Wir haben nichts in der Hand«, stellte Beckmann klar.

»Nein, ohne den DNA-Test können wir ihr nichts nachweisen«, stimmte ihm Franka zu. »Und sie leugnet weiter. Das macht sie geschickt. Fast könnte man ihr glauben.«

»Aber ich glaube ihr nicht«, sagte Beckmann. »Sie hatte die Gelegenheit und ein Motiv. Möglicherweise ist ihr gar nicht bewusst, dass sie es getan hat. Ihr Unterbewusstsein verdrängt die Tat. Darum wirkt sie auch so überzeugend. Sie glaubt wirklich, dass sie unschuldig ist. Hannes, was sollte das denn vorhin mit dem Russen. Sie ist doch unserer Hauptverdächtige. Da müsst ihr doch dran bleiben.«

Hannes ignorierte Beckmanns Frage. Während Beckmann und Franka noch darüber berieten, wie sie weiter vorgehen sollten, war Hannes in Gedanken versunken. Stasi und SSDV, dachte er. Das klang wie Jing und Jang oder Dick und Doof. Nur das V störte bei SSDV. Ohne das ´V´ hätte es SSD, Staatssicherheitsdienst heißen können. Aber wurde die Staatssicherheit auch als SSD bezeichnet? Eher doch als Stasi. Irgendwas hatte er übersehen. Hannes steckte sich eine Zigarette an.

»Hier drinnen ist Rauchen verboten!«, ermahnte ihn Beckmann.

Verärgert schmiss Hannes die Zigarette auf den Boden und drückte sie mit dem Schuh aus. Als Beckmann das sah, rollte er mit den Augen. Hannes verfluchte indessen alle Bürokraten und die freudlosen Gesundheitsfanatiker, die ihm seine freiheitlichen Grundrechte genommen hatten. Dann betrachtete er Elena durch die Scheibe. Wie schön sie war. Wie ein Model hatte sie ihre Beine elegant übereinander geschlagen. Gepflegte Haare in betonter Jugendlichkeit und ein zeitloses und ebenmäßiges Gesicht, dessen Ausdruck Hannes immer wieder Rätsel aufgab.

»Gut. Oder besser, nicht gut. Schicken wir sie nach Hause«, hörte er Beckmanns Stimme. »Sie soll aber in Brandenburg bleiben. Sagt ihr das. Wenn das Analyseergebnis des DNA-Tests da ist, haben wir sie. Sie läuft uns ja nicht weg.«

Franka nickte. »Ich denke, sie wird ihren Widerstand irgendwann aufgeben. Dann haben wir alles zusammen für eine Anklage: Die Leiche, die Tatwaffe, den Täter, das Motiv und den Beweis. Was meinst du, Hannes?«

Das V könnte eine Abkürzung für »vertraulich« sein, dachte Hannes. Ein Vermerk, dass dies eine vertrauliche Information war. Statt SSDV wäre das dann SSD-V, also Staatssicherheitsdienst – vertraulich.

»Hannes?«

Ja! Das ist es! Eine Art Sicherheitsklassifizierung. Keine Bezeichnung einer Stelle oder Abteilung. Der KGB-Führungsoffizier von Kohlhaas hatte nicht an eine sowjetische Stelle berichtet, sondern an eine deutsche, an den Staatssicherheitsdienst SSD. Die Stasi und wahrscheinlich auch die SED wussten also Bescheid. Der Staatssicherheitsdienst hatte beim KGB nachgefragt und diesen Bericht als Antwort erhalten. Mit dem Vermerk: SSD-V, Staatssicherheitsdienst - vertraulich.

»Hannes?«

Er bemerkte, wie Franka und Beckmann ihn erwartungsvoll anblickten.

»Sicher. Absolut korrekt analysiert. Im Grunde müssen wir nur das Ergebnis abwarten, dann können wir sie überführen.«

»Gut. Das klingt gut. Das klingt sogar sehr gut. Dann können wir ja alle weiteren Ermittlungen im Fall Kohlhaas einstellen. Der Fall ist ja geklärt. Insbesondere können wir uns weitere Ermittlungen in Richtung der ehemaligen SED-Funktionäre sparen. Hast du mich verstanden?«

Hannes nickte.

Beckmann überlegte noch einen Augenblick.

»Ach Franka, ich habe gehört, wir kriegen nun doch die Berliner Polizei für die Absperrung der Kaserne in Vogelsang. Der Berliner

Abteilungsleiter kommt heute Nachmittag noch vorbei. Komm doch bitte um zwei Uhr kurz in mein Büro, ja?«

Damit war die Sache für Beckmann erledigt. Hannes war mittlerweile schon außer Hörweite. Er ging zurück in sein Büro, und nahm sich sein Halfter mit der Sig Sauer, 9 mm, lud sie durch und steckte sie in seinen Schulterhalfter. Aus seinem Schreibtisch nahm er noch zwei gefüllte Ersatzmagazine mit. Dann verließ er das LKA.

31 - ТРИДЦАТЬ ОДИН

Sonderlazarett, Kaserne bei Vogelsang , 2. September 1977, 11.10 Uhr

Wassilij öffnete die Augen. Als er den Major sah, traute er seinen Augen nicht. Sollte sich sein Vorgesetzter nun endlich um ihn kümmern? Wassilij hatte alles getan, was man von ihm verlangt hatte. Er hatte sein Leben riskiert, war für ihn in den Bunker gegangen und hatte getan, was getan werden musste. Wollte man ihm nun einen Orden dafür verleihen? Sollte er ein Held der Sowjetunion werden? Dann spürte er, wie seine Sinne wieder schwanden. Hatte er sich das nur eingebildet? Wo war er überhaupt? Dann erkannte er die schmucklosen Neon-Röhren. Er war immer noch im Lazarett. Ein zweites Gesicht tauchte neben dem Gesicht des Majors auf: Hornbrille.

»Wie geht es Ihnen, Genosse Kommandant? Wir möchten mit Ihnen reden.«

Die beiden setzen ihn auf, so dass er aufrecht an seinem Kissen lehnte und seinen Kopf abstützen konnte. Er blickte sich um. Sonst war niemand im Raum. Keine der Schwestern war zu sehen. Wassilij konnte sich nicht mehr erinnern, wann die Ärzte ihn das letzte Mal untersucht hatten. Er musste geschlafen, sehr lange geschlafen haben.

»Ich sehe schon, es geht Ihnen besser, nicht wahr?«

Wassilij sah die leeren Betten im Raum. Das Bettzeug hatten die Schwestern mitgenommen. Sie waren alle voller Blut gewesen. Er erinnerte sich an das Blut. Es war dunkel gewesen. Nun lagen neue weiße Laken auf den fleckigen Matratzen. Wassilij hatte gesehen, wie die Schwestern eines Morgens kamen, um den ältesten Polen von seinem Bett zu heben. Der Leichnam war so groß und schwer gewesen, dass vier Schwestern notwendig waren, um ihn anzuheben und auf die Rollbahre zu legen. Dann hatten sie ihm ein Laken über das Gesicht gezogen und ihn hinaus gefahren. Von den anderen Polen sagte keiner ein Wort. Sie hielten ihre Augen geschlossen und schienen kaum noch bei Bewusstsein. In der folgenden Nacht war noch einer von ihnen gestorben. Aber wo waren die anderen geblieben? Wassilij konnte sie nicht entdecken. Hatte man Sie verlegt?

»Da haben Sie aber mächtig Glück gehabt, Kommandant. Ihre Kameraden hatten weniger Glück.«

Wassilij erschrak. Er versuchte zu sprechen, bekam jedoch kein Wort heraus. Bleischwer klebte seine Zunge am Gaumen. Er hatte das Gefühl, als würde er auf der Stelle verdursten.

»Wasser!«, brachte er schließlich heraus.

Hornbrille füllte ihm ein Glas mit Wasser und reichte es ihm. Wassilij nippte vorsichtig. Seine Lippen waren aufgeplatzt und voller Bläschen, die wie Feuer brannten. Das Wasser rann in seinen Magen, und er spürte einen stechenden Schmerz, als würden seine Gedärme platzen. Unwillkürlich musste er stöhnen. Es fühlte sich an, als hätte er Säure in seinen Magen gegossen.

»Sie werden sehen: Noch eine Woche und Sie können hier raus. Sie werden wieder gesund. Wer nach zwei Wochen noch lebt, den bringen die Strahlen nicht mehr um.«

Der Major tat überzeugt, doch Wassilij misstraute ihm. Er glaubte nicht, dass dies nur ein kameradschaftlicher Krankenbesuch war.

»Was wollen Sie von mir?«

»Immer gerade heraus. Nicht wahr?« Der Major lachte. »Das ist es, was mir von Anfang an bei ihnen gefallen hat. Sie halten mit nichts hinterm Berg. Gut, dann lassen wir das Vorgeplänkel. Kommandant, wir sind gekommen, um ihnen zu sagen, dass wir das mit dem Mädchen vergessen werden. Sie haben nichts mehr zu befürchten. Wenn Sie hier rauskommen, sind Sie ein freier Mann.«

Wassilij nahm noch einen Schluck Wasser. Was wollten die dann noch von ihm? Er schaute zu Hornbrille. Irgendwas war diesem Mann sichtlich unangenehm. Er sah aus, als läge ihm etwas quer im Magen. Nein, diese Männer waren nicht gekommen, um zu geben, was sie ihm versprochen hatten.

»Kann ich telefonieren?«

»Natürlich! Das können Sie. Aber im Augenblick sind Sie noch zu schwach dafür. Sie müssen sich noch ein wenig gedulden.«

Wassilij wurde schwindelig. Er legt den Kopf erst zur Seite und dann an die Brust. Das Gefühl wollte sich nicht legen. Dabei bemerkte er ein paar Haare auf seiner Bettdecke. Dunkle Haare. Waren das etwa seine? In Panik fasste sich an den Kopf und starrte dann auf ein ganzes Büschel Haare in seiner Hand.

»Das ist nur vorübergehend«, beruhigte ihn der Major.

»Warum fallen meine Haare aus? Wo sind die Schwestern, die Ärzte? Warum bin ich überhaupt ganz allein hier?«

»Wir haben sie weggeschickt.«

»Warum?«

»Weil wir mit ihnen reden wollten. Allein.«

»Über was?«

»Hören Sie, Sie müssen uns noch einen Gefallen tun, dann können Sie von hier fort gehen.«

»Ich will hier sofort raus. Holen Sie die Schwestern zurück!«

»Belov, beruhigen Sie sich. Wir sind hier, um Ihnen einen wirklich guten Vorschlag zu machen.«

»Was soll das? Ich will keinen Vorschlag mehr hören von Ihnen. Die Polen sind alle tot. So ist es doch. Darum bin nur noch ich hier. Und sie wussten nicht mal, wofür sie gestorben sind!« Wassilij wurde übel, er war kurz davor, sich zu übergeben. Sein Körper schmerzte an allen Stellen. Er fühlt sich fiebrig.

»Lassen Sie mich verdammt noch mal in Ruhe!«

»Sie können zu ihrem Mädchen zurück. Wenn Sie wollen, bleiben Sie in Deutschland. Sie sind Lette, Sie können sogar Asyl in Westdeutschland beantragen. Wir könnten das arrangieren.« Dabei blickte der Major zu Hornbrille, der zustimmend nickte.

Wassilij glaubte nicht, was er da hörte.

»Was soll denn das für ein Vorschlag sein?«

Hornbrille räusperte sich. Anscheinend wollte er nun die Gesprächsführung übernehmen. Wassilij hatte das Gefühl, wieder verhört zu werden.

»Können Sie uns sagen, was genau getan werden muss, um einen Sprengkopf der OTR zur Explosion zu bringen?«

Wassilij war verdutzt. Sollte ein Major einer Raketenbrigade des strategischen Oberkommandos nicht wissen, wie seine Waffen funktionierten?

»Das hängt davon ab, welchen Sprengkopf Sie meinen.«

»Sagen wir, den Sprengkopf ihrer Rakete, der Rakete, für die sie die Codes vom Oberkommando besitzen.«

Wassilij verstand nicht.

»Die Raketen meiner Einheit verfügen über atomare Sprengköpfe. In diesem Fall sind es Sprengköpfe, die wie eine Wasserstoffbombe funktionieren. Das ist eine besondere Bombe, aber das werden Sie ja wohl wissen?«

»Ich bin vom KGB, kein Raketenoffizier.«

»Bei der Wasserstoffbombe erfolgt zunächst eine Kernspaltung, wie bei einer ganz normalen Atombombe .... .«

Er holt tief Luft und musste eine Pause machen, um sich auf das zu konzentrieren, was er sagen wollte. .

»... die Energie aus der Kernspaltung wird zur Auslösung einer Kernfusion zweier Wasserstoffisotope verwendet. Reicht Ihnen das?

»Nein, uns interessiert eher, wie man die Bombe zünden kann.«

Wassilij versuchte sich zusammenzureißen.

»Die Bombe wird über einen elektronischen Zeitzünder gezündet, der die Bombe in einer idealen Höhe zur Explosion bringt.« Seine Stimme wurde immer leiser.

»Und für die Aktivierung dieses Zünders wird ein Code benötigt, nicht wahr?«

»Ja.«

»Geht es auch ohne den Code?«

»Soviel ich weiß, nicht.«

»Denken Sie nach, Belov!«

Hornbrille gönnte ihm keine Pause. Wassilij merkte, dass er sich jeden Augenblick übergeben würde. Er versuchte, sich zu konzentrieren.

»Nein, ich glaube nicht. Das heißt, ich bin mir sogar sicher. Der Zünder ist abgestimmt auf die Menge des konventionellen Sprengkopfes und der spaltbaren Massen in der Bombe. Um eine kritische Masse für die Kernspaltung zu erzeugen, muss die Zündung exakt so ablaufen wie vorgesehen. Und dazu wird exakt dieser Zünder der Bombe benötigt. Der Zünder verlangt den Code.«

Wassilij hatte schneller gesprochen, weil er spürte, wie ihm sein Mageninhalt hochkam. Er beugte sich aus dem Bett und kotzte dem Major vor die Füße.

Der Major sprang zur Seite.

»Kommandant, Sie haben von mir einen Umschlag mit Codes erhalten. Geben Sie mir die Codes«, verlangte er.

»Warum?«, stöhnte Wassilij.

»Weil ich es Ihnen sage.«

»Das ist gegen den Befehl des Oberkommandos.« Wassilij lehnte sich ins Bett zurück. »Ich darf Ihnen die Codes nicht geben, das wissen Sie doch.«

»Es ist für eine gute Sache, Genosse Kommandant. Glauben Sie mir. Gut für den Ruhm der Roten Armee. Gut für die Sowjetunion und die Fortführung und Entwicklung des Kommunismus unter der Führung einer eisernen Faust. Sie haben mal gesagt, sie wären ein Patriot. Ich bin es auch. Und darum brauche ich jetzt diese Codes!«

»Nicht von mir.«

Der Major verlor nun endgültig die Geduld.

»Hören Sie, Sie kleiner Bastard! Sie werden diesen Raum nicht lebend verlassen, wenn Sie uns nicht die Codes geben, nur damit das klar ist!«

»Ich werde sowieso sterben, und das wissen Sie!«

»Das werden Sie nicht«, erwiderte der Major. »Nicht bevor Sie uns diesen kleinen Gefallen getan haben. Sie werden uns diese Codes geben!«

Wassilij sah die Makarow am Hosenbund von Hornbrille stecken, der ganz nah bei ihm stand. Der Halfter war nicht verschlossen. Ein unverzeihlicher Fehler, typisch für diesen aufgeblasenen und arroganten Bürokraten, der glaubte, jeden Widerstand nur mit Gerede besiegen zu können. Das war seine Chance, er zögerte nicht. Wassilij griff nach der Pistole, riss sie Hornbrille aus dem Halfter, entsicherte sie und hielt die Mündung in das entsetzte Gesicht des Majors.

»Das werde ich nicht!«

Hornbrille trat sofort einen Schritt zurück und hob vorsichtig die Hände. Der Major blieb ungerührt.

»Was soll das? Legen Sie die Waffe weg!«

»Ich habe Ihnen geglaubt. Ihnen und der ganzen verdammten Roten Armee. Ich war immer ein Patriot. Ich wollte den Kommunismus. Ich wollte dem sowjetischen Volk dienen. Aber ich wollte niemals einen nuklearen Krieg! Erstschlag auf Paris, Millionen von Toten in London, ein nuklearer Krieg. Wer will denn das? Niemand will das!«

Wassilij versuchte aufzustehen, legte die Pistole mal auf den Major und mal auf Hornbrille an. Er war außer sich vor Verzweiflung und spürte, wie seine Hand zitterte.

»Diese ganze nukleare Scheiße ist doch Wahnsinn. Und nun muss ich sterben, weil diese ruhmreiche Rote Armee mich in den Tod geschickt hat«, schrie er. »Sie glauben doch selbst nicht, dass ich je wieder gesund werde. Schauen Sie sich nur meine Haare an!«

Wassilij riss sich weitere Büschel aus dem Haar und warf sie umher. An vielen Stellen war nur noch seine weiße Kopfhaut zu sehen. Die Büschel fielen auf den Boden.

»Kommandant, beruhigen Sie sich! Sie werden wieder gesund.«

«Ich werde Elena nie wiedersehen. Wenn sie überhaupt noch lebt. Was habt ihr mit ihr gemacht? Ihr Schweine!«, schluchzte er.

Wassilij zielte weiter mal auf den einen, mal auf den anderen, und hielt sich die beiden so vom Leib.

»Ihrem Mädchen geht es gut. Wirklich. Hören Sie jetzt auf damit! Geben Sie mir die Waffe! Zum letzten Mal.«

»Was wollt ihr mit den Codes? Meint ihr nicht, ich kann mir denken, was ihr damit wollt? Haltet ihr mich für so dumm?«

»Geben Sie mir die Waffe!« sagte der Major mit ruhiger Stimme.

Zu spät bemerkte Wassilij, dass sich Hornbrille von der Seite an ihn herangeschlichen hatte. Ehe er reagieren konnte, warf sich der Mann mit seinem ganzen Gewicht auf ihn und begrub ihn unter sich. Sie rangen miteinander, und Wassilij spürte, wie der Mann versuchte, ihm die Makarow aus der Hand zu ziehen. Wassilij hielt sie so fest er konnte, doch es fehlte ihm an Kraft. Da knallte es.

Ein, zwei Sekunden lang war es völlig still im Raum. Hornbrille erstarrte und blieb bewegungslos liegen. Scheinbar hatte ihn der Schuss direkt ins Herz getroffen. Jedenfalls atmete er nicht mehr. Wassilij konnte den Major nicht sehen, da Hornbrille auf ihm lag und ihm die Sicht verdeckte. Er wusste nicht, ob der Major nun auch seine Waffe gezogen hatte.

Da hörte er, wie sich von draußen Schritte näherten. Die Tür wurde aufgerissen. Schwestern und Wachen stürzten in den Raum und sahen den Major und den über Wassilij zusammengebrochenen KGB-Offizier.

Wassilij versuchte, den Toten von sich zu schieben. Dabei fielen erst die Hornbrille und dann die Makarow zu Boden. Sofort griff sich Wassillij die Pistole. Eine Schwester schrie auf, als sie die Waffe in seiner Hand sah. Wassilij befreite sich mühsam von der Leiche, stand auf und legte den Revolver wieder auf den Major an. Mit der anderen Hand hielt er sich am Bettpfosten fest. Er bemerkte, wie einer der Wachen seine Kalaschnikow mit einem leisen Klicken entsicherte. Der Soldat legte das Gewehr ganz behutsam auf Wassilij an. Der stand auf wackligen Beinen, die Makarow auf den Major gerichtet.

»Das ist Wahnsinn!«, rief Wassilij. Sein Hemd war vom Blut des anderen rot gefärbt, seine Knie zitterten. Die Schwestern starten ihn entsetzt an. Die Wache zielte mit dem Gewehr noch etwas höher, mitten in Wassilijs Gesicht. Eine Salve aus der Kalaschnikow in den Kopf würde ihn auf der Stelle töten. Der Major verzog keine Miene. Wassilij richtete den Revolver auf den Major, auf die Soldaten, auf die Schwestern und dann wieder auf den Major.

»Das dürfen Sie nicht tun«, beschwor er den Major. »Das dürfen Sie nicht tun! Ich werde Ihnen die Codes nicht geben, da müsst ihr mich schon abknallen für.«

32 - ТРИДЦАТЬ ДВА

Vor dem LKA in Eberwalde, 13. November 2001, 14.43 Uhr

Als Hannes seinen Opel vom Parkplatz fuhr, bemerkte er einen silbernen Mercedes mit Diplomatenkennzeichen. Der Mercedes hatte an einer Stelle geparkt, von wo aus der Fahrer den Mitarbeiter-Parkplatz des LKA gut einsehen konnte. Als Hannes am Mercedes vorbeigefahren war, sah er im Rückspiegel, wie der Fahrer den Wagen startete, ausparkte und ihm in einem größeren Abstand folgte. Im Grunde genommen geschickt gemacht, doch wenn ein Profi jemanden beschatten wollte, würde er sich dazu keinen Wagen nehmen, der ein Diplomatenkennzeichen trug. Das war definitiv zu auffällig. Wenn ihn hier jemand beschatten wollte, dann war das ein lausiger Amateur.

Hannes fuhr in Richtung Berlin und behielt dabei den Mercedes im Rückspiegel im Auge. Als er von Norden über die Stadtautobahn in die Stadt fuhr, verließ er diese gleich bei der ersten Ausfahrt. Der Mercedes folgte ihm. Sie fuhren auf einer breiten Straße in Richtung Innenstadt. Das Gesicht seines Verfolgers war nicht zu erkennen, er hatte die Sonnenblende heruntergeklappt. An der nächsten Kreuzung stoppte Hannes seinen Wagen direkt vor einer roten Ampel. Der Mercedes hielt vier Wagen hinter ihm. Auf diesen Augenblick hatte Hannes gewartet. Er schaltet den Motor ab, nahm seine Sig Sauer, entsicherte sie und stieg aus dem Wagen. Mit der Waffe in der Hand lief er geduckt an entsetzt dreinblickenden Fahrern der anderen Wagen vorbei und kam zum Mercedes. Mit der rechten Hand hielt er die Waffe auf den linken Arm abgestützt und lief auf den Fahrer des Mercedes zu. In der linken Hand hielt er seinen Dienstausweis.

»Polizei! Steigen Sie aus dem Wagen! Hände so, dass ich sie sehen kann!«

Der Mann wirkte erschrocken und öffnete zögerlich die Fahrertür, er hielt auch seine Hände hoch. Hannes ließ ihn die Hände auf das Autodach legen und untersuchte ihn auf Waffen. Nichts. Nur eine Brieftasche.

»Warum verfolgen Sie mich?«

»Ich verfolge Sie nicht. Das muss ein Irrtum sein.«

Hannes schaute sich den Diplomatenpass an. Der Mann war Russe und hieß mit Vornamen Pavel.

»Also Pavel, ich schlage vor, wir fahren jetzt gemeinsam zu deinem Chef in die Botschaft und fragen ihn, was du hier eigentlich so machst. Was hältst du davon?«

»Ich protestiere, ich bin Diplomat. Ich werde mich beschweren.«

»Das ist mir mal eben scheißegal. Fahr deinen Wagen da rüber an den Straßenrand und schließ ihn ab!«

Der Mann tat es. Wenn dieser Pavel sich tatsächlich beschweren würde, war das ein ernsthaftes Dienstvergehen. Er hatte als Polizist einen Diplomaten mit einer Waffe bedroht und ihn entführt. So könnte man das zumindest deuten. Hannes dachte jedoch nicht weiter darüber nach. Sobolev würde das richten.

Er ließ Pavel bei sich einsteigen, dann fuhren sie los in Richtung Berlin Mitte. Auf der Fahrt schaute Pavel nur verdrießlich vor sich hin. Die Situation war ihm sichtlich peinlich. Er versuchte, mit Schweigen darüber hinwegzukommen.

In der russischen Botschaft angekommen fragte Hannes am Empfang nach Sobolev. Nachdem er sich wieder mal anhören musste, dass der Abgesandte nicht in der Botschaft sei, zeigte er der Dame seinen Dienstausweis und erwähnte mit einem Seitenblick auf den eingeschüchterten Pavel, dass er einen guten Freund mitgebracht hätte, der den Abgesandten auch gern sprechen möchte. Sie würden beide so lange hier warten, bis der Abgesandte Zeit für sie hätte. Hier würden sie warten, genau hier am Empfang. Oder auch vor der Tür, wenn es sein musste. Ja, auch bis morgen früh. Dann würden allerdings noch mehr seiner Kollegen da sein. Auch solche in Uniform mit Handschellen. Nein, die Immunität der Botschaftsangehörigen würde dadurch nicht verletzt, man wollte Herrn Sobolev nur als Zeuge vernehmen. Ob er denn mobil erreichbar sei? Es sei dringend. Die Dame am Empfang reagierte zunehmend verunsichert und telefonierte mehrmals nervös. Hannes verstand kein Wort von dem, was sie da ins Telefon sprach. Zur Not müsse man halt die Straße absperren, malte er seine Geschichte noch weiter aus.

Eine Minute später schüttelte er die Hand einer elegant wirkenden Frau in einem sehr konventionellen und völlig glanzlosen Kostüm. Sie musste wohl so um die fünfzig sein. Sie gingen eine sehr breite Treppe hinauf. Hannes schaute sich um. Um ihn herum dunkles Holz, Marmorsäulen, Flügeltüren, Fahnen, Gemälde und verschnörkelte Wappen, wohin er nur sah. Der Mann, der sich Pavel nannte, schien sich hier gut auszukennen. Bei der ersten Gelegenheit verschwand er in einem Seitenflur.

Hannes folgte der Frau bis vor eine Flügeltür, die man für ihn öffnete. Sobolev empfing ihn mit einem breiten Lächeln und bat ihn, Platz zu nehmen. Ein dankbares Nicken beförderte seine Sekretärin hinaus. Hannes sah sich um. Dieses Büro war erstaunlich geräumig. In der Mitte des Raumes ein überdimensionaler Schreibtisch, darauf ein paar leere Blätter Papier und einige Stifte. Auf einem Nebentisch sah er einen historisch wirkenden PC mit einem veralteten kleinen Bildschirm. Der PC war nicht einmal eingeschaltet. Sobolev wirkte nicht wie ein Mann, der sich mit neuen Technologien leicht anfreunden konnte, ganz im Gegenteil. Wahrscheinlich ließ er sich seine E-Mails von seiner Sekretärin ausdrucken, wenn er überhaupt eine E-Mail-Adresse hatte.

»Oberkommissar Keppler? Ich bedaure, dass man Sie nicht gleich zu mir vorgelassen hat. Aber Sie wissen ja, meine Arbeit hier erfordert etwas mehr Diskretion als sonst üblich. Was kann ich also für Sie tun?«

»Warum lassen Sie mich verfolgen?«

»Ich?«

»Wer sonst. Der Mann heißt Pavel und arbeitet hier in der Botschaft. Wollen Sie abstreiten, dass Sie mich beschatten lassen?«

Sobolev blickte erstaunt, aber es war schwer auszumachen, ob er tatsächlich überrascht war.

»Pavel ist unser Chauffeur. Gut. Ich habe ihn in der Tat gebeten, Ihnen zu folgen. Aber nur, um Sie zu beschützen, als eine Art Leibwächter. Bitte setzen Sie sich doch.«

Hannes blieb stehen.

»Was soll das heißen? Leibwächter. Bin ich etwa in Gefahr?«

Sobolev machte ein bekümmertes Gesicht, es erinnerte Hannes an das Gesicht seiner Großmutter, wenn er sein Essen nicht aufgegessen hatte.

»Das soll heißen, dass die Dinge komplizierter liegen als Sie glauben. Ich bin nicht der Einzige, der sich für Ihren Fall interessiert. Das sollte Ihnen doch klar sein.«

»Und wer genau sollte sich noch für mich interessieren?«

»Das weiß ich nicht.«

»Aber Sie haben eine Vermutung.«

Sobolev zögerte. Für einen Augenblick schien er zu überlegen, was er sagen sollte und was nicht.

»Nun ja. Ich sagte Ihnen ja, nicht nur dem KGB ist bekannt, dass der Sprengkopf damals verschwunden war. Die Amerikaner wussten es ebenso. Und ich vermute, sogar die Staatssicherheit der DDR wusste es. Dem BND sollte es daher auch nicht unbekannt sein. Bei der Staatssicherheit ging ja selten etwas verloren. Sicher haben auch noch ein dutzend andere Geheimdienste und Organisationen aus dem terroristischen Umfeld ein gewisses Interesse an der Sache.«

»Und Sie glauben tatsächlich, von denen würde mich einer umbringen wollen? Hier mitten in der Stadt, am helllichten Tag?«

»Die würden noch ganz anderes tun. Vergessen Sie nicht, es geht um eine nukleare Waffe im Wert von einigen hundert Millionen Euro. Nur die Wenigsten glauben, dass der Sprengkopf auf dem Grund der Ostsee liegt. Wenn man das jedoch einmal ausschließt, muss man schnell zu der Erkenntnis gelangen, dass die Bombe immer noch in Vogelsang ist. Oder zumindest in Brandenburg, jedenfalls irgendwo hier auf dem Gebiet der ehemaligen DDR. Und jetzt ermitteln Sie in diesem Fall. Wenn jemand nach so vielen Jahren diesen Sprengkopf findet, dann sind Sie es.«

Sobolev glaubte also tatsächlich, Hannes würde den Fall lösen. Er würde die Bombe finden, die sämtliche Geheimdienste dieser Welt bisher nicht gefunden hatten.

»Die Akten, die Sie mir gegeben habe. Ich kann mir schon denken, warum. Sie mussten wissen, dass ich früher oder später auf den Namen Wassilij Belov stoßen würde, einen Raketen-Kommandanten aus Vogelsang, der vom KGB-Handlanger Kohlhaas an den KGB denunziert wurde. So ist es doch. Das würde meine Aufmerksamkeit auf seinen Namen lenken. Und ich würde erfahren, dass dieser Kommandant ein Verhältnis mit der Tochter von Kohlhaas hatte. Sie haben mich also ganz bewusst auf diese Spur gebracht.«

Sobolev verzog spöttisch die Augenbrauen.

»Möglich, ich will das nicht ausschließen. Das Rätsel um den verschwundenen Sprengkopf muss schließlich gelöst werden. Und auch der Mordfall. Und? War das etwa falsch? Seitdem das Flugzeug in die Ostsee gestürzt ist, suchen wir nach diesem Sprengkopf. Bisher völlig ergebnislos. Möglicherweise finden Sie heraus, was damals geschah. Sie waren immerhin einer der besten Spürnasen der Berliner Kripo.«

»Ach, das wissen Sie auch?«

»Wir sind ein Geheimdienst, dass sollten Sie nicht vergessen«

Hannes war aufgesprungen. Er hatte nicht die geringste Lust mehr, von diesem Mann an der Nase herumgeführt zu werden.

»Fangen Sie endlich an, mir die Wahrheit zu erzählen! Ich bin es leid, von Ihnen immer nur weitere Ausflüchte zu hören. Wenn Sie wollen, dass ich für Sie diese Bombe finde, dann geben Sie mir etwas, womit ich etwas anfangen kann! Sagen Sie endlich, was Sie wissen!«

Sobolov nickte. Er öffnete eine kleine Tür in seinem Schreibtisch und holte zwei Gläser heraus, dazu eine Flasche Smirnoff Wodka. Die Gläser waren erstaunlich groß. Man hätte darin auch Orangensaft anbieten können. Er füllte die Gläser bis zur Hälfte.

»Trinken Sie?«, fragte er.

Hannes lehnte ab. Sobolev schaute erst leicht amüsiert, dann leerte er sein Glas ohne abzusetzen und stellte sich hinter seinen Schreibtisch.

»Ich weiß nicht, ob ich Ihnen das überhaupt erzählten sollte … andererseits ist es ja nicht geheim.«

»Was meinen Sie?«

»Das System *Tote Hand*.«

»Was soll das sein?«

Sobolev bat Hannes, Platz zu nehmen und ließ sich ebenfalls in seinen Schreibtischstuhl fallen.

»Ein einfaches aber wirkungsvolles Sicherungssystem aus der Zeit des Kalten Krieges. Sehen Sie, Anfang der 70er Jahre wurde die Zielgenauigkeit der amerikanischen Raketen immer besser. Während selbst unsere modernsten Interkontinentalraketen kaum in der Lage waren, eine amerikanische Kleinstadt zu treffen, konnten amerikanische Raketen bereits ein einzelnes Gebäude mit großer Sicherheit vernichten. Amerikanische U-Boote hätten unbemerkt in unsere Gewässer eindringen können. Mit Raketen aus U-Booten hätte unsere militärische Führung mit einem Schlag auf kurze Distanz und ohne ausreichende Vorwarnzeit ausgeschaltet werden können. Damit wäre unsere gesamte Armee enthauptet worden. Das System Tote Hand sollte das verhindern. Es konnte automatisch einen atomaren Gegenschlag auslösen, wenn das Oberkommando selbst schon vernichtet war. Ich vermute, die Amerikaner hatten etwas Ähnliches und haben es womöglich immer noch.«

»Und? Was hatte dieses System mit Belov zu tun?«

»Warten Sie. Haben Sie etwas Geduld. Ich werde es Ihnen erklären. Das System war in einer unterirdischen Bunkeranlage südlich von Moskau untergebracht. Während einer militärischen Krise konnte das Oberkommando eine Nachricht an das System senden, um es zu aktivieren. War das System erst einmal aktiviert, meldeten alle Strahlungssensoren einen nuklearen Angriff direkt an das System. Das System sandte dann alle paar Minuten eine Meldung an das Oberkommando und erwartete eine Antwort. Sollte das System keine Antwort mehr bekommen, ging es davon aus, dass das Oberkommando vernichtet war. Über niederfrequenten und sehr weit reichenden Funk wurde dann der Start spezieller Atomraketen ausgelöst. Diese Raketen hatten vorprogrammierte Ziele und strahlten ihrerseits Funksignale aus, um weiteren Raketenkomplexe, Bomberverbänden und U-Booten entsprechende Angriffsbefehle und Codes für einen Gegenschlag mitzuteilen.«

»Ein Gegenschlag konnte also ausgelöst werden, ohne dass eine Entscheidung eines Menschen erforderlich war? Alles lief automatisch!«

»Exakt. So glaubten es zumindest die Amerikaner. Aber so war es nicht. Das System Tote Hand hatte seine Schwächen. Ich glaube, zu viel Automatismus war selbst unseren Generälen nicht geheuer. Auch sie wollten ihre Enkelkinder groß werden sehen. Das System war ihnen zu gefährlich. Es war nur Propaganda, es galt der Abschreckung dem Westen gegenüber. In Wahrheit wurde es anders gemacht.«

Hannes überlegte.

»Die Generäle wollten selbst entscheiden, nehme ich an.«

Sobolev zog erstaunt die Augenbrauen hoch.

»Ich sehe, wie sagt man bei Ihnen, Sie haben Ihre Hausaufgaben gemacht. Mein Respekt. Genau so war es. Wir stehen uns nun nicht mehr feindlich gegenüber, aber Sie werden verstehen, dass ich Ihnen hierzu trotzdem nicht viel mehr sagen darf.«

»Sagen müssen Sie auch nichts. Schweigen Sie einfach, wenn ich falsch liege. Ich nehme an, die Atomwaffen wurden mit Codes gesichert. Mit Codes, die der Kommandant eingeben muss, um sie scharf zu machen. Das stimmt doch, nicht wahr?«

»Wie kommen Sie darauf?«,

»Weil wir solche Codes gefunden habe. Belov übergab solche Codes an seine Freundin. In einer Seifendose.«

»Sie haben solche Codes in einer Seifendose gefunden?«

Sobolev schien es kaum glauben zu wollen.

»Ja. Raketenoffizier Belov besaß solche Codes, das wissen wir. Für die Scharfschaltung sagte man ihm vielleicht, dass noch ein zusätzlicher Code der Führung notwendig wäre. Aber das war nur eine erfundene Geschichte. In Wahrheit war es anders. Nur die Kommandanten konnten mit ihrem Code die Waffen entsichern. Im Ernstfall konnten sie selbst entscheiden, auch wenn ihre Führung nicht mehr existierte. Das war besser als jeder Automatismus. Sollte die Führung ausfallen, konnte jeder Kommandant für sich entscheiden, ob er einen Gegenschlag einleiten wollte oder nicht, denn ein solcher Gegenschlag konnte das gesamte Volk und die ganze Menschheit in ein atomares Armageddon reißen.«

»Von mir haben Sie das jedenfalls nicht«, sagte Sobolev. »Aber nehmen wir mal an, Sie hätten Recht. Dann wären diese Codes für bestimmte Leute sehr wertvoll. Nehmen wir auch mal an, es gab Leute, die wollten unsere Atomwaffen in ihre Gewalt bringen. Und nehmen wir weiter an, dies sei ihnen auch gelungen. Dann frage ich Sie: Wie hätten sie diese Waffen ohne die Codes zünden sollen?«

»Sie meinen, ohne einen solchen Code konnte man diese Sprengköpfe gar nicht zünden?«

»Definitiv nicht. Das war die Diebstahlsicherung. Wir glauben deswegen, dass die Diebe unserer Bombe auch wussten, dass man nicht zwei Codes, sondern nur einen Code brauchte. Es waren also keine Terroristen, sondern Soldaten der Roten Armee: Insider. Darum ist das für uns so wichtig. Wir wollen wissen, was damals geschah. Verlorene Atomwaffen liegen in der Regel auf dem Grund des Meeresbodens oder im ewigen Eis der Pole, auch die der Amerikaner. Selbst wenn es gelänge, sie zu finden und zu bergen, könnte man keine atomare Explosion damit erzeugen. Denn auch die Amerikaner haben ein ähnliches Code-Sicherungssystem. Nur: Bei diesem Sprengkopf aus Vogelsang können wir nicht ausschließen, dass die Diebe gleichzeitig auch den notwendigen Code gestohlen haben. Wenn das der Fall ist, kann die Bombe tatsächlich gezündet werden.«

»Auch heute noch?«

»Ja, auch heute noch.«

Hannes überlegte kurz, bevor er weiter fortfuhr.

»Sagt Ihnen Dannenwalde etwas?«

»Nur wenig.«

»In Dannenwalde explodierte am 14. August 1977 ein Munitionslager. Nur wenige Tage zuvor verschwand Kommandant Belov. Halten Sie das für einen Zufall?«

Sobolev blickte zum ersten Mal überrascht.

»Ich verstehe nicht ...«

»Wir haben sechs Leichen in der Kaserne bei Vogelsang gefunden. Diese Soldaten sind an einer Plutoniumvergiftung gestorben. Ausgerechnet im Jahr 1977, im Jahr der Brandkatastrophe von Dannenwalde. Dies war waffenfähiges Plutonium aus der Schmiede der Sowjetunion. Das hat der BND unzweifelhaft festgestellt. Alles nur ein Zufall? Ist es nicht viel wahrscheinlicher, dass es in Dannenwalde einen Kernwaffenunfall gab, bei dem Plutonium ausgetreten war? Darum auch diese Geheimhaltung. Kohlhaas hatte als Bürgermeister den Leuten mit Gefängnis gedroht, wenn sie darüber reden sollten.«

Sobolev schien zwar noch immer verwirrt, wirkte jedoch eher nachdenklich. Er sprach bedächtig mit leiser Stimme.

»Ich glaube, Sie irren sich, Herr Keppler. In Dannenwalde lagerte nur konventionelle Munition. Atomwaffen gab es dort sicher nicht. Sämtliche Atomwaffen in der DDR wurden in besonders gesicherten Sonderlagern aufbewahrt. In Vogelsang gab es so ein Sonderlager, auch auf dem Flughafen Templin, in der Nähe von Himmelsfort und an vielen weiteren Orten in der DDR. Dannenwalde war jedoch kein solches Sonderlager. Atomsprengköpfe mussten gekühlt und hermetisch abgesichert gelagert werden. Es gab Druckschleusen und Kühlungsanlagen, die mit flüssigem Helium arbeiteten. Das innere Bunkerpersonal war sicherheitsüberprüft und bestand ausschließlich aus Angehörigen des KGB.«

Hannes war sichtlich unzufrieden mit dieser Antwort.

»Ich kann nicht glauben, dass der KGB über Dannenwalde nicht mehr weiß. Was ist dran an dieser Geschichte? Dem Brand. Wie kam das Plutonium in die Knochen dieser Leute? Was ist aus Wassilij Belov geworden?«

Sobolev machte eine Geste, als würde er das alles selbst gern wissen wollen. Dann füllte sich sein Glas wieder halbvoll.

»Ich will ganz offen zu Ihnen sein. Über diesen Belov weiß ich so gut wie nichts. Es gibt über ihn auch nicht mehr, als in den KGB-Akten steht. Die haben Sie doch selbst gelesen. Von den verstrahlten Leichen höre ich heute zum ersten Mal.«

»Und Dannenwalde?«

»Darüber weiß ich nur, was man so weiß. Das Thema ist allerdings bei uns auch besonders schwierig. Die Ursache des Brandes ist so geheim, dass selbst ich keinen Zugang zu weiteren Informationen habe, wenn es sie überhaupt geben sollte. Ich fürchte also, ich kann ihnen im Augenblick nicht weiterhelfen.«

Sobolev schien ihm damit anzudeuten, dass das Gespräch zu Ende war. Hannes wollte sich jedoch nicht so abspeisen lassen.

»Sie wollen, dass ich die Bombe für Sie finde? Dann tun Sie auch was für mich! Sie halten mich doch für einen Superbullen, oder? Geben Sie mir mehr Informationen, oder dieses Ding bleibt, wo es ist. Glauben Sie, ich weiß nicht, wer Sie wirklich sind?«

Als Antwort lachte Sobolev nur, nahm sein Glas und schaute Hannes an. Das zweite Glas stand noch gefüllt und unberührt auf dem Schreibtisch.

»Sind wir dann wieder Freunde?«

»Warum nicht?«

»Freunde trinken zusammen.«

Dieser Fall wird mich noch zum Alkoholiker machen, dachte Hannes. Es tat gut, als er den kalten Smirnoff in der Kehle spürte. Polizeiarbeit war alles andere als ein Nine-to-Five Job. Aber irgendwie liebte er das, auch wenn Frederike es hasste.

Als die Gläser wieder beieinander und bis auf den letzten Tropfen geleert auf dem Tisch standen, lächelte Sobolev zufrieden. Doch eigentlich war es eher ein undurchschaubares Grienen.

»Nun gut mein Freund. Ich werde sehen, was sich machen lässt. Ich rufe Sie wieder an. Gehen Sie nun. Gehen Sie.«

33 - ТРИДЦАТЬ ТРИ

Bei Elena in Groß Dölln 14. November 2001, 9.20 Uhr

Elena klopfte leise an die Tür ihres Sohnes. Er hatte das ausdrücklich von ihr verlangt. Daran war nichts auszusetzen, schließlich war ihr Sohn erwachsen und brauchte seine Privatsphäre. Und doch wünschte sich Elena, Tobias würde sich nicht immer so ausgrenzen. Seit er die Schule verlassen hatte, bekam er keinen Besuch mehr von seinen Freunden. Aber das war früher eigentlich auch nicht anders gewesen. Tobias war ein intelligenter und sensibler junger Mann, machte aber vieles für sich allein. Das musste nicht unbedingt heißen, dass er unglücklich war oder ihre Hilfe brauchte. Sie würde sich auch weniger Sorgen machen, wenn Tobias nicht seine Lehre abgebrochen hätte. Seitdem wusste er gar nichts mehr mit sich anzufangen und verbrachte die meiste Zeit nur in seinem Zimmer. Abends ging er aus und kam erst spät in der Nacht zurück. Sie hatte nicht die geringste Ahnung, was in ihrem Sohn vorging.

»Tobias?«

Keine Antwort. Elena öffnete vorsichtig die Tür zu seinem Zimmer. Sie fand ihn zusammengekauert auf seinem Bett.

»Ist dir nicht gut? Hast du wieder Kopfschmerzen?«

»Lass mich«, gab Tobias zurück.

»Die Polizei hat wieder nach dir gefragt. Der Kommissar will kommen und mit dir sprechen. Sonst musst du wie ich aufs Revier nach Eberswalde kommen. Was soll ich ihm sagen?«

Tobias wälzte sich aus seinem Bett und blickte sie widerwillig und missmutig an. Er sah ungepflegt und müde aus. Seine Augen waren schmale Schlitze.

»Ich habe keine Lust auf diesen Bullenscheiß. Ich habe nichts zu sagen. Was will der denn überhaupt von mir?«

»Komm jetzt Tobias, steh auf! Wenn du keine Kopfschmerzen mehr hast, kannst du doch aufstehen. Wenn der Kommissar kommt, kannst du doch hier mit ihm reden.«

»Aber warum denn? Ich hab doch damit gar nichts zu tun.«

»Er war immerhin dein Großvater.«

»Na und? Er war dein Vater. Das bedeutet nichts. Für mich war er nur ein blöder Arsch!«

»Tobias! Reiß dich zusammen! Überlege dir besser, was du der Polizei erzählen willst.«

»Was wollen die denn überhaupt wissen?«

Na zum Beispiel, was du über Großvater weißt. Dass er jeden Tag getrunken hat zum Beispiel und ob dir irgendwas aufgefallen ist in letzter Zeit.«

Tobias stand auf, reckte sich, zog sich ein ungewaschenes Hemd über, das vor seinem Bett gelegen hatte, und schaute seine Mutter genervt an.

»Was soll mir denn aufgefallen sein? Ich habe mit ihm doch genauso wenig zu tun gehabt wie du.«

»Sie werden dich bestimmt fragen, was du an diesem Abend gemacht hast.«

»An welchem Abend?«

»An dem Abend, an dem er ermordet wurde. Sie sagen, es wäre die Nacht zum 24. Oktober gewesen. Ich kann mich an diesen Abend noch erinnern. Wo warst du eigentlich an diesem Abend? Du warst jedenfalls nicht hier.«

«Das weiß ich doch jetzt nicht mehr!«

»Willst du das etwa auch der Polizei so erzählen?«

Tobias schien zu überlegen. Es war klar, dass er der Polizei eine plausible Antwort geben musste, sonst würde ihn das sofort verdächtig machen.

»24. Oktober, sagst du? Das war ein Samstag nicht wahr?«

»Ja.«

»Da war ich kurz bei ihm.«

»*Du warst KURZ bei ihm*? Und das sagst du mir erst jetzt?«

Elena schaute ihren Sohn entsetzt an. Der versuchte, ihrem Blick auszuweichen, so gut es ging.

»Ich wollte mir etwas Geld borgen an dem Abend. Du weißt ja, er hat mir jeden Monat ein bisschen Geld gegeben. Und deswegen bin ich rüber. Er hat mir Geld gegeben, und dann bin ich auch gleich wieder weg.«

»Und wie war er? War er betrunken?«

»Das kann ich nicht sagen. Eigentlich war er ja immer betrunken. Da hat man keinen Unterschied gemerkt. Aber warte mal … etwas war da anders...«

Tobias versuchte, sich zu erinnern.

»Was war anders?«

»Er ließ mich nicht ins Haus. Er ließ mich draußen vor der Tür warten. Dann ging er allein ins Haus zurück. Ich habe Stimmen gehört. Da war jemand bei ihm. Dann kam er mit dem Geld zurück, und ich bin gegangen.«

»Tobias, das musst du unbedingt der Polizei erzählen! Warum hast du mir davon nichts erzählt?«

»Keine Ahnung, ich dachte, es wäre nicht so wichtig.«

»Herr Gott, Tobias! Komm, wir gehen runter. Komm jetzt!«

Elena schob Tobias aus dem Zimmer hinunter in den Wohnbereich. Offensichtlich hatte sich der Mörder zuvor mit ihrem Vater besprochen. Das musste die Polizei unbedingt erfahren. Aber deswegen diesen Kommissar anrufen? Der sie erst geküsst und dann verraten hatte. Nein! Vielleicht sollte sie besser diese Polizistin anrufen. Aber wie war doch gleich ihr Name? Einen Augenblick überlegte sie noch. Dann wählte sie doch die Mobilfunknummer von der Visitenkarte, die Hannes ihr gegeben hatte. Sie wollte nicht mit ihm sprechen, hatte aber auch keine andere Wahl.

»Gut, dass du zurückrufst«, empfing Hannes sie. «Ich habe versucht, dich anzurufen, habe es immer wieder versucht, habe auf deinen Anrufbeantworter gesprochen, ich …«

»Ich weiß.«

»Ich wollte mit dir reden.«

»Warum?«

»Mich entschuldigen.«

»Das brauchst du nicht. Wofür solltest du dich entschuldigen?«

»Elena, bitte hör mir zu. Es ist nicht ganz einfach für mich. Du bist tatverdächtig in einem Mordfall. Und ich bin der leitende Ermittler. Im Grunde müsste ich den Fall abgeben ….«

»Warum tust du es nicht?«

»Es ist ja nichts passiert!«

»*Was* ist nicht passiert?«

»Es ist nichts passiert. Das reicht.«

»Dann musst du dich ja auch nicht entschuldigen. Aber lassen wir das. Ich ruf wegen etwas anderem an: Ich habe mit Tobias gesprochen. Er war an dem Tag, als mein Vater ermordet wurde, bei ihm. Kurz vorher. Er hatte gehört, wie mein Vater mit einem Mann sprach.«

»Hat er etwas verstanden?«, fragte Hannes zurück. «Irgendwas? Nur ein Wort? Frag ihn!«

Elena gab die Frage an Tobias weiter, doch der schüttelte den Kopf. Sein Großvater hätte Russisch gesprochen. Das wäre auch nichts Ungewöhnliches gewesen, denn sein Großvater sprach Russisch fließend und kannte viele Leute, mit denen er Russisch sprach.

»Elena, ich schicke zwei Leute zu dir. Die nehmen die Aussage von Tobias zu Protokoll. Aber da ist noch etwas, um was ich dich bitten muss. Das war auch ein Grund, warum ich versucht habe, dich anzurufen. Du musst mich begleiten. Jetzt gleich, es ist wichtig. Ich hole dich ab.«

»Aber warum? Ich verstehe nicht. Wenn du glaubst, du könntest …«

»Elena, du musst mir einfach helfen! Es geht jetzt nicht um Tobias oder um den Tod deines Vaters. Es geht um eine Bombe, die ich suche. Du musst mitkommen! Ich bitte dich. Du musst dich erinnern, was Belov zu dir gesagt hat an seinem letzten Tag. Das ist jetzt ungeheuer wichtig. Es geht hierbei nicht nur um dich oder mich oder deinen Vater. Es geht um viel mehr. Es geht um viele Menschen, die sterben könnten.«

»Hannes, du machst mir Angst. Was da auch war vor ein paar Tagen, es gibt dir noch lange nicht das Recht ...«

»Bitte vertraue mir. Ich hole dich ab, jetzt gleich.«

»Aber Hannes, ich kann dir nicht helfen. Ich habe dir alles erzählt, was ich von Wassilij weiß. Ich kann mich nicht an mehr erinnern. Es ist einfach zu lange her... ich ...«

»Bitte, versuche es einfach! Und da ist noch was.«

»Was?«

»Ich brauche die Dose mit den Codes.«

34 - ТРИДЦАТЬ ЧЕТЫРЕ

Ehemaliger Flughafen Templin, 14. November 2001, 12.30 Uhr

Hannes und Elena standen vor einer meterdicken, halb geöffneten Stahltür zum ehemaligen Sonderlager des Flughafens Templin. Die Treppe hinter der Stahltür war halb verschüttet und fiel steil in die Tiefe ab. Viel konnte Hannes nicht erkennen, denn im Innern war es absolut finster. Es erschien ihm wie der Eingang zu einem ägyptischen Pharaonengrab, voller Gefahren und listiger Fallen. Der Abstieg dort hinunter war gefährlich, hatte Sobolev gesagt, und eher etwas für Höhlenforscher mit entsprechender Ausrüstung. Doch dieses Mal würde Hannes hinuntergehen. Darum waren sie hier.

»Warte!«

Hannes lief zurück zu seinem Opel und kam mit einer Taschenlampe und dem Geigerzähler der DDR-Volkarmee zurück.

»Willst du wirklich da runter?«, staunte Elena.

»Du kannst hier oben bleiben, wenn du willst. Aber ich muss da jetzt rein.«

Hannes leuchtete mit der Taschenlampe in den Treppenabgang. Viel war auch mit Taschenlampe nicht zu erkennen. Die Treppe würde nach dem ersten Stück wieder leichter zu begehen sein und führte von da an unabsehbar und steil nach unten.

Hannes hatte Elena am Morgen zunächst aus Groß Dölln abgeholt und war mit ihr zur alten Kaserne nach Vogelsang gefahren. Vor einer Absperrung wurden sie sofort von zwei Berliner Polizisten gestoppt. Es brauchte eine Weile, bis die Polizisten sie durchließen, denn schließlich mussten sie sich dazu erst eine Genehmigung einholen.

»Lassen Sie ihn durch«, hörte Hannes Frankas Stimme aus dem Funkgerät einer der Polizisten. Dann durften sie passieren.

»Wo finde ich denn meine Kollegen?«, hatte Hannes noch gefragt.

»Am alten Raketenbunker. Von hier aus geradeaus und dann nach einem halben Kilometer nach links abbiegen. Sie können es gar nicht verfehlen.«

Dort angekommen erblickte Hannes eine Reihe von Fahrzeugen und tatsächlich auch Kollegen der Brandenburger Polizei. Von Franka jedoch keine Spur. Auf den Schutzwesten der Kollegen las Hannes die Aufschrift »Bombenräumung Brandenburg«. Er sprach sie an. Die Männer berichteten mürrisch, sie hätten den Munitionsbunker schon abgesucht. Der war vollkommen leer. Sicher wäre der Bunker früher genutzt worden, um Raketen, Sprengköpfe oder sonstige Munition zu lagern, aber nun war davon nichts mehr zu finden. Radioaktivität: Fehlanzeige. Wenn hier jemals Atomwaffen gelagert gewesen wären, dann hätten die Russen sie längst beseitigt.

Hannes bedankte sich bei den Bombenräumern und nahm Elena mit zu einem kleinen Spaziergang auf dem Gelände. Elena sollte sich erinnern, wo Wassilij Belov gewohnt hatte. Wo hatte sie sich mit ihm getroffen? Wo waren die Fahrzeuge und wo die Raketen untergebracht? Elena konnte sich jedoch nicht erinnern. Sie war nur ein einziges Mal hier in der Kaserne gewesen, als sie versucht hatte herauszufinden, was mit Belov geschehen war. Jetzt war sie erstaunt darüber, wie verfallen hier alles aussah. Mit Belov hatte sie sich niemals hier in der Kaserne getroffen. Die Kaserne durfte von Deutschen nicht betreten werden, auch dann nicht, wenn sie in Begleitung eines Offiziers waren. Die Regeln galten damals ohne Ausnahme.

Hannes fragte: Was hatte Belov über diese Codes gesagt? Warum hatte er ihr die Codes gegeben? Wovor hatte er Angst gehabt? Elena wusste darauf immer noch keine Antwort. Da gestand Hannes ihr, was er vermutete. Belov musste angenommen haben, dass ihm jemand die Codes stehlen wollte. Das war der einzige plausible Grund. Belov wollte die Codes schützen vor irgendwelchen Leuten, womöglich anderen Offizieren. Aber wenn diese Leute die Codes stehlen wollten, dann wollten sie sicher auch die Atomwaffen haben. Mit den Codes allein war ja nichts anzufangen. Das wiederum konnte nur bedeuten, dass Belov wusste, dass man die Waffen stehlen wollte. Zumindest hatte er es geahnt. Und möglicherweise hatte er auch gewusst, wer die Diebe waren.

»Elena, bitte erinnere dich! Denk nach! Hatte Belov mal irgendwas dazu gesagt, wo er untergebracht war? Schau dich hier mal um. Wo hat er geschlafen? Was glaubst du?«

Elena sah eine ganze Reihe halb verfallener Häuser.

»Ich weiß nicht. Wassilij war nicht bei den einfachen Soldaten untergebracht. Soviel ist sicher. Er war Offizier und hatte ein eigenes Zimmer. Die einfachen Soldaten waren in Schlafsälen untergebracht. Wassilij sagte, er wäre froh, ein eigenes Zimmer zu haben, denn diese Schlafsäle waren im Winter kaum geheizt.«

»Schlafsäle? Hm, das könnte so ein Gebäude wie da drüben gewesen sein. Das sind zweistöckige Häuser mit großen Zimmern. Davon gibt es hier recht viele. Die meisten stehen Reihe in Reihe nebeneinander. Es würde mich nicht wundern, wenn die Offiziere in kleineren Häuser unterbracht waren. Wie diesem, zum Beispiel.«

Hannes zeigte auf einen villenähnlichen Bau mit großen Fenstern und Andeutungen von Säulen am Eingangsportal.

»Die Offiziere schliefen also zusammen in einem Haus«, fasste Hannes zusammen. «Sie hatten jeder für sich ein eigenes Zimmer. Wenn Belov die Codes in seinem Zimmer aufbewahrte, bestand die Gefahr, dass einer der anderen Offiziere in sein Zimmer kam und die Codes stahl. Hat er jemals Namen von anderen Offizieren genannt?«

»Nein. Und wenn, dann habe ich die vergessen.«

»Was ist mit den Manövern? Du sagtest, Belov musste immer wieder zu Manövern fahren. Hat er jemals gesagt, wo die stattfanden?«

»Sie fanden außerhalb der Kaserne statt, soviel weiß ich. Im Manöver mussten sie manchmal unter freiem Himmel schlafen. Sogar im Winter.«

»Und wo war das?«

»Ich habe keine Ahnung, aber nicht weit weg.«

»Und sonst schlief Belov immer auf dem Kasernengelände?«

»Ich glaube, ja. Aber ich weiß es nicht.«

Elena ärgerte sich, dass sie sich an nichts mehr erinnern konnte. Da fiel ihr etwas ein.

»Der Flugplatz!«, rief sie. »Wassilij war häufig auf dem Flugplatz Templin gewesen. Er schaute dort den Flugzeugen zu. Ich glaube, das hat ihn sehr beeindruckt.«

»Hatte er häufiger dort zu tun?«

»Ich glaube, er hat dort sogar gearbeitet. Kann sein, es gab da einen Bunker oder so was.«

»Einen Bunker?«

»Ja, einen Bunker. Er sagte immer »Bunker«. So habe ich es jedenfalls in Erinnerung. Aber ich weiß nicht, was er dort gemacht hat.«

Hannes hatte eine Idee. Er setzte Elena kurz entschlossen in seinen Opel und fuhr mit ihr nach Groß Dölln. Hinter dem Dorf bogen sie nach links zum Flughafen Templin ab. Nachdem sie auf der linken Seite die sechsstöckigen Plattenbauten passiert hatten, kamen sie auf einen Weg, der parallel zur ehemaligen Rollbahn verlief. Hier bogen sie nach rechts ab. Als der Weg wiederum eine kleine Kurve nach links machte, stoppten sie. Von hier aus konnte man die tonnenförmigen Erdwälle schon sehen. Es waren die Flugzeugbunker, die Hannes mit Sobolev erkundet hatte. Doch diesmal interessierte sich Hannes nur für den Bunker, den Sobolev und er von außen gesehen hatten, als Hannes zum ersten Mal hier war. Sobolev sagte, früher wären hier Atombomben für die Flugzeuge gelagert worden. Warum also nicht auch ein atomarer Raketensprengkopf? Der Bunker vor ihm war im Grunde nur ein etwa sechs Meter hoher Erdwall mit einer meterdicken Stahltür. Er lag auffällig weit von der Rollbahn entfernt. Auf dem Bunker waren einige Rohröffnungen der Belüftungsanlage zu erkennen. Auf der anderen Seite des Bunkers musste es früher noch einen zweiten, viel größeren Eingang gegeben haben. Dort war ein in die Tiefe reichender Schacht, über den früher Lasten mit einem Aufzug nach oben geschafft wurden. Der Aufzug und der gesamte zweite Eingang waren jedoch jetzt völlig zerstört. Überall ragte verbogenes und spitzes Metall aus der Erde. Fast sah es so aus, als hätte man diesen Eingang gesprengt. Der Bunker konnte über diesen zweiten Eingang nicht mehr betreten werden. Es blieb nur der Zugang über die halbgeöffnete Stahltür und über die in die Tiefe führende Treppe. Der größte Teil des Bunkers lag jedoch unter der Erde.

»Glaubst du, da unten findest du deine Bombe?

»Wer weiß …«

»Sollen nicht besser deine Kollegen kommen?«

Elena hatte natürlich Recht, dachte Hannes. Das war eher etwas für seine Kollegen. Dazu kam, dass dies offiziell gar nicht sein, sondern Frankas Fall war. Die Ermittlungen in seinem Fall waren ja offiziell abgeschlossen. Beckmann würde ihn vierteilen. Hannes leuchtete in das dunkle Loch. Aber im Grunde genommen war das eben doch sein Fall. Es war klar, dass der Ex-KGBler Kohlhaas nicht von allein in den Graben gefallen war und dass er immer noch einen Mörder suchen musste. Und dieser Mord hing - ob Beckmann das nun wollte oder nicht - mit einer verschwundenen Bombe zusammen. Und dieser Sprengkopf war vielleicht genau hier versteckt. Seit Stunden suchte Franka, die Brandenburger und auch die Berliner Polizei auf dem Gelände der ehemaligen Kaserne in Vogelsang, doch Hannes glaubte nicht, dass sie dort etwas finden werden. Das wäre zu einfach und würde auch nicht erklären, was in Dannenwalde passiert war. Plutonium hatte sechs Soldaten vergiftet. Aber woher kam das Plutonium, wenn in Dannenwalde überhaupt keine Atomwaffen gelagert wurden? Und warum wurde der Vorfall in Dannenwalde vertuscht und bis heute geheim gehalten? Selbst der Geheimdienst wusste darüber nicht Bescheid. Zumindest, wenn man

Sobolev glauben wollte. Der Schlüssel zu diesem Geheimnis musste also woanders liegen. Möglicherweise genau hier, in diesem Loch. Hannes schaute Elena an.

»Ich kann meine Kollegen nicht rufen. Das geht nicht. Die denken doch, dass ich spinne. Und vielleicht tue ich das auch. Und darum gehe ich jetzt da runter. Du bleibst hier und wartest. Wenn ich in einer halbe Stunde nicht wieder da bin, rufst du meine Kollegen.«

»Ich komme mit!«

Hannes war sichtlich überrascht. Er seufzte und hängte sich den schweren Koffer mit dem Geigerzähler um.

Die ersten Meter waren die Schwierigsten. Sie mussten sich durch die kaum geöffnete Stahltür zwängen. Hannes hielt Elena fest, damit sie nicht auf der völlig verrotteten Treppe hinunter stürzte. Die ersten Stufen fehlten ganz. Sie sprangen mit einem Satz in die Tiefe. Erst Hannes, dann Elena. Dort gab es kaum noch Licht. Sie brauchten eine ganze Weile, um im schwachen Licht der Taschenlampe überhaupt etwas sehen zu können. Die Treppe führte in einem engen Kreis tiefer hinunter. Möglicherweise war sie früher eine Art Notausgang gewesen. Sie stiegen weiter hinab, bis sie etwa fünfzehn Meter unter der Erde waren. Hier gab es einen Lichtschalter, der funktionierte jedoch nicht. Trotzdem sah hier alles so aus, als hätten die Russen den Bunker gerade erst verlassen. Kyrillische Buchstaben an der Wand und Pfeile zeigten den Weg zu unbekannten Zielen. Die Glühbirnen der Deckenlampen waren noch völlig intakt. Diverse Kabel und Belüftungsrohre führten an der Decke entlang.

Elena hielt sich eng bei Hannes.

»Wir gehen da lang«, entschied er.

Er leuchtete mit der Lampe voraus. Sie gingen durch eine Stahltür. Dahinter befand sich ein größerer Raum. Von hier aus gingen mehrere Wege ab. An der Decke sammelten sich die Belüftungsrohre aus den Gängen in einem dickeren Rohr, das in einem Nebenraum führte. Hier musste sich eine Klimaanlage oder ein Heizkessel befunden haben.

Der nächste Raum war besonders groß. Hannes hatte das Gefühl, in der Kommandozentrale eines U-Boots zu sein. Mehrere

Steuerpulte waren installiert, in den meisten fehlte jedoch die Elektronik. Viele Pulte hatten noch eingebaute Bildschirme. Sie waren völlig verstaubt und mit Sicherheit nicht mehr zu gebrauchen. Möglicherweise wurden von hier aus früher die Flugzeuge kommandiert und das Radar überwacht. Einige Stühle und Hocker standen herum, als würden die Soldaten jeden Augenblick zurückkommen und sich wieder auf ihre Geräteanzeigen konzentrieren.

Hinter der Zentrale kamen sie in einen Trakt, den die Bunkerbesatzung wahrscheinlich zum Schlafen verwendet hatte. In einer ganzen Reihe von kleineren Räumen fanden sich - dicht beieinander - Gestelle von Doppelstockbetten. Hannes zählte mehr als zwanzig. Hier unten in fünfzehn Meter Tiefe hatten also mindestens zwanzig Soldaten ihren Dienst getan. Sie verfügten über ein eigenes Belüftungssystem, über eine Heizung und sicher auch über einen Generator zur Stromerzeugung. Bei ausreichendem Proviant konnten sie hier unten sicher Wochen und Monate ausharren.

Hannes überlegte: Wo würde er hier einen atomaren Sprengkopf verstecken? Sicher nicht in diesem Teil des Bunkers. Es musste noch andere Räume geben. Räume, in denen Munition oder Waffen gelagert wurden. Und richtig. Sie kamen zu einem großen Stahlschott, rot beschriftet. Hannes suchte nach Piktogrammen, die auf Radioaktivität hinwiesen. Das Warnzeichen für Radioaktivität war internationale Zeichensprache. Doch so etwas gab es hier nicht. Es gab nur diese roten kyrillischen Buchstaben. Und das, wovor sie warnten, lag hinter diesem Schott.

Hannes berührte das Schott. Es ließ sich leicht öffnen. Sie betraten einen großen Raum, es war eher eine Halle. Fünf bis sechs Meter hoch, zehn Meter breit und mehr als 30 Meter lang. Von hier aus führten von der längeren Seite des Raumes mehrere tonnenförmige Gewölbe ab. Von der Decke hing an Stahlseilen ein dicker Haken, mit dem man Lasten heben und an Schienen an der Decke durch den Raum heben konnte. Im hinteren Bereich der Halle erkannte Hannes eine Rampe. Sie war so groß, dass selbst Fahrzeuge darauf Platz finden konnten. Dies musste der Schacht sein, der an die Oberfläche führte und im oberen Bereich gesprengt war.

Hannes trat weiter in die Halle hinein und leuchtete in den ersten Bunkerraum. Elena folgte ihm. Der Raum war groß, tief und völlig leer. Hier waren einmal Tonnen von Granaten, Bomben oder sonstiger Munition gelagert worden.

»Kannst du dir vorstellen, dass Belov früher hier gearbeitet hat?«, fragte Hannes. »Hat er dir jemals erzählt, dass er unter der Erde in einem Bunker war?«

»Nein. Nur dass er auf dem Flugplatz gearbeitet hat. Sie mussten sehr schwere Dinge transportieren. Die Arbeit war gefährlich. Aber an mehr kann ich mich nicht erinnern. Ich finde es scheußlich hier. Es ist kalt und gruselig. Man sieht hier doch gar nichts.«

»Du hättest oben warten sollen.«

»Hätte ich. Richtig.«

Plötzlich ein dumpfer Hall von metallischem Klang. Von Weitem, als wäre etwas zu Boden gefallen. Elena zuckte ängstlich zusammen.

«Was war das?«

»Vielleicht Ratten?«

»Igitt!«

Hannes leuchtete in den nächsten Bunker hinein. Auch dieser war leer. Aber das musste nichts bedeuten. Er stellte den Koffer mit dem Geigerzähler auf den Boden und öffnete ihn. Da er das Gerät schon vom letzten Mal kannte, hatte er es schnell zusammengesetzt. Dann schaltete er es ein. Ein leises Summen zeigte, dass der Geigerzähler seinen Job machte. Hannes ging mit dem Gerät ein paar Meter weiter in den Bunkerraum hinein und hielt die angeschlossene Messsonde dicht über den Boden. Der Geigerzähler würde bei Radioaktivität einen knarrenden Ton von sich geben. Doch es blieb ruhig. Keine Radioaktivität. Hannes ging in den nächsten Bunker. Wieder nichts. Auf die Länge der Halle verteilt gab es bestimmt mehr als zehn Bunker. Die musste er alle überprüfen, wenn er sichergehen wollte. Wenn jemand eine Atombombe verstecken wollte, dann war das hier sicher ein geeigneter Ort. Auch der vierte Raum war auf den ersten Blick so leer wie die anderen. Hannes ging ein paar Schritte hinein und leuchtete bis zur gegenüberliegenden

Wand. Er bemerkte, dass dieser Raum weniger tief ins Gewölbe hineinging als die anderen. Er rief Elena zu sich.

»Warum?«, fragte sie zurück.

»Damit du da draußen nicht im Dunkeln stehst.«

Elena folgte ihm in den Bunker. Hannes sah ihr an, dass sie sich unwohl fühlte.

»Es ist unheimlich hier, lass uns wieder gehen.«

»Nur noch einen Moment.«

Hannes trat an die gegenüberliegende Wand. Die sah anders aus als die anderen. Sie war heller. Die ehemals grüne Farbe war schon verblasst, aber trotzdem schien der Anstrich frischer zu sein.

»Was soll ich tun, damit wir hier endlich wieder gehen?«, fragte Elena.

Hannes nahm sein Taschenmesser und kratzte etwas Farbe von der Wand. Darunter stieß er auf Metall. Ein erstaunlich weiches Metall.

»Was kannst du mir denn anbieten?«

»Ich würde dich als Menschen betrachten, nicht als Polizisten.«

»Als Mann auch?«

»Ich sagte als Mensch. Aber versprechen tu ich nichts.«

Sie hörten es beide zur gleichen Zeit. Das Echo von Schritten, die näher kamen. Jetzt schon viel näher.

Elena stockte der Atem. Das waren doch Schritte von einem Menschen. Jetzt ganz deutlich. Hannes machte seine Taschenlampe aus und gab Elena ein Zeichen, zu ihm zu kommen. Und richtig. Jetzt sahen sie ein Licht flackern. Die Schritte kamen immer näher, genau auf sie zu. Da wusste jemand ganz genau, wo sie zu finden waren. Hannes zog Elena tiefer in den Bunker hinein. Möglicherweise konnten sie sich hier drinnen verbergen, wenn ihr Licht noch nicht bemerkt wurde. Sie hielten den Atem an. Da erschien der bedrohliche Schatten einer kräftigen Gestalt. Sie blinzelten in das Licht einer starken Taschenlampe.

»Schön, Sie zu sehen, Herr Oberkommissar«, ertönte eine vertraute Stimme.

35 - ТРИДЦАТЬ ПЯТЬ

Vor dem Sonderlager des Flughafens Templin, 14. November 2001, 13.05 Uhr

Hannes und Elena traten einen Schritt rückwärts in den Munitionsbunker, doch weiter nach hinten konnten sie nicht ausweichen. Sie standen mit dem Rücken an der zugemauerten Wand. Hannes hatte die Stimme sofort erkannt. Zum Ausgang würden sie an Sobolev vorbeikommen müssen. Sekunden vergingen. Sobolev stand und rührte sich nicht. Erst jetzt sah Hannes den Revolver in seiner Hand. Ein eigentümlicher Revolver aus einer längst vergangenen Zeit. Die Mündung war nach unten gerichtet. Sobolev war offensichtlich mit Waffen vertraut. Er hielt sie wie jemand, der damit umgehen konnte. Hannes schaltete seine Taschenlampe wieder an. Das Licht ließ das fahle und faltige Gesicht von Sobolev wie eine Maske erscheinen.

»Nehmen Sie Ihre Waffe aus der Jacke! Mit links, ganz langsam, so dass ich sie sehen kann.«

Hannes tat, wie ihm befohlen. Er nahm seine Sig Sauer langsam mit zwei Fingern aus der Jacke und legte sie vor sich auf den Boden. Sobolev kam näher, kniete sich schwerfällig hin, griff mit der Hand nach der Waffe und steckte sie sich in den Hosenbund. Sein Blick hatte etwas Tragisches und gleichzeitig Trauriges an sich. Wie ein Clown mit aufgemalten Tränen, als wäre sein Auftritt nur eine Zirkusnummer für die Kinder. Die Umstände zwingen mich, sollte sein melancholischer Blick sagen. Früher war es der Glaube an die Überlegenheit des kommunistischen Systems, heute die Angst, zur Rechenschaft gezogen zu werden. Mit seinem Blick wollte er sich offensichtlich dafür entschuldigen, was nun passieren würde.

»Hören Sie, machen Sie jetzt keinen Fehler«, versuchte es Hannes.»Damit kommen Sie nicht durch. Alle wissen Bescheid. Herr Sobolev - oder sollte ich besser sagen: Major Sobolev, ehemaliger Offizier der 152. Raketenbrigade?«

Sobolev tat unbeirrt.

»Woher wissen Sie das«, knurrte er.

»Meine Kollegin hat mich vorhin angerufen. Das Bundeskriminalamt hat seine Beziehungen spielen lassen. Wir wissen, wo Sie im Jahre 1977 waren: Sie waren in Deutschland und kommandierten eine Raketenbrigade, die in der Kaserne in Vogelsang stationiert war. Die Raketenbrigade, der auch Wassilij Belov angehörte.«

Sobolev klappte die Trommel seines Revolvers auf und versicherte sich, dass er geladen war.

»Tut mir aufrichtig leid, dass es so enden muss, doch Sie lassen mir keine Wahl. Darf ich nun um die Codes bitten?«

Sobolev atmete schwer. Der Abstieg hier hinunter hatte ihn einige Anstrengung gekostet. Hannes stellte sich schützend vor Elena und machte ein Gesicht, als wüsste er nicht, was Sobolev meinte.

»Die Codes bitte! Glauben Sie, ich mache Witze?!«

Er streckte seine Hand aus und winkte fordernd.

Elena schaute fragend zu Hannes. Der nickte zögerlich. Sie nahm die Seifendose vorsichtig aus ihrer Tasche.

»Her damit!«

Sie gab Sobolev die Seifendose. Der versuchte, die Dose mit der Hand zu öffnen, während er den Revolver hielt, was ihm auch gelang.

Als er den Zettel mit den Codes sah, lächelte er.

»Sie wollen jetzt sicher wissen, was ich damit will, nicht wahr? Jetzt, wo ich diese Codes endlich in Händen halte. Kommandeur Belov wäre für diese Codes gestorben. Er war seinem Vaterland treu bis zuletzt. In gewisser Weise war er ein Patriot, genau wie ich. Ein feiner Kerl, dieser Belov. Aber das ist lange her. Wenn ich könnte, würde ich es rückgängig machen.«

Seine Stimme klang erschöpft und resigniert, doch schwang darin auch eine gefährliche Portion Aggression.

»Sie nehmen an, dass sich hinter dieser Wand ein sowjetischer Sprengkopf befindet. Nicht wahr? Ein Sprengkopf, den man mit einem dieser Codes immer noch zünden kann und der Tausende das Leben kosten könnte.«

Hannes nickte. Er bemerkte, wie sehr Sobolev schwitzte.

»Da muss ich Sie enttäuschen. Hier unten finden Sie keine Bombe. Hier finden Sie nur das, was von ihr übrig geblieben ist. Aber auch das ist immer noch gefährlich und tödlich.«

»Warum nehmen Sie nicht einfach die Waffe runter, dann können wir über alles offen reden.«

Einen Augenblick sah es tatsächlich so aus, als würde Sobolev darüber nachdenken. Dann fasste er den Griff seines Revolvers wieder fester.

»Belov und diese Polen haben die Reste der Bombe eingesammelt und hierher gebracht. Hochgiftiges Plutonium. Ich hatte angeordnet, Bleiplatten davor zu setzen. Gegen die Strahlung, aber auch, damit man es nicht findet. Glauben Sie mir, ich musste jedem von ihnen in die Augen sehen, als ich den Befehl dazu gab. Aber *jemand* musste es tun. Und *jemand* musste den Befehl dazu erteilen. Sonst hätte das Plutonium innerhalb von Tagen die ganze Region vergiftet. Tausende wären gestorben. Zivilisten, Frauen und Kinder. Erinnern Sie sich an Tschernobyl? Dort wurde auch gestorben. Wenige Soldaten und Feuerwehrleute haben ihr Leben für viele gelassen. So ist das nun mal. Und so war es hier auch.«

Sobolevs Gesicht wirkte im fahlen Licht der Taschenlampen alt und grau, doch seine Augen funkelten gefährlich.

Er musste ihnen mit dem Wagen gefolgt sein, dachte Hannes. Womöglich hatte er sie schon von Anfang an beobachtet. Er schien allein zu sein. Jedenfalls ließ sich keiner seiner Leute blicken.

»Die Männer aus Tschernobyl sind als Helden begraben worden«, erwiderte Hannes. »Diese Männer hingegen sind klammheimlich im Wald verscharrt worden. Nicht mal ihre Angehörigen haben erfahren, was aus ihnen geworden ist.«

Sobolev nickte deprimiert.

»Ja, das ist wahr. Sie brauchen es mir nicht zu erzählen. Ich will das, was ich getan habe, auch nicht rechtfertigen. Ich kann nicht erwarten, dass Sie mich verstehen. Damals sollte ich in den Generalstab befördert werden. Dann passierte dieses Unglück. Die Katastrophe von Dannenwalde. Zwei meiner Atomsprengköpfe waren in Dannenwalde deponiert. Das hätte nicht sein dürfen. Die Bunker in Dannenwalde waren nicht ausgestattet dafür. Keine ausreichende Kühlung, nur schwach gepanzerte Außentüren, keine doppelte Stromversorgung, wie das sonst Vorschrift war in den Sonderlagern. Und bei dem Unglück explodierte einer der Sprengköpfe. Hierfür trug ich allein die Verantwortung. Ich hatte damals nicht den Mut, mir das einzugestehen. Ich beschloss daher, alle Spuren zu beseitigen. Konsequent.«

»Auch das Plutonium.«

»Restlos verscharrt hinter diesen Bleiplatten.«

Er wies auf die Wand hinter ihnen.

»Kohlhaas hatte uns die Leute für die Drecksarbeit besorgt. Wir haben ihm einen Haufen Geld dafür gegeben, dass er uns ein paar ahnungslose Arbeiter schickte. Es waren Polen. Die verstanden nichts von dem, was passierte. Sie brachten das Plutonium von Dannenwalde hierher. Der Bunker in Dannenwalde wurde vollkommen eingeebnet.

»Aber es gab da noch ein Problem, nicht wahr?«

Sobolev nickte.

»Der zweite Sprengkopf musste auch verschwinden. Es durfte ja niemand erfahren, dass er jemals in Dannenwalde gelagert war. Dabei half mir der KGB, *meine Freunde*.«

Er betonte das Wort »Freunde«, als wäre es eine ansteckende Krankheit.

»Man konnte ja so ein Ding nicht einfach in ein Lager zurückbringen und sagen: Hey, schaut mal, was ich hier gefunden haben, könnt ihr das bitte wieder einlagern? Aber der KGB konnte das. Sie konnten alles. Sie versteckten die Bombe und sagten, dass man die Bombe verkaufen konnte. Wissen Sie, was eine voll funktionsfähige Wasserstoffbombe einbringen kann?«

Hannes schüttelte den Kopf.

»Viel mehr als zehn KGB-Mitarbeiter in ihrem ganzen Leben verdienen können, glauben Sie mir.«

»Und ? Wurde sie verkauft?«, fragte Hannes.

Sobolev blickte nur grimmig. Hannes beantworte daher seine Frage selbst.

»Nein, verkauft wurde sie nicht. Denn etwas fehlte: Der Code. Ein Sicherheitsmechanismus, den selbst der KGB nicht knacken konnte. Ohne den Code war die Bombe wertlos. Und diesen Code besaß ausgerechnet Wassilij Belov. Ein dummer Zufall. Ausgerechnet sein Code war notwendig für diese Bombe.«

Sobolev lächelte grimmig.

»Ausgezeichnet, Herr Kommissar. Ich habe ja immer gewusst, dass Sie die Bombe finden würden. Und die Codes. Meinen Dank dafür. Was hätten wir dafür gegeben, diese Codes früher zu bekommen. Denn dieser verdammte Hurensohn war nicht bereit, uns seine Codes zu geben. Bis zuletzt nicht.«

Elena, die sich bisher die ganze Zeit zurückgehalten hatte, überfiel in diesem Augenblick eine verzweifelte Mischung aus Wut und Empörung.

»Sie haben ihn sterben lassen, weil er Ihnen die Codes nicht geben wollte?« Sie war fassungslos.

Das Schweigen von Sobolev wirkte wie ein Eingeständnis.

»Sie Schwein!«, rief Elena.

»Ihm war nicht mehr zu helfen. Er war schon tot.«

»Das glaube ich nicht!«

»Sie können glauben, was Sie wollen! Dieser Belov nahm die Codes mit in sein Grab. Und die Leute vom KGB waren sauer! Es ging längst nicht mehr nur um einen vertuschten Unfall. Es ging um mehr. Sie haben mich jahrelang erpresst. So lief das bei uns. Ein Fehler, und schon hatte der KGB dich bei den Eiern. Ich musste tun, was sie von mir verlangten. Und sie verlangten viel. Ich war ihr Mann bei Gorbatschow.«

Hannes überlegte, welche Karriere Sobolev in den 80ern gemacht hatte. Erst hoher Militär, dann enger Berater von Gorbatschow und - als dieser gestürzt wurde – kam er zurück zum russischen Geheimdienst.

»Ist die Geschichte damit zu Ende?«

»Nicht ganz. Es gab da noch ein Problem. Ihr Deutschen wart das Problem. Ihr wolltet euch unbedingt wiedervereinigen.«

»Die Wende.«

»Ja. Alle Atomwaffen mussten damals aus Deutschland verschwinden. 1989 und 1990 ging alles zurück in die Sowjetunion. Das Meiste davon zur Verschrottung. Aber da gab es nun dieses kleine Problem. Ein Sprengkopf war versteckt, ein weiterer explodiert. Den versteckten Sprengkopf hätte das KGB einfach wieder ins Leben zurückgeholt, aber das ging bei dem explodierten Sprengkopf nicht. Und im offiziellen Bestand existierte auch dieser Sprengkopf noch immer. Bei der Verschrottung in Sibirien wäre mit Sicherheit aufgeflogen, dass ein Sprengkopf fehlt. Da musste man also erfinderisch sein.

»Sie ließen den Transportflug über der Ostsee abstürzen.«

»Exakt. Der KGB rettete mir so den Arsch. Ein gutes Theater. Ich war ihr Mann bei Gorbatschow, und sie wollten mich nicht auffliegen lassen. So kamen sie auf diese Idee. Mich haben sie dazu gar nicht gefragt.«

Sobolev hielt die Pistole weiter in seiner Hand. Doch er wirkte weniger bedrohlich. Hannes bemerkte seine Unentschlossenheit. Was wollte er tun? Würde er sie beide hier tatsächlich umbringen?

»Was wissen Sie über den Mord an Kohlhaas?«

Sobolev sah Hannes mit zusammengekniffenen Augen an. Er schien sich nur ungern erinnern zu wollen.

»Er war ein gefährlicher und skrupelloser Mensch. Ich ging über Leichen, wenn ich es für richtig hielt und es sein musste. Kohlhaas hingegen ging über Leichen, weil es ihm Spaß machte. Er hatte kein Gewissen. Er lieferte Menschen ans Messer. Wer ihm vertraute, war dumm.«

Hannes ging einen Schritt auf ihn zu.

»Warum haben Sie dann eine Waffe in der Hand? Verraten Sie mir das?«

»Weil ich Sie erschießen werde!«

Elena schrie erschrocken auf.

Sobolev hielt die Waffe direkt auf Hannes gerichtet, der daraufhin die Hände hob und langsam zurückwich. In diesem Augenblick merkte er, wie sein Puls raste und sein Körper zitterte. Adrenalin durchströmte ihn. Bleib ruhig, dachte er. Ruhig bleiben.

Sobolev war womöglich wirklich fähig, sie zu erschießen. Sie wären nicht die ersten, die dieser Soldat erschießen würde. Zwei Schüsse in einem Bunker unter der Erde. Oben würde man die kaum hören. Wahrscheinlich nur Jäger, würden Spaziergänger im Wald denken, wenn es hier überhaupt welche gab. Und dann wäre wieder alles still. Dass man ihre Leichen hier unten jemals finden würde, war unwahrscheinlich. Niemand wusste, wo sie waren. Hunderte von Polizisten suchten stattdessen bei Vogelsang nach einem atomaren Sprengkopf, den sie dort niemals finden werden.

»Überlegen Sie doch! Denken Sie nach!«

Etwas anderes fiel Hannes nicht ein, aber egal. Hauptsache reden, reden, reden. Solange er redete, lebte er.

»Was hätte es für einen Sinn, uns zu erschießen? Meine Kollegen wissen, dass ich hier bin. Sie werden jeden Augenblick hier sein. Sie wissen auch, dass der Mann von der russischen Botschaft ein ehemaliger KGB-Agent ist. Und sie wissen, dass Sie Kommandeur der Raketenbrigade in Vogelsang waren. Meine Kollegen suchen da draußen nach der vermissten Bombe. Hören Sie die Helikopter! Es dauert nicht mehr lange, dann werden sie auch wissen, was ich weiß:

Nämlich, dass Sie den Vorfall damals in Dannenwalde vertuscht haben.«

»Das glaube ich nicht, Sie bluffen!«

»Sie werden kommen und man wird Sie festnehmen, so oder so. Aber mit einem guten Anwalt haben Sie noch eine Chance. Nach deutschem Gesetz ist es nicht strafbar, was Sie getan haben. Warum wollen Sie uns also erschießen? Geben Sie mir die Waffe, und ich verspreche Ihnen, dass wir Sie nicht belangen werden. Wahrscheinlich werden wir Sie nicht einmal anklagen, möglicherweise nicht mal ausliefern. Seien Sie doch vernünftig ....«

»Halt deinen Mund!«

Sobolevs Augen funkelten wütend. Er hob die Waffe.

Elena versteckte sich hinter Hannes.

Da hörte Hannes ein leises Geräusch von draußen. Es klang tatsächlich wie ein Helikopter. Vogelsang war mehr als 15 Kilometer entfernt, und trotzdem klang das wie ein Helikopter.

»Hören Sie doch! Helikopter!«

Sobolev hielt weiter seine Waffe, schwitzte mehr denn je.

»Sie müssen uns nicht töten!«

Sobolev schien unschlüssig.

»Doch, das muss ich. Sie werden mir den Tod von diesem Schwein Kohlhaas anhängen wollen. Aber das mit Kohlhaas war ein Unfall. Ich wollte das nicht. Dieser verdammte Idiot rief mich an, nach so vielen Jahren«, zischte Sobolev. »Keine Ahnung, wie er herausgefunden hatte, dass ich in Berlin bei der Botschaft arbeite. Er wollte Geld. Sonst wollte er alles auffliegen lassen. Ich stehe kurz vor meiner Pensionierung. Alles wäre weg gewesen.«

»Hören Sie! Die Helikopter!«

Sobolev schwitzte am ganzen Körper. Sein Hemd war ihm aus der Hose gerutscht. »An jenem Abend in Groß Dölln hatte ich ihm das Geld gegeben. In seinem Haus. Er hat das Geld eingesteckt und gesagt, dass er noch mal fünfzigtausend haben will. Da ist mir der Kragen geplatzt. Ich dachte, ich hätte alles hinter mir. Aber dieser alte Sack ließ nicht locker. Ich weiß nicht mehr, wie es passierte. Es war ein Unfall, glauben Sie mir. ..«

»Ich glaube Ihnen ...«

Sobolev hielt die Waffe fester, als wäre es so einfacher, zwei unschuldige Menschen zu töten. Aber das war es nicht, auch nicht für Sobolev.

»Nehmen Sie die Waffe runter! Wenn es ein Unfall war, haben Sie nichts zu befürchten. Kohlhaas hat Sie erpresst. Seien Sie doch vernünftig. Geben Sie mir die Waffe ….«

»Bleib da, wo du bist!«, schrie Sobolev hektisch. Dicke Schweißperlen rannen über sein Gesicht. Wieder hörten sie den Helikopter. Sobolev blickte hektisch über und hinter sich, als würde in jeden Augenblick die Polizei den Bunker stürmen.

»Ist mir doch alles egal!« rief er plötzlich.

Er drehte sich um und lief zum Ausgang der Halle. Das Licht der Taschenlampe brach sich hektisch an den Wänden und beleuchtete den Boden vor Sobelev. Der kräftige Mann schwankte und musste aufpassen, wohin er trat, er kam aber überraschend schnell voran. Hannes zögerte keinen Augenblick und lief ihm hinterher. Sobolev lief den Weg zurück durch den Bunker. Mit großen Schritten erklomm er die brüchige Treppe hinauf zum Ausgang. Mit enormer Kraftanstrengung überwand er auch den zerstörten Teil der Treppe. Hannes sah ihn von unten gegen das einfallende Tageslicht. Der Helikopter war nun deutlich zu hören. Sobolev drehte sich ein letztes Mal um und lief dann hinaus ins Freie. Hannes kämpfte sich die zerstörte Treppe hinauf. Oben angekommen sah er, wie der Helikopter in einiger Entfernung schwebte. Von Sobolev keine Spur.

Da hörte Hannes hinter sich das Krachen eines Astes. Er drehte sich um und sah Sobolevs Waffe auf sich gerichtet.

»Bleiben Sie stehen, zurück!«

Hannes hob die Hände. Sobolev blickte panisch um sich. Sein Atem ging schwer.

»Wo wollen Sie denn hin?«, rief Hannes. »Die werden Sie bekommen, so oder so. Reden Sie also besser mit mir.«

Der Helikopter näherte sich. Der Polizeieinsatz war in Vogelsang geplant, nicht hier. Hatte sich dieser Helikopter nur verflogen? Sobolev sah nervös hinauf. Elena war inzwischen auch aus dem Bunker gekrochen. Hannes machte ihr ein Zeichen, dass sie zurückbleiben sollte. Mit ausgestreckter Hand hielt Sobolev seinen Revolver weiter auf Hannes gerichtet. Das musste der Pilot im Cockpit des Helikopters gesehen haben, denn er näherte sich vorsichtig.

Sobolevs Blick wechselte von Hannes auf den Helikopter und wieder zurück. Der Helikopter kam näher. Sobolev konnte hier nicht weg. Hinter ihm ging es einen steilen Abhang zum Wald hinunter. Es waren nur ein paar Meter, doch es reichte, um ihm diesen Fluchtweg zu nehmen. Der Pilot im Cockpit war jetzt gut zu erkennen, er sprach in sein Mikrophon. Immer mehr Sand wurde von den Rotoren aufgewirbelt und machte das Atmen schwer.

Hannes ging einen Schritt auf Sobolev zu, da spürte er, wie ihn etwas am linken Arm herumriss. Sobolev hatte auf ihn geschossen!

Hannes fasste sich an den linken Oberarm und sah das Loch in seiner Lederjacke. Kein Blut, aber das würde sicher noch kommen. Im nächsten Augenblick zielt Sobolev in wilder Panik auf den Hubschrauber. Schnell hintereinander feuerte er die Trommel leer. Hannes hörte, wie die Kugeln vom Metall der Unterseite abprallten. Der Pilot riss den Helikopter hoch und versuchte, Abstand zu gewinnen.

»Bleib hier! Folge mir nicht! Das nächste Mal ziele ich besser!«, rief Sobolev Hannes zu. Dann sprang er mit einem Satz den Abhang hinunter. Unten schlug er lang auf dem Boden auf, stemmte sich mit aller Kraft wieder auf die Beine und lief los. In Richtung Wald. Der Helikopter näherte sich erneut. Hannes hielt sich seinen verletzten Arm und sah, wie Sobolev hinter ein paar Bäumen verschwand. Elena kam auf ihn zugerannt.

»Weit wird er nicht kommen. Bald wird es von Polizei hier nur so wimmeln. Er hat keine Chance. Wir erwischen ihn.«

Elena sah in an und berührte ihn am Arm.

»Du bist verletzt!«

»Halb so schlimm, nur ein Streifschuss.«

»Setz dich besser hin.«

Hannes wusste, dass sie Recht hatte. In seinem Zustand würde er Sobolev nicht verfolgen können. Es gab ja den Helikopter. Der würde seine Kollegen schon verständigen. Die würden Sobolev sicher bald fassen. Von hier aus würde er kaum entkommen können. Der Helikopter schwebte über dem Stück Wald, in dem sich Sobolev befinden musst. Eine Megafonstimme erklang.

»Bleiben Sie stehen. Lassen Sie die Waffe fallen!«

Plötzlich ein Schuss.

»Nein!«, rief Hannes. »Wer schießt da?«

Neben dem Waldstück auf der asphaltierten Straße, die vom Ortseingang von Groß Dölln hierher zur Lande- und Startbahn führte, näherten sich bereits einige Wagen mit Blaulicht. In wenigen Minuten würden sie hier sein. Aber wer hatte geschossen? Die Wagen waren noch zu weit weg gewesen.

Kaum eine Stunde später hatte die Spurensicherung bereits alles aufgenommen. Der Tatort war gesichert und die Leiche abtransportiert. Man fand Sobolev auf einer Lichtung. Sein Revolver lag neben ihm im Gras. Mit einer Schussverletzung an der rechten Schläfe und den Fingerabdrücken an der Schusswaffe, schien der Fall klar zu sein: Selbstmord. Hannes wurde notdürftig behandelt. Er bekam einen Verband und eine Armbinde, damit sein Arm ruhiggestellt wurde. Die Schmerzen waren erträglich. Er sollte so schnell wie möglich abtransportiert werden, weigerte sich aber zu gehen. Erst wollte er sich noch den Tatort anschauen. Als er in den Wald kam und sich die Leiche ansah, bemerkte er die große Austrittswunde an der linke Seite des Schädels. Die Wunde war erstaunlich groß für das Kaliber eines Revolvers. Hannes war sich nicht sicher, ob eine solche Wunde überhaupt durch einen Revolver verursacht werden konnte. Möglich war es. Der Revolver hat ein erstaunlich großes Kaliber.

»Habt ihr die Kugel gefunden?«, fragte er einen der Beamten von der Spurensicherung. Der verneinte und meinte, dass die Kugel des Revolvers noch viele Meter weit geflogen sein konnte, nachdem sie aus dem Schädel ausgetreten war. Sie würden sie aber weiter suchen. Hannes kniete sich neben den Toten und suchte unter den missbilligenden Blicken der Kollegen von der Spurensicherung in seinen Taschen.

»Und mehr habt ihr nicht gefunden? War da nicht eine Dose? Sieht aus wie eine Seifendose aus Plastik. Habt ihr die gefunden?«

Die Männer der Spurensicherung schüttelten den Kopf. Sie sahen, dass Hannes am Arm verbunden war. Sie gaben Hannes seine Waffe zurück. Mit ihr war ja nicht geschossen worden. Dann sagten sie, er solle wieder zum Rettungswagen zurückgehen und sich abtransportieren lassen. Er sähe nicht gut aus.

Hannes ging den Hang wieder hinauf. Fröstelnd stand er eine Weile neben Elena und rauchte. Sie sprachen kein Wort. Jemand hatte ihr eine Decke umgelegt. Man wollte sie auch gleich noch vernehmen, dann müsse sie nicht mit aufs Revier. Elena hatte eingewilligt. Ein Sanitäter schaute sich die Schusswunde nochmal an und empfahl, Hannes sollte besser mit ins Krankenhaus. Als Hannes sich daraufhin von Elena trennte und mit Blaulicht abtransportiert wurde, war es schon dunkel geworden.

36 - ТРИДЦАТЬ ШЕСТЬ

Flugplatz Templin bei Groß Dölln, 15. November 2001, 12.15 Uhr

Nun waren sie alle da: Die Reporter, die Kameraleute, die Übertragungswagen der Fernsehanstalten und die Reporter - vom Berliner Rundfunk, dem Rundfunk Brandenburg und dem ZDF. Sogar Teams von CNN und BBC waren eingetroffen. Es waren keine vierundzwanzig Stunden vergangen, und es wurden immer mehr Informationen bekannt. Die Reste eines russischen Atomsprengkopfes waren auf dem ehemaligen Flughafen Templin in einem alten russischen Bunker gefunden worden, so hieß es. Die Gefahr einer atomaren Verseuchung in Brandenburg wollten die Behörden im Moment noch nicht ausschließen. Das Wort Tschernobyl machte die Runde. In einem morgendlichen Radio-Interview hatte ein Polizeisprecher des Bombensprengkommandos Brandenburg den Fund bestätigt und auf weitere Untersuchungen verwiesen. Ein Sondereinsatzkommando des BKA war daraufhin mit fünf Helikoptern eingeflogen, um die Lage auf dem ehemaligen Flughafen zu sondieren. Kaum zwanzig Minuten später wurde im Radio der Sprecher einer Landesmessstelle interviewt, der versicherte, dass in Brandenburg seit Jahren Nahrungsmittel und Gewässer regelmäßig auf radioaktive Belastungen untersucht werden. Dabei hätte es bisher keine Auffälligkeiten gegeben. Der Sprecher hatte allerdings eingeräumt, dass die Messungen aus Kostengründen nur an wenigen Stellen in Brandenburg durchgeführt wurden. Vorzugsweise in der Nähe des abgebauten Atomkraftwerks in Rheinsberg und auf dem Gelände der ehemaligen Auerwerke in Oranienburg, wo auf Befehl Hitlers gegen Ende des Krieges mit der Herstellung von angereichertem Uran begonnen wurde. Auf dem Gelände rund um den ehemaligen Flughafen waren bisher keine Messungen durchgeführt worden. Wie gesagt, aus Kostengründen.

Weitere Spekulationen machten die Runde. Was war in den Bunkern in Templin und Umgebung eigentlich aufbewahrt worden? Wie lange hatten dort atomare Waffen gelegen? Und wie waren diese gesichert worden? Wer hatte den Abtransport der Waffen von deutscher Seite kontrolliert? Hatte es in der Zeit vor 1989 nukleare Unfälle gegeben? Was hatte die ehemalige DDR-Führung davon gewusst? Oder die Staatssicherheit? Konnte eine unbemerkte Plutoniumverseuchung ausgeschlossen werden?

Ein Bündel Mikrophone wurde jedem entgegengestreckt, der das Gelände verließ und nur halbwegs so aussah, als könnte er dazu etwas sagen. Doch die Journalisten trafen nur auf mürrische und eilig vorbeihuschende Beamte verschiedener Polizeieinheiten, die auf ihre nicht anwesenden Vorgesetzten verwiesen.

Gegen Mittag war die Zahl der parkenden Fahrzeuge immer größer geworden. An die fünfzig waren nun schon in der Nähe des Bunkers abgestellt, der nur noch über einen schmalen Waldweg an den verfallenen Plattenbauten des sowjetischen Militärs vorbei zu erreichen war. Hunderte von Polizisten waren zum ehemaligen Flughafen abkommandiert und sicherten das Gelände großräumig ab. Ein rotweißes Band umgab den Bunker im Umkreis von hundert Metern. In kurzen Abständen standen Polizisten entlang dieses Bandes und sicherten den Bunker gegen unerwünschte Besucher. Manche Einheiten hatten sogar Hunde dabei. Eine rasch aus Strausberg herbeigeeilte Schützen-Kompanie der Bundeswehr half bei der Bewachung und Absperrung. Erste Militärfahrzeuge mit aufmontierten Maschinengewehren waren zu sehen. Auf CNN wurde am Abend live in die ganze Welt berichtet. Eine hübsche, Afro-Amerikanerin berichtete vor der Absperrung und einem dahinter stehenden gepanzertem Fahrzeug vom *russischen Vermächtnis des Kalten Krieges.* Dabei blies ihr der kalte Novemberwind dramatisch durch ihre schwarzen Locken. Im Hintergrund schwirrten Polizei-Hubschrauber.

Hannes hatte von all dem nichts mitgekommen. Er war gerade aus einem komatösen Schlaf in seiner Datscha erwacht. Sein Kopf dröhnte und der linke Oberarm brannte wie Feuer. Dies sei nur eine oberflächliche Fleischwunde, war die Aussage der Ärztin aus dem Krankenhaus gewesen. Dort hatte er letzte Nacht einen weiteren Verband bekommen, bevor er mit einer Krankschreibung nach Hause geschickt worden war. Heute war die Schusswunde angeschwollen und schmerzte, auch wenn es nur ein Streifschuss war. Hannes erhob sich, ging in die Küche und füllte sich ein Glas mit Wasser. Dann nahm er zwei Schmerztabletten vom Küchentisch und spülte sie herunter. Dabei musste er an Elena denken. Er hatte sich nur mit einem kurzen Blick von ihr verabschiedet, bevor man ihn in den Rettungswagen gedrängt hatte. Er machte sich Vorwürfe. Warum hatte er sie überhaupt auf den Flugplatz mitgenommen? Sie war immer noch tatverdächtig. Außerdem hätte er wissen müssen, wie gefährlich das war. Vor seinen Augen sah er noch einmal Sobolevs Revolver auf Elena gerichtet, sah seine zitternde, vom Licht der Taschenlampen beleuchtete Hand, wie sie sich um den Schaft ballte und sich seine Finger um den Abzug krümmten. Viel hatte nicht gefehlt, und er hätte sie beide erschossen. Möglicherweise war es auch sein Glück, dass Elena bei ihm gewesen war. Einen Polizisten abzuknallen war das Eine, eine wehrlose Frau das Andere. Doch Hannes bezweifelte, dass Sobolev tatsächlich geschossen hätte. Er war Soldat gewesen, kein skrupelloser, kaltblütiger Mörder. Wenn Sobolev jemanden in den Tod schickte, dann aus Überzeugung, das Richtige für sein Land getan zu haben. Sobolev. War das wirklich ein Selbstmord gewesen? Hatte er sein Magazin nicht leergeschossen, als er auf den Helikopter gezielt hatte? Und wo waren die Codes?

Hannes wusch sich die Hände, rauchte eine Zigarette und schaute auf sein Telefon. Er hatte sechs neue Anrufe in Abwesenheit, fünf aus dem Amt und einen Anruf von Frederike. Kein Anruf von Elena. Er zog sich seine Lederjacke über, nahm seine Dienstpistole und machte sich auf nach Groß Dölln. Auf dem Weg hielt er an einer Bäckerei und gönnte sich einige Streuselschnecken und Plunderstücke. Dann fuhr er weiter zum Flughafen. Dort parkte er seinen Opel neben den Wagen der Journalisten. Viele von ihnen waren gerade dabei, ihre Ausrüstung zu entladen. Er sah Mikrophon-Galgen, Kameras und große Regenschirme. Hannes Ankunft wurde nicht beachtet. An der Absperrung zeigte er seinen Dienstausweis, wurde durchgelassen und ging weiter in Richtung des Bunkers. Er sah, dass die Stahltür am Eingang nun vollends geöffnet war. Jemand hatte eine Leiter herangeschafft, damit die Männer über den zerstörten Teil der Treppe leichter in den Bunker herein und heraus kamen. Vor der Tür zum Bunker stand ein Mann, der jeden Ankömmling missbilligend anblickte. Hannes kannte den Mann. Es war der Müller-Mann vom BKA. Wie erwartet, versperrte er ihm den Zutritt.

»Herr Müller, wie läuft´s denn so? Bleiben Sie diesmal länger oder wartet das Taxi schon?«

Müller schaute irritiert. Es schien, als würde er Hannes nicht wiedererkennen.

»Hannes Keppler vom LKA Eberswalde, Leiter der Mordkommission Kohlhaas«, erinnerte ihn Hannes.

»Ach ... ich erinnere mich. Ich weiß aber nicht, ob ich Sie hier so einfach ....«

»Ist schon in Ordnung.«

Franka Bernd war aus dem Bunker gestiegen.

»Hannes, kann ich dich bitte kurz sprechen?«

Hannes ließ Müller stehen und folgte ihr. Dicke Stromkabel führten in den Bunker hinein. Im Gang unterhalb des Abstiegs waren 200 Watt Scheinwerfer in einem Abstand von zehn Metern aufgestellt, so dass sie hier unten keine Taschenlampen mehr brauchten. Auf dem Boden lagen Bretter, die das Laufen auf dem zerrissenen Beton erleichterten. Franka begann erst zu sprechen, als sie sicher war, dass man sie oben nicht mehr hörte.

»Zunächst möchte ich mich bei dir entschuldigen.«

»Wofür?«

»Dafür, dass ich dir diesen Fall weggenommen habe. Der Fall ist nicht mein Fall. Es ist dein Fall.«

»Das hat doch Beckmann so gewollt. Das war doch nicht dein Fehler.«

»Du weißt, wie ich es meine.«

Hannes seufzte. Ja, er wusste es. Franka war eine ehrgeizige Polizistin und wollte sich ihre Chance nicht entgehen lassen. Deswegen hatte sie sich diesen Fall auch geschnappt. Beckmann tat, was sie wollte, und das würde er auch weiterhin tun. Hannes würde dagegen auch in Zukunft nicht ankommen. Diesmal hatte es für Franka nicht geklappt. Diesmal war sie gescheitert und ließ Hundertschaften von Polizisten an der falschen Stelle suchen, während er das Plutonium im Alleingang gefunden hatte. Das wusste er. Und das wusste sie. Und das wussten auch Beckmann und alle anderen.

»Du bist ein guter Polizist, Hannes.«

»Ich weiß.«

Er nahm es als Bestätigung einer Tatsache, nicht als Kompliment.

»Von dir kann ich noch was lernen.«

Jetzt war Hannes doch sprachlos. Und er war selbst ein wenig erstaunt darüber, wie sehr ihn Frankas Geständnis berührte.

»Wie geht es übrigens deinem Arm?«

»Tut noch weh.«

»Habe ich mir gedacht. Man hat dich doch bestimmt krankgeschrieben, oder? Du dürftest eigentlich gar nicht hier sein. Das ist gegen die Vorschrift.«

»Franka, bitte …«

Franka lachte und meinte scherzhaft, dass er entweder einen völlig falschen Eindruck von ihr hatte oder einfach nur ein verblödeter Wessi war.

»Ich *bin* ein verblödeter Wessi«, grinste Hannes.

Franka grinste zurück. Der Damm war gebrochen. Sie würden in Zukunft wissen, wie sie miteinander umzugehen hatten.

Sie gingen tiefer in den Bunker hinein.

»Damit du verstehst, was hier passiert: Die Bundeswehr ist gegen zehn Uhr mit Helikoptern gelandet. Das sollen angeblich die besten Leute sein, die es für die Beseitigung von radioaktiv kontaminierten Stoffen gibt. Sie tragen keine Polizeiuniformen. Niemand hatte uns informiert, dass diese Leute von der Bundeswehr kommen würden. Sprich also besser niemanden darauf an. Das BKA hat hier längst das Kommando übernommen. Wir sind seit heute Morgen nur noch geduldete Zuschauer.«

»Ich werde versuchen, mich zu benehmen«, versprach Hannes.

Sie kamen zur Zentrale, dem Schlaftrakt und schließlich zur großen Halle mit den Munitionsbunkern. Die Halle war mit mächtigen 1000 Watt Scheinwerfern beleuchtet und wirkte jetzt noch wesentlich größer. Sie kamen zu dem Munitionsbunker, in dem Hannes die Wand mit den Bleiplatten entdeckt hatte. Der Boden im Bunker wurde von zwei Scheinwerfern angestrahlt. Hannes zählte sechs Männer, die hier auf engstem Raum hantierten. In der Halle vor dem Bunker lag ihre Ausrüstung in olivgrünen Plastikkisten, die mit ihnen eingeflogen worden war. Die Männer sprachen nur selten und wenn, dann nur leise. Der Raum war erfüllt mit einer alles durchdringenden Spannung. Man hatte ein Loch in die Wand gegenüber geschlagen, so dass man nun in den abgetrennten Zwischenraum hineinsehen konnte. Aus dem Loch ragte staubiges und gerundetes Metall: Es sah aus wie die Reste einer Rakete. Jemand hatte an einigen Stellen den Staub entfernt, um die Beschriftung besser lesen zu können. Es waren schwarze und rote kyrillische Buchstaben.

»Das sind Reste der Außenhülle einer Rakete. Wir können uns darauf keinen Reim machen. Aber das ist gar nicht das Problem. Das Problem ist die Strahlung.«

»Plutonium?«

»Ja, die Russen haben diese Hüllenreste in der Zwischenwand versteckt. Das Plutonium selbst wurde dahinter versteckt, hinter einigen Bleiplatten, so dass die Strahlungswerte nach außen kaum messbar sind. Würden die Platten weggenommen, um das Plutonium zu bergen, läge es wieder frei. Es würde giftiger Plutoniumstaub entstehen. Absolut tödlich. Das Plutonium hat seit damals kaum an Radioaktivität verloren.«

Hannes nickte.

»Warum lassen sie das Gift eigentlich nicht da, wo es ist. Ich meine, es hat doch schon fast dreißig Jahre hier gelegen.«

»Das geht nicht. Siehst du das da?«

In einer Ecke des Raumes waren zwei Männer gerade dabei, ein Gerät zu montieren. Das Gerät war knapp drei Meter hoch, hatte einen Durchmesser von sechzig Zentimetern und stand auf drei Beinen. Es hatte einen überaus großen Kopf mit einer Art Bohrer, der senkrecht nach unten ragte. Irgendwie sah es aus wie ein Insekt aus einem Horrorfilm.

»Das ist eine Bohrmaschine, wie man sie in Tunneln oder Höhlen verwendet. Man kann damit bis zu dreißig Meter in massivem Granit bohren. Sie machen gerade vor den Bleiplatten eine Probebohrung, um herauszufinden, in welcher Tiefe hier das Grundwasser liegt.«

»Mein Gott!«

»Du sagst es. Hast du heute Morgen Radio gehört?«

»Nein.«

»Jemand von einer Messstelle behauptete, die ehemaligen Atomwaffenlager in Brandenburg wurden nie auf radioaktive Strahlung untersucht. Kannst du dir das vorstellen?«

»Kaum.«

»Das Plutonium liegt hier seit den 70er Jahren hinter den Bleiplatten auf dem Beton des Bunkers. Im Laufe der Jahrzehnte ist der Beton mit Sicherheit rissig geworden. Das Plutonium ist im Laufe der Zeit immer tiefer gesackt, womöglich bis ins Grundwasser.«

»Das Grundwasser wird also bald radioaktiv verseucht sein?«

»Schlimmer noch: Es könnte sein, dass es schon verseucht ist. Nur hat das bisher keiner bemerkt. Die Menschen in der Umgebung wären damit praktisch tot, sie wüssten es nur noch nicht. Plutonium ist eine Zeitbombe. Es erzeugt Krebs.«

»Das wäre ja ...«

» ... ja, aber nicht ausgeschlossen!«

Hannes schaute auf die Männer, die ihr Bohrgerät aufbauten.

»Wann wissen wir endgültig Bescheid?«

»In ein paar Stunden. Sie nehmen auf jedem Meter eine Probe. Wenn wenigstens ein paar unverstrahlte Proben vor dem Grundwasser entnommen werden, kann man davon ausgehen, dass keine akute Gefahr für das Grundwasser besteht.«

»Und wenn nicht?«

»Daran mag ich gar nicht denken. Das BKA steht mit dem Amt für Katastrophenschutz in Verbindung. Es gibt einen Notfallplan für verseuchtes Grundwasser. Jemand sagte, im schlechtesten Fall könnte sogar Berlin betroffen sein.

Aber weißt du auch, was die gute Nachricht dabei ist?«

Hannes legte nur den Kopf zur Seite.

»Es ist nicht mehr unsere Sache.«

37 - ТРИДЦАТЬ СЕМЬ

Ehemaliger Flughafen Templin, 15. November 2001, 12.55 Uhr

»Hannes, gut, dass ich dich hier treffe.«

Beckmann hatte ein paar Leute im Schlepptau. Einige von denen hatten Mikrophone dabei. Waren diese Leute alles Journalisten? Sollten die nicht hinter der Absperrung bleiben? Das war mal wieder typisch für Beckmann.

»Das ist Oberkommissar Keppler, erklärte Beckmann wie ein Pastor zu seiner Gemeinde. »Der Mann, der das Plutonium gefunden hat.« Die Blicke der Journalisten richteten sich auf Hannes wie Suchscheinwerfer.

»Einer meiner fähigsten Ermittler«, vernahm Hannes Beckmanns Worte, wobei es ihn ärgerte, dass Beckmann tatsächlich glaubte, Hannes wäre *sein* Ermittler. Im nächsten Augenblick war Hannes auch schon von der Meute umringt und bekam von jungen Kerlen Mikrofone mit filzigem Windschutz vor die Nase gehalten.

»Wie schätzen Sie die Lage ein? Besteht die Gefahr einer atomaren Verseuchung? Wie groß ist die Gefahr für die Bevölkerung?«

Hannes hatte nicht die geringste Lust, diese Fragen zu beantworten. Er warf Beckmann einen giftigen Blick zu. Hilfesuchend wanderte sein Blick über die Köpfe der Presseleute hinweg. Er erblickte ein olivgrünes Zelt, das offensichtlich zur Bundeswehr gehörte. Das kam ihm gerade recht. Kurzentschlossen befreite er sich und flüchtete in das Zelt. Zwei Soldaten vor einer Generalstabskarte im Maßstab 1:2000 blickten ihn erstaunt an.

»Tschuldigung die Herren ...«, murmelte Hannes, während draußen Beckmann seine Gemeinde zur Ordnung rief. Die Journalisten sollten sich bitte immer nur eng bei ihm halten. In diesem Augenblick klingelte Hannes Telefon.

»Hier Buchholz aus dem Labor.«

Eine Frauenstimme.

»Ich will nur Bescheid geben, dass wir die Ergebnisse haben.«

»Welche Ergebnisse?«

»Frau Bernd sagte, wir sollen Sie sofort informieren, wenn wir soweit sind. Sie sind doch Hannes Keppler?«

»Ja, aber welche Ergebnisse meinen Sie?«

»Na den DNA-Test.«

»Ach ja, und?«

»Passen nicht zusammen. Die DNA-Spuren auf dem Spaten sind nicht identisch mit der DNA von Elena Kohlhaas. Das Ergebnis ist eindeutig. Müsst ihr euch einen anderen Mörder suchen. Die Kohlhaas war es jedenfalls nicht.«

»Ja. Gut. Danke.«

Hannes legte auf. Dann steckte er seine Nase aus dem Zelt. Die Luft war wieder rein. Der Tross von Journalisten war weitergezogen. Während die beiden Bundeswehrsoldaten ihn schon längere Zeit ignorierten, verließ Hannes das Zelt und ging Richtung Absperrung. Weitere gepanzerte Fahrzeuge kamen auf das Gelände. Ein ganzer Trupp von Soldaten sprang in den Matsch. Leichter Nieselregen stellte sich ein. Einen Augenblick lang überlegte Hannes, ob er hier noch etwas zu tun hatte. Aber was sollte er noch hier? Die Kommission Vogelsang hatte zwar einen irreführenden Namen und sollte besser Kommission Templin oder Kommission Groß Dölln heißen, doch das war am Ende völlig irrelevant. Diese Kommission wurde durch Franka geleitet und nicht durch ihn. Und jetzt hatte das BKA oder sogar die Bundeswehr den Fall übernommen. Er war hier überflüssig.

Sein Fall war der Mord an Kohlhaas, und der war ja nun aufgeklärt. Sobolev hatte zugegeben, dass er Kohlhaas umgebracht hatte, wobei man Details möglicherweise nie erfahren würde. Hannes hatte wieder Zeit für sein Privatleben. Er wollte ein paar Tage Urlaub machen und außerdem hatte er das Gefühl, als müsse er dringend mit Elena sprechen. Und mit Frederike auch.

Als Hannes sich dem Waldrand und seinem abgestellten Opel näherte, bemerkte er eine große schwarze Limousine, ein großer BMW mit getönten Scheiben. Diplomatenkennzeichen. Da klingelte sein Telefon ein zweites Mal.

»Hier nochmal das Labor, Buchholz.«

»Ja.«

»Etwas wollte ich Ihnen noch sagen …«

Hannes sah, wie sich die hintere rechte Seitentür der Limousine langsam öffnete. Im vorderen Teil saß ein Chauffeur. Der Bereich des Fahrers war vom Innenraum durch eine Scheibe getrennt. Wer im hinteren Teil saß, war nicht zu erkennen. Die hintere Seitentür blieb weiter geöffnet, wie eine Aufforderung an ihn.

»Die DNA-Spuren auf dem Spaten gehörten zu einem Mann. Das ist sicher. Die Spuren sind männlich und sehr ähnlich zur DNA von Elena Kohlhaas. Wahrscheinlich vom Opfer selbst, aber das müssten wir erst noch prüfen ….«

Ein schmales, blasses Gesicht erschien aus dem Innenraum des Wagens. Die Tür ging noch weiter auf.

»Herr Keppler?«

Hannes legte auf.

»Ja?«

»Russische Botschaft. Hätten Sie wohl die Freundlichkeit, sich für einen Augenblick zu mir in meinen Wagen zu setzen? Es dauert nicht lange.«

Hannes stieg ein.

Der Mann neben ihm war klein und schmächtig. Er trug eine Brille und eine Krawattennadel, die Hannes sofort auffiel. Ein

Wappen mit sich kreuzenden Flaggen. Er sprach mit leiser, fast zischender Stimme.

»Mein Name ist Anatoli Gribkov. Ich bin Abgesandter der russischen Föderation und froh, Sie kennenzulernen. Ich gebe zu, dass ich Sie gesucht habe. Für einen kurzen Meinungsaustausch wäre ich Ihnen sehr verbunden.«

Aha, noch ein Abgesandter, dachte Hannes.

»Worum geht es denn?«

Gribkov räusperte sich.

»Nun, Sie können sich vorstellen, was uns nun bevorsteht. Ein atomarer Zwischenfall in Deutschland wurde offenbar über Jahrzehnte vor der deutschen Bevölkerung geheim gehalten. Man wird fragen, wer davon wusste und dafür die Verantwortung übernimmt. In ihren Land und auch in unserem Land. Das wird einiges ins Rollen bringen. Hierbei sind auch die guten Beziehungen zwischen unseren Ländern gefährdet. Um das zu verhindern, könnten Sie uns ein wenig behilflich sein. Kurzum: Ich möchte Ihnen ein Geschäft vorschlagen.«

»Ein Geschäft? Bestechung ist in Deutschland nicht strafbar, ansonsten würde ich Sie nun verhaften.«

»Ach, das habe ich gar nicht gewusst! Wissen Sie, in unserem Land ist Bestechung verboten, und trotzdem kommt es vor. Bei Ihnen ist das anders: Bestechung ist erlaubt, aber keiner macht es. Ist das nicht erstaunlich?«

Gripkov lachte. Es klang fast herzlich.

»So unterschiedlich sind unsere Länder. Darum bewundere ich euch Deutsche auch so. Diese Anständigkeit! Auf der anderen Seite ist es mir auch etwas unheimlich. Oder wie sagt man bei Ihnen: scheinheilig? «

Gripkov lachte erneut. Hannes verzog keine Miene. Was wollte dieser Kerl von ihm?

»Nein, Herr Keppler, hier geht es nicht um Geld. Er geht um die Ehre unseres Vaterlandes. Ehre und Vaterland, das sind Worte, die ich in Deutschland selten gehört habe.«

Hannes schwieg stur, bis Gribkov fortfuhr.

»Wissen Sie, Vitali und ich kannten uns lange und gut. Natürlich wusste ich, dass er für den F.S.B. arbeitete. Es wird sie nicht weiter verwundern, dass auch ich dieser Organisation recht nahe stehe. Genau genommen bin ich derjenige, der ihm den Auftrag gab, mit Ihnen in Kontakt zu treten. Um auf den Punkt zu kommen: Ich kann mir nicht vorstellen, dass Vitali jemand ist, der sich umbringt. Glauben Sie mir. Die deutsche Polizei sagt uns aber genau das Gegenteil. Und das irritiert mich. Sie nicht?«

»Nein.«

Vitali Sobolev war im diplomatischen Dienst und damit unerreichbar für die deutsche Justiz, dachte Hannes. Er hätte gute Chancen gehabt, für seine Taten nicht büßen zu müssen. Die Schusswunde am Kopf war recht groß für einen Revolver. Möglicherweise war ihm jemand gefolgt und hatte den richtigen Moment genutzt, um ihn für immer zum Schweigen zu bringen. Und dann hatte der Täter die Dose mit den Codes genommen. Aber diesen Verdacht musste er diesem Russen ja nicht unbedingt auf die Nase binden.

»Ich weiß nicht, ob ich Ihnen das glauben soll«, bemerkte Gribkov zögerlich. »Vitali sagte mir immer, er wäre ein Patriot. Das sagte er sehr häufig. Seine Armee bedeutete ihm viel. Er hatte dort viel Förderung erfahren und Ehrungen erhalten. Sie wissen, er war in den 80ern ein enger Vertrauter von Gorbatschow und führte die Abrüstungsverhandlungen mit den Amerikanern. Ich habe mit Vitali viel über diese Zeit gesprochen. Er sprach auch darüber, was er nach dem Dienst machen würde. Er hatte ja nur noch ein paar Jahre bis zur Pensionierung. So jemand tötet sich doch nicht selbst, oder?«

Hannes hatte wenig Lust, mit offenen Karten zu spielen. Genau genommen hatte er es auch satt, mit diesen Russen um Informationen zu feilschen. Er konnte keinem von diesen Burschen mehr trauen. Wenn die ihm etwas zu sagen hatte, dann sollten sie es einfach tun.

»Glauben Sie mir. Wir wissen im Augenblick nicht mehr als Sie. Und wenn, dürfte ich es Ihnen auch nicht sagen.«

Gribkov blickte erstaunt.

»Warum nicht? Wir helfen uns doch gegenseitig. Auch ich will die Wahrheit. Die ganze Wahrheit. Lassen Sie mich wissen, wenn Sie etwas erfahren. Ich verfüge über Informationen, die möglicherweise sehr interessant für Sie sein können. Im Gegenzug würde ich jedoch gern erfahren, was in diesem Bunker genau geschah. Sie waren dabei, als Vitali starb, hat man mir gesagt. Glauben Sie mir, das ist außerordentlich wichtig für uns.«

»Was sind das für Informationen, von denen Sie sprechen?«

»Es wird Sie interessieren, was damals in Dannenwalde passierte, nicht wahr?«

Hannes überlegte nur kurz.

»Einverstanden.«

»Ich soll wohl meine Informationen zuerst preisgeben?

»Genauso ist es.«

»Hm, es ist Ihnen sicher bewusst, dass diese Informationen streng geheim sind. Sie müssen mir also versichern, dass Sie sie nicht weitergeben.«

»Ich versichere Ihnen alles was Sie wollen. Wenn es irgendwie möglich ist, werde ich diese Informationen für mich behalten. Ansonsten eben nicht.«

Gribkov überging diese Frechheit diplomatisch.

»Nun gut, das muss wohl reichen. Die Informationen sind auch nicht so brisant und aufregend, wie Sie möglicherweise annehmen. In den geheimen KGB-Akten steht wenig zur Ursache des Brandes, doch eines ist klar: Es begann mit einer Explosion von einem Tanklaster und einem Transporter, der mit hunderten von Katjuscha-Raketen beladen war. Die Explosion muss gewaltig gewesen sein. Die meisten Personen in der Nähe waren auf der Stelle tot.«

»Sie wissen also nicht, was geschah? Wurde das gar nicht untersucht? Gibt es nicht wenigstens eine Vermutung?«

»Möglicherweise ein Blitz. Es gab zu diesem Zeitpunkt ein Gewitter. Aber dies war nicht der Grund, warum diese Akten geheim gehalten wurden. Der Grund ist ein anderer: In Dannenwalde wurden Gas-Granaten gelagert. Diese enthielten Sarin. Sarin ist ein tödliches Giftgas, das schon im ersten Weltkrieg und später auch im Irak und Iran verwendet wurde. Sarin ist seit dem ersten Weltkrieg international geächtet. Offiziell besitzt die Sowjetunion solche Giftgaswaffen gar nicht. In Dannenwalde sind einige dieser Granaten explodiert. Viele der Soldaten starben an einer Sarin-Vergiftung.«

»Sarin? Nicht Plutonium?«

»So steht es zumindest in den Akten. Daran gäbe es auch keinen Zweifel. Es sei denn, man vermutet, der KGB hätte damals ein Interesse gehabt, die Dinge so darzustellen.«

»Sie meinen, es gab vielleicht doch eine Plutonium-Verseuchung?«

»Sie wissen, dass Vitali Sobolev in dieser Zeit eine Raketenbrigade mit Atomwaffen führte. Sie vermuten, dass es in Dannenwalde Atomwaffen gab und es dort zu einer Plutonium-Verseuchung kam. Doch haben Sie sich gar nicht gefragt, *warum* diese Waffen dort gelagert waren? Das hätte doch gar keinen Sinn ergeben. Warum hätte - wer auch immer - das machen sollen? In Deutschland wurden alle sowjetischen Atomwaffen ausnahmslos in Sonderlagern verwahrt. In Brandenburg gab es ein solches Lager in der Nähe von Lychen. Die Atomwaffen sollten erst dann an die einzelnen Militäreinheiten verteilt werden, wenn ein Krieg unmittelbar bevorstand, nicht eher. Dies galt im Übrigen auch für die Nationale Volksarmee der DDR, die ja über keine eigenen Atomwaffen verfügte. Warum also wurden Atomwaffen in Dannenwalde gelagert, einem Munitionslager, das dafür gar nicht ausgestattet war? Die Antwort darauf ist der Grund, warum die Geschehnisse in Dannenwalde in den KGB-Akten falsch dargestellt wurden.«

»Ein geheimes Lager?«

»Exakt. Das war unsere Vermutung. Präsident Breschnews Entspannungspolitik war damals vielen Militärs nicht geheuer. Sie glaubten, auf lange Sicht würden die Amerikaner die Sowjetunion rüstungstechnisch überholen. Sie verlangten vom Präsidenten einen Präventivschlag gegen Europa. Dazu war der jedoch nicht bereit. Heute wissen wir, dass Ende der siebziger Jahre eine Gruppe des KGB zusammen mit einigen hochrangigen Militärs einen Putsch gegen den Präsidenten plante. Für diesen Zweck brachten sie Atomwaffen in Dannenwalde und anderswo unter ihre Kontrolle. Mit diesen Waffen konnten sie ohne Befehl des Präsidenten einen Krieg gegen den Westen beginnen. Im Jahr 1977 hatten diese Leute bereits genügend Waffen, um einen solchen Erstschlag zu wagen. Es fanden immer mehr Manöver mit scharfen Atomwaffen statt. Sie waren kurz davor, einen atomaren Angriff gegen Großstädte in Westeuropa zu starten. Am Ende machte das Unglück in Dannenwalde diesen Plan zunichte. Plötzlich gab es eine Plutonium-Verseuchung, die vertuscht werden musste. Es bestand die Gefahr, dass die Verschwörung aufflog. Und dafür war man bereit, den Plan zu verschieben. Möglicherweise ist es nur dem Unglück in Dannenwalde zu verdanken, dass der dritte Weltkrieg nie stattfand. Bis heute wissen wir nicht, wer diese Leute waren. Sie sind vielleicht immer noch aktiv. Untergetaucht in Tschetschenien oder sogar noch in Amt und Würden. Sie verfügen womöglich immer noch über Atomwaffen. Ich denke, wir können davon ausgehen, dass Major Vitali Sobolev diesen Verschwörern angehörte. Nun ist er tot. Wir werden nichts mehr von ihm erfahren. Darum will ich wissen, was dort in diesem Bunker geschah.«

Hannes erzählte dem Botschafter, wie sie in den Bunker eingestiegen und wie Sobolev erschienen war. Er erzählte ihm alles bis zu dem Punkt, an dem er Sobolev tot im Wald gefunden hatte.

»Und Sie glauben, er hat sich selbst getötet?«

»Die Untersuchungen laufen, aber ich will nicht ausschließen, dass er aus der Ferne erschossen wurde.«

»Ein Scharfschütze?«

»Ja, das könnte sein. Ein Schuss aus großer Entfernung wäre denkbar.«

»Interessant. Eines sollten Sie dann noch wissen. Bei dieser Verschwörung in den siebziger Jahren haben wir allen Grund anzunehmen, dass auch Deutsche darin verwickelt waren. Diese können wir nicht belangen, und ehrlich gesagt, es interessiert uns auch nicht. Wir kennen auch keine Namen. Alles, was wir wissen ist, dass es damals eine Abteilung der Stasi gab, die in die Angriffspläne auf europäische Großstädte eingeweiht war. Diese Abteilung sollte nach dem Angriff die Volksarme der DDR dazu anleiten, die westdeutschen Städte zu übernehmen.«

Hannes wirkte nachdenklich.

»Und Sie haben keine Namen? Nichts?«

»Nein. Nur den Codenamen der Operation dieser Abteilung. Die Operation hieß »Befreites Europa«, soweit wir aus alten KGB-Akten entnehmen können. Und? Werden Sie etwas unternehmen? Werden Sie diese Leuten suchen?«

Hannes notierte sich den Namen der Abteilung, bevor er antwortete.

»Dazu gibt es keine Veranlassung. Es ist nach unseren Gesetzen nicht strafbar, in den Siebzigern einer geheimen Stasi-Abteilung angehört zu haben. Mich interessiert nur, wer Jens Kohlhaas getötet hat. «

»Ich verstehe«, sagte Gribkov, wirkte jedoch nicht so, als könnte er dies wirklich verstehen. In Russland tickten die Uhren anders. Insubordination und Verrat gegenüber der Führung des Landes würde man dort unbarmherzig verfolgen. Gesetze hin oder her, da gab es kein Pardon. Er wechselte das Thema.

»Hat Vitali irgendetwas dazu gesagt, was er mit den Codes eigentlich anfangen wollte?«

Hannes verstand nicht sofort, warum die Codes überhaupt noch eine Rolle spielten.

»Nein.«

»Aber warum wollte er Sie dann haben?«

»Keine Ahnung.«

»Und was ist jetzt mit diesen Codes? Haben Sie die noch?«

»Wollen Sie die etwa zurück haben?«

»Nun, das wäre uns eigentlich das Liebste. Die Codes sind Eigentum der russischen Armee. Genauso wie das Plutonium. Unser Präsident hat schon mit ihrem Bundeskanzler telefoniert. In weniger als achtundvierzig Stunden werden wir das Plutonium abholen. Und wir wollen natürlich auch die Codes.«

Das mit den Codes wurde immer abstruser. Da kam Hannes ein Verdacht.

»Sagen Sie, war dieser Sprengkopf eigentlich der Einzige, den Sie vermisst haben? Oder gab es noch andere? Sobolev sprach von einem zweiten Sprengkopf, den der KGB angeblich versteckt hatte.«

Gribkov wirkte, als hätte er auf eine Zitrone gebissen, im ersten Augenblick süßlich und dann so, als müsse er in jedem Augenblick seine kontrollierten Gesichtszüge zu einer Grimasse verziehen.

»Ich verstehe nicht, auf was Sie hinauswollen. Wir wissen jetzt endlich, was aus dem Sprengkopf geworden ist, der seit dem Absturz einer unserer Flugzeuge vermisst wurde. Das ist ein großer Erfolg, den wir nicht zuletzt Ihnen verdanken. Alles Weitere wird sich aufklären. Ich gehe davon aus, dass die anderen Sprengköpfe ordnungsgemäß in Sibirien verschrottet wurden. Der vermisste Sprengkopf wurde nun auch sichergestellt. Dafür möchte ich Ihnen persönlich danken, auch im Namen meines Landes. Wir werden Sie gegenüber dem Bundeskanzler lobend erwähnen. Ich hoffe, dass dies ihre Karriere noch weiter beflügeln wird.«

»Davon gehe ich aus«, murmelte Hannes, konnte sich aber eher vorstellen, dass Beckmann es fertigbrachte, sich den Erfolg auf die eigene Fahne zu schreiben. Hannes war ja schließlich nur sein Ermittler, was er die Presse schon großspurig hatte wissen lassen.

Hannes stieg aus und hinterließ Gribkov seine Handy-Nummer. Ihn bedrückte die Gewissheit, dass dieser Fall vielleicht doch noch weit davon entfernt war, abgeschlossen zu sein. Möglicherweise war alles noch wesentlich komplizierter. Er wollte nachdenken. Und dazu musste er allein sein.

»Und was ist nun mit den Codes?«, rief Gribkov ihm hinterher.

Hannes sah Gribkovs fragenden Gesichtsausdruck, doch konnte er ihm die Codes nicht geben, da er sie nicht hatte. Jemand hatte für diese Codes getötet. Und diese Person musste Hannes nun finden.

»Machen Sie eine offizielle Anfrage. Das wird wohl das Beste sein«, sagte er und schlug die Wagentür zu.

38 - ТРИДЦАТЬ ВОСЕМЬ

Landeskriminalamt Eberswalde, 15. November 2001, 14.25 Uhr

Der Flur zu Hannes Büro schien wie ausgestorben. Alle Angehörigen der Kriminalpolizei waren fort. Offenbar hatte Franka alle verfügbaren Kräfte für den Einsatz auf dem Flughafen Templin mobilisiert. Womöglich halfen sie bei der Absperrung oder versuchten, die Journalisten in den Griff zu bekommen. Oder sie trieben sich aus reiner Neugier bei der Spurensicherung im Bunker herum. Radioaktives Plutonium wurde ja nicht jeden Tag in Brandenburg gefunden, genau genommen war es überhaupt das erste Mal in der Geschichte dieser Region. Die Presse hatte schon angefangen, darüber zu spekulieren, was dies bedeuten konnte: War Brandenburg nun auf Jahrhunderte verseucht? Hatte das Plutonium bereits das Grundwasser erreicht?

Alle paar Minuten klingelte ein verwaistes Telefon in einem der anderen Zimmer. Doch das kümmerte Hannes nicht. Es gab da noch einen Punkt, den er klären musste. Für Hannes war der Fall

Kohlhaas nicht abgeschlossen. Er nahm den Telefonhörer und wählte die Nummer der BSTU, der Behörde des Bundesbeauftragten für Stasiunterlagen. Nach einer kurzen Wartezeit wurde er zur zuständigen Abteilung durchgestellt.

»Tut mir leid, hierzu kann ich Ihnen keine Auskunft geben«, war die Antwort auf seine Frage.

»Ich bitte Sie, dies ist eine polizeiliche Ermittlung, und ich bin der leitende Ermittler. Es ist wirklich dringend.«

»Das sagen alle.«

»Hören Sie, was brauchen Sie von mir? Eine richterliche Anordnung, eine Bewilligung der Staatsanwaltschaft? Kein Problem, ich liefere ihnen alles, was Sie wollen. Aber die Informationen benötige ich jetzt sofort.«

»Das verstehe ich, aber es geht einfach nicht. Ich brauche unbedingt das ausgefüllte Formular für das Ersuchen Ihrer Behörde und die Unterschrift eines Verantwortlichen. Die gewünschte Akteneinsicht muss natürlich auch inhaltlich begründet sein. Hier geht es ja auch um die Rechte der Betroffenen, die im Stasi-Unterlagengesetz geregelt wurden. Das sollte Ihnen ja geläufig sein.«

Das Stasiunterlagengesetz? Oh Gott!

»Wir werden Ihr Ersuchen dann prüfen. Ich kann Ihnen heute noch gar nicht sagen, ob ...«

»Bitte hören Sie .... Es geht hier um das Leben von Menschen. Verstehen Sie? Dafür haben wir keine Zeit. Wollen Sie daran schuld sein, wenn in Brandenburg Menschen sterben? Sehr viele Menschen.«

»Aber ...«

»Ich mache Ihnen einen Vorschlag. Ich fahre jetzt los, komme zu Ihnen und lege Ihnen meinen Dienstausweis vor. Bis dahin können Sie ja schon mal die Namen aus Ihren Akten heraussuchen. Wie gesagt, es geht um die Namen der Mitglieder einer Stasi-Operation, die als »Befreites Europa« bezeichnet wurde. Das war im Jahr 1977.«

»Ja, aber ich weiß wirklich nicht, ob wir überhaupt so schnell, selbst wenn wir dürften ... und ohne Unterschriften ...«

»Wird alles nachgeliefert. Das garantiere ich. Ich komme in jedem Fall, wenn es sein muss auch mit Dienstwaffe, da können Sie immer noch sagen, ich hätte Sie bedroht. Kommen Sie, machen Sie mal was richtig. Geben Sie mir einfach diese Namen.«

»LKA Brandenburg. Oberkommissar Keppler war Ihr Name?«

»Immer noch. Ja.«

»Und Sie kommen in etwa einer Stunde?«

»Genau.«

»Und Sie liefern den kompletten Antrag mit Unterschrift des LKA nach?«

»Sicher. Garantiert.«

»Und es besteht die Gefahr, dass sonst Menschen zu Schaden kommen?«

»Sie werden nicht nur zu Schaden kommen, sie werden einfach sterben. Viele. Tausende! Das will ich verhindern. Und Sie müssen mir dabei helfen.«

Einen Augenblick lang war es still in der Leitung.

»Kommen Sie bitte vor fünfzehn Uhr zu uns in die Karl-Liebknecht-Straße in Berlin-Mitte. Bringen Sie Ihren Dienstausweis mit und melden Sie sich bei Frau Reinhart in der Abteilung AU3: Auskunft und Verwendung von Unterlagen für die Strafverfolgung.«

Hannes legte auf.

Exakt eine Stunde und fünf Minuten später hielt er einen Ausdruck in seinen Händen, den er von Frau Reinhart bekommen hatte. Sie reichte ihm einen Kugelschreiber und lächelte. Er bemerkte, wie Sie sich abwendete, als sie seinen Schweißgeruch in die Nase bekam. Er tat, als hätte er es nicht bemerkt. Er unterschrieb die Quittung, gab ihr den Kugelschreiber und wünschte ein schönes Wochenende. Sie lächelte zurück.

Es war Freitagnachmittag, die Gänge der Behörde waren wie ausgestorben. Die hübsche Frau Reinhard würde bestimmt auch gleich verschwinden.

Auf einem der leeren Gänge sah sich Hannes den Ausdruck genauer an: Dort standen drei Namen mit Geburtsdaten, drei Namen, die Hannes unbekannt waren. Doch was hatte er erwartet? Dass dort der Name des PDS-Abgeordneten Friedrichs zu lesen war? Wohl kaum. Hannes nahm den Fahrstuhl zum Erdgeschoß, ging am Pförtner vorbei und verließ das Gebäude Richtung Karl-

Liebknecht-Straße. Seinen Opel hatte Hannes in der Nähe vom Alexanderplatz auf dem Mittelstreifen abgestellt. Parkplätze waren hier Mangelware. Auf der Straße gab Hannes telefonisch die Namen an einen der Diensthabenden in der Meldestelle durch. Sein Kollege sollte die Meldedaten zu den Namen checken. Das konnte ja nicht so lange dauern. Der Mann versprach, sich zu melden, wenn er die Daten aus der Datenbank herausgesucht hatte.

Hannes setzte sich indessen in seinen Opel und zündete sich eine Zigarette an. Im Rückspiegel der Fernsehturm. Er überlegte. Warum tat er sich das eigentlich an? Was wollte er sich beweisen? Es war Freitagnachmittag, die Aufklärung von Sobolevs Tod konnte noch warten. Hannes hatte eine anstrengende Woche hinter sich und war krankgeschrieben. Und er hatte jetzt sogar noch ein neues Problem: Wenn er es jemals schaffen würde, die Unterschriften zum Antrag bei der BSTU zu beschaffen, würde er sich für Beckmann einen plausiblen Grund dafür ausdenken müssen. Im Augenblick fiel ihm keiner ein. Das würde sicher noch ein Nachspiel haben.

Er kurbelte das Fenster herunter und ließ die Asche auf den Asphalt fallen. Der Aschenbecher im Wagen war bereits voll. Sollte er Beckmann sagen, dass ein schlechter Traum der Grund für den Antrag war? Er nahm sich vor, bei Gelegenheit noch darüber nachzudenken. Im Augenblick fühlte er sich zu erschöpft dafür. Seine Wunde am Arm schmerzte und hatte wieder angefangen zu bluten.

Da kam der Rückruf von seinem Kollegen. Der erste Name auf der Liste war ein Gottfried Frey. Er war der Älteste der drei und bis 1996 bei einer Adresse in Berlin Pankow gemeldet. Dann war er verstorben. Der zweite auf der Liste - ein Wolfgang Sauer - hatte seinen Wohnsitz noch bis 1998 in Berlin Köpenick gehabt. Dann wurde sein Wohnsitz zu einer psychiatrischen Heilanstalt in Weißensee umgemeldet. Der Dritte war Joachim Günther. Er war der Jüngste gewesen und hatte schon 1990 direkt nach der Auflösung der Stasi bei seiner Ummeldung eine Adresse in München angegeben. Dann 1996 nach Bad Schwartau, dort war er bis heute gemeldet.

Hannes dachte nach. Gottfried Frey konnte er als Täter wohl ausschließen. Und bei Joachim Günther schien es so, als hätte der bei der ersten Gelegenheit beschlossen, endgültig mit seiner Vergangenheit als Stasi-Offizier abzuschließen. Er war in eine Gegend gezogen, in der die meisten Menschen von der Stasi nur wenig oder gar nichts wussten.

Blieb noch Wolfgang Sauer, der anscheinend in einer geschlossenen Nervenheilanstalt lebte. Wer in einer solchen Anstalt war, kam als Mörder nicht in Frage. Trotzdem wollte er einen Anruf machen, nur um ganz sicher zu gehen.

Es klingelt lange, bis in der Heilanstalt jemand abnahm. Eine weibliche Stimme. Ja, Wolfgang Sauer sei hier Patient, aber mehr dürfte Sie ihm nicht sagen. Er sei auch gar nicht hier. Was denn die Polizei von ihm wolle?

Er war gar nicht da? Wieso konnte der einfach dort rein und raus? War das überhaupt eine geschlossene Anstalt? Hannes war alarmiert.

Er verlangte, den behandelnden Arzt zu sprechen. Dieser war jedoch ebenso wenig verfügbar. Er könne daher nur mit der Stationsschwester sprechen. Sie würde den Patienten aber sicher noch gut kennen, schließlich war Sauer über Jahre in ihrer Station behandelt worden. Als Hannes fragte, welche Station das eigentlich war, sagte sie: die geschlossene Station.

Na also. Aber warum war er dann nicht da?

Er wurde zu einer Oberschwester durchgestellt.

»Ich kann mich nicht erinnern, dass er jemals aggressiv wurde«, ließ sie ihn wissen. »Wenn, dann richtete sich diese Aggression nur gegen sich selbst.«

Warum war Wolfgang Sauer eingeliefert worden, was für ein Typ Mensch war er und was hielt sie persönlich von ihm. Das wollte Hannes wissen, doch es wurde schnell klar, dass er von ihr dazu nicht viel erfahren würde. Eine Wand des Misstrauens tat sich auf. Am Ende hatte Hannes nicht viel mehr herausbekomme, als dass Wolfgang Sauer immerhin drei Jahre in dieser geschlossenen Abteilung verbracht hatte. Erst letztes Jahr war er in die offene Abteilung verlegt und seitdem nur noch sporadisch behandelt worden.

»Und Sie wissen wirklich nicht, wo ich ihn erreichen kann?«

»Nein.«

»Aber Sie müssen doch irgendwelche Adressdaten von ihm haben. Allein schon für die Abrechnung seiner Behandlungen.«

»Die haben wir, aber die darf ich Ihnen nicht geben. Datenschutz.«

Datenschutz!

Hannes merkte, wie es in ihm anfing zu kochen. Er stieg aus dem Wagen, blickte zum Fernsehturm, griff unter seine Lederjacke und legte seine Hand locker und sichtbar auf die Sig Sauer, so dass jeder vorbeifahrende Autofahrer die Waffe sehen musste.

»Hören Sie mal, Frau Oberschwester. Wie war doch gleich Ihr Name?«

»Speßhardt«

»Frau Speßhardt. Ich gebe Ihnen jetzt mal einen guten Rat. Aber ich werde das nur einmal tun. Wir fahnden nach diesem Wolfgang Sauer. Er ist dringend tatverdächtig in einem Mordfall. Für Sie gilt dabei: Einem Straftäter Fluchthilfe zu leisten ist strafbar und kann mit Haftstrafen von bis zu drei Jahren geahndet werden. Genaugenommen haben Sie sich bereits strafbar gemacht, indem Sie mir gerade eben nicht wahrheitsgemäß geantwortet haben. Aber ich will Ihnen das noch mal durchgehen lassen. Schließlich konnten Sie ja nicht wissen, dass wir nach ihm fahnden. Aber nun wissen Sie es. Also reden Sie! Wo ist dieser Mann? Wie kann ich ihn erreichen? Und welche verdammte Adresse ist in Ihren verdammten Akten dazu gespeichert?!«

Hannes war immer lauter geworden.

Einen Augenblick lang war die Leitung still.

»Groß Dölln, Dorfstraße 102.«

Groß Dölln! Sofort schlug Hannes Puls schneller. Er startete den Opel, betätigte den Blinker, um vom Mittelstreifen auf die Fahrbahn zu kommen. Keine Chance. Der Verkehr war zu dicht.

»Haben Sie auch eine Telefonnummer?«

»Haben wir. Aber diese Nummer ist die seiner Mutter. Er wohnt bei ihr. Eine eigene Wohnung hat er nicht.«

Hannes fand einen Stift im Handschuhfach und schrieb die Nummer auf eine Reparaturrechnung, die auf dem Beifahrersitz lag.

Dabei hielt er das Telefon mit der Schulter und schaute weiter nach hinten, um zu sehen, ob er endlich irgendwie auf die Fahrbahn kam.

Wenig später raste er nach Norden und fuhr über Pankow auf den Berliner Ring. Bis Groß Dölln würde er noch eine Stunde brauchen, auch wenn er weiter ordentlich Gas gab. Als er die Nummer wählte, die ihm die Schwester gegeben hatte, ging zunächst niemand ans Telefon. Er versuchte es noch mal. Diesmal wurde abgenommen. Es meldete sich eine zittrige, weibliche Stimme.

Oh Gott, dachte Hannes.

»Er ist weggegangen«, antwortete sie, als er fragte. Hannes hatte gesagt, er wäre von der Polizei.

»Und? Kommt er bald zurück?«

»Weiß ich nicht.«

»Wo ist er denn hin? Hat er irgendwas gesagt?«

»Nein.«

»Hm, wo könnte er denn hingegangen sein? Was glauben Sie?«

»Weiß ich nicht.«

Das war ja zum Verzweifeln.

»Das wissen Sie also auch nicht. Na gut. War er denn gestern auch bei Ihnen?«

»Nein, auch nicht gestern, den ganzen Tag nicht.«

»Und wo war er da?«

»Weiß ich nicht ... aber warten Sie mal .... Doch! Er war ja zum Jagen.«

»Aha.«

»Ja. zum Jagen ... das weiß ich genau, weil er sein Jagdgewehr mitgenommen hat.«

Ein Jagdgewehr. Ein Gewehr, mit dem man aus großer Entfernung treffen kann.

»Hat er das Gewehr heute auch wieder mitgenommen?«

Für den Moment schien die alte Frau mit dem Suchen des Gewehrs beschäftigt. Ihre schnaufenden Atemstöße waren deutlich zu hören. Es dauerte.

»Ist er denn ein guter Jäger, Ihr Sohn?«

»Ja, das ist er. Er hat das Schießen beim Militär gelernt. Kann gut schießen, der Wolfi, das konnte er schon immer.«

»Wie geht es dem Wolfgang denn überhaupt? Er war ja krank und in Behandlung in Weißensee. Jetzt ist er ja wieder bei Ihnen. Geht es ihm denn jetzt besser?«

»Nein. Gar nicht. Er will ja immer nur allein sein. Er ist so verschlossen, hat immer Angst vor allem. Ich sage ihm immer, er soll zurück in die Anstalt gehen. Dass es besser ist für ihn, aber er will ja nicht. Aber ich weiß nicht, ob ich Ihnen das überhaupt erzählen darf ...

Was will denn die Polizei von ihm? Er hat sich doch nichts zuschulden kommen lassen?«

»Nein, sicher nicht. Ist er mit dem Auto weg?«

»Was für ein Auto? Wolfi hat kein Auto.«

Also kein Auto. Dann kann Wolfi auch nicht weit gekommen sein. Hannes überlegte. Seine inneren Sensoren schlugen laut Alarm. Irgendwas war hier im Gange. Was hatte dieser Irre vor? Wenn er tatsächlich Sobolev mit einem Fernschuss erledigt hatte, musste er auch die Codes an sich gebracht haben. Natürlich könnte er bis heute Abend oder sogar bis Montag warten, um herauszufinden, was passiert war. Der alte Stasi-Mann der Operation »Befreites Europa« würde ohne Auto nicht weit kommen. Wahrscheinlich würde er sich schon bald wieder bei seiner Mutter einfinden. Hannes könnte ihn dort bequem einkassieren und vernehmen. Möglicherweise klärte sich dann alles von allein. Es war ja möglich, dass er tatsächlich nur Jagen gewesen war.

»Wohin kann Ihr Sohn denn zu Fuß gegangen sein?«

»Weiß nicht. Manchmal geht er in das *Deutsche Haus* zum Skatspielen, aber meist erst am Abend.«

Die Skatspieler in der Kneipe in Groß Dölln!

War Wolfgang Sauer auch da gewesen? Hatte er ihn belauscht? Das Bild mit Kohlhaas, den russischen Offizieren und den Mädchen. Der Wirt, der vom Brandunglück in Dannenwalde erzählte. Hannes gab der Mutter seine Mobilfunknummer. Sie sollte ihn anrufen, wenn ihr Sohn nach Hause kam.

Dann legte er auf. Wolfgang Sauer war 1977 bei der Stasi und Mitwisser der geheimen Stasi-Operation »Befreites Europa« gewesen. Seine Mutter lebte in Groß Dölln. Es war offensichtlich, dass er

Jens Kohlhaas gekannt, wahrscheinlich sogar gut gekannt haben musste. Dieser Mann war das fehlende Glied in der Kette zwischen dem Fall Kohlhaas, dem KGB, Sobolev und der verschwundenen Atombombe.

Bei diesen Gedanken hatte er Berlin bereits verlassen und fuhr über die A11 in Richtung Norden. Schon bald würde er von der Autobahn nach Westen in Richtung Liebenwalde abzweigen. Von da aus war es auf der L100 nicht mehr weit bis nach Groß Dölln. Er dachte fieberhaft nach. Wo sollte er nach diesem Mann suchen? In der Kneipe zum *Deutschen Haus*? Sollte er vorher besser bei Elena anrufen? Aber was sollte er ihr sagen? Nein, das ging nicht. Das nächste Mal, wenn er mit Elena sprechen würde, sollte es mal nicht um den Mord an ihrem Vater gehen. Wenn es jemals etwas zwischen ihnen gegeben hatte, ein Gefühl von Nähe und Vertrauen, dann durfte dieses dünne Band nicht noch einmal zerreißen.

Er war bereits auf der L100, die erst von Süden nach Norden und dann von Osten nach Groß Dölln hineinführte. Kurz vor dem Ortsschild sah er den abgesperrten Abzweig zum alten Flughafen Templin. Er fuhr vorbei. Nach einem weiteren Kilometer kamen auf der linken Seite die Gebäude der ehemaligen Ziegelei in Sicht.

Plötzlich stieg Hannes voll auf die Bremse.

Seine Reifen gruben sich in den Asphalt und hinterließen schwarze Bremsspuren. Fast wäre das Heck seines Wagens ausgeschert und hätte ihn in den Straßengraben geworfen.

War da nicht ein Schatten am Eingang des Lagerhauses gewesen?

Wie jemand, der sich geduckt hatte, als er sein Auto sah? Hannes wusste nicht, was er dort aus den Augenwinkeln gesehen hatte. Eine instinktive flüchtige Bewegung, die all seine Sinne unterbewusst alarmiert hatte.

Sein Opel stand mit laufendem Motor mitten auf der verlassenen Straße. Hannes schaute in den Rückspiegel. Nichts. Keine Bewegung. Er legte den Rückwärtsgang ein und fuhr ein paar Meter zurück bis vor die Ziegelei. Er blickte nach links aus dem Seitenfenster. Hinter dem Hauptgebäude nur die alte Schlote und die halb verfallenen Lagerhallen. Der Parkplatz war leer. Sollte er sich so getäuscht haben? Hannes fuhr auf den Parkplatz. Er stieg aus und sah sich um. Es war erstaunlich ruhig, keine Vögel, kaum Wind. Es war schon fast zu ruhig.

Hannes drückte die provisorische Klingel. Wie erwartet, öffnete sich die Tür des kleinen Häuschens neben dem Hauptgebäude. Herr Meier kam langsam auf ihn zu. Seine Augen waren offenbar schlecht, denn er erkannte Hannes erst im letzten Augenblick.

»Wat ´ne Überraschung. Der Oberkommissar! Heute ham wa ja mal so richtich Publikumsverkehr hier. Sinse jetzt wegen die Ziegeln da, oder wollnse nur bloß wieder meen Schnaps saufen?«

Hannes lächelte schwach. Sein angespannter Blick galt weiter den Lagerhallen im Hintergrund.

»Publikumsverkehr? Ist denn noch jemand hier?«

»Ja, da staun ick och. Dit jeht hier zu, wie aufm Baumarkt. Wenn dit so weiter jeht, mach ick hier noch ne Kasse uff.«

»Also ist *noch* jemand hier?«

Hannes Stimme war lauter und eindringlicher als beabsichtigt. Meier blickte überrascht und zuckte mit den Schultern.

»Nur soon Heini, will sich im Lajer die Restbestände bekiecken.«

Hannes Sinne waren geschärft, seine Müdigkeit verflogen. Er horchte: Immer noch kein Laut. Auf dem ganzen Gelände gab es nichts Verdächtiges. Überall nur nutzloser Schrott, der ihm die Sicht versperrte. Schrott, hinter dem man sich gut verbergen konnte, wenn man wollte.

»Kannten Sie den Mann denn?«

Hannes war sich sicher, dass es ein Mann war. Und der Mann war zu Fuß gekommen, denn der Parkplatz war leer.

»Icke? Nee, woher denn?«

»Wo ist er denn hin?«

»In Lager zwo.«

»Wo ist das?«

Meier zeigte auf eine Halle, die etwa siebzig Meter weiter weg lag. Er verkniff sich eine weitere Bemerkung, als er sah, wie Hannes seine Waffe zog und entsicherte.

»Sie bleiben hier!«

Hannes schritt langsam mit gezogener Waffe auf die Halle zu. Wenn der Mann seine Ankunft bemerkt hatte, würde er ihn jetzt sicher aus seinem Versteck aus beobachten. Wenn nicht, hatte Hannes eine Chance, sich unbemerkt zu nähern. Durch den Eingang einfach in die Halle hereinzuspazieren, war jedoch zu riskant. Hannes wich daher ein paar Metern nach links aus und ging auf die Seitenwand des Lagers zu. Vielleicht konnte er durch ein Seitenfenster einen Blick ins Innere werfen. Hannes bemerkte dabei nicht, wie in einiger Entfernung ein weiteres Auto auf dem Parkplatz der Ziegelei stoppte. Der Wind hatte zugenommen.

Vorsichtig schritt er an der Wand entlang, auf eines der Fenster zu. Es war bereits eingeschlagen. Da hörte er es, einen laut surrenden Elektromotor. Das Geräusch kam aus dem Inneren des Lagers. Hannes näherte sich dem Fenster Schritt für Schritt. Vorsichtig lugte er hinein. Erst sah er nichts. Auch als sich seine Augen an die Dunkelheit gewöhnten, war nichts zu erkennen. Dann wieder das Elektromotorgeräusch aus dem Inneren. Hannes war noch zu weit entfernt von der Quelle des Geräuschs. Er lief zu einem anderen Fenster. Und da sah er ihn. Einen Mann mit langen verfilzten Haaren. Er stand in der Lagerhalle, vom Fenster abgewandt, nur wenige Meter von ihm entfernt. Er hatte Hannes noch nicht bemerkt. Hannes sah jetzt auch, was das Geräusch verursacht hatte.

Eine Seilwinde, die an der Lagerdecke montiert war und mit der normalerweise Paletten mit Ziegeln gehoben wurden hatte einen Zylinder aus Metall am Haken. Der Zylinder war über einen Meter hoch und im Durchmesser einen Meter breit. Der Mann hantierte mit der Seilwinde und setzte den Zylinder auf dem Boden ab. Von der metallenen Oberfläche tropfte Wasser. Der Zylinder war also aus einem Behälter mit Wasser gehoben worden. Und da verstand Hannes: Er sah den großen Wasserbehälter. Das war nicht nur Wasser, das war *Kühlwasser*.

Die Bewegungen des Mannes wirkten konzentriert und zielstrebig. Er griff in seine Jacke und zog ein Taschentuch hervor, das er sorgfältig auf dem Boden vor sich ausbreitete. Es folgten einige Werkzeuge, die behutsam auf das Taschentuch gelegt wurden. Mit einer nahezu theatralischen Geste hockte er sich davor und griff nach einem Kreuzschraubenschlüssel. Dann fing er an, eine Abdeckplatte zu lösen. Er legte sie neben sich ab. Mit einer Taschenlampe leuchtete er ins Innere des Zylinders. Hannes stockte der Atem, als er im Lichtkegel kyrillische Schriftzüge erkannte. Er waren Beschriftungen von Anschlüssen.

Der Mann stand auf, verschwand hinter einer Ziegelpalette und schleppte bei seiner Rückkehr ein Gerät heran, eine Art Konsole mit einem Bildschirm. Es war olivgrün gestrichen und wirkte unförmig und schwer. Mit einem Kabel verband er Konsole und Zylinder. Dann steckte er den Netzstecker der Konsole in eine der vielen Steckdosen, die es hier überall im Lager gab. Er schaltete die Konsole an. Auf dem Bildschirm erschienen grün leuchtende Buchstaben. Aus dem Inneren des Zylinders glühten rote Leuchtdioden, was den Mann offensichtlich in Hochstimmung versetzte. Er klatschte in die Hände und rieb sie voller Vorfreude. Mit seinen langen, verfilzten Haaren wirkte er wie ein verrückt gewordener Troll aus einem Kindermärchen.

Hannes wusste, er musste jetzt einschreiten. Er überlegte: Wo war das Gewehr des Mannes? Er fluchte innerlich, weil er die Mutter nicht gefragt hatte, was dieser Sauer außer dem Werkzeug noch alles angeschleppt hatte. Das Gewehr konnte er nirgendwo erblicken. Doch! Da lag es auf dem Boden, nur wenige Meter entfernt. Hannes ging ein paar Schritte vom Fenster weg und zog sein Mobiltelefon hervor. Er wählte die Nummer von Franka und sprach flüsternd.

»Mit Schutzwesten? Bist du sicher?«, fragte Franka zurück. Vielleicht war es falsch gewesen, ausgerechnet sie um Hilfe zu bitten, aber Hannes hatte keine Zeit für Erklärungen. Franka war nicht weit von hier und hatte ein ganzes Heer von Polizisten, Bundeswehrsoldaten und Bombensuchern an der Hand. Nur sie konnte ihm jetzt helfen. Doch ob mit oder ohne Schutzwesten: Sie würden zu spät kommen, wenn er nicht sofort einschritt.

»Frag nicht, lass dir was einfallen, schick sie einfach her. Hier finden sie, was sie suchen. Ich bin nicht weit vom Flugplatz entfernt, östliches Ortsende von Groß Dölln, in der Ziegelei, Lagerhaus zwei.«

Er legte auf und sah zum Fenster.

Verdammte Scheiße, dachte er, holte tief Luft, nahm Anlauf, schloss die Augen und sprang mit einem Satz durch das Fenster. Das Glas um ihn herum splitterte. Er schlug auf dem Boden auf und rollte sich ab. Beim Aufstehen fuhr er herum und hob seine Waffe. Er blickte über die Kimme seiner Sig Sauer in zwei stechende Augen.

Sauer hatte ihn offenbar schon erwartet. In seinen Händen hielt er das Gewehr mit dem Zielfernrohr, das eben noch auf dem Boden gelegen hatte. Es war exakt auf einen Punkt zwischen Hannes Augen gerichtet.

Eine gefährliche Pattsituation.

»Nehmen Sie die Waffe runter!«, rief Hannes. »Seien Sie vernünftig! Was Sie da vorhaben, hilft niemandem. Das ist Wahnsinn. Meine Kollegen werden jeden Augenblick hier sein.«

Vernünftig? Dieser Mann war sicher alles andere als vernünftig. Wolfgang Sauer hatte drei Jahre in einer Irrenanstalt verbracht, da durfte er nicht zu viel erwarten. Würde er diesen Irren überhaupt erreichen? Verstand der überhaupt, was Hannes sagte? Er starrte wie gebannt auf den Finger am Abzug des Irren. Wenn der sich nur einen Millimeter krümmte, würde er schießen müssen. Je eher er schoss, umso besser. Es wäre in jedem Fall Notwehr. Er dachte an Frederike, an Elena, dann wieder an Frederike. Er zählte die Sekunden.

Da bemerkte er eine Bewegung seitlich von ihm. Stand da nicht jemand? Nur wenig beleuchtet durch das fahle Licht, das von oben durch ein kleines Deckenfenster in die Halle fiel?

»Hannes, nimm die Waffe runter. Wolfgang wird sich nicht widersetzen«, hörte er Beckmanns Stimme.

Das war Beckmann, kein Zweifel.

»Was machst du denn hier?«, rief Hannes.

Wolfgang Sauer senkte sein Gewehr. Hannes hielt seine Sig Sauer trotzdem weiter auf ihn gerichtet.

Beckmann kam näher.

»Wolfgang ist ein alter Freund von mir«, sagte Beckmann, ohne auf Hannes Frage einzugehen.

»Er hat mich angerufen und mir von der Bombe erzählt. Ich bin sofort hergekommen.«

»Warum hast du mich nicht informiert?«

Hannes war seine aufkommende Wut anzumerken. Beckmann versuchte, ihn zu beruhigen.

»Wolfgang war lange Zeit in einer geschlossenen Anstalt. Ich hatte ihm nicht geglaubt, bis ich es mit eigenen Augen gesehen habe.«

Sauer schwieg. Sein Gesichtsausdruck ließ nichts erkennen.

»Er soll sein Gewehr hinlegen«, verlangte Hannes.

»Wolfgang, bitte leg das Gewahr auf den Boden.«

Sauer gehorchte.

»Woher kennst du ihn überhaupt?«

Beckmann trat noch näher an Hannes heran.

»Das ist eine lange Geschichte. Wolfgang war bei der Stasi, ich bei der Volkspolizei. Früher wurde da zusammengearbeitet.«

Zusammengearbeitet?, grübelte Hannes noch, während Beckmann ihm die Sig Sauer aus der Hand nahm und entsicherte.

»Kein Grund, eine Waffe auf ihn zu richten. Er ist harmlos. Er wird dir sagen, was er auch mir erzählt hat. Kohlhaas half dem KGB, diese Bombe zu verstecken, und die Stasi wusste davon. Wolfgang gehörte einer geheimen Stasi-Operation an. Sie nannte sich »Befreites Europa.«

Beckmann war richtig informiert. Dieser Sauer hatte sich ihm offensichtlich anvertraut.

»Diese Stasi-Abteilung hat mit dem KGB eng zusammengearbeitet«, fuhr Beckmann fort. »Wolfgang wusste daher schon lange, dass diese Bombe hier versteckt war, es aber niemandem erzählt. Mit der Auflösung der Stasi verlor er seinen Job, wurde er depressiv und kam in eine geschlossene Anstalt. Er hatte viele Probleme, nicht wahr Wolfgang?«

Sauer nickte.

»Du kannst Wolfgang jetzt mitnehmen und vernehmen.«

Hannes zögerte. Er hatte gerade entschieden, Beckmanns Anweisung zu folgen, als er auf dem Boden vor der Steuerungskonsole etwas wiedererkannte. Kein Zweifel, das war die Seifendose, die Elena im Bunker Sobolev gegeben hatte. Er verspannte sich instinktiv. Beckmann schien diese Veränderung zu bemerken und folgte seinem Blick. Die Seifendose lag nur wenige Meter entfernt und war nicht zu übersehen.

»Ich werde auch das Gewehr mitnehmen«, schlug Hannes vor.

»Warum?«, fragte Beckmann.

»Sobolev wurde aus der Distanz erschossen. Wir müssen es von der Ballistik überprüfen lassen. Möglichweise ist das die Tatwaffe.«

»Aber das war doch der russische Geheimdienst.«

»So, glaubst du das?«

»Ja.«

»Aber es schadet ja nichts, wenn wir das Gewehr mal überprüfen lassen, oder?«

Hannes ging auf Sauer zu und hob das Gewehr vom Boden auf.

»Leg das Gewehr wieder hin!«

Beckmanns Stimme war nur eine Spur eindringlicher geworden. Aber das war das Entscheidende. Hannes hatte das Gewehr in der Hand, hielt jetzt aber in seiner Bewegung inne.

»Bitte leg das Gewehr wieder hin, sonst ...«

»Sonst was ...?«

Hannes drehte sich zum Beckmann um. Hannes und Beckmanns Blicke trafen sich. Beckmanns Augen waren kalt. Ein fremder Ausdruck stand in seinem Gesicht. Er zeigte die unerbittliche Entschlossenheit zu tun, was getan werden musste.

In Sekundenbruchteilen entsicherte Beckmann die Sig Sauer, legte kurz an und traf Sauer mitten in die Stirn. Der sackte zusammen. Am Boden tat er seine letzten Atemzüge. Seine Augen blieben vor Entsetzen weit geöffnet. Dann war er still. Hannes blickte fassungslos von dem toten Sauer zu Beckmann.

»Weißt du Hannes, du warst schon immer ein verdammt guter Schnüffler. Du hättest gut in unser Team gepasst. Leg das Gewehr auf dem Boden, aber langsam!«

Hannes sah, wie Beckmann seine Sig Sauer auf ihn gerichtet hielt. Er hatte keinen Zweifel, dass Beckmann abdrücken würde. Er legt das Gewehr auf den Boden.

»Wegtreten!«

Hannes tat es.

»Wir haben uns eigentlich nie leiden können. Aber das hätte so nicht sein müssen. Ach, wärst du doch damals dabei gewesen. Du hättest uns verstanden. Wir waren eine Einheit. Wir haben geglaubt, dass wir auf der richtigen Seite stehen. Wir waren jung und voller Überzeugungen. Stell dir nur vor: Als man mich von der Stasi zur Volkspolizei versetzte, war ich völlig verzweifelt: Bei der Stasi war ich der Leiter einer geheimen Operation gewesen, die Arbeit bei der Volkspolizei war dagegen langweilig. Aber sie wollten ja unbedingt einen fähigen Undercover-Stasi-Mann bei der Volkspolizei haben. Einen zuverlässigen Mann, der offiziell gar kein Stasi-Mann war. Da konnte ich mich nicht widersetzen.«

Beckmann hielt seine Waffe auf Hannes gerichtet und schlich um ihn herum, wie die Schlange um das Kaninchen.

»Später war genau das mein Glück. Von mir stand nichts in den Akten. Ich durfte bei der Polizei bleiben. Wolfgang und die anderen wurden dagegen entlassen. Arbeitslos.«

Beckmann war zum toten Sauer herüber gegangen. Er stieß ihn mit dem Fuß an, um zu sehen, ob er auch wirklich tot war. Dann ging er zu Hannes zurück und hob das Gewehr vom Boden auf, ohne Hannes dabei aus den Augen zu lassen.

»Wirklich dumm, dass es so gekommen ist. Aber du warst derjenige, der Major Sobolev erst auf diese verrückte Idee gebracht hat. All die Jahre hat niemand etwas von den Codes in der Seifendose gewusst. Dieser gierige, alte Narr! Er wollte sich die Codes schnappen und diese Bombe zu Geld machen. Es war doch klar, dass man ihn dabei erwischen würde. Dieser Idiot hätte am Ende geplaudert, um seine eigene Haut und seine dämliche Pension zu retten. Und ich? Ich hätte meinen Job verloren. Und meine Karriere, und damit alle Aussichten darauf, jemals Polizeipräsident zu werden. Verstehst du? Ich *musste* doch etwas tun.«

Aus dem Augenwinkel versuchte Hannes, die Lagerhalle zu durchsuchen. Wohin konnte er entkommen? Es musste etwas finden, was ihn vor den drohenden Schüssen schützen würde. Das nächste Regal war mindestens vier Metern entfernt.

Beckmann wischte Hannes Waffe mit seinem Hemd ab, ohne ihn aus den Augen zu lassen. Wegen der Fingerabdrücke. Dann warf er sie auf den Boden und legte stattdessen das Gewehr auf Hannes an.

»Was wirst du nun tun?«, fragte Hannes.

»Verrückter-Ex-Stasi-Mann wird gestellt. Feuergefecht. Beide tot. Dann wird man feststellen, dass Sobolev mit diesem Gewehr erschossen wurde. Spätestens dann wird alles klar sein. Ich bin mir sicher, dass man dich in allen Ehren beerdigen wird, Hannes. Ich werde womöglich noch eine Rede halten müssen. Schade nur um Wolfgang. Er war mir immer ein loyaler Mitarbeiter gewesen. Den Besten, den ich je hatte. Ganz im Gegenteil zu dir. Er war ein guter Scharfschütze. Absolut zuverlässig.«

Ein gehässiges Lachen. Hannes suchte verzweifelt nach einem Ausweg, sah, wie sich Beckmanns Finger um den Abzug spannte.

In diesem Augenblick wurde eines der Fenster zerschlagen und ein Gewehrlauf ragte in die Halle. Der Lauf fuhr suchend hin und her. Aus Richtung des Eingangs stürmten vier Mann in Schusswesten in geduckter Haltung mit vorgehaltenen Pistolen auf Beckmann zu.

»Waffe fallen lassen!«

»Lassen Sie die Waffe fallen!«

»Waffe fallen lassen!«

Die Rufe schienen von überall zu kommen.

Beckmanns Augen flackerten. Nur zögernd legte er das Gewehr auf den Boden und hob die Hände. Zwei Männer griffen sich Beckmann und zwangen ihn in die Knie. Ihm wurden Handschellen angelegt.

Franka erschien aus der gleichen Richtung, aus der die Männer mit den Schutzwesen gekommen waren. Ihre Aufmerksamkeit galt Beckmann. Sie trat vor ihn.

Beckmann blickte sie wütend an.

»Was fällt dir ein ...«

»Wir haben alles mit angehört«, erwiderte Franka kalt.

Beckmanns sah sich hilfesuchend um, bis er verstand, dass es keinen mehr gab, der ihm helfen wollte. Sein Mund war zu einem Strich verzerrt. Er hatte nichts mehr zu sagen und wurde abgeführt.

Hannes entspannte sich. Der Adrenalinstoß ließ langsam nach. Er fühlte sich schwach, und ihm war etwas schwindelig. Der tote Wolfgang Sauer lag in seinem Blut. Noch hatte sich niemand um seine Leiche gekümmert. Noch ein kurzer Blick auf die Bombe mit den kyrillischen Buchstaben. Er konnte es kaum fassen: In seinem Traum hatte er gesehen, wie ein Atompilz über Brandenburg die Sonne verfinsterte, und nun lag dieses Monster tatsächlich vor ihm. Wie ein toter Dinosaurier aus einem kalten Krieg. In einer vergessenen Lagerhalle mit Tonnen von alten DDR-Ziegeln.

»Alle Achtung! Ich kann machen was ich will, du bist mir immer eine Nasenlänge voraus.«

Franka hob die Seifendose vom Boden und öffnete sie.

»Ich weiß zwar nicht, was das hier bedeutet, aber es scheint wichtig zu sein.«

Hannes nickte, nahm die Dose und steckte sie in seine Lederjacke. Dann holte er ein zerknülltes Päckchen heraus. Als er die Zigarette anzündete, zitterten seine Hände wie Espenlaub. Er inhalierte tief. Franka stand neben Hannes, der stumm auf den Boden starrte.

»Noch etwas: Du bist der Erste, der es erfährt: Das Grundwasser ist nicht radioaktiv verseucht. Brandenburg wird es also überleben. Wir sind noch einmal mit dem Schrecken davon gekommen. Für die da draußen wirst du ein Held sein.«

Einige Kollegen näherten sich und bestaunten die Bombe. Jemand von der Bombensicherung meinte, man solle unbedingt die Finger von der Konsole lassen. Das Ding stände unter Strom und sähe absolut funktionstüchtig aus.

Franka berührte Hannes an der Schulter.

»Komm, geh nach Hause. Du gehörst jetzt nicht hierher. Ich kümmere mich um den Rest.«

Hannes nickte. Nach Hause? War das die Datscha in Birkenwerder?

Als er die Lagerhalle verließ bemerkte er, dass das Gelände vollständig abgeriegelt war. Die Journalisten vom Flughafen waren dem

Bombenkommando gefolgt und sammelten sich hinter der Absperrung. Zwei Uniformierte ließen Hannes die Absperrung passieren. Eine Journalistin stürzte sich mit Fragen auf ihn. Was wurde hier gefunden? Warum war die Ziegelei abgesperrt? Besteht die Gefahr der Verseuchung? Hannes blieb ihr die Antworten schuldig. Er setzte sich in seinen Opel und startete den Motor. Die Frau hielt sich die Haare aus dem Gesicht und schaute ihm ärgerlich nach. Der Regen und der immer stärkere Wind hatten sich jetzt schon fast in einen Sturm verwandelt.

39 - EPILOG

Groß Dölln , 15. November 2001, 19.33 Uhr

»Wo ist Tobias? Ich würde gern mit ihm sprechen.«

Elena zuckte mit den Achseln. Sie sah erschöpft aus. Es hatte wieder angefangen zu regnen. Hannes war völlig durchgenässt. Im ersten Augenblick dachte er, sie würde ihm die Tür gleich wieder vor der Nase zuschlagen. In seinem Gesicht stand Erschöpfung. Er war nicht nach Hause gefahren, wie Franka es ihm geraten hatte, denn es gab etwas, das nicht warten konnte. Außerdem wollte er Elena wiedersehen. In gewisser Weise hatte er gehofft, dass sie sich ihm näher fühlen würde, nach allem, was passiert war. Doch er hatte nicht das Gefühl, dass sie besonders froh war, ihn zu sehen. Hannes musste sich eingestehen, dass er enttäuscht war und auch verletzt. Elena würde sich melden, hatte sie ihm versprochen, bevor sie hinter der Tür des Rettungswagens verschwunden war, der Hannes letzte Nacht ins Krankenhaus gefahren hatte. Und er hatte ihr geglaubt.

»Das Beste ist, du lässt mich herein. Bitte!«

»Warum? Er kann doch auch runter kommen.«

»Komm, sei nicht albern. Lass mich herein.«

Elena drehte sich um und ließ die Tür offen stehen. Hannes schloss die Tür hinter sich und folgte ihr. In der Wohnküche machte Elena keine Anstalten, sich zu setzen. Sie bat ihn auch nicht, Platz zu nehmen. Hannes stand hilflos herum.

»Und?«, fragte sie.

Scheinbar hatte sie keinen Bedarf an Smalltalk, Hannes auch nicht.

»Seit wann weiß dein Sohn, wer sein Vater ist?«

Elena schaute zunächst, als würde sie nicht begreifen.

»Bitte, das ist jetzt wichtig. Ich will endlich die Wahrheit von dir hören. Nicht immer nur Halbwahrheiten.«

Elena zögerte immer noch. Ihr Blick wich ihm einige lange Sekunden aus, bis sie ihm endlich direkt in die Augen sah.

»Seit Tobias mich gefragt hat. Ich habe ihm gesagt, sein Vater wäre ein russischer Offizier. Das ist schon lange her. Zwei oder drei Jahre vielleicht.«

»Hat Tobias dich nie gefragt, warum sein Vater nie versucht hatte, mit ihm Kontakt aufzunehmen?«

Elena nahm sich nun doch einen Stuhl und setzte sich an den Küchentisch. Hannes tat es ihr nach. Sie schwiegen eine Weile.

»Ich habe gesagt, sein Vater wäre tot«, brach Elena das Schweigen.

»Und das mit dir und deinem Vater? Was ist damit? Weiß Tobias davon?«

Elena schaute auf ihre Hände und versuchte, die plötzlich aufkommende Beklemmung zu unterdrücken.

»Ich glaube, er ahnt es.«

»Weiß er auch, dass sein Großvater dafür gesorgt hat, dass sein Vater vom KGB abgeholt wurde?«

Sie schüttelte den Kopf.

»Nicht von mir.«

Hannes nickte.

»Ruf ihn.«

»Tobias? Tobias, könntest du bitte mal herunterkommen?«

Ein ärgerliches Grummeln kam aus der oberen Etage.

»Der Kommissar will mit dir sprechen.«

Wenig später erschien Tobias. Er wirkte unausgeschlafen und mürrisch. Als er Hannes sah, wandte er seinen Blick ab. Tobias war groß und schlank und hatte ein auffallend schmales Gesicht. Dunkle Harre standen nach allen Seiten ab. Alles an ihm wirkte widerspenstig. Man sah ihm nicht an, dass er schon über zwanzig war.

»Ich habe der Polizei doch schon alles gesagt«, fing Tobias an. »Die haben sich alles aufgeschrieben. Wie oft soll ich das denn noch erzählen?«

»Tobias, bitte setz dich«, bat Hannes und war erleichtert, als sich Tobias daraufhin tatsächlich setzte und nicht weiter wie ein Tiger herumschlich.

»Du musst anfangen, uns die Wahrheit zu sagen.«

»Ich habe die Wahrheit gesagt!«

»Nein, hast du nicht. Wir haben einen Spaten mit dem Blut deines Großvaters gefunden. An diesem Spaten war auch deine DNA. Erzähl mir endlich die Wahrheit.«

Tobias schaute auf den Boden und kratzte sich mit der Hand den Arm. Elena bedrängte ihn.

»Tobias, du musst sagen, was passiert ist!«

Tobias sah aus, als würde er nachdenken, dann schaute er auf.

»Das habe ich ja schon gesagt. Ich war bei ihm an diesem Abend. Er sollte mir Geld geben, wie immer. Da bemerkte ich den Wagen vor seiner Tür. Ein Wagen mit irgend so einem Diplomaten-Nummernschild. Ein Mann war bei ihm. Sie sprachen russisch. Ich habe sie vom Fenster aus belauschen können, habe aber nichts verstanden. Das habe ich doch schon erzählt. «

»Aber diese Geschichte geht noch weiter, nicht wahr ...«

Hannes hatte das gesagt. Tobias blickte unwillig, wirkte aber gleichzeitig verunsichert.

»Ja, es ging noch weiter ...«, räumte er ein. »Plötzlich stritten die beiden. Ich habe gesehen, wie der Mann einen Sack auf den Küchentisch legte und immer wieder darauf zeigte. Er wurde lauter. Der Mann fing an, Großvater zu beschimpfen und schubste ihn. Dann holte er plötzlich aus und traf ihn mitten ins Gesicht. Der Mann war so alt wie Großvater, aber kräftiger und stärker als er. Er traf ihn mehrmals ins Gesicht. Ich überlegte, was ich machen sollte. Es ging alles so schnell.«

Tobias stockte. In der Erinnerung war er bei jenem Abend.

»Bitte erzähl uns jetzt alles. Was passierte dann?«

»Großvater flüchtete zur Hintertür in den Garten. Wollte entkommen. Als er in der Tür stand, erwischte ihn der Kerl mit einem Stuhl. Er haute ihm das Ding einfach über den Kopf. Großvater fiel um wie ein nasser Sack. So, als wären gar keine Knochen in ihm. Der Mann schrie immer weiter rum. Großvater lag schon am Boden und bewegte sich nicht mehr.«

Hier stoppte Tobias, als wäre alles gesagt, als wäre die Geschichte hier zu Ende.

»Warum hast du uns das nicht gleich gesagt?«, fragte Elena. »Warum hast du das die ganze Zeit verschwiegen?«

Tobias sagte nichts.

Hannes schaute ihn streng an.

»Geh rauf und hol den Sack mit dem Geld!«

Tobias schaute Hannes zum ersten Mal in die Augen. Er war einigermaßen entsetzt.

»Geh hoch und hol ihn! Oder ich hol ihn mir selbst!«

Tobias zögerte einen Augenblick, dann stand er auf. Er schlurfte die Treppe hinauf und ließ Elena und Hannes für einen Moment allein.

»Wer ist eigentlich Frederike?«, fragte Elena.

»Woher weißt du von Frederike?«

»Du bekommst ständig SMS-Nachrichten von ihr. Wer ist sie?«

»Woher weißt du, dass ich Nachrichten von ihr bekomme?«

»Weil dein Telefon ständig piept. Ich hab nachgesehen.«

»Du bist an mein Telefon gegangen!?«

»Als du bei mir warst. Es lag auf dem Tisch, du warst draußen. Da hast du eine SMS bekommen. Ich habe nachgesehen. Ich war einfach neugierig. Tut mir leid.«

Hannes seufzte.

»Frederike ist meine Frau, eigentlich bald meine Exfrau«, sagte er.

»Was denn nun, deine Frau oder deine Exfrau?«

»Ist das wichtig für dich?«

Elena fühlte sich ertappt, ein unangenehmes Gefühl. Ehe es sich breit machen konnte, schlug sie zurück.

»Was tust du überhaupt hier? Du glaubst doch nicht im Ernst, dass Tobias meinen Vater umgebracht hat?«

Hannes blickte genervt an die Decke.

»Ich glaube es nicht, ich weiß es!«

»Du weißt es? Wie meinst Du das denn?«

Tobias kam mit einem Sack die Treppe herunter. Er stellte ihn auf den Esstisch und setzte sich. Hannes machte den Sack auf. Er war voller Euroscheine. Hannes nahm ein paar davon heraus. Das hatte er sich gedacht.

»Dieser Rucksack lag auf dem Küchentisch bei deinem Großvater, nicht wahr? Du hast hineingeschaut. Und du hast das Geld gesehen. Sehr viel Geld.«

Tobias schaute auf seine Hände, aber Hannes wusste, dass er jedes seiner Worte hörte und auch verstand.

»Dein Großvater brauchte es nicht mehr, der hatte ja genug. Und außerdem war er ja sowieso ein grausamer und selbstsüchtiger Mensch. Ein Mensch, den alle hassten. Ein Mensch, der seine eigene Tochter – deine Mutter - missbraucht hatte. Ein Mensch, der deinen richtigen Vater an das KGB verraten hatte!«

Elena nahm ein paar Euroscheine und betrachtete sie ungläubig.

»Dieser alte Mann hatte das Geld nicht verdient, nicht wahr. Das hast du doch gedacht, oder? Du hast lange gedacht, er wäre dein richtiger Vater, denn du wusstest von dem Missbrauch. Aber dann hat dir deine Mutter von dem russischen Offizier erzählte. Und dass Dein Großvater ihn verraten hat. Und von da an hast du deinen Großvater nur noch gehasst. Er war schuld daran, dass du keinen Vater hattest. Er war schuld daran, dass alles so schlecht lief für dich. Und er hatte Geld und wollte dir nichts davon abgeben. Aber nun gab es diese Gelegenheit. Da lag er: hilflos, ein alter Mann am Boden.«

Elena blickte ihren Sohn zweifelnd an.

»War das so? Tobias, sag, wenn das nicht stimmt!«

Hannes gab ihr zu verstehen, dass sie sich zurückhalten sollte.

»Dein Großvater hat aber noch gelebt. Hat er etwas zu dir gesagt? Wollte er nicht, dass du Hilfe holst? Lass mich nicht allein! Hol einen Krankenwagen! Hat er das nicht gesagt?«

Tobias schwieg.

»Sag doch, dass das nicht stimmt«, warf Elena ein. Hannes ließ sich nicht irritieren.

»Du hast gedacht, er würde sterben. Möglich, dass dein Großvater schon das Bewusstsein verloren hatte. Doch er starb nicht. Er atmete noch. Ganz flach. Immer weiter. Da hast du die Schaufel genommen und zugeschlagen.«

Hannes spürte, dass Tobias kurz davor war, in Panik auszubrechen und mit aller Kraft versuchte, diesen Impuls zu unterdrücken.

»Danach hast du seinen Körper in den Straßengraben geworfen und mit Schnaps übergossen. Du wolltest, dass es so aussah, als sei er in den Graben gefallen. Besoffen. Du hast geglaubt, dass man ihn da schon finden würde. Aber an dieser Stelle kam niemand vorbei. Die meisten Leute hier in Groß Dölln verlassen nur selten ihr Haus, schon gar nicht, wenn es regnet – und es hat viel sehr viel geregnet zu dieser Zeit. Und wenn sie dann aber doch auf der Straße sind schauen sie vor sich auf den Weg und nicht in den Straßengraben.

Und da lag er nun, mit dem Gesicht im Straßengraben, und lebte noch. Aber er war zu schwach und zu schwer verletzt, er konnte sich nicht bewegen. Und so ist er ertrunken. An dem Regenwasser, was sich langsam in der Grube sammelte. Langsam und qualvoll. Das Regenwasser spülte mit der Zeit so viel Sand in die Grube, dass er davon bedeckt war. So bedeckt, dass die Arbeiter, die die Grube zuschütteten ihn nicht entdeckt haben. Aber du hattest Pech, denn die Grube musste noch mal aufgemacht werden. Und da erst hat man ihn gefunden. Pech für dich, Tobias. Man hätte ihn nie gefunden, wenn die Arbeiter nicht das Abwasserrohr vergessen hätten.«

»Sag nichts Tobias! Wie auch es gewesen ist, sag nichts! Ich besorge dir einen Anwalt. Er darf dich gar nicht befragen ohne Anwalt!«

»Hör nicht auf deine Mutter! Besser du erzählst, wie es wirklich war.«

Sie schauen beide auf Tobias, der langsam reagierte. Hannes Worte hatten ihm einige Zeit zum Nachdenken gegeben. Tobias war nicht dumm, ganz im Gegenteil. Er war clever.

»Meine DNA an der Schaufel …. «

»Genau.«

»... okay. Ja klar. Ich habe meinem Großvater häufig mal im Garten geholfen. Das erklärt das doch, oder? Und das Geld. Das habe ich bei ihm gefunden. Gut, ich gebe zu, ich hätte das Geld nicht nehmen sollen. Aber warum denn nicht? Mein Großvater war tot, und wir erben das Geld doch sowieso. Wir sind ja schließlich seine einzigen Verwandten. Deswegen habe ich ihn doch nicht umgebracht. Das war doch der Russe!«

Hannes überlegte. Sobolev hatte den Mord gestanden, auch er hatte gedacht, dass er Kohlhaas im Streit erschlagen hatte. Aber so war es nicht. Und er, Hannes wusste das. Und wie er es wusste konnte er es nicht ignorieren. Sollte er Tobias davonkommen lassen? Nachdem der die Situation heimtückisch ausgenutzt und einen Menschen zu Tode gebracht hatte? Oder hatte er sich in einen falschen Verdacht verrannt?

Möglicherweise war Tobias ein Mörder, vielleicht aber auch nicht. Erst Verhöre würden zeigen, ob Hannes Widersprüche in der Aussage von Tobias aufdecken konnte und ob sich Tobias bei seinen Aussagen verzetteln würde. Aber das würde nicht hier und nicht heute passieren. Im Augenblick gab es hier nichts mehr für ihn zu tun.

Er sah Elena an, die ihn mit einem verzweifelten Gesichtsausdruck anflehte: Lass ihn gehen! Lass ihn unschuldig sein! Lass ihn entkommen und bei mir bleiben! Er ist noch so jung und sein ganzes Leben wäre zerstört. Er spürte: Elena verlangte das von ihm. Er konnte es in ihren Augen lesen. Sollte er tatsächlich Partei ergreifen? Sollte er vergessen, was er war: Polizist?

Es gab keinen eindeutigen Beweis. Die Chance, dass Tobias ohne ein Geständnis verurteilt werden würde, war gering. Wenn es kein Geständnis gab, würde die Staatsanwaltschaft das Verfahren vermutlich einstellen müssen. Für Hannes wäre es keine große Sache, das Verhör von Tobias etwas ungeschickter anzugehen als sonst. Seinen Kollegen würde es nicht mal auffallen. Franka war viel zu sehr mit Beckmann und der Bombe beschäftigt, als dass sie sich für diese kleine Nuance des Falles überhaupt interessieren würde. Aber wie sollte er das vor sich selbst rechtfertigen? Weil er Elena *geküsst* hatte? Weil er *hoffte*, sie würden es noch einmal tun? Weil er sich *wünschte*, dass sie ein Paar werden würden?

Wie auch immer er sich entschied, es würde immer zwischen ihnen stehen. Es würde sie trennen oder verbinden, aber es wäre immer da.

Hannes nahm sein Telefon. Tatsächlich. Er hatte in den letzten Tagen SMS-Nachrichten von Frederike bekommen. Elf Nachrichten! Wie hatte er die nur übersehen können? Offenbar suchte sie den Kontakt zu ihm. Und das freute ihn. Er fühlt sich sofort weniger einsam.

Manchmal wünschte sich Hannes, sein Leben würde etwas weniger Entscheidungen für ihn bereithalten. Er wünschte, die Dinge würden sich regeln, ohne dass er etwas tun müsste. Mag sein, dass Romeo nur zufällig auf Julia getroffen und ihr Freitod am Ende nur das Ergebnis einer voreiligen Entscheidung war. Hannes liebte jedoch eher die Vorstellung, es hätte für die beiden keinen anderen Ausweg gegeben. Für ihn bekam diese Liebesgeschichte damit erst die nötige Tiefe. Ohne die Idee von Schicksal blieb die Geschichte von Romeo und Julia für ihn blutleer und fade.

Aber das half ihm in diesem Augenblick nicht weiter. Als Mensch konnte er hoffen, glauben und vertrauen, als Polizist musste er klare und verlässliche Entscheidungen treffen.

Hannes steckte sich eine Zigarette an und bot den beiden eine an. Elena holte einen Aschenbecher. Dann rauchten sie zu dritt.

Es tat gut, nicht zu sprechen.

****

FAKTEN UND HINTERGRÜNDE

Den Sommer 2012 hatte ich zur Recherchen zu diesem Buch verwendet. Die Personen und Handlungen sind frei erfunden, viele (fast alle) der dargestellten Fakten entsprechen jedoch der Wahrheit. Der ehemalige sowjetische Militärflughafen bei Groß Dölln wird heute für Fahrertrainings verwendet. Die Kaserne in Vogelsang kann noch besucht werden, auch wenn der ehemalige Raketenbunker heute zugeschüttet ist. Auf dem Kasernengelände befinden sich die Hallen der MAZ-Fahrzeuge für die Mittelstreckenraketen des Typs OTR-22 und die fast völlig zerfallenen und zum Abriss freigegebenen Unterkünfte der Offizier und Soldaten.

Im Internet findet man einige Bilder, die von Leuten gemacht wurden, die – ähnlich wie ich – dort auf Spurensuche waren. Überhaupt blieb die geheimnisvolle Welt der russischen Soldaten auf deutschem Boden den damaligen Bürgern der DDR wohl weitgehend verborgen. Aufgefallen waren die Kasernen nur, wenn sich etwas Besonderes ereignete. Der Vorfall im sowjetischen Munitionslager Dannenwalde im August 1977 war ein solches Ereignis. Dieser Großbrand hat sich tatsächlich zugetragen. Hunderte Katjuscha-Raketen starteten und fielen im Umfeld des Munitionslagers zu Boden oder in Scheunen der umliegenden Bauern. Zu Schaden kamen jedoch nur Soldaten. Die Zinksärge für die bei der Brandbekämpfung Verunglückten wurden nicht eingeflogen, sondern tatsächlich bei Deutschen bestellt. Nur so wurde überhaupt bekannt, dass etwa 70 Soldaten bei diesem Unglück ihr Leben ließen. Das russische Militär hält die Akten zu den Ursachen des Unglücks bis heute unter Verschluss. Dass das Giftgas Sarin dabei eine Rolle spielt, ist nur eine Vermutung, die allerdings nicht von der Hand zu weisen ist, wenn man bedenkt, dass im Umfeld von Dannenwalde Kartuschen der Raketen mit Giftgas-Kennzeichnungen gefunden wurden.

Dass in der DDR atomare Mittelstreckenraketen mit atomaren Sprengköpfen stationiert waren, ist hingegen bekannt. Allerdings galt dies nur für Raketen des Typs OTR-22 (SS-12) und nicht für die bekannteren Raketen mit dem amerikanischen Codenamen SS-20. Da diese OTR-22 Raketen nicht in der Lage waren, Raketensilos des Feindes genau genug zu treffen, um sie zu vernichten, waren sie in der Tat nur als Erstschlagwaffe auf Großstädte in Westeuropa zu gebrauchen. In der DDR existierten bis 1990 diverse Sonderlager für die Lagerung von Kernwaffen. Eines davon (Lychen II) in der Nähe von Fürstenberg bei Lychen. In Dannenwalde selbst wurden keine Atomwaffen gelagert, es gab jedoch ein Sonderlager auf dem Flughafengelände in Groß Dölln. Dieses Lager wurde für Atombomben der strategischen Bomberflotte der Sowjetunion verwendet. Der Bunker an der Südseite des Platzes ist heute nahezu vollständig zerstört.

Ob das russische Militär in den 70ern tatsächlich einen Erstschlag mit Mittelstrecken auf Europa plante, ist zweifelhaft. Angesicht der damals einsetzenden Entspannungspolitik erscheint dies eher unwahrscheinlich, es sei denn ein harter Kern von militärischen Falken hätte dies – wie in der Story dargestellt - hinterrücks geplant. Darüber, ob es tatsächlich das System *Tote Hand* gab, kann auch nur spekuliert werden. Allerdings finden sich im Internet einige interessante Hinweise dazu.

Schließlich bleibt die Frage, ob sich vor 1990 in Brandenburg - ähnlich wie in Palomares - ein atomarer Zwischenfall mit sowjetischen Kernwaffen ereignet hat, bei dem Plutonium freigesetzt wurde. Das Plutonium-Isotop PU^{239} verliert erst nach 24110 Jahren seine Strahlungsintensität zur Hälfte. Die Menschen in Brandenburg wären auf unabsehbare Zeit einem erhöhten Krebsrisiko ausgesetzt. Die Antwort auf die Frage ist daher noch offen. Wahrscheinlich gab es keinen solchen Zwischenfall oder dieser wird bis heute geheim gehalten. Wir werden sehen. Die geheimen Informationen aus den Archiven des KGB werden in einigen Fällen erst nach 50 Jahren freigegeben.

Unfälle mit Atomwaffen werden von Militärs tatsächlich als Broken Arrows bezeichnet. Gefährliche Zwischenfälle gab es in der Luft, auf U-Booten, auf Schiffen, in Raketensilos aber auch bei der Produktion von Plutonium. Dabei ist es erschreckend, wie nah die Welt immer wieder vor einer globalen Katastrophe gestanden hat.

Der wohl folgenreichste Vorfall dieser Art ereignete sich in der Plutoniumfabrik Majak in der Nähe von Osjorsk am 29. September 1957. 20.000 Quadratkilometer und über eine Viertelmillion Menschen wurden dabei radioaktiv belastet. Mit Atombombern beladene Bomber sind zwischen 1945 und 1990 auch gelegentlich abgestürzt. Jedoch nicht in der Ostsee. Zumindest ist darüber nichts bekannt. Einige der veröffentlichten Informationen finden wir auf den Webseiten www.atomwaffena-z.info,der deutschen Sektion der internationalen Ärzte zur Verhütung eines Atomkrieges.

LAKENHEATH, LUFTWAFFENSTUTZPUNKT IN GROSSBRITANNIEN, 1956

Am 27. Juli 1956 stürzte ein B-47-Bomber auf dem Stützpunkt Lakenheath ab. Das Flugzeug hatte selbst keine Atomwaffen an Bord. Es prallte gegen einen betonierten Atomwaffenbunker, in dem drei US-Atombomben (vom Nagasaki-Typ) untergebracht waren und zerstörte ihn völlig. Bei der Kollision entstanden an allen drei Bomben Schäden, die zu einer Detonation hätten führen können. General James Walsh beschrieb den Unfall in einem Telegramm an den US-Kommandanten General James Walsh so: Bomber explodiert, brennender Treibstoff überall verschüttet. Mannschaft umgekommen. Erste Untersuchungen durch einen Bombenentschärfungsoffizier ergaben, dass es ein Wunder war, dass nicht eine der Bomben mit offen gelegtem und geschärftem Zünder explodierte.

GREENHAM COMMON IN GROSSBRITANNIEN, 1958

Eine B-47 verunglückte am 28. Februar auf einer US Luftwaffenbasis in der Nähe von Greenham Common in England, schwer. Wissenschaftler, die für das Atomic Weapons Research Establishment in Aldermaston arbeiteten, stellten 1960 eine hohe Konzentration radioaktiver Kontamination auf der Basis fest. Sie wiesen in ihrer Schlussfolgerung darauf hin, dass bei dem Unfall eine Atomwaffe beteiligt gewesen sein muss. Die US Regierung hat diese Vermutung nie bestätigt.

SEYMOUR JOHNSON AIR FORCE BASE IN DEN USA, 1961

Dieser Unfall wird oft als eine Beinahe-Atomkatastrophe zitiert. Ein B-52-Bomber explodierte am 24. Januar 1961 in der Luft, 12 Meilen nördlich der Seymour Johnson Air Force Base, Goldsboro, North Carolina. Bei diesem Vorfall wurden zwei Wasserstoffbomben mit etwa 4 Megatonnen Sprengkraft abgeworfen. Fünf Crew-Mitglieder sprangen mit dem Fallschirm in Sicherheit, aber drei starben. Eine Bombe landete fast intakt, die zweite Bombe landete im Schlamm und zerbrach beim Aufprall in Stücke. Der Kern aus Uran wurde nie gefunden, trotz ausgiebiger Suche. Das Areal wurde eingezäunt und regelmäßig auf Strahlung getestet, obwohl die Regierung sagt, dass keine Hintergrundstrahlung vorhanden sei. Das Risiko einer Atomwaffenexplosion - immerhin hatten fünf der sechs Sicherheitsvorrichtungen versagt - ist noch heute umstritten.

PALOMARES IN SPANIEN, 1966

Der schwerwiegendste öffentlich bekannte Atomunfall in der US-Geschichte ereignete sich am 17. Januar 1966 in Palomares in Spanien. Ein B-52-Flugzeug, beladen mit vier Atomwaffen, kollidierte in der Luft mit einem anderen Flugzeug. Alle vier Atomwaffen wurden abgeworfen. Eine wurde auf dem Boden wiedergefunden und eine weitere nach langer Suche aus dem Meer geholt. Aber die anderen beiden explodierten beim Aufprall. Obwohl es nicht zu einer Atomexplosion kam, wurden über 1.400 Tonnen Erde und Vegetation radioaktiv verseucht. Die USA mussten eine aufwendige Aufräumaktion unter spanischer Kontrolle durchführen.

NAHE THULE US-LUFTWAFFENSTÜTZPUNKT, GRÖNLAND, 1968

Am 21. Januar 1968 stürzte vor der Küste Nordwest-Grönlands in der Nähe des Thule US-Luftwaffenstützpunktes ein B-52-Flugzeug ab. An Bord waren vier Atombomben. Die Atombomben waren zwar nicht scharf, beim Aufschlag explodierte allerdings der in ihnen enthaltene konventionelle Sprengstoff. Dies führte dazu, dass die Bombenteile – einschließlich Plutonium, Uran und Tritium - teilweise tief ins Eis einschmolzen. Mit Hilfe grönländischer und dänischer Arbeiter wurde umgehend eine umfassende Suche gestartet. Nach drei Monaten erklärten die US-Behörden die intensiven Aufräumarbeiten für beendet: Man habe das Flugzeugwrack samt aller Bomben gefunden und alles ordnungsgemäß weggeschafft. Doch inzwischen wurde bekannt, dass die Wahrheit anders aussieht. Das US-Militär suchte noch monatelang nach der offiziellen Vollzugsmeldung in aller Heimlichkeit sowohl auf dem Land als auch in den Gewässern vor der Küste weiter. Und gab dann auf: eine Atombombe wurde nie gefunden.

BOETINGEN, 1970

Am 22. Februar 1970 fiel der Atomwaffensprengkopf einer Pershing-Rakete während Wartungsarbeiten auf den Boden. Das Areal wurde evakuiert und abgesperrt, der Sprengkopf explodierte jedoch nicht. Der Unfall wurde durch den Fehler eines Arbeiters, der Bolzen und Detonationskabel entfernt hatte, ausgelöst. Der Sprengkopf fiel herunter, wurde beschädigt und ein Stück der Raketenspitze brach ab. Der Vorfall wurde zuerst als „gebrochener Pfeil“ eingestuft, später aber auf einen „gebogenen Speer“ herabgestuft.

LAARBRUCH, 1974

Eine Atombombe vom Typ WE 177 fiel beim Verladen in ein Flugzeug herunter.

SECHSELBERG, BADEN-WÜRTTEMBERG, 1981

23. Februar 1981: Explosion einer Pershing-II-Rakete.

WALDPRECHTSWEIER, 1982

2. November 1982: Auf einer Gefällstrecke bei Karlsruhe versagten einem US-amerikanischen Raketentransporter mit einer Pershing-Ia-Rakete die Bremsen, worauf er in den Ort Waldprechtsweier rast, mehrere Autos zerquetschte und einen Autofahrer tötete. Vor der Bergung der Wrackteile wurde der ganze Ort evakuiert, weil man befürchtete, dass die Rakete explodieren könnte. Auf ansonsten menschenleeren Straßen patrouillierte die Polizei. Nach stundenlangen Aufräumarbeiten verließ am Nachmittag des 3. November 1982 ein US-Konvoi mit den Wracks von Militärfahrzeugen und Raketenteilen den Ort.

BRUGGEN, 1984

Eine Atombombe vom Typ WE 177 fiel beim Verladen in ein Flugzeug herunter. Dies verursachte eine zeitweilige Schließung des Stützpunktes.

HEILBRONN, WALDHEIDE, 1985

Am 11. Januar 1985 fing die erste Stufe einer Pershing-II Rakete bei einer Routineübung Feuer und brannte explosionsartig ab. Teile der Rakete flogen bis zu 120 Meter weit. Nur 250 Meter vom Explosionsort entfernt waren gefechtsbereite Pershing-II Raketen mit Atomsprengköpfen stationiert. Bei dem Unglück wurden drei US-Soldaten getötet und 16 schwer verletzt.

HEILBRONN, 1987

Am 5. Mai 1987 landete eine Pershing-Rakete nach einem Verkehrsunfall bei Heilbronn in einem Graben.

UNFÄLLE BEI DER MARINE

Die Geschichte der Marine ist durch Geheimhaltung geprägt. Weder die US-amerikanische noch die russische Marine wollen, dass die Wahrheit über den unglaublichen Unfallrekord ans Licht kommt: mindestens 1.200 schwere Unfälle bis 1989, rund einer alle zwei Wochen. Es waren u.a. Schiffsuntergänge, Kollisionen von Schiffen oder U-Booten, Kollisionen mit Eisbergen, Explosionen und Brände. Sie sind auf dem offenem Meer, in Küstengewässern, in Schiffswerften und in Häfen überall auf der Welt geschehen. Viele Menschen sind dabei ums Leben gekommen. Aufgrund diese Unfälle befinden sich mehr als fünfzig Atomsprengköpfe und neun Atomkraftwerke auf dem Meeresboden. Zudem gibt es absichtliche Versenkungen von Atom U-Booten, bei denen die Reaktoren vorher nicht entfernt wurden. Diese Vorfälle sind sehr ausführlich von der norwegischen Bellona-Stiftung mit Hilfe des ehemaligen Kapitäns der russischen Nordflotte und ehemaligen Mitarbeiters des russischen Verteidigungsministerium Alexandr Nikitin dokumentiert worden. Nikitin wurde aufgrund dieser Arbeit wegen Verrat und Spionage angeklagt, aber nach mehreren Prozessen wieder freigesprochen. Hier einige Beispiele von Unfällen mit Atomwaffen auf Schiffen und U-Booten:

PAZIFIK, NÄHE JAPAN, 1965

In einem sehr brisanten Fall während des Vietnam-Krieges, in dem die USA mehrmals die Unwahrheit behaupteten, stürzte ein Flugzeug mit einer B-43-Wasserstoffbombe vom USS Ticonderoga ins Meer und sank auf eine Tiefe von etwa 5300 Meter. Die USA erklärten, dass der Unfall 800 Kilometer vom Festland geschehen sei und meinten damit China. Allerdings geschah der Unfall nur 125 Kilometer von der japanischen Inselkette Ryukyu und 320 Kilometer von Okinawa entfernt. Es wurde zudem behauptet, dass das Schiff unterwegs nach Vietnam war, als sich der Unfall ereignete. In Wirklichkeit segelte es nach Japan, das grundsätzlich keine Atomwaffen in seinen Häfen erlaubte. Zudem wurde gefragt, warum beim Vietnam-Krieg Atomwaffen bereitgestellt wurden.

HAWAII, 1968

1.200 km nordwestlich der Insel Oahu, Hawaii, in einer Tiefe von 4.900 Metern im Stillen Ozean, versank am 11. April 1968 unter ungeklärten Umständen ein sowjetisches Diesel-U-Boot K-129 (Golf-Klasse). Drei ballistische Raketen (SS-N-5) und möglicherweise zwei Torpedos mit nuklearen Sprengsätzen waren an Bord. Achtzig Seeleute wurden dabei getötet. 1974 unternahm die CIA unter Beteiligung der Seestreitkräfte den geheim gehaltenen Versuch, das U-Boot zu heben, wobei der Schiffskörper zerbrach. Der Versuch hieß "Projekt Jennifer". Angeblich wurde das Howard Hughes-Boot "Glomar Explorer" dafür verwendet.

AZOREN, 1968

Das atomgetriebene U-Boot USS Scorpion versank 640 Kilometer südwestlich der Azoren Inseln. Alle neunundneunzig Seeleute an Bord sind dabei gestorben. Ein Atomreaktor und zwei atomar bestückte ASTOR Torpedos versanken mit dem U-Boot auf 3000 Meter Tiefe.

MITTELMEER, 1975

In der Nacht vom 22. November 1975 kollidierten zwei US-Schiffe - USS John F. Kennedy und USS Belknap - bei schlechtem Wetter in der Nähe von Sizilien. An beiden Schiffen entstanden große Schäden. Es gab ein heftiges Feuer mit Explosionen, das über zwei Stunden andauerte. Eine Geheimnachricht informierte das Pentagon sofort über einen „gebrochenen Pfeil", da die Atomwaffen in unmittelbarer Nähe des Feuers gelagert waren. Glücklicherweise wurde das Feuer unter Kontrolle gebracht, jedoch nicht mal zehn Meter von den Atomwaffen entfernt.

BERMUDA-INSELN, 1986

Rund 980 Kilometer nordöstlich von den Bermuda-Inseln versank am 6. Oktober 1986 beim Abschleppen das sowjetische Atom-U-Boot K-219 (Yankee-I-Klasse), nachdem am 3. Oktober im Raketenschacht Feuer ausgebrochen war. Vier Besatzungsmitglieder kamen ums Leben. Es gibt widersprüchliche Angaben, was zusammen mit dem U-Boot versank: Zwei Kernreaktoren und 15 (Jemeljanenkow, 1992) oder 16 (Handler, 1992, Nilsen, 1996) ballistische Raketen mit Atomsprengköpfen versanken in 5000m Tiefe. Wenn es sich um 16 SS-N-6-Raketen handelt, die jeweils zwei Atomsprengköpfe tragen und zwei nukleare Torpedos, dann sind es 34 Atomsprengköpfe (Greenpeace 1993). Drei Jahre später war von 50 (Radnet, 1996) bzw. 44 Atomsprengköpfe (San Francisco Examiner, 1996) mit insgesamt 90 kg Plutonium-239 die Rede. Ebenfalls versanken, laut Aussage eines Überlebenden, 44 Atomsprengköpfe (Cole, 2003), die auseinander brachen und das Plutonium freisetzten. Die USA lehnte es ab, eine Untersuchung des Unglücksortes auf radioaktive Verseuchung zu finanzieren oder zu unterstützen.

NORDKAPBECKEN, 1989

Auf der Linie zwischen Nordkap und Bären-Inseln kam das nukleargetriebene sowjetische U-Boot K-278 "Komsomolez" (Mike-Klasse) am 7. April 1989 vom Kurs ab und versank nach einigen Stunden Überwasserfahrt. Durch Verbrennungen, Verletzungen, Ersticken und Unterkühlung kamen 42 Besatzungsmitglieder ums Leben. Ein Kernreaktor und zwei Torpedos mit Atomsprengköpfen liegen in 1685 Meter Tiefe, knapp 480 Kilometer von Norwegens Küste entfernt.

SOUTH DAKOTA, 1964

5. Dezember 1964 – Eine LGM30B-Minuteman I-Rakete wurde auf der Abschusseinrichtung L-02 der Ellsworth Air Force Base, South Dakota, in den taktischen Alarmzustand versetzt. Zwei Air-Force-Mitarbeiter waren zur Abschusseinrichtung abkommandiert, um das Sicherheitssystem des Raketensilos zu reparieren. Mitten in der Überprüfung zündete eine Bremsrakete unter dem Gefechtskopf, wodurch der Gefechtskopf etwa 23 m tief auf den Boden des Raketensilos fiel. Beim Aufschlag rissen sich die Zünd- und Höhensteuersysteme los, sodass die Stromversorgung des Gefechtskopfs ausfiel. Der Gefechtskopf wurde durch den Aufschlag schwer beschädigt, jedoch arbeiteten alle Sicherheitsvorrichtungen wie vorgesehen, sodass keine Explosion und keine Freisetzung radioaktiven Materials erfolgte.

ARKANSAS, 1965

9. August 1965 – Nahe der Little Rock Air Force Base und der Stadt Searcy in Arkansas kam es in einem Silo (Launch Complex 373-4), bestückt mit einer LGM-25C Titan-II-Interkontinentalrakete, zu einem Unfall. Bei Wartungsarbeiten im Rahmen des Projekts "Yard-Fence" zur Härtung der Silos gegen mögliche Einschläge von Kernwaffen in der Nähe wurden bei einem Feuerausbruch 53 Personen getötet.

Nach Angaben der US Air Force gab es zwischen 1975 und 1979 rund 125 Unfälle mit Titan-ICBMs in Arkansas, Arizona und Kansas. Von März 1979 bis September 1980 gab es 10 Lecks und Unfälle in den in Arkansas vorhandenen Silos.

ARKANSAS, 1978

24. August 1978 – In einem Silo (Launch Complex 533-7) mit einer LGM-25C Titan-II-Rakete nahe der McConnell Air Force Base südöstlich von Wichita, Kansas wurden zwei US-Air-Force-Soldaten

aufgrund eines Lecks der Rakete getötet und 30 weitere durch Gasaustritt verletzt. Das Silo wurde beschädigt und die Siedlungen in der Nähe wurden evakuiert.

ARKANSAS 1980

19. September 1980 – Bei Wartungsarbeiten in einem Silo (Launch Complex 374-7) einer LGM-25C Titan-II-Rakete nahe der Little Rock Air Force Base und nahe dem Ort Damascus (Faulkner County) im US-Bundesstaat Arkansas fiel einem Luftwaffentechniker ein Steckschlüssel in den Silo. Dieser traf die Rakete und verursachte ein Leck an einem unter Druck stehenden Treibstofftank. Die Raketenbasis und das umliegende Gebiet wurden geräumt. Achteinhalb Stunden später explodierten die Treibstoffdämpfe innerhalb des Silos; die Wucht der Explosion sprengte die zwei 740 Tonnen wiegenden Silodeckel ab und schleuderte den 9-Megatonnen-Sprengkopf 180 Meter weit. Ein Fachmann der Air Force starb, 21 weitere US-Air-Force-Angehörige wurden verletzt.

Über den Autor

Martin Woitke, Jahrgang 1962, lebt in Brandenburg und arbeitet in Berlin. Sein erstes Buch – der Cyberkrimi *Orcus* - wurde 2010 bei mw edition veröffentlicht und spielt in einer virtuelle Welt der Zukunft. Sein zweites Buch geht zurück in die Zeit des Kalten Krieges. In 2012 besuchte er selbst einige der im Buch beschrieben Orte in Ostdeutschland und recherchierte die historischen Hintergründe, auch wenn ein großer Teil der Story reine Fiktion bleibt.

21597142R00201

Printed in Poland
by Amazon Fulfillment
Poland Sp. z o.o., Wrocław